本书得到"中山大学品牌专业建设项目"及"禾田哲学发展基金"资助,特此致谢!

中山大学哲学精品教程

诗经讲义稿

周春健 著

中国社会科学出版社

图书在版编目（CIP）数据

诗经讲义稿 / 周春健著 . —北京：中国社会科学出版社，2019.2
（中山大学哲学精品教程）
ISBN 978-7-5203-3871-4

Ⅰ.①诗⋯ Ⅱ.①周⋯ Ⅲ.①《诗经》—诗歌研究 Ⅳ.①I207.222

中国版本图书馆 CIP 数据核字（2018）第 292260 号

出 版 人	赵剑英
责任编辑	孙　萍
责任校对	郝阳洋
责任印制	王　超

出　　版	中国社会科学出版社
社　　址	北京鼓楼西大街甲 158 号
邮　　编	100720
网　　址	http://www.csspw.cn
发 行 部	010-84083685
门 市 部	010-84029450
经　　销	新华书店及其他书店
印　　刷	北京明恒达印务有限公司
装　　订	廊坊市广阳区广增装订厂
版　　次	2019 年 2 月第 1 版
印　　次	2019 年 2 月第 1 次印刷
开　　本	710×1000　1/16
印　　张	17.5
插　　页	2
字　　数	314 千字
定　　价	69.00 元

凡购买中国社会科学出版社图书，如有质量问题请与本社营销中心联系调换
电话：010-84083683
版权所有　侵权必究

《中山大学哲学精品教程》
编委会

主　　编：张　伟
副 主 编：沈榆平
编 委 会（按姓氏笔画排序）：

　　　　　　马天俊　方向红　冯达文　朱　刚
　　　　　　李　平　陈少明　陈立胜　吴重庆
　　　　　　赵希顺　徐长福　倪梁康　龚　隽
　　　　　　鞠实儿

总　　序

中山大学哲学系创办于1924年，是中山大学创建之初最早培植的学系之一。1952年全国高校院系调整撤销建制，1960年复办至今。先后由黄希声、冯友兰、杨荣国、刘嵘、李锦全、胡景钊、林铭钧、章海山、黎红雷、鞠实儿、张伟教授等担任系主任。

早期的中山大学哲学系名家云集，奠立了极为深厚的学术根基。其中，冯友兰先生的中国哲学研究、吴康先生的西方哲学研究、朱谦之先生的比较哲学研究、李达与何思敬先生的马克思主义哲学研究、陈荣捷先生的朱子学研究、马采先生的美学研究等，均在学界产生了重要影响，也奠定了中山大学哲学系在全国的领先地位。

复系五十多年来，中山大学哲学系同仁勠力同心，继往开来，各项事业蓬勃发展，取得了长足的进步。目前，我系是教育部确定的全国哲学研究与人才培养基地之一，具有一级学科博士学位授予权，拥有"国家重点学科"2个、"全国高校人文社会科学重点研究基地"2个。2002年教育部实行学科评估以来，稳居全国高校前列。2017年9月，中山大学哲学学科成功入选国家"双一流"建设名单，我系迎来了难得的发展良机。

近几年来，在中山大学努力建设世界一流大学的号召和指引下，中山大学哲学学科的人才队伍也不断壮大，而且越来越呈现出年轻化、国际化的特色。哲学系各位同仁研精覃思，深造自得，在各自的研究领域均取得了丰硕的成果，不少著述还产生了国际性的影响，中山大学哲学系已逐渐发展成为哲学研究的重镇。

在发展过程中，中山大学哲学系极为重视教学工作，始终遵循"明德亲民"的"大学之道"，注重培养德才兼备、具有家国情怀的优秀人才。诸位同仁对待课堂教学，也投入了大量的热情。长期以来，我系在本科教学和研究生教学工作中，重视中西方经典原著的研读以及学术前沿问题的讲授，已逐渐形成特色，学生从中获益良多。为了进一步提高教学质量，我系计划推出这套《中山大学哲学精品教程》，乃从我系同仁所撰教材中择优出版。这无论对于学科建设还是人才培育而言，都具有十分重要的意义。

《中山大学哲学精品教程》的编撰和出版，是对我系教学工作的检验和促进，我们真诚地希望得到学界同仁的批评指正，使之更加完善。

《中山大学哲学精品教程》的出版，得到中国社会科学出版社的大力支持，在此谨致以诚挚谢意！

中山大学哲学系
二〇一八年元月六日

目　　录

弁言 ……………………………………………………………………（1）

上篇　《诗经》学的基本问题

导言　"古今中西"：《诗经》概说及今日对待传统的态度 ………（3）
第一讲　"不刊鸿教"：《诗经》课的讲法与古典学的任务 ………（8）
第二讲　"制礼作乐"：《诗》文本的结集与周代礼乐制度 ………（16）
第三讲　"赋诗言志"：《诗》在春秋时期的传播与影响 …………（26）
第四讲　"礼化诗学"：从"温柔敦厚而不愚"到"美教化，移风俗" …（46）
第五讲　"三体三用"：从"六诗"到"六义" ………………………（62）

下篇　《诗经》要目选讲

第六讲　"后妃之德"：《周南·关雎》讲读 ………………………（83）
第七讲　"后妃之本"：《周南·葛覃》讲读 ………………………（109）
第八讲　"后妃之志"：《周南·卷耳》讲读 ………………………（120）
第九讲　"怨而不怒"：《邶风·谷风》讲读 ………………………（133）
第十讲　"稼穑艰难"：《豳风·七月》讲读 ………………………（154）
第十一讲　"室家离合"：《豳风·东山》讲读 ……………………（180）
第十二讲　"我有嘉宾"：《小雅·鹿鸣》讲读 ……………………（194）
第十三讲　"忧国畏讥"：《小雅·正月》讲读 ……………………（210）
第十四讲　"尊祖配天"：《大雅·生民》讲读 ……………………（231）
第十五讲　"慎终追远"：《大雅·文王》《周颂·清庙》讲读 ……（248）

主要参考文献 ……………………………………………………（268）

弁　言

自2009年始,在中大开设《诗经》课程,迄今恰满十年。
此前,未曾开过《诗经》课,于《诗经》学亦无甚研究。
首次开课,基本采用现代通行讲法,文学的,文献的。
2010年再次授课,始逐步彰显《诗经》之经学意义及古典学意义。
清儒皮锡瑞称"《诗》比他经尤难明",信哉斯言!
揆诸经籍,始明"经禀圣裁""以三百五篇当谏书"之深义!
古今一理,月映万川。

三年前,即着手整理旧稿,编撰讲义。
起初非为出版,而重在梳理思路,整顿文献。
本欲撰成通俗读本,未料大量古籍原文不忍删弃,终而成此模样。
然于大学生甚或研究生而言,讲义之"学术性"依然有必要保持。
"诗经讲义稿"之书名,确乎有意与傅斯年先生原著重合。
非为攀附,一续中大《诗经》课之因缘,一见二稿立意之不同。

书稿之撰作,感谢听讲诸君之质疑问难,促我修正反思。
切磋琢磨,教学相长,于师生而言,诚为幸事!
感谢资深教授冯达文先生之催促提携,不然或许仍在拖延。
承蒙哲学系允准纳入"中大哲学精品教程"系列,曷胜荣幸!
感谢中国社科出版社孙萍女史之专业意见,使拙稿避免了一些差错。
衷心期待读者诸君之郢正赐教,在下不胜感激!

周春健
戊戌荷月于中大"习之堂"

上 篇

《诗经》学的基本问题

导言 "古今中西"：《诗经》概说及今日对待传统的态度

一 "六经之首"，诗之国度

提起《诗经》，大家并不陌生。通常说来，《诗经》是我国最早的一部乐歌总集（英译为：*The Book of Songs*，一译为 *The Book of Odes*），收录了自西周初年到春秋中叶大约五百年间的305篇作品，是中国文学的辉煌开端，具有极高的艺术成就。同时她也是传统的"十三经"之一，而且在"六经"系统中排在第一（今文经学家排列"六经"的次序是：《诗》《书》《礼》《乐》《易》《春秋》），堪称"六经之首"。《诗经》在先秦属"六艺"（指"六经"）之一，自汉代以来一直列为太学以及各级学校的重要学习科目。隋唐以来的科举考试中，也往往将其作为指定教材，对后世影响巨大。我们常讲，中国是一个"诗之国度"，《诗经》乃其重要源头。

春秋时期，有"赋诗断章"的风气，赋诗引诗在处理诸侯国之间的外交事务中发挥了重要作用，孔子即曾云"不学《诗》，无以言"（《论语·季氏》）。在今天，无论哪个人恐怕也都会背诵"关关雎鸠，在河之洲"的诗句。我们日常生活中习用的许多成语，其实都是来自《诗经》，比如"求之不得""辗转反侧"（《周南·关雎》）、"逃之夭夭"（《周南·桃夭》）、"鹊巢鸠占"（《召南·鹊巢》）、"忧心忡忡"（《召南·草虫》）、"小心翼翼"（《大雅·大明》）等。《诗经》可谓家弦户诵，妇孺皆知。

《诗经》的影响，不仅是中国的，也是世界的。《诗经》在国外有着广泛的传播，不同语种的《诗经》译本就有数种，国外学者对《诗经》的研究也越来越深入。《诗经》早已走向世界！

二　现代人的观念：文学性诗歌总集

随着近代以来经学的瓦解，以及西方分科对于中国学术的影响，我们关于《诗经》一书基本信息的获得，往往来自高校中文系开设的"中国文学史"课程。著名文学史家游国恩（1899—1978）在他主编的《中国文学史》中有一段话很有代表性，他说：

> 《诗经》是我国第一部诗歌总集，共收入自西周初年至春秋中叶大约五百多年的诗歌 305 篇，而"小雅"中的笙诗 6 篇，有目无辞，不算在内。《诗经》共分风、雅、颂三个部分。其中风包括十五"国风"，有诗 160 篇；雅分"大雅"、"小雅"，有诗 105 篇；颂分"周颂"、"鲁颂"、"商颂"，有诗 40 篇。①

应当说，游先生对于《诗经》基本问题的描述是准确的。从文学史的角度讲，对于《诗经》一书的定性（"第一部诗歌总集"）也是合理的。不过，假如我们将《诗经》置于其所产生并发挥作用的中国古典社会，就会发现《诗经》其实具有很强的政治性，她在治国安邦的社会政治层面发挥了极其重要的作用。她的作用不仅是文学的，更是政治的。而"第一部诗歌总集"的说法，加之通常授课时对于具体诗篇"文学鉴赏"角度的解析，很容易让人产生《诗经》仅属于"文学"的印象。

的确，在现代多数人的印象中，《诗经》就是一部纯粹的"文学性"的诗歌集子，我们喜欢她也是因为她具有"文学性"，喜欢她的迷蒙意境，喜欢她的优美文辞，喜欢她能够陶冶人的性情。而对于《诗经》之所以称为"经"，也就是《诗经》在古典社会"意识形态"领域所发挥的政治教化作用，往往斥其为"封建""落后"。并且，不光是对待《诗经》，对待所有中国传统经典都是如此。这便直接导致"传统"在现代社会的断裂与隔膜，这实在是涉及民族与国家的前途命运、成败兴衰的大事！

举两个身边的例子。曾经看到一本书，名为《诗经的秘密》，书籍封套的推介语中，称"《诗经》是一部两性关系的《圣经》，《诗经》有秘

---

① 游国恩等主编：《中国文学史》第一册，人民文学出版社 1963 年版，第 30 页。

密,关于情爱和人性的秘密。……为当今蜗居都市、宅身网络的男男女女,化解郁闷,疗治情伤。辛辣快意,妙趣横生。如露入心,如饮醍醐"。如此解说《诗经》,便是将《诗经》径直当作了仅仅是调剂情绪的"心灵鸡汤",连《诗经》的文学价值都无从体现和欣赏,这实在是对作为"中华元典"之一的《诗经》的一种相当程度的"贬低"——尽管此书属于情感类消遣读物,算不上学术著作。须知,《诗经》书名中的"经"字不是随意加的,"经"字背后体现出的是"恒久之至道,不刊之鸿教"①的经学信仰。《诗经》在中国古代,曾经自上而下发挥过修己治人的重要作用,绝不等同于普通的文学书!从这一点说,所谓"一代有一代之文学"的"楚之骚""汉之赋""魏晋之骈文""唐之诗""宋之词""元之曲"等(王国维语),也没有哪一个可以与《诗经》相提并论。

又曾在台北的诚品书店觅得一本《诗经是一枚月亮》,作者是一位网络作家,亦是立足于《诗经》篇章谈男女情感。在书籍扉页的"《诗经》小简介"中,称"(《诗经》)为中国第一部纯文学的专著,开启了中国诗叙事、抒情的内涵,是中国最早的诗歌总集"。所谓"纯文学的专著",更是决然将《诗经》在古典社会更为重要的政治教化作用排斥在外了。这样,我们便无法透过《诗经》以至"五经""四书"这样的经典系统,去理解那个已经逝去的古典社会,也就无法更好地从我们自身的历史中汲取经验,也就无法"尚友古人"而从古代先贤那里汲取智慧,来为我们当今及未来的社会提供精神资源。

三 降《诗经》为文学,"五四"学者有以启之

现代社会对于《诗经》认识上的偏颇,倘若追本溯源,则实为"五四"前后"新文化运动"中诸名家有以启之。晚清以来,中国遭遇"三千年未有之大变局"(李鸿章语),不光在军事、经济上落后于西方列强,在文化、制度上也自惭形秽——此前之中国,虽亦曾遭外来侵略,但在文化上从来是自信的,而且最终往往会实现"征服者的被征服"(马克思观点),即在文化上同化了外来的征服者,惟此次不同。于是开始全面向西方学习,同时坚定地反传统、反封建,《诗经》《周易》等儒家典籍,便

---

① (南朝梁)刘勰:《文心雕龙·宗经》。

自然成为一个被批判的重要靶子。

就《诗经》而言，主张"新文化"的思想家们，均伸张其"文学性"，而否定其"经学性"。比如胡适（1891—1962）于1925年9月曾在武昌大学（今武汉大学）作过一场演讲，题为《谈谈诗经》，他说：

> 《诗经》不是一部经典。从前的人把这部《诗经》都看得非常神圣，说它是一部经典，我们现在要打破这个观念；假如这个观念不能打破，《诗经》简直可以不研究了。因为《诗经》并不是一部圣经，确实是一部古代歌谣的总集，可以做社会史的材料，可以做政治史的材料，可以做文化史的材料，万不可说它是一部神圣经典。①

这篇讲演后来被收入著名历史学家顾颉刚（1893—1980）主编的《古史辨》第三册中。胡适的立场很明确，他就是要将《诗经》从"圣坛"上拉下来，将其从"经学"降低而为"文学"乃至"史料"。

闻一多（1899—1946）再次强调《诗经》"歌谣集"的文学性质，并且倡导人们要把《诗经》"当文艺看"：

> 汉人功利观念太深，把《三百篇》做了政治课本，宋人稍好点，又拉着道学不放手——一股头巾气；清人较为客观，但训诂学不是诗；近人囊中满是科学方法，真厉害。无奈历史——唯物史观的与非唯物史观的，离诗还是很远。明明一部歌谣集，为什么没人认真地把它当文艺看呢！②

鲁迅（1881—1936）对于《诗经》的批判尤为严厉，他几乎连《诗经》的文学价值也给否定了：

> ……古人不及今人的地方是很多的，这正是其一。就是周朝的什么"关关雎鸠，在河之洲，窈窕淑女，君子好逑"罢，它是《诗经》里的头一篇，所以吓得我们只好磕头佩服。假如先前未曾有过这样的一篇诗，现在的新诗人用这意思做一首白话诗，到无论什么副刊上去投稿试试罢，我看十分之九是要被编辑者塞进字纸篓去的。"漂亮的

---

① 顾颉刚：《古史辨》第三册，上海古籍出版社1982年版，第577页。
② 闻一多：《闻一多全集·诗经编上》，湖北人民出版社2004年版，第214页。

好小姐呀,是少爷的好一对儿!"什么话呢?①

至此,难免会有这样的疑问——难道把《诗经》作为"歌谣"来看待不可以么?以"文艺"的眼光对《诗经》进行文学鉴赏、陶冶性情不可以么?经学时代既已成为已陈之刍狗,为什么还要去把《诗经》当"经书"看呢?

我们说,从文学角度审度《诗经》当然可以,并且很好!——需知,即便是从文学角度对《诗经》进行鉴赏,难度亦甚大,需要具备专业的知识与素养。关键是,假如都像诸多现代学人那样仅仅把《诗经》当作文学作品来看待,问题就大了。理由在于,《诗》从起初并不是一部纯粹的"歌谣集",比如通过"献诗""作诗"而进入《诗》文本的诸多颂诗和雅诗,本来就是政治诗。哪怕是通过到民间"采诗"而来的诸多风诗,当经过了王室的太师乐官之手,修订并入乐而应用于一定的礼仪场合的时候,这些诗篇也已不再是纯粹"民间"的了。《诗》在古典社会的作用发挥,主要在于移风易俗、治国安邦,故而应当认识到《诗经》"经夫妇,成孝敬,厚人伦,美教化,移风俗"(《诗大序》)的政治教化作用。只有这样,我们才可以看到真实的"诗经"。

另外,在当时的历史情境下,"五四"一代学者消解《诗经》的"经学"地位,以"文艺"的眼光看待《诗经》是可以理解的。他们对于传统的批判,亦是那一代思想者在当时积极探寻中华民族出路的一种方式。

然而今日之情势,与当年大不相同。一方面,晚清以来受到西学冲击,整个中国社会选择的道路是学习西方,同时彻底地批判传统、抛弃传统;然而倏忽百年已过,今日中国之诸多社会顽疾,在很大程度上恰是因一味学习西方而极力摒弃传统所导致,这就需要我们重新审视对待传统的态度,不可走过去武断批判传统的老路。另一方面,"五四"学者虽批判传统但懂得传统,他们具有深厚的古典学养,而今日社会之古典学养普遍淡薄,因此更需要尊重传统,尚友古人,涵泳经典,进德修业!

惟其如此,方可真正理解《诗经》一书之经学本质;惟其如此,方可由《诗经》等经典进而真正理解作为我们精神思想源泉的中国古典社会。

---

① 鲁迅:《门外文谈》,《鲁迅全集》第六卷,人民文学出版社1981年版,第94页。

第一讲 "不刊鸿教"：《诗经》课的讲法与古典学的任务

经典的"讲法"，实际就是经典的"读法"，说到底是对待经典的态度。讲法问题，是一个至关重要的问题。

1927年，著名学者傅斯年（1896—1950）担任中山大学教授，曾为学生开设《诗经》课程，讲稿所成即为著名的《诗经讲义稿》（单行本有中国人民大学出版社2004年版等）。傅斯年是"五四运动"中的闯将，当年学生游行的经典照片中，在北京大学学生队伍中扛大旗走在最前的，正是这位孟真先生（傅斯年字孟真）。"五四运动"后，傅斯年留学欧洲六年，游历英、德诸国，回国后即应聘中大，曾任国文、历史两系主任。

在这部简约的《诗经讲义稿》中，傅先生开宗明义提出了他对待《诗经》的态度：

> 我们去研究《诗经》应当有三个态度：一、欣赏它的文辞；二、拿它当一堆极有价值的历史材料去整理；三、拿它当一部极有价值的古代言语学材料书。……我们承受近代大师给我们训诂学上的解决，充分地用朱文公等就本文以求本义之态度，于《毛序》、《毛传》、《郑笺》中寻求今本《诗经》之原始，于三家诗之遗说遗文中得知早年《诗经》学之面目，探出些有价值的早年传说来，而一切以本文为断，只拿它做古代留遗的文辞，既不涉伦理，也不谈政治，这样似乎才可以济事。①

在了解了傅先生的学术行历后，便可理解他作为"五四"先驱对待《诗经》为何会是这样的态度。傅先生的话乃有其特殊的历史文化背景，就我们今天而言，则不唯欣赏《诗经》的文辞，不唯将《诗经》当作史

---

① 傅斯年：《诗经讲义稿》，中国人民大学出版社2004年版，第11—12页。

料和言语学材料，也要"涉伦理"，又要"谈政治"。

巧合的是，2009年笔者由武汉徙居岭南，承乏中山大学讲席，亦曾在中大哲学系、博雅学院以及全校通识课、公选课讲授《诗经》多年，讲法逐年有所改进，个人在观念上也经历了一个从"现代"到"古典"的转换。今对笔者近几年来《诗经》课的讲授思路略为梳理，以就教于方家。另，本册小书具名"诗经讲义稿"，亦借用傅斯年先生著作之名，不揣浅陋，附入骥尾。当然，名为"讲义稿"还有一层意思，乃指本稿粗疏，未为定稿也。

一 "语言课"，程、蒋注本，按题材分类讲

2009年9月，笔者同时在哲学系和博雅学院开设《诗经》课，这是我平生第一次讲授《诗经》。博雅学院的课程是一门大课，每周3次共6学时，整个学期计108学时；哲学系是一门2学时的小课，共36学时。

当时博雅学院课程的基本定位，在我看来首先应当是一门"语言课"，试图通过对《诗经》《左传》等经典的研读来熟习古代汉语，而不是通过直接讲授《古代汉语》的形式。博雅首届的《诗经》课，也正是在这个定位下展开。

当年制定的"授课计划"，包含"教学目标""教学设计""使用教材"等诸多方面，代表着当时的讲授思路。今移录如下：

1. "教学目标"——《诗经》作为"中华元典"之一，在中国文化史上占有极为重要的地位，影响深远。通过本课程的学习，使同学们对《诗经》研究的一些基本问题，比如名义、编定、分类、时代、地域以及历代研究概况等有所了解。通过对某些具体篇目字义及题旨的讲解，使同学们初步熟习先秦语言，增强古汉语修养；同时，了解各时代对诗篇的不同解说，以见学术之代变。

2. "教学设计"——（1）注重文本，培养文献阅读与检索的意识和能力；（2）篇目精讲，落到实处，将古汉语知识融入其中；（3）要求背诵所讲篇目，并作检查，让学生真正"进入"古典；（4）要求为所讲篇目作注解，巩固课堂讲授，训练学生书写能力。

3. "使用教材"——选取程俊英、蒋见元著《诗经注析》（中华书局版）为基本教材，原因有二：其一，该书有注释，有辨析，是现代注本中学术性较强、较权威的一部，可以作为今后从事《诗经》学术研究的

基础入门书；其二，该书在形式上繁体直排，"传统"意味较浓，可以培养学生识繁体的能力和读古书的习惯。

至于具体的教学安排，则是首先简要介绍了关于《诗经》学的一些基本问题及其早期流传及影响，而后又精读了在诗经学史上产生重大影响的《毛诗大序》，主体部分则按照《诗经》的"题材"分类，每类中选取几篇代表性作品进行讲解——这大概也是《诗经》课的通常讲法。当然我们讲得很细，包括字词的疏通、历代的注疏、主题的辨析、艺术的鉴赏，另外还要求学生背诵。

在学期末课程总结时，我这样写道："一个学期下来，《诗经》课实现了预期教学目标，总共精读了大大小小45首作品，内容涉及婚恋、美刺、战争、农事、燕飨、祭祀以及民族史诗，体制包含风、雅、颂。加上泛读作品，至少不下百篇。对于这45首诗，同学们基本都可以做到背诵或熟读。在我看来，同学们精读了这45首诗是他们最大的收获。不要忘却，经典的揣摩与理会要以一定数量作品的研读为基础，舍此别无他途。有了这些作品为基础，同学们谈及《诗经》就可能会有自己真正的体会，而这是单纯学习文学史线索的教授方式所无法替代的。"

博雅班上，我还在学期中间作课程小结时为同学们戏作了一首打油诗，云：

诗经课·赠博雅诸君子

是岁四月，吾自武汉调至中山大学哲学系，承乏博雅学院《诗经》课讲席。博雅诸君子材知深美，心志坚定，尤为感怀。聊作七言，以寄劝勉之意。不求格律，不讲对仗，唯达意而已矣。

芳草萋萋露重重，挈妇江城渡羊城。
逸仙旅下追远路，金明馆里祭唐声。
总谓束脩能执礼，奈何夫子少从容。
康乐胜景今何在？博雅青衿诵国风。

二 "经学课"+"语言课"，《毛诗正义》+ 程、蒋注本，按本来顺序讲

然而一个学期下来，我一直在反思这门课，也一直在反思自己对于

《诗经》的认识：这样来讲是不是把握住了《诗经》的本相？在多大程度上触抵到了她的实质？《诗经》在现代社会到底要发挥她的什么作用？说实在话，在很长一段时间我是迷茫的。所以我觉得，按原来的思路来讲《诗经》，恐怕不行。这算内因。

就外因来讲，时任博雅学院院长的甘阳老师的建议，促使我在《诗经》课讲法上做了比较大的改变。2010年上半年某天在博雅学院，甘老师提出，如果再上《诗经》课，不妨按照诗篇本来的排列次序讲，不要再按题材分类把诗篇顺序打乱。甘老师的这一建议使我茅塞顿开，因为无论不同书籍的排列还是某一书籍内不同篇章的排列，次序背后实有其思想深义，值得我们深入探究。这也促使我对所用教材作了进一步反思。应当说，在实际讲授过程中，尽管我们是以代表现代诗学立场的程俊英（1901—1993）《诗经注析》为基本依据，却从未忽略《诗经》的经学意义。比如在正式讲解诗篇之前，便花了大力气精读了《诗大序》，而《毛传》《郑笺》《孔疏》《朱传》《诗毛氏传疏》《诗经原始》等历代最有代表性的《诗经》研究著述，也均曾纳入我们的学术视野。同时，在古今主题解说对比中，也曾对程俊英等现代学者的说解提出过批评。不过，作为基本依据的教材不同，讲法的确会有不同，传达给学生的信息也确实会有很大差别，譬如关于"孔子删诗"的微言大义，如果不用孔颖达的《毛诗正义》或朱子的《诗集传》，的确无法讲得深入透彻。

鉴于上述原因，我在2010年下学期在给博雅学院第二届同学开设《诗经》课的时候，便改换了一种讲法。教材改以《毛诗正义》（包含《毛传》《郑笺》《孔疏》）为主，参以朱子《诗集传》，辅以程俊英的《诗经注析》，并且按照《诗经》篇目本来的结构顺序，试图弄清经学家们到底是怎样解说《诗经》的。这样，课程定位实际就变成了"经学课＋语言课"。

于是在课堂上首先了解了《诗经》学的一些基本问题、勾勒了历代《诗经》研究的一个基本线索后，便精读了《周南》11首诗，从《关雎》到《葛覃》《卷耳》《樛木》《螽斯》《桃夭》《兔罝》《芣苢》《汉广》《汝坟》直到《麟之趾》，看《毛诗序》是怎么讲的、毛郑是怎么讲的、三家诗是怎么讲的，孔颖达是怎么讲的、朱熹是怎么讲的、姚际恒是怎么讲的、方玉润是怎么讲的，包括现代学者闻一多是怎么讲的、傅斯年是怎么讲的、高亨是怎么讲的、陈子展是怎么讲的等，竟然有意想不到的收获！

比如关于《诗经》学的一些基本问题，自己有了更深入的认识：比如《诗序》在结构上是分层次的（分首序、续序），《诗序》解诗是自成系统的（并非毫无章法，穿凿附会），《诗序》并不全是来解说诗的字面本义的（多数是阐述其仪式功能），诗义是多层次的（有诗本义、仪式义、乐章义、经学义、文学义等），而且《诗》文本经历了多次结集，编集到一组的作品在时代上是有差异的。同时还认识到：《诗经》中的"名物"都与诗义有着密切的关联，按照经学家们的观念来解《诗》，在经学时代很多时候是发挥着正面作用的（如安定秩序，维系社会），而且有许多在当今社会依然有益（如"温柔敦厚"的诗教传统）。而这些，是采用第一种讲法——也是现代较通行的讲法——所无法获得的。

课堂上，与同学们相互讨论，还促使我写成几篇学术论文——《〈周南·螽斯〉诗教义发微》《〈周南·樛木〉"樛木"、"君子"辨说》《〈古史辨〉第三册〈自序〉读札》《也谈诗经学史上的"假历史"和"假道学"》《"宴尔新昏，如兄如弟"与儒家伦理》等，这可算是教学相长的生动体现。

学期末，有所感发，又为博雅学院同学作了第二首打油诗：

博雅二届诗经课打油

遵甘老师意旨，《诗经》课当按《诗经》原来次序讲解，尽量不受"现代诗学"影响，本学期授课遂有大幅调整，且有崭新认识。大端有二：一为呈现并析理诗教义之发挥，重启"古典诗学"；一为将《诗》之兴替与周代礼乐制度密切关联，条辨内外理路。今草此八句，以见古今学术、政治之不同。

横看成岭侧成峰，一物一事总关情。
贵胄黎庶生讼议，丰镐洛邑费究竟。
读诗焉可去诗教？解经惟当念鼓钟。
历览前贤与时哲，毛郑胜过程俊英。

三　"古典学课"，《毛传》《朱传》+程、蒋注本，倡导古典诗教

从经学角度讲授《诗经》，固然可以深入挖掘《诗经》在经学时代的意义，却会面临这样两个实际问题：其一，现代社会真正接受对经典的经

学解说，是需要有一定信仰的，不然接受起来会有很大困难；其二，提倡经典的教化意义固然必要，但若仅从经学角度来讲，往往会引起现代学子的抵触——现代以来的通行看法是经学观念很大程度上代表着"封建糟粕"，这不利于经典在现代的普及与传播。

恰好2011年4月份去台湾"中央研究院"参加学术会议，我作了《〈古史辨〉第三册〈自序〉读札：兼论今日对待〈诗经〉的态度》的发言。一位学者提出这样一个问题：除去"政治"上的作用，《诗经》在古代有无"文学"意义的发挥？这个问题，实际关心的正是"诗教义"的发挥方式问题。

而解决这一问题的关键，就是谈诗教的时候不可仅仅局限于"经学时代"，而应该再向前推，推到"子学时代"以至西周"王官学"时代。从周公的"制礼作乐"，到孔子提出的"兴于诗，立于礼，成于乐"以及"温柔敦厚，诗教也"等命题，都需要密切关注。这样，一方面可以建立起从周公—孔—孟到汉代经师解《诗》的内在关联，另一方面可以从这一过程中找寻适合现代接受的诗教发挥点。而这，便与"经学"讲法稍稍不同，乃属"古典学"讲法。所谓"古典学"的讲法，特点有三：一是更容易树立文化自信，因为"古典学"一词本身就包含着对于自己传统经典价值的认同；二是时间范围上更广，它可以涵盖经学时代而不止于经学时代，这样可以帮我们找寻到更加适合现代接受的角度和资源；三是可以更好地焕发古代经典的现代意义，对现代社会更好地施行教化，因为"古典"与"现代"的重大区别在于，《诗经》等经典在古典时代作用是全方位的教化，而在现代，教化意义大为减少，往往只局限于"文学"角度的"陶冶性情"——尽管也有教化意义在，但相对淡薄许多。如此说来，对于现代社会的经典讲授而言，"古典学"立场无疑是一个上佳选择。

于是我在前两年授课的基础上，又对《诗经》课作了调整和完善，最突出的特点是以"古典诗教"作为一条红线贯穿全课。按36学时计，授课提纲如下：

  导　言　"古今中西"：《诗经》概说及今日对待传统的态度
  第一讲　"不刊鸿教"：《诗经》课的讲法与古典学的任务
  第二讲　"制礼作乐"：《诗》文本的结集与周代礼乐制度
  第三讲　"赋诗言志"：《诗》在春秋时期的传播与影响
  第四讲　"礼化诗学"：从"温柔敦厚而不愚"到"美教化，移风俗"

第五讲　"三体三用"：从"六诗"到"六义"
第六讲　"后妃之德"：《周南·关雎》讲读
第七讲　"后妃之本"：《周南·葛覃》讲读
第八讲　"后妃之志"：《周南·卷耳》讲读
第九讲　"怨而不怒"：《邶风·谷风》讲读
第十讲　"稼穑艰难"：《豳风·七月》讲读
第十一讲　"室家离合"：《豳风·东山》讲读
第十二讲　"我有嘉宾"：《小雅·鹿鸣》讲读
第十三讲　"忧国畏讥"：《小雅·正月》讲读
第十四讲　"尊祖配天"：《大雅·生民》讲读
第十五讲　"慎终追远"：《大雅·文王》、《周颂·清庙》讲读

　　这一提纲，可分为前后两个部分。前五讲为《诗经》学的基本问题，讲理论；后十讲为具体文本研读，讲作品。提纲既呈现了《诗经》篇目的本来顺序（《周南》前三篇），又顾及了整部《诗经》的面（"风""雅""颂"等各种不同体裁，婚恋诗、农事诗、战争诗、燕飨诗、政治讽刺诗、周民族史诗、祭祀诗等各种不同题材），可以使同学们从"古典学"的角度对《诗经》有一个整全的了解。本书的写作，也正是以此提纲为基本依据。

　　在 2009 级哲学班上，我又为同学们作了第三首打油诗：

哲学 09 级《诗经》课随想

自古人人爱性情，摩挲潜研数葩经。
无邪莫陷孔夫子，草木虫鱼皆所兴。
汉儒未可责附会，诗教椎轮始周公。
温柔敦厚节正义，兴诗立礼大乐成。

四　古典学的当务之急：补"古典学养"之课

　　近些年大陆"古典学"的兴起，显然有其现实针对性。现代最堪忧的问题正在于信仰滑坡、教化匮乏，而古典学的建设无疑是最终解决这一

难题的良策。讲授经典的大学课堂，是一块极为重要的阵地。

　　于《诗经》而言，我曾反思，是什么原因造成了现代以来的"以诗解诗"和对经说的摒弃？我们今天应该以一种什么样的态度来看待《诗经》这样的经典，才有可能触及她的本相，真正焕发其现代青春？除去前文提到过的鲁迅、胡适、闻一多、傅斯年等人，还有一个值得提及的便是"五四"风潮影响下的"古史辨派"，代表人物正是史学家顾颉刚。

　　"古史辨派"所代表的"疑古辨伪"思潮，在中国现代学术思潮史上产生了重要影响。对待《诗经》《周易》《尚书》等经书，不再以经学的眼光审度，而将其降为史学乃至文学，试图摧毁经说。比如《古史辨》第三册，便着力批判《周易》与《诗经》二书，顾颉刚在本册《自序》中称："于《易》则破坏其伏羲、神农的圣经的地位而建设其卜筮的地位；于《诗》则破坏其文、武、周公的圣经的地位而建设其乐歌的地位。"这一对待经典的态度，与鲁迅、胡适等人一脉相承，直到近百年后的今天依然没有根本改变。

　　如前所言，21世纪的形势与"五四"风潮下的"古史辨"时代迥乎不同，长此以往，会造成现代与传统的日益隔膜。今日学人的首要任务，一方面，要打破现代以来"文史哲"分家的观念，从"古典学"的整全视野，看待《诗经》《尚书》《周易》等古代经典；另一方面，在批判"五四"以来"反传统""疑古"倾向的同时，好好补古典学养的课。对于《诗经》，便是首要要弄懂《诗经》学的一些基本问题，以及在六艺时代和经学时代"诗教义"究竟如何发挥，再审慎地对其展开扬弃，取其精华，以为今用。我们的目的是倡导一种尊重传统、尊重历史的学术风气，"走出疑古时代"，"重启古典诗学"！

第二讲 "制礼作乐"：《诗》文本的结集与周代礼乐制度

《诗》文本的早期编订以及《诗》在社会上的最初流传，都与周代礼乐文明有莫大的关系。如果不从礼乐制度的角度理解《诗经》，了解其与音乐歌舞的密切联系，了解其特殊的存在方式与功能特点，那么诸多《诗经》学问题永远是聚讼不已的公案。而一旦将《诗》放置到周代礼乐文明的大背景下，诸多问题则会变得明朗起来，前文打油诗所谓"解经惟当念鼓钟"，说的正是这个意思。这要从传说中的周公"制礼作乐"讲起。

一 周公居摄与"制礼作乐"

如所周知，武王姬发灭商三年后去世，武王之子姬诵年幼，武王四弟周公旦"恐天下闻武王崩而畔"（《史记·鲁周公世家》），于是一方面拥戴姬诵即位（是为周成王），一方面竭忠尽智辅佐成王行政于国，史称"周公居摄"。周公摄政，为西周江山的稳固与勃兴做出了巨大贡献。《尚书大传》称誉其德业云：

> 周公摄政，一年救乱，二年克殷，三年践奄，四年建侯卫，五年营成周，六年制礼作乐，七年致政成王。

在周公摄取政七年的伟大功业当中，"救乱（立成王、安抚内外、居东）""克殷（平定殷商下层叛乱）""践奄（镇压东方奄国叛乱）"主要属于军事方面，"建侯卫（分封诸侯）"属于制度方面，"营成周（营建东都洛邑）"属于王都建设方面，而"制礼作乐"则偏于文化方面。当然，这一区分实相对而言之，文化方面的"制礼作乐"亦具有浓重的政治色彩，并且对后世产生了极其深远的影响。《诗》文本的结集，便是在这一大的文化背景中产生的。

其实，周公"制礼作乐"的想法很早就有，只是畏于不被理解而未推行。《尚书大传》载：

> 周公将作礼乐，优游之三年，不能作。君子耻其言而不见其从，耻其行而不见其随。将大作，恐天下莫我知；将小作，恐不能扬父祖功业德泽。然后营洛以观天下之心，于是四方诸侯率其群党各攻位于其庭。周公曰："示之以力役且犹至，况导之以礼乐乎？"然后敢作礼乐。《书》曰："作新大邑于东国洛，四方民大和会。"此之谓也。

从周公的话语中可知，"礼乐"与"力役"相对，并且是高于"力役"的一种治国方略。而从"制礼作乐"后的效果来看，"四方民大和会"，正似百川归海。此时的周王朝，显示出无比的朝气和凝聚力，这与"礼乐"的效用密切相关。

"礼"强调的是"别"，强调人与人之间的等级与秩序；"乐"强调的是"和"，强调人与人之间的亲近与和乐。如此说来，"礼乐"大致对应的正是后来儒家所强调的"尊尊亲亲"观念。而无论"别"与"和"，还是"尊尊"与"亲亲"，均有利于周人内部的团结和睦。更重要的一点，周公的"制礼作乐"，可以很好地为他推行的另外一个政策"建侯卫"即"封土建君"提供文化上的支持。制度上的"封土建君"，文化上的"制礼作乐"，如鸟之双翼，相辅相成，保证了周王朝宗法制政权的稳固与顺畅。

二 诗教与乐教

今人杨朝明认为：

> 周公制礼作乐，乐也是礼的一个重要方面。分而言之，礼与乐有别；统而言之，则乐和狭义的礼都是礼的组成部分，或者说，我们所说的礼乐也可径称之曰礼。这主要是因为礼典的实行往往配合着一定

的乐舞。①

如此说来，乐教即属礼教。周代的乐教，绝非后世所侧重的艺术层面的意义，而是具有强烈的政治属性。《诗》在西周产生之初，其存在方式便是诗—乐—舞的合一，因此诗教往往以乐教的形式呈现，并与政治有密切的关联。关于这点，在《礼记·乐记》中有好几处论述，如：

> 乐者，音之所由生也。其本在人心之感于物也。是故其哀心感者，其声噍以杀；其乐心感者，其声啴以缓；其喜心感者，其声发以散；其怒心感者，其声粗以厉；其敬心感者，其声直以廉；其爱心感者，其声和以柔。六者非性也，感于物而后动。是故先王慎所以感之者。故礼以道其志，乐以和其声，政以一其行，刑以防其奸。礼、乐、刑、政，其极一也，所以同民心而出治道也。(19·2)

又，

> 治世之音安以乐，其政和。乱世之音怨以怒，其政乖。亡国之音哀以思，其民困。声音之道，与政通矣。(19·3)

又，

> 诗言其志也，歌咏其声也，舞动其容也。三者本于心，然后乐气从之。是故情深而文明，气盛而化神。和顺积中，而英华发外，唯乐不可以为伪。(19·30)

"声音之道，与政通矣"中的"声音"，所指即为"音乐"。《孟子·尽心上》中亦有类似表述：

> 孟子曰："仁言不如仁声之入人深也，善政不如善教之得民也。善政，民畏之；善教，民爱之。善政得民财，善教得民心。"(13·14)

---

① 杨朝明：《周公事迹研究》，中州古籍出版社2002年版，第163页。

这里所谓"仁声",其实正指"乐教"。正因为"诗"与"乐"有如此密切的关联,以乐舞形式存在的《诗》,才在西周礼乐文明中发挥了极其重要的作用。

三 《诗》文本的结集与周代礼乐文明

周公"制礼作乐",礼乐文明大兴,以音乐形式存在的《诗》受到重视,才有了一次又一次的结集。而每一次《诗》文本的结集,几乎都与礼乐活动兴盛有直接的关系。可以说,《诗》文本的结集,正是周代礼乐制度的产物。

关于《诗》文本的结集过程,学术界有不同的说法。山西大学刘毓庆先生认为,

> 从今存《诗经》的基本情况与有关记载看,《诗经》作品显然可以分成三个逐次递增的层次,即:
> 一、《周颂》、"正雅"及"二南",此属典礼用诗,见于《左传》、《国语》及"三礼"的记载;
> 二、《周颂》及"二雅"、"二南"、"三卫",此为春秋交际场合引诗赋诗的主要范围,见于《左传》记载;
> 三、"二雅"、"三颂"、"十五国风",传世本《诗经》的内容。
> 这三个递增的层次,实际上在说明《诗经》不可能是一次性完成的。笔者认为,《诗经》在形成过程中,最少有过三个发展历程,即进行过三次重大的编辑整理工作。[①]

《诗》文本的三次编辑整理工作,分别属于三个时代,在刘毓庆看来:

> 《诗》文本的第一次编订,当在"宣王中兴"时期。史载"宣王即位,二相辅之,修政,法文、武、成、康之遗风,诸侯复宗周"(《史记·周本纪》),其中"法遗风"最重要的内容当即为兴正礼

[①] 刘毓庆、郭万金:《从文学到经学——先秦两汉诗经学史论》卷一,华东师范大学出版社2009年版,第3页。

乐,再致太平。在这一情形下,编订一册乐诗底本,作为典礼用乐的规定,是完全可能的。《诗》文本的第一次结集,其内容大致相当于东汉经学家郑玄《诗谱序》中所说的"《诗》之正经",主要包括《周颂》、正《大雅》(《文王》至《卷阿》18篇)、正《小雅》(《鹿鸣》至《菁菁者莪》16篇)以及《周南》、《召南》诸篇,"这就形成了《风》、《雅》、《颂》齐备的《诗经》基型"①。

《诗》文本的第二次编订,当在"平王崇礼"时期,此时已进入东周。刘毓庆认为,"在宣王与孔子之间,《诗经》应该还有一次较大规模的结集整理,其工作除对原有的典礼乐诗可能有所增改外,主要是新增进了'变雅'与'三卫'。这是《诗经》的第二次结集。而其时间最有可能的就是在平王时,最迟也不可能迟于桓王后"②。之所以归于"平王崇礼"时期,是因为韩愈曾言:"东周,平王东迁,能复修西周之政,志在周公典礼。"③ 所谓"变雅",即指正《大雅》、正《小雅》之外的其他篇目,通常认为产生于政治败乱时代,故称"变雅"。至于"三卫",则指十五国风中的"邶""鄘""卫"三组诗歌,因"邶""鄘""卫"三地同属大的"卫国",故称"三卫"(详见第九讲关于"三监之乱"的说解)。

《诗》文本的第三次编订,当归春秋晚期的孔子。刘毓庆认同"孔子删诗"说,并根据《史记·孔子世家》所载"三百五篇,孔子皆弦歌之,以求合《韶》《武》《雅》《颂》之音。礼乐自此可得而述,以备王道,成六艺",认为"孔子整理《诗经》的目的,不在诗之本身,而在'兴正礼乐',因此他首先是从礼乐的角度考虑诗篇的取舍的"。他认为:"孔子编诗,除对'二雅'、《周颂》、'二南'、'三卫'部分有所增补外,最主要的还是编定了《王风》以下十国的诗。"④ 至此,今日所见"十五国风""二雅""三颂"的《诗》文本的格局,便基本确立下来了。

清华大学中文系的马银琴教授,对于两周诗史有更为精深的研究,她认为《诗》文本的形成过程,首先表现为一个内容与篇幅逐渐扩大的过程。她曾经将《诗经》作品依内容划分为六个不同类型,分别为"纪祖颂功之歌""郊庙祭祀之歌""朝会燕享之歌""劝戒时王讽谏朝政之辞"

---

① 刘毓庆、郭万金:《从文学到经学——先秦两汉诗经学史论》卷一,第10页。
② 同上书,第11页。
③ (唐)韩愈、李翱:《论语笔解》卷下,文渊阁四库全书本。
④ 刘毓庆、郭万金:《从文学到经学——先秦两汉诗经学史论》卷一,第21页。

"感时伤世抒发悲怨之辞""各诸侯国风诗",而各类乐歌进入《诗》文本的时代并不相同。在她看来,《诗》文本一共经历了六次结集,分别为"康王时代""穆王时代""宣王时代""平王时代""齐桓公时代""孔子时代"。这一说法,时间上较刘毓庆之说有了较大推展,对《诗》文本本来面目的描述,亦较刘说更为丰富和精确。马银琴称:

1. 产生于西周初年的与祭祀仪式相关联的仪式乐歌,在康王三年"定乐歌"的活动中得到整理,以《雅》、《颂》命名的诗文本产生出来。

2. 《雅》、《颂》文本的内容扩大,在祭祀乐歌之外,以现实的人与事为歌颂对象的诗篇成为《雅》的重要内容,出现了燕享乐歌一类。

3. 宣王重修礼乐的活动进一步扩大了仪式乐歌的种类与范围,同时厉王"变大雅"被纳入《雅》,诸侯国风亦在《诗》的名义下得到编辑,诗文本服务于仪式的性质开始向服务于讽谏转变。

4. 在美刺的名义下大量的讽刺之诗得到编辑,《诗》、《雅》、《颂》分立的结构被打破,在《颂》仍以独立的形式流传时,以《诗》为名,《风》、《雅》合集的诗文本产生。

5. 在齐桓公尊王崇礼所带来的礼乐复兴的背景下,发生了第五次整理和编辑诗文本的活动,在这次以诸侯国风为主要对象的编辑活动中,《周颂》、《商颂》亦被纳入《诗》中,《风》、《雅》、《颂》合集的诗文本出现。

6. 春秋末年,经过孔子增删诗篇、调整次序的"正乐",《诗》之定本最后形成。①

依照马银琴之说,可知《诗》文本无论从名称还是形制,都与今本《诗经》有很大差别。从名称上讲,"诗"之名要到宣王时代才有,起初唯有"雅""颂"之名。这是因为"诗"字"从言从寺",而"寺"字包含"规正""法度"之义,因此"诗"字当指规正人行、使有法度的言辞,亦即指代"讽谏之辞"。《淮南子·诠言训》"诗之失,僻",东汉高诱注即为:"诗者,衰世之风也,故邪而以之正,小人失其正则入于僻。"而这一意义用来指称《诗》文本只能晚出,不可能在周王室初兴应用典

---

① 马银琴:《两周诗史》,社会科学文献出版社2006年版,第487页。

礼乐歌时使用此义。从形制上讲,《风》《雅》《颂》并非一开始便均齐备,而是先有《雅》《颂》,最后产生《国风》。由于《诗》的社会功能有一个从服务于"音乐仪式"到服务于"言辞讽谏"的转变,故而在孔子最后一次整理编订《诗》文本时,才将《国风》置于最前,而将《雅》《颂》排于其后。而这,与三者产生时间的先后,恰好相反。

无论"三次结集"说,还是"六次结集"说,都可以明显看出,《诗》文本的形成与周代礼乐文化有密切的关联。除去最后一次孔子删《诗》,其余诸次结集均发生在礼乐复兴的时代。甚至可以说,《诗》文本的结集过程与周代礼乐兴衰相始终。关于这点,马银琴曾有论述:

> 诗文本的形成过程,不但表现为一个作品内容不断扩大、结构形式日趋稳定的过程,同时也表现为一个仪式色彩不断弱化、德义成分不断加强的过程。作为周代礼乐制度的组成部分,诗文本的编辑直接反映了周代礼乐制度发展演变的历史状况。当历次由王室乐官主持的、发生于礼乐复兴时代的诗文本的编辑活动,最后转变成孔子的个人行为在春秋末年发生时,作为一种标志,这一事件实质上宣告了周代礼乐制度的完全崩溃。①

虽然"完全崩溃"一说或有可商,但春秋末期以来《诗》与礼乐愈发疏离,孔子之后再无《诗》文本的结集,确属事实。孔子时代,确立了今日所见《诗》文本的基本面目。

四 关于"孔子删《诗》"说

孔子究竟有没有删过《诗》?这是《诗经》学史上的一桩公案,学者各执一端。几乎每一种《诗经》学史或《诗经》概论读本,都会讨论此一论题。

明确持"孔子删《诗》"说者,最早者恐怕要属汉人司马迁(前145—前90)。《史记·孔子世家》云:

> 古者诗三千余篇,及至孔子,去其重,取可施于礼义,上采契、

---

① 马银琴:《两周诗史》,第487页。

后稷，中述殷、周之盛，至幽、厉之缺，始于衽席。故曰《关雎》之乱以为《风》始，《鹿鸣》为《小雅》始，《文王》为《大雅》始，《清庙》为《颂》始。三百五篇，孔子皆弦歌之，以求合《韶》《武》《雅》《颂》之音。礼乐自此可得而述，以备王道，成六艺。

照其说，则孔子曾对古诗三千余篇删削而成今本三百五篇的模样。汉人班固、郑玄，唐人陆德明，宋人欧阳修，清人顾炎武、魏源等，均赞同此说。亦有反对者，比如唐人孔颖达（574—648）在《诗谱序疏》中称：

如《史记》之言，则孔子之前，诗篇多矣。案书传所引之诗，见在者多，亡逸者少，则孔子所录，不容十分去九。马迁言古诗三千余篇，未可信也。

在《左传·襄公二十九年》之"疏"中又称：

季札歌《诗》，风有十五国，其名皆与《诗》同，惟其次第异耳。则仲尼以前，篇目先具，其所删削，盖亦无多。记传引《诗》，亡逸甚少，知本先不多也。《史记·孔子世家》云："古者诗三千余篇，孔子去其重，取三百五篇。"盖马迁之谬耳。

这两处文字，表面看是在批评"古诗三千余篇"的不可信，但实际上也是在否定孔子删《诗》之说。尤其是在《左传》疏中，孔颖达以为吴公子季札至鲁观周乐时所见十五国《风》，名称与今日之《诗》差别甚微，"惟其次第异耳"。而襄公二十九年（前544）时，孔子年仅八岁，不可能完成删《诗》的重任，这便否定了孔子删《诗》的可能性。至于清人方玉润（1811—1883），则说得更为直截：

孔子未生以前，《三百》之编已旧；孔子既生而后，《三百》之名未更。吴公子季札来鲁观乐，《诗》之篇次悉与今同（惟《豳》次《齐》，《秦》又次《豳》，小异），其时孔子年甫八岁。迨杏坛设教，恒雅言《诗》，一则曰"《诗》三百"，再则曰"诵《诗》三百"，未闻有"三千"说也。厥后自卫反鲁，年近七十。乐传既久，未免残缺失次，不能不与乐官师挚辈审其音而定正之，又何尝有删《诗》

说哉?①

然而这中间亦有推论不周严处：其一，孔颖达所谓十五国《风》"惟其次第异耳"，方玉润所谓"惟《豳》次《齐》，《秦》又次《豳》，小异"，都是把这里的次序差异看轻了，以为可以忽略。其实《国风》排列次序的不同，背后体现的是观念的差异。其二，《左传》文字于"雅""颂"，唯言"为之歌《小雅》""为之歌《大雅》""为之歌《颂》"，并未具体言《小雅》《大雅》的篇目，也未具体言《颂》的内容构成。由前文可知，今本《诗经》的《周颂》《商颂》《鲁颂》三个部分，并不是同时进入《诗》文本的，季札所见《诗》之文本，未必与今《诗》是"小异"。这些，都为孔子删《诗》留下了空间。加之孔子对于周公的推崇和其一贯的回复三代、承绪斯文的伟大志向，删《诗》定乐，并非没有可能。马银琴即以为：

> 据《论语》记载，孔子的"正乐"活动发生在"自卫返鲁"之后，即鲁哀公十一年以后，其时"聘问歌咏"之风已销声匿迹，孔子也已经历了干七十余君而莫之能用的失败。就这时的孔子来讲，他删诗正乐的举动，与其说是为了影响王侯，无宁说是为了教授弟子、传承文化。仅从授徒讲学的现实需要出发，在"礼乐废，《诗》、《书》缺"的历史条件下，孔子有充分的理由来删定一个比较完善的诗文本作为教学的课本。……当通过干政来恢复周道的愿望在现实的打击下最终破灭之后，聚徒讲学、整理文献不仅成为孔子晚年的职业，也成为他传承周代礼乐文化的唯一途径与选择。②

又按马银琴之说，孔子对《诗》文本的删定，包含三个方面的工作：其一是"增删诗篇"，可能增补了《曹风·下泉》等诗以及《鲁颂》部分。其二是"调整次序"，比如将季札观乐时处于十五国风中间位置的《豳风》，调至《国风》之末、《小雅》之前，使其获得一种"准小雅"的特殊地位，而这可能与孔子推崇周公、《豳风》因周公封鲁而传至鲁地且孔子为鲁人有关。其三是"雅化语言"，可能对诗句作了雅言化的加工

---

① （清）方玉润：《诗经原始·自序》，中华书局1986年版，第2页。
② 马银琴：《两周诗史》，第416—419页。

与整理。①

台湾学者文幸福则据《史记》《汉书》之记载，认为应当称"孔子选诗"，而不当称"孔子删诗"，他说：

> 《诗经》三百五篇，孔子所选以教其弟子者，故曰孔子选《诗》。其未被选录而亡者，非所谓删《诗》也，亦非孔子所能预见，尤非孔子之责任，此不可不察也。《史记》、《汉书》但言孔子取《诗》，皆不言删，是孔子选《诗》而已。②

这一说法其实并未解决"孔子删《诗》"说的根本问题，唯作名义辨析而已，并且在一定程度上消解了孔子有意删《诗》并赋予《诗》"神圣性"行为的思想史意义。

---

① 参见马银琴《两周诗史》，第419—424页。
② 文幸福：《孔子诗学研究》，台湾学生书局2007年版，第19页。

第三讲 "赋诗言志":《诗》在春秋时期的传播与影响

一 从"仪式配乐"到"赋诗言志"

如前所述,在周公"制礼作乐"的文化背景下,《诗》在西周时期即曾为着"仪式配乐"的目的被编集并应用于某些仪式,这在《仪礼》中有多处记载。比如《乡饮酒礼》载:

> 乃间歌《鱼丽》,笙《由庚》;歌《南有嘉鱼》,笙《崇丘》;歌《南山有台》,笙《由仪》。(4·13)
> 乃合乐:《周南·关雎》、《葛覃》、《卷耳》;《召南·鹊巢》、《采蘩》、《采蘋》。工告乐正曰:"正歌备。"乐正告于宾,乃降。(4·14)

又如《燕礼》载:

> 笙入,立于县中,奏《南陔》、《白华》、《华黍》。(6·20)
> 公卒爵,主人升受爵以下而乐阕。升歌《鹿鸣》,下管《新宫》,笙入三成,遂合乡乐。(6·31)

然而随着西周厉王之乱(即发生于公元前841年的"国人暴动")后"变雅入诗"事件的发生(参见马银琴所言《诗》文本的第三次结集),"仪式讽谏"逐渐成为《诗》的基本功能。于是在"典礼仪式"的用途之外,《诗》之应用具备了两种新的政治职能:一为"赋政",二为"专对"。孔子在《论语·子路》中曾云:"诵《诗》三百,授之以政,不达;使于四方,不能专对。虽多,亦奚以为?"其中的"授政"与"专对",所言正是《诗》的新职能。

所谓"赋政",指的是宣赋政令,其中一项重要内容即"出纳王命",也就是要能够做到察乐知政,能够通过诗乐宣导出纳五方政令。然而"春秋以降,随着周王室地位的下降,以'出纳王命'、宣赋政令为基本内容的赋政,逐渐被发生于诸侯国之间的相互聘问所代替,'赋诗言志'成为一种重要的外交手段。于是,各种场合的赋诗、引诗以及即兴式的乐工歌诗成为仪式歌奏之外《诗》最主要的传播方式"①。这一"赋诗"的新形式,在春秋时期应用最为广泛。考察春秋赋诗,可以察知《诗》早期流传过程中在社会政治领域的重要效用。

二 春秋时代的"高尚优雅"

对于春秋时代(前770—前476),钱穆先生(1895—1990)曾极度推崇,尤其推重这一时期优雅高尚的贵族文化。他说:

> 春秋二百四十二年,一方面是一个极混乱紧张的时期;但另一方面,则古代的贵族文化,实到春秋而发展到它的最高点。春秋时代常为后世所想慕与敬重。……当时的国际间,虽则不断以兵戎相见,而大体上一般趋势,则均重和平,守信义。外交上的文雅风流,更足表现出当时一般贵族文化上之修养与了解。……他们识解之渊博,人格之完备,嘉言懿行,可资后代敬慕者,到处可见。春秋时代,实可说是中国古代贵族文化已发展到一种极优美、极高尚、极细腻雅致的时代。②

春秋时代之所以会形成这样一种优美雅致的贵族文化,恐怕与周代以来的贵族教育有关。《礼记·王制》载:

> 乐正崇四术,立四教,顺先王《诗》《书》《礼》《乐》以造士。春秋教以《礼》《乐》,冬夏教以《诗》《书》,王大子、王子,群后之大子,卿、大夫、元士之适子,国之俊选,皆造焉。(5·37)

---

① 马银琴:《周秦时代诗的传播史》,社会科学文献出版社2011年版,第40页。
② 钱穆:《国史大纲》(修订本)上册,商务印书馆1996年版,第68—71页。

"乐正"为乐官之长,掌管贵族子弟的教育。他们用以作育人才的教学内容,正是《诗》《书》《礼》《乐》等经典,而这也正是周代礼乐文明的重要组成部分。在这中间,《诗》居其首。

在谈到春秋时期外交上的文雅风流时,钱穆还特举"赋诗"现象为例,称:

> 当时往往有赋一首诗,写一封信,而解决了政治上之绝大纠纷问题者。《左传》所载列国交涉辞令之妙,更为后世艳称。①

钱穆所言绝不夸张,通过赋诗这一颇具"艺术色彩"的形式达到完成重大政治任务的目的,这在《左传》中数见不鲜。

三 春秋赋诗的方式、场合与性质

《左传》和《国语》两部文献,较早、较系统地反映了春秋时期赋诗引诗的具体情状。尤其是《左传》,较之《国语》,记载春秋赋诗更全备,更丰富。接下来,我们便主要以《左传》文字为基本依据,讨论春秋赋诗的基本方式、应用场合及所属性质。

(一)"赋"字义辨——"造篇"与"诵古"

《左传·隐公三年》载:"卫庄公娶于齐东宫得臣之妹,曰庄姜。美而无子,卫人所为赋《硕人》也。"唐人孔颖达给这段文字作疏云:

> 此"赋"谓自作诗也。班固曰:"不歌而诵亦曰赋。"郑玄云:"赋者,或造篇,或诵古。"然则,"赋"有二义。此与闵二年郑人赋《清人》、许穆夫人赋《载驰》,皆初造篇也。其余言"赋"者,则皆诵古诗也。②

---

① 钱穆:《国史大纲》(修订本)上册,第71页。
② 李学勤主编:《春秋左传正义》(上),《十三经注疏》(标点本),北京大学出版社1999年版,第79页。

关于"赋"字的含义,孔颖达在这里列举了班固(32—92)和郑玄(127—200)的两种说法。班固的说法出自《汉书·艺文志》:"《传》曰:'不歌而诵谓之赋,登高能赋可以为大夫。'"这里的《传》,具体所指不详,但西汉毛亨《毛诗故训传》中曾提及"升高能赋,可以为大夫",或许为其所本。《诗·鄘风·定之方中》之《毛传》云:

  建国必卜之,故建邦能命龟,田能施命,作器能铭,使能造命,升高能赋,师旅能誓,山川能说,丧纪能诔,祭祀能语。君子能此九者,可谓有德音,可以为大夫。①

孔颖达解释其中的"升高能赋"称:"升高能赋者,谓升高有所见,能为诗赋其形状,铺陈其事势也。"② 所谓"为诗",实际便指"铺陈创制"之意。现代学者顾实(1878—1956)也说:"赋,敷也,能敷陈事物也。"③ 这一解释,与郑玄所说的"造篇"(创制诗篇),颇有相近之处。比如《左传》此处所举赋《硕人》、赋《清人》、赋《载驰》,就是讲这三首诗起初是在什么样的历史背景下创制产生的。

"诵古"则不然,它指的是在特定的聘问宴享场合,以特殊的方式歌咏《诗》中已有的篇章。我们通常所说的春秋时期的"赋诗言志",正是主要从"诵古"的意义上说的。

(二) 春秋赋诗的方式——"随时口诵,不待乐奏"

关于春秋赋诗的具体方式,历来说法不一。试举有代表性者如下:

首先,仍有学者从《汉书·艺文志》出发,认为春秋赋诗之"赋"意为"不歌而诵",因此赋诗便与音乐"绝不相入"。比如清人魏源(1794—1857)即称:

  鲁享季武子,武子赋《鱼丽》之卒章,公赋《南山有台》。郑燕穆叔,赋《采蘩》。夫燕享时,既间歌、合乐此三篇矣,而宾主又举之为赋,岂非各为一事,绝不相蒙?而诸儒尚据列国赋诗以证入乐,

---

① 李学勤主编:《毛诗正义》卷第三,《十三经注疏》(标点本),北京大学出版社1999年版,第199页。
② 同上书,第200页。
③ 顾实:《汉书艺文志讲疏》,上海古籍出版社1987年版,第191页。

谬矣!①

台湾学者张素卿明确反对这一观点，他认为赋诗在形式上绝非"不歌而诵"，而应当是"歌以咏之"，并认为"《艺文志》所谓'不歌而诵谓之赋'，是指创作之'赋'，此'赋'与'赋诗'之'赋'，应当有所区别"②。他的主要依据是《国语·鲁语下》所载："公父文伯之母欲室文伯，飨其宗老，而为赋《绿衣》之三章。老请守龟卜室之族。师亥闻之曰：'善哉！男女之飨，不及宗臣；宗室之谋，不过宗人。谋而不犯，微而昭矣。《诗》以合意，歌所以咏《诗》也。今《诗》以合室，歌以咏之，度于法矣。'"

顾颉刚则认为，春秋赋诗如同现代的"点戏"，赋诗行为的主体是乐工而非当事者本人。他说：

> 赋诗是交换情意的一件事，他们在宴会中，各人拣了一首合意的乐诗叫乐工唱，使得自己对于对方的情意在诗里表出；对方也是这等的回答。③

又说：

> 那时人赋诗，乐工"一唱三叹"的歌着，用不到自己去唱，正像现在人的点戏。④

朱自清（1898—1948）认为赋诗是"唱诗"，赋诗主体多半是自己，有时也可以是乐工：

> 赋诗多半是自唱，有时也教乐工去唱；唱的或是整篇诗，或只选一二章诗。⑤

毛振华亦认定赋诗"歌以咏之"的基本形式，同时对春秋时期的

---

① （清）魏源：《诗古微》，《魏源全集》第1册，岳麓书社2004年版，第139页。
② 张素卿：《左传称诗研究》，台湾大学出版委员会1991年版，第56页。
③ 顾颉刚：《〈诗经〉在春秋战国间的地位》，《古史辨》第三册，第328页。
④ 同上书，第333页。
⑤ 朱自清：《诗言志辨》，《朱自清说诗》，上海古籍出版社1998年版，第62页。

"歌诗""诵诗""赋诗"三种形式做出了区分,他认为:

> "歌诗"是乐工歌唱《诗》,重在突出其仪式功能,必须遵从"歌诗必类"的原则;"诵诗"是乐工抑扬顿挫地朗诵《诗》,重在表现它的讽刺效果;而绝大部分"赋诗"是赋诗者"歌以咏之",重在"言志"以凸显其政治效能和实用功能。①

诸家对于春秋赋诗方式的解说,主要涉及两个关键点:其一,赋诗主体主要是乐工还是当事人?其二,赋诗与音乐的关系到底有多大?顾颉刚认为赋诗主体主要是乐工,朱自清则认为主要是当事者。魏源以为赋诗与音乐了不相干,多数学者则认为赋诗与音乐关联密切,当然与歌诗有所区别。

马银琴有意识地关注到这两个关键点,从传播学的角度,对春秋时代《诗》传播的基本方式作了较细致区分,她认为:

> 在春秋时代,各种仪式场合程规化的歌诗奏乐,仍然是瞽矇乐工的基本职责,同时也是《诗》传播的重要方式。除了《周礼》、《仪礼》、《礼记》等先秦礼书记载中固定的仪式歌奏之外,一些新型的用诗方式开始频繁地出现于《国语》、《左传》当中,这就是聘问燕享中的乐工歌诵、行人赋诗以及言语引诗。②

"言语引诗"容易理解,主要是在言语过程中引《诗》以证事或增强说服力。至于"乐工歌诵",马银琴认为,是指在聘问燕享场合中具有即兴点播特点的乐工歌诗、诵诗活动,与常规的仪式歌奏礼仪化、程序化的特点不同,表现出相当明显的"即兴"特点。这里所说的"即兴点播",颇有点类似于顾颉刚所谓的"点戏"。

但在马银琴的观念中,"乐工歌诵""赋诗言志""言语引诗"是三种不同的《诗》的传播方式,不可混同。她认为:

> "赋诗言志"也是一种依托于聘问燕享的仪式场合,通过与音乐相配合的传诗方式——"赋"之法来表情达意的用诗方式。但是,

---

① 毛振华:《〈左传〉赋诗研究》,上海古籍出版社 2011 年版,第 87—88 页。
② 马银琴:《周秦时代诗的传播史》,第 40 页。

与乐工歌诵不同的是,"赋诗言志"的行为主体并非乐工,而是参加聘问、燕享的诸侯及公卿大夫自己。①

她还对"赋诗"与"歌诗"作了明确区分:

> "歌诗"与"赋诗"分别是由不同的行为主体承担的具有不同特点的用诗方式。《左传》中凡云"赋诗"者,皆自赋,而云"歌"者,则由乐工完成。因此,"歌诗"必然合乐,而"赋诗"则多随时口诵,不待乐奏。不同的行为主体与行为方式造成了"歌诗"与"赋诗"对仪式与音乐程度各不相同的依赖性,"歌诗"活动所表现出来的音乐性与仪式性较"赋诗"行为更加浓厚。换句话说,尽管乐工依据主人意愿的即兴歌诗已经突破了仪式奏乐中歌乐配合的常规,但是,它始终没能突破仪式"工歌"的局限。与此相比,宾主之间的随口赋诗却具有更多的自由,也就是说,仪式与音乐对于"赋诗"的限制,比乐工的即兴歌诗要宽松得多。②

需要注意的是,这一"随时口诵,不待乐奏"的"赋诗"方式,在《诗》的早期传播史上具有特殊的意义:

> 乐工的即兴歌诗与赋诗者的随时口诵,与仪式化的歌诗奏乐不同,它们都表现了相当明显的表意言志的特点。当诗歌的仪式功能在这种潜移默化中发生转变时,原为一体的诗之乐与诗之辞开始分化,诗歌的文辞开始突破乐义的束缚而受到赋引者的重视。随着"赋诗断章"现象的产生与发展,诗歌文辞的表意功能进一步加强,歌辞与乐义之间的矛盾也就不可避免地产生了。③

简言之,从"仪式配乐"到"赋诗言志",《诗》与乐的关联趋于宽松——但并非如"言语引诗"一样毫无关联,"表意言志"的倾向逐渐加强。这一"言志"倾向,在春秋时代诸侯国之间的外交事务中得到了充分体现,并且发挥了极其重要的作用。

---

① 马银琴:《周秦时代诗的传播史》,第41页。
② 同上书,第46页。
③ 同上。

（三）春秋赋诗的场合与性质——外交场合的政治性"礼乐活动"

关于春秋赋诗的应用场合，董治安先生（1934—2012）曾总结为"聘""盟""会""成"诸种。董先生曾举《左传》中襄公二十七年和文公十三年的两例赋诗，称：

> 前者言一己之志，后者言一国之志，两者都带有强烈的政治性。《左》、《国》中七十四条赋诗，多涉及君国大事、要事，是时人在"聘"（周王与诸侯或诸侯与诸侯之间派专使访问）、"盟"（一般为诸侯间订立协议的盟会）、"会"（一般为诸侯、大夫政治性的聚会）、"成"（相互议和）等场合发表意见、表白态度、表达愿望，以求达到某种政治目的的重要手段。《左》、《国》中也有很少的卿大夫赋诗不当，或不解对方赋诗的寓意，就会被视为失礼，是不光彩的事。①

由此可见，赋诗是一种政治性很强的活动，是当时诸侯公卿政治生活中的重要内容。关于这一点，班固在《汉书·艺文志》中有更精赅的总结：

> 古者诸侯、卿、大夫交接邻国，以微言相感，当揖让之时，必称《诗》以谕其志，盖以别贤不肖而观盛衰焉。故孔子曰"不学《诗》，无以言"也。春秋之后，周道浸坏，聘问歌咏不行于列国。学《诗》之士，逸在布衣，而贤人失志之赋作矣。

在这段文字中，所谓"称《诗》"，是说春秋用诗的方式，主要所指即为"赋诗"；"诸侯、卿、大夫"，点明的是春秋赋诗应用的主要人群范围，所涉皆为重要政治官员；"交接邻国""揖让之时"，交代的是春秋赋诗的应用场合，即指主要应用于诸侯国之间的外交场合。如此，春秋赋诗强烈的"政治性"不言自明。

此外，春秋赋诗固然亦与音乐相关，但在外交活动中，赋诗并非是可有可无的娱乐活动，而属于不可或缺的必要政治内容。甚至可以说，春秋赋诗依然乃是周代礼乐文明的重要组成部分。因此，有学者认为赋诗是一种"礼乐活动"，张素卿即称：

---

① 董治安：《先秦文献与先秦文学》，齐鲁书社1994年版，第23—24页。

"赋诗"不是单纯的歌咏行为，而是周文化酝酿出来的一种礼乐活动。由于"赋诗"多出现在享、宴、食等诸侯大夫酬酢折冲的场合，需要专门修养，不"文"则不足以胜任。……"赋诗"不是随兴而歌，并非人人可以优为之。"赋诗"是重要的礼会活动，类多切合当日时势，非歌唱相娱的余兴节目可比。①

　　故而讨论春秋赋诗，需要将其放置到周代礼乐文明的背景中去理解。

四　春秋赋诗的功用与原则

　　关于春秋赋诗的功用，学界亦有不同的说法。顾颉刚曾经概括为"合欢""请求""允许""当笑骂"四种②，朱自清曾经概括为"外交酬酢"和"办交涉"③。综合起来考察，春秋赋诗的功用，大致表现为"言志""观志""专对"三个方面。春秋赋诗，大致遵循了"断章取义"的基本原则。

（一）赋诗"言志"

　　《尚书·舜典》曾言："诗言志，歌永言，声依永，律和声。八音克谐，无相夺伦，神人以和。"这是"诗言志"一说最早的文献出处。但这里的"志"指的是"作诗人"的心志，而春秋赋诗的"言志"，则指通过赋诗这一行为，体现出赋诗主体（"用诗人"）的心意。

　　其一，这种赋诗之"志"，可以是赋诗主体的某种"请求"，体现在外交场合中，便相当于朱自清先生所谓的"办交涉"。比如《左传·襄公十六年》载，齐国再次伐鲁，鲁国派大夫穆叔来到晋国请求救援，

　　　　晋人曰："以寡君之未禘祀，与民之未息，不然，不敢忘。"穆叔曰："以齐人之朝夕释憾于敝邑之地，是以大请。敝邑之急，朝不及夕，引领西望曰：'庶几乎！'比执事之间，恐无及也。"见中行献

---

① 张素卿：《左传称诗研究》，第56—57页。
② 顾颉刚：《〈诗经〉在春秋战国间的地位》，《古史辨》第三册，第334—335页。
③ 朱自清：《诗言志辨》，第19、20页。

子，赋《圻父》。献子曰："偃知罪矣，敢不从执事以同恤社稷，而使鲁及此！"见范宣子，赋《鸿雁》之卒章。宣子曰："匄在此，敢使鲁无鸠乎！"

穆叔是带着明确的外交使命出使晋国的，刚开始遭到委婉的拒绝，见到职位更高的中行献子（时任"中军帅"）和范宣子（时任"执政"）后，通过赋诗继续交涉。《圻父》即今《小雅·祈父》篇，全诗共三章：

祈父，予王之爪牙。胡转予于恤，靡所止居。
祈父，予王之爪士。胡转予于恤，靡所厎止。
祈父，亶不聪。胡转予于恤，有母之尸饔。

这首诗的本事，是讲一位士卒或下级军官，因辗转流离而对祈父（国之武将）发出的怨愤之词。穆叔赋诗之义在于借之描绘鲁国百姓遭齐侵伐后流离失所的惨状。今诗《小雅·鸿雁》卒章为："鸿雁于飞，哀鸣嗸嗸。维此哲人，谓我劬劳。维彼愚人，谓我宣骄。"赋诗之义更为明显，"言鲁忧困，嗸嗸然若鸿雁之失所"①。这里，穆叔两次靠赋诗描绘了鲁国的处境，表达了鲁国的请求。从中行献子和范宣子的答语来看，晋国爽快地答应了穆叔的国事请求，穆叔此行可谓不辱使命。

其二，"志"又可以是一种"赞美"或"答谢"，赋诗的目的是增进友谊，密切感情，这大致相当于朱自清先生所说的赋诗可以完成"外交酬酢"。比如《左传·昭公二年》载，晋韩宣子到鲁国聘问，

公享之，季武子赋《绵》之卒章。韩子赋《角弓》。

《大雅·绵》之卒章为："虞芮质厥成，文王蹶厥生。予曰有疏附，予曰有先后，予曰有奔奏，予曰有御侮。"杜预解释说："卒章义取文王有四臣，故能以绵绵致兴盛。以晋侯比文王，以韩子比四辅。"这则赋诗中，季武子显然是在表达对韩子乃至晋侯的颂美之辞。韩子赋《小雅·角弓》则"取其'兄弟昏姻，无胥远矣'，言兄弟之国宜相亲"②，以示答谢。一赋一答中，晋、鲁两国的友谊得到了增进。

---

① （晋）杜预：《春秋左传集解·襄公十六年》，上海人民出版社1977年版，第933页。
② （晋）杜预：《春秋左传集解·昭公二年》，第1209页。

其三，"志"又可以是一种"态度"或"做法"，这实际是一种以《诗》代言的用途。比如《左传·襄公十四年》载，

> 夏，诸侯之大夫从晋侯伐秦，以报栎之役也。晋侯待于竟，使六卿帅诸侯之师以进。及泾，不济。叔向见叔孙穆子，穆子赋《匏有苦叶》，叔向退而具舟。

这里，穆子没说一句话，只赋一首诗了事，叔向却因此知晓了穆子的态度。《匏有苦叶》的首章为："匏有苦叶，济有深涉。深则厉，浅则揭。"杜预说："义取于'深则厉，浅则揭'，言已志在于必济。"①此言极是，晋国叔向"退而具舟"，便是带头率师以进的最好证明。

（二）赋诗"观志"

孔子曾云："小子何莫学夫《诗》？《诗》可以兴，可以观，可以群，可以怨。"（《论语·阳货》）这里的"《诗》可以观"，其中一个意思便是由赋诗可以"观志"。从某种意义上讲，"观志"与"言志"其实是一体两面，正因为赋诗可以"言志"，故而由此亦可"观志"。《汉书·艺文志》所谓"称《诗》以谕其志，盖以别贤不肖而观盛衰焉"，说的就是这个意思。

《左传》中记载春秋赋诗场面最宏大的一例，是在襄公二十七年。在这一年，晋国赵孟（又称赵武、赵文子）出使宋国，返回晋国时路经郑国，时任郑国国君的郑简公设宴招待赵孟，并请郑国七位官员陪同。此处赋诗，最集中地体现了赋诗"观志"的效用。《左传》载：

> 郑伯享赵孟于垂陇，子展、伯有、子西、子产、子大叔、二子石从。赵孟曰："七子从君，以宠武也。请皆赋，以卒君贶，武亦以观七子之志。"子展赋《草虫》，赵孟曰："善哉！民之主也。抑武也不足以当之。"伯有赋《鹑之贲贲》，赵孟曰："床笫之言不逾阈，况在野乎？非使人之所得闻也。"子西赋《黍苗》之四章，赵孟曰："寡君在，武何能焉？"子产赋《隰桑》，赵孟曰："武请受其卒章。"子大叔赋《野有蔓草》，赵孟曰："吾子之惠也。"印段赋《蟋蟀》，赵孟曰："善哉！保家之主也，吾有望矣！"公孙段赋《桑扈》，赵孟

---

① （晋）杜预：《春秋左传集解·襄公十四年》，第907页。

曰:"'匪交匪敖',福将焉往?若保是言也,欲辞福禄,得乎?"卒享。文子告叔向曰:"伯有将为戮矣!《诗》以言志,志诬其上,而公怨之,以为宾荣,其能久乎?幸而后亡。"叔向曰:"然。已侈!所谓不及五稔者,夫子之谓矣。"文子曰:"其余皆数世之主也。子展其后亡者也,在上不忘降。印氏其次也,乐而不荒。乐以安民,不淫以使之,后亡,不亦可乎?"

宴会开始之前,赵孟亲口所说"请皆赋,以卒君贶,武亦以观七子之志",表明在当时人的观念中,便以为赋诗可以"观志"。在这里,七子皆有赋诗,赵孟均有评说,并且褒贬不一。前两位赋诗者子展、伯有,恰好一正一反,可以作为典型。我们先来看子展。

子展所赋《草虫》,是《召南》中的第三篇。按照晋人杜预的说法,《左传》引《诗》中凡称"篇名"者,取义所指主要在首章。今诗《草虫》首章云:

喓喓草虫,趯趯阜螽。未见君子,忧心忡忡。亦既见止,亦既觏止,我心则降。

根据春秋赋诗的取义原则,主要看诗篇文辞与当下语言环境之"语义适应"①,并不管诗篇本义如何。根据赵孟对子展赋诗的评说"善哉!民之主也。抑武也不足以当之",显然对子展大为赞赏,并且理解为子展乃将其赞誉为"君子"。在这样一外交场合,子展的赋诗得体恰当,故而赵孟亦赞誉其为"民之主也"。

接下来赋诗的伯有则不然,他所赋的《鹑之贲贲》(今诗作《鹑之奔奔》,属《鄘风》)共有两章,诗文为:

鹑之奔奔,鹊之强强。人之无良,我以为兄。
鹊之强强,鹑之奔奔。人之无良,我以为君。

诗之字面义非常明显,乃是极其不满于国君之"无良"——首章言"兄",其实亦指其君,古人有比"君"作"兄"的观念。如此一来,事

---

① 参见周春健《〈左传〉引〈诗〉辨析》,《经史散论》,台北万卷楼图书公司2012年版,第29页。

态便非常严重了！当着外国官员的面，公开诋毁自己的国君"无良"，可以算作非常严重的政治问题了。连作为客人的赵孟都当场批评道："床笫之言不逾阈，况在野乎？非使人之所得闻也。"事后，又对其本国大夫叔向云："伯有将为戮矣！《诗》以言志，志诬其上，而公怨之，以为宾荣，其能久乎？幸而后亡。"子展与伯有，一正一反，一褒一贬，一贤一不肖，由赋诗而"观志"，体现得淋漓尽致！

（三）赋诗"专对"

"专对"作为一个语词，出自《论语·子路》：

> 子曰："诵《诗》三百，授之以政，不达；使于四方，不能专对；虽多，亦奚以为？"

"专对"之义，宋人邢昺（932—1010）解释为"独对讽诵"①。"专对"是一种外交活动，而且必定离不开赋《诗》，这是春秋时代一种特殊的社会现象。"古者使适四方，有会同之事，皆赋诗以见意"②，说的就是这种情况。能够"专对"，因此也就成了当时公卿大夫一种必备的修养和能力，受到人们极大的重视。僖公二十三年，秦穆公以享礼招待晋公子重耳，本要子犯偕从，子犯推托说："吾不如衰之文也，请使衰从。"实际就是认为自己在"专对"方面不及赵衰之意。关于春秋时代"专对"的历史背景，杨伯峻（1909—1992）先生说得较为详细：

> 古代的使节，只接受使命，至于如何去交涉应对，只能随机应变，独立行事，更不能事事请示或者早就在国内一切安排好，这便叫做"受命不受辞"，也就是这里的"专对"。同时春秋时代的外交酬酢和谈判，多半背诵诗篇来代替语言（《左传》里充满了这种记载），所以《诗》是外交人才的必读书。③

从春秋时代"专对"的实际发生过程来看，"专对"与《诗》密不可分，"专对"的内容主要是《诗》，"专对"的完成也主要是由"赋诗"

---

① 《十三经注疏·论语注疏》，中华书局1980年版，第2507页。
② 同上。
③ 杨伯峻：《论语译注·子路》，中华书局1980年版，第135—136页。

第三讲 "赋诗言志":《诗》在春秋时期的传播与影响

来实现的。文公十三年郑子家与鲁季文子之间的一场赋答,便是通过"赋诗"完成"专对"并获成功的典型例证。《左传·文公十三年》载:

> 郑伯与公宴于棐,子家赋《鸿雁》。季文子曰:"寡君未免于此。"文子赋《四月》。子家赋《载驰》之四章。文子赋《采薇》之四章。郑伯拜,公答拜。

鲁公自晋国归来路过郑国,郑伯请求鲁公返回晋国帮忙求和于晋,郑伯会鲁公于棐地,郑大夫子家与鲁大夫季文子在宴会上赋诗。子家赋《小雅·鸿雁》,首章为"鸿雁于飞,肃肃其羽。之子于征,劬劳于野。爰及矜人,哀此鳏寡",杜预以为:"义取侯伯哀恤鳏寡有征行之劳。言郑国寡弱,欲使鲁侯还晋恤之。"文子答以《小雅·四月》,首章为"四月维夏,六月徂暑。先祖匪人,胡宁忍予",杜预以为:"义取行役逾时,思归祭祀,不欲为还晋。"子家又赋《鄘风·载驰》之四章,进一步向鲁国提出请求,诗文为"我行其野,芃芃其麦。控于大邦,谁因谁极。大夫君子,无我有尤。百尔所思,不如我所之",杜预以为:"义取小国有急,欲引大国以救助。"文子最终答以《小雅·采薇》之四章,诗文为"彼尔维何,维常之华。彼路斯何,君子之车。戎车既驾,四牡业业。岂敢定居,一月三捷",杜预以为:"取其'岂敢定居,一月三捷',许为郑还,不敢安居。"①

这是一项郑重的国事请求,也是一场严肃的政治谈判,其间还有不小的波澜。但这里没有剑拔弩张,更没有刀光剑影,在觥筹交错间,在口诵歌咏中,一场外交应对活动圆满结束,一项重要的政治协议最终达成,这实在是赋诗的妙用!自然,子家和季文子也都是赋诗"专对"的高手。

当然,赋诗"专对"也有反例。假如"专对"方面修养不够,在聘问外交场合无法及时通过赋诗表达自己的意愿,或者无法正确理解对方赋诗的真实用意,那么就会遭人耻笑。比如《左传·襄公二十七年》载,齐国庆封来到鲁国聘问,鲁国大夫叔孙豹招待他吃饭,庆封表现得很不恭敬,于是叔孙豹"为赋《相鼠》"。叔孙豹之取义非常明显,《鄘风·相鼠》全诗三章,云:

> 相鼠有皮,人而无仪。人而无仪,不死何为?

---

① 此处四则引文,皆出晋人杜预《春秋左传集解·文公十三年》,第490页。

> 相鼠有齿，人而无止。人无而止，不死何俟？
> 相鼠有体，人而无礼。人而无礼，胡不遄死？

可见，叔孙豹是想通过赋《相鼠》来讥讽庆封之不懂礼节。然而庆封无法理解叔孙之意，故《左传》作者称之为"亦不知也"。如此笔法，分明是对庆封的一种讥贬。

而一旦在赋诗场合辞不达意或根本赋答不出，甚至会被人视为极其危险的事情。比如昭公十二年夏，宋人华定到鲁国聘问，鲁国一方赋《小雅·蓼萧》。《蓼萧》之首章为"蓼彼萧斯，零落湑兮。既见君子，我心写兮。燕笑语兮，是以有誉处兮"，明显是向华定表示欢迎和祝福，华定却"弗知，又不答赋"（《左传·昭公十二年》），鲁臣叔孙昭子便不客气地说：

> 必亡！宴语之不怀，宠光之不宣，令德之不知，同福之不受，将何以在？

可见赋诗专对在春秋时代外交活动中是多么必要和重要，正如孔子所说："不学《诗》，无以言。"

（四）"赋诗断章，余取所求"——春秋赋诗的取义原则

春秋赋诗，遵循了一种比较特殊的取义原则，那就是"赋诗断章"，后世成语"断章取义"正是由此发展而来。但"赋诗断章"并非如"断章取义"一样包含贬义，它指春秋时期赋诗言志的一种基本方式。这既与《诗》之传播形态有关，又与当时人对《诗》篇原意理解方式有关。

"赋诗断章"的话并非后人的总结，而是出自当时人之口，《左传·襄公二十八年》记载了齐人庆封的另一则故实：

> 齐庆封好田而耆酒，与庆舍政，则以其内实迁于卢蒲嫳氏，易内而饮酒。数日，国迁朝焉。使诸亡人得贼者，以告而反之，故反卢蒲癸。癸臣子之，有宠，妻之。庆舍之士谓卢蒲癸曰："男女辨姓，子不辟宗，何也？"曰："宗不余辟，余独焉辟之？赋诗断章，余取所求焉，恶识宗？"

这里是说，齐人庆封喜好打猎饮酒，将政事交予其子庆舍，他自己则

连同其妻妾家室都迁往卢蒲嫳家中，荒淫无度。其子庆舍（字子之）后来将其女许嫁给了政敌卢蒲癸（崔杼同党），因庆氏与卢蒲氏皆属姜姓，而古礼规定同姓不婚，故庆舍之士责问庆舍"男女辨姓，子不辟宗，何也"。庆舍毫不在意，回答说："宗不余辟，余独焉辟之？赋诗断章，余取所求焉，恶识宗？"在说明"不辟宗"（不避同宗）的道理时，庆舍使用了"赋诗断章，余取所求"的比喻，表明"赋诗断章，余取所求"一定是在春秋时代人们的一种共识。而"赋诗断章"的基本含义便是，不顾所赋之诗原本的意义，只要文辞切合当下的语境，便可以拿来为我所用。今人杨伯峻为这句作注释时即曾言："春秋外交常以赋诗表意，赋者与听者各取所求，不顾本义，断章取义也。"①

举一个典型例子，《左传·昭公元年》记载了晋国赵孟做客郑国时的另一场赋诗：

> 夏四月，赵孟、叔孙豹、曹大夫入于郑，郑伯兼享之。子皮戒赵孟，礼终，赵孟赋《瓠叶》。子皮遂戒穆叔，且告之。穆叔曰："赵孟欲一献，子其从之。"子皮曰："敢乎？"穆叔曰："夫人之所欲也，又何不敢？"及享，具五献之笾豆于幕下。赵孟辞，私于子产曰："武请于冢宰矣。"乃用一献。赵孟为客，礼终乃宴。穆叔赋《鹊巢》。赵孟曰："武不堪也。"又赋《采蘩》，曰："小国为蘩，大国省穑而用之，其何实非命？"子皮赋《野有死麕》之卒章，赵孟赋《常棣》，且曰："吾兄弟比以安，龙也可使无吠。"穆叔、子皮及曹大夫兴，拜，举兕爵，曰："小国赖子，知免于戾矣。"饮酒乐。赵孟出，曰："吾不复此矣！"

在这场赋诗中，有多处取义与原诗之义相差甚远。比如《召南·鹊巢》一诗的原文，写的是女子之出嫁。诗云：

> 维鹊有巢，维鸠居之。之子于归，百两御之。
> 维鹊有巢，维鸠方之。之子于归，百两将之。
> 维鹊有巢，维鸠盈之。之子于归，百两成之。

---

① 杨伯峻：《春秋左传注》（修订本）第三册，中华书局1990年版，第1146页。

穆叔之取义，却在"喻晋君有国，赵孟治之"①，乃将用于指女子出嫁的"之子于归"，解释为赵孟治国。

尤其是《召南·野有死麕》一诗，更被后世视为一首"淫诗"，讲男女之恋情。全诗共三章：

> 野有死麕，白茅包之。有女怀春，吉士诱之。
> 林有朴樕，野有死鹿。白茅纯束，有女如玉。
> 舒而脱脱兮，无感我帨兮，无使尨也吠！

子皮之取义，亦不顾全篇诗之本义，而只是截取其中最末一章，来表达对赵孟的期待："喻赵孟以义抚诸侯，无以非礼相加陵。"②

可以看出，两处赋诗，都是拿字面义上属于"恋歌"的诗篇，用在了严肃的政治场合，根据当时语境"断章取义"，来表达政治用意。赋诗人能够娴熟地使用这一原则，听诗人也能恰切地理解赋诗人的意思而不致产生误解，更表明"赋诗断章，余取所求"是当时人所共知的一条赋诗原则。

对于这一现象，著名词学家夏承焘（1900—1986）曾有解释，他是把春秋时代"赋诗断章"取义原则的形成，归因于时人熟悉民间恋歌以及有意去做政治附会。他说：

> 那时的卿大夫为什么在国际庄严场面上赋民间恋歌？依我的推测：这些民歌在当时是家喻户晓的，它的普及性远超过于《雅》《颂》和圣经贤传（《左传》里引《雅》《颂》和《易》《书》的不及引这些恋歌之多），这是其一；恋爱是人类的共同情感，拿它来暗示要表达的意思，大家容易体会，并且比直说婉转、深刻些，这是其二。后来儒家和诸子时常拿它作为说教的工具（如《论语》引"巧笑倩兮，美目盼兮"），也许就是利用它这两点功能。③

夏先生又说：

---

① （晋）杜预：《春秋左传集解·昭公二年》，第1185页。
② 同上书，第1186页。
③ 夏承焘：《"采诗"和"赋诗"》，《诗经二十讲》，华夏出版社2009年版，第90页。

> 后代文人很不满汉儒注《诗》,怪他们硬把民间情歌附会到政治上去了。……但是我们看了《左传》所记春秋诵《诗》的故事,知道这些附会并不始于汉儒;"断章取义"原是春秋卿大夫赋诗的老办法。如前面所举的郑伯享赵孟解《野有死麕》的故事,就是歪曲诗意比汉儒注《诗》更厉害的一个例子。我们因此知道,汉儒注《诗》的种种牵强附会的说法,原来是有其相当久远的渊源和传统的。①

其实,这里所谓"歪曲诗意""牵强附会"等说法值得商榷。赋诗断章,并不意味着春秋时代的人都不了解所赋诗篇本来的意思。诗篇本来的意思,可以称为"作诗义";外交场合赋诗所取用的,可以称为"用诗义",二者属于不同的层面,不可混淆。关于这点,顾颉刚说:

> 大家对于这些入乐的诗都是唱在口头,听在耳里,记得熟了,所以有随意使用它的能力。他们对于诗的态度,只是一个为自己享用的态度;要怎么用就怎么用。但他们无论如何把诗篇乱用,却不豫备在诗上推考古人的历史,又不希望推考作诗的人的事实。②

今人王昆吾则认为,当时人们引《诗》所持是一种"乐语之教"造成的"对于诗歌的实用主义态度":

> 一方面,对诗歌文句的重视超过了对诗歌全篇主题的重视;另一方面,对诗歌的象征意义的重视也超过了对诗歌本来创作意图的重视。在这一基础上,也就产生了断章取义的诗学风尚。③

如前所述,《诗》之传播到了春秋时期,出现了一个愈来愈脱离音乐的趋向,而愈来愈重视文辞,这也正是之所以能够形成"赋诗断章"的一个重要原因。

---

① 夏承焘:《"采诗"和"赋诗"》,第90—91页。
② 顾颉刚:《〈诗经〉在春秋战国间的地位》,第345页。
③ 王昆吾:《诗六义原始》,《中国早期艺术与宗教》,东方出版中心1998年版,第262—263页。

五　春秋赋诗的文化根源与《诗》在春秋时期的地位

春秋时期之所以会产生普遍赋诗言志的社会风尚，乃有其文化根源，鲁洪生先生在《诗经学概论》中曾总结为五点：一是"《诗》自身内容与形式的有利因素"，二是"社会的需求刺激了人们对《诗》的内容及用诗方法的熟悉"，三是"'献诗陈志'的直接影响"，四是"礼乐文化的产物"，五是"类比思维方式的产物"。

其中第四点"礼乐文化的产物"，便正如《汉志》中所言之"以微言相感"，由此亦可反观那个"优雅高尚"的春秋时代。鲁洪生言：

> 春秋时期，虽然周天子大权旁落，礼乐文化也渐失当日的辉煌，但天子余威与礼乐影响仍存，中原五霸仍在"挟天子以令诸侯"。诸侯之间一方面尔虞我诈，角逐争斗，一方面又要借助同姓兄弟的力量，故在频繁外交的朝会宴享中仍蒙有一层温情脉脉的礼义薄纱，借用赋《诗》来委婉地表达各自的请求、愿望与祝福。从这个意义上说，赋诗言志也是一种历史文化现象，周人的礼乐文化观为之提供了滋生繁衍的温床。①

张舜徽先生（1911—1992）则从"春秋辞令"的角度对"以微言相感"做出解说：

> 《诗》教主于温柔敦厚。深于《诗》者，则可使于四方，折冲樽俎。相与言谈之顷，不直截言之，而比喻言之；隐约其辞，情文相感。大之可以化干戈为玉帛，小亦可以登礼让于衽席。辞令之美，关系甚大，故古人以学《诗》为亟也。②

正因为此，当"春秋之后，周道浸坏"时，周天子失去了昔日的权威，诸侯僭越其位，抗礼纷争，战事频仍，礼崩乐坏，天子与诸侯、诸侯与诸侯间彻底扯下了那层"温情脉脉的礼义薄纱"，"聘问歌咏不行于列

---

① 鲁洪生：《诗经学概论》第五章，辽海出版社1998年版，第90页。
② 张舜徽：《汉书艺文志通释》，华中师范大学出版社2004年版，第370页。

第三讲 "赋诗言志":《诗》在春秋时期的传播与影响

国"也便成为情理中事。"赋诗言志"因为失去了赖以存在的文化基础,也便成为历史之遗迹,不复存在。比如整部《战国策》中,就找不到一例"赋诗"的例子。

至于《诗》在春秋时期的地位及影响,我们可以借用清人劳孝舆的一段话以说明之:

> 余尝伏而读之,愈益知《诗》为当时家弦户诵之书。凡周家之所以维系八百年之人心,酝而酿之,以成一代风气,胥是物也。……盖尝私揣诸经,有邃于理者,有严于法者,有束于事者,惟《诗》独深于情。当其情之深也,止有一往,不自知其为理、为法、为事之所在,而理与法与事,固已悠扬曲折,一一具于其中。此文、武、周公之教所以入人,而无人非诗人,无地非诗景,无言非诗声。①

"惟《诗》独深于情","为理,为法,为事之所在",是从《诗》之自身特质角度来说的;"维系八百年之人心","以成一代风气",是从政治教化角度来说的;"家弦户诵","无人非诗人,无地非诗景,无言非诗声",则足以见出《诗》在春秋时代的普及程度。

---

① (清)劳孝舆:《春秋诗话》卷之三,《丛书集成初编》第1743册,中华书局1985年版,第42页。

第四讲 "礼化诗学":从"温柔敦厚而不愚"到"美教化,移风俗"

前文提及,吾于《诗经》课上曾作打油诗云"读诗焉可去诗教"。诚然,《诗》在古典社会的重要意义,便正在于她能够全方位地发挥教化作用。习《诗》,不可不言诗教。

先秦时期之诗教说解,集中体现于《礼记·经解》;汉代及其后二千余年经学时代之诗教说解,集中体现于《毛诗大序》。兹分别述之。

一 "温柔敦厚而不愚,则深于《诗》者也"

《礼记·经解》云:

> 孔子曰:"入其国,其教可知也。其为人也:温柔敦厚,《诗》教也;疏通知远,《书》教也;广博易良,《乐》教也;洁静精微,《易》教也;恭俭庄敬,《礼》教也;属辞比事,《春秋》教也。故《诗》之失,愚;《书》之失,诬;《乐》之失,奢;《易》之失,贼;《礼》之失,烦;《春秋》之失,乱。其为人也:温柔敦厚而不愚,则深于《诗》者也;疏通知远而不诬,则深于《书》者也;广博易良而不奢,则深于《乐》者也;洁静精微而不贼,则深于《易》者也;恭俭庄敬而不烦,则深于《礼》者也;属辞比事而不乱,则深于《春秋》者也。"

按照郑玄《三礼目录》的说法:"名曰'经解'者,以其记六艺政教之得失也。"虽六艺(六经)政教各有得失,然各主一面,便从不同角度完成了对社会的整全教化。由此知,六艺乃古代政教之渊薮,乃以一经典系统发挥教化作用。六艺之教化,皆归于"礼",孔颖达云:"六经其教虽异，总以礼为本，故记者录入于礼。"①

所谓"温柔敦厚，《诗》教也"，其义乃指："温，谓颜色温润。柔，谓情性和柔。《诗》依违讽谏，不指切事情，故云'温柔敦厚'，是《诗》教也。"②清人焦循（1763—1820）基于历史史实，于《诗》教之兴亡有深切体会，论及"温柔敦厚"之诗教时云：

> 夫《诗》，温柔敦厚者也，不质直言之而比兴言之，不言理而言情，不务胜人而务感人。自理道之说起，人各挟其是非，以逞其血气，激浊扬清，本非谬戾，而言不本于性情，则听者厌倦。至于倾轧之不已，而忿毒之相寻，以同为党，即以比为争。甚而假宫闱、庙祀、储贰之名，动辄千百人哭于朝门，自鸣忠孝，以激其君之怒，害及其身，祸于其国，全戾乎所以事君父之道。余读《明史》，每叹《诗》教之亡，莫此为甚。夫圣人以一言蔽三百曰"思无邪"，圣人以《诗》设教，其去邪归正奚待言？所教在思，思者容也，思则情得，情得则两相感而不疑。故示之于民则民从，施之于僚友则僚友协，诵之于君父则君父怡然释。不以理胜，不以气矜，而上下相安于正。无邪以思致，思则以嗟叹永歌、手舞足蹈而致。《管子》曰："止怒莫如《诗》。"刘向曰："夫《诗》，思然后积，积然后满，满然后发。"《诗》发于思，思以胜怒，以思相感，则情深而气平矣，此《诗》之所以为教欤？③

其中，所谓"不质直言之而比兴言之，不言理而言情，不务胜人而务感人"，乃释"温柔敦厚"之理论本义；所谓"示之于民则民从，施之于僚友则僚友协，诵之于君父则君父怡然释"，乃解"温柔敦厚"之实际体现。《诗》之教化效用，可谓大矣！

不过提起诗教，一般多及于"温柔敦厚诗教也"一语，于《经解》下文常常忽略。然而"《诗》主敦厚，若不节之，则失在于愚"，故此，

> 此一经以《诗》化民，虽用敦厚，能以义节之。欲使民虽敦厚不至于愚，则是在上深达于《诗》之义理，能以《诗》教民也，故

---

① 李学勤主编：《礼记正义》（下），《十三经注疏》（标点本），第1368页。
② 同上。
③ （清）焦循：《毛诗补疏序》，上海书局清光绪十四年（1888）本，第1—2页。

云"深于《诗》者也"。①

如此说来，则先秦时期所谓"诗教"，一方面导引民风"温柔敦厚"，一方面又须"以义节之"，"不至于愚"。须充分重视"以义节之"之限定，方可谓全面之"诗教"。陈桐生先生认为：

> 《礼记·经解》的理论贡献，就在于它将前人特别是儒家讲了几百年的教化思想，用六艺之教加以理论概括和总结，提炼出六艺之教特别是《诗》教的重大理论范畴，并指出了每一种教化的不同结果，这确实是自上古以来关于教化思想的重大理论进展，标志着中国的教化理论水平的提高。……它以"温柔敦厚"作为《诗》的内涵，这表明作者对《诗三百》"依违讽谏"的特征有深刻的体认，这已经接触到诗歌艺术不直说而以感性艺术形象诉诸读者感情的特点。《礼记·经解》强调《诗》教不是引导人民走向愚昧，由此而将《诗》教与奴化教育或愚民政策区分开来，它是要提高人民的文化水平，培养人民的伦理素质和文明风度，这不能不是《礼记·经解》对诗教理论的一大功绩。②

应当说，"温柔敦厚而不愚"之诗教，对于吾华夏民族性之培成，意义重大，台湾学者林耀潾云：

> 《诗经》为六经之一，今文学家并以之为六经之首。由是书，吾国上古之社会民情、礼乐制度、风俗教化可得而观，匪止于一文学作品，以此；其列经部，并居六经之首，亦以此。吾国自古即一重诗教之民族，以诗教熏炙之下，培成爱好和平、温柔敦厚之民族性。③

此论与前文劳孝舆所谓"凡周家之所以维系八百年之人心，酝而酿之，以成一代风气，胥是物也"，正可相得益彰。

汉代以降，诗教理论承先启后，得以丰富和延展。《毛诗》后来居上，对诗教理论进行了全面总结，这集中体现在《毛诗序》中。

---

① 李学勤主编：《礼记正义》（下），《十三经注疏》（标点本），第 1369 页。
② 陈桐生：《礼化诗学：诗教理论的生成轨迹》，学苑出版社 2009 年版，第 184—185 页。
③ 林耀潾：《先秦儒家诗教研究》，台湾天工书局 1990 年版，第 1 页。

二 《毛诗序》之内容与作者

所谓《毛诗序》，是指《毛诗》每首诗前的一段题解式的简洁文字。《毛诗序》分"大序"和"小序"，大小序之区分，亦有不同标准。民国学者胡朴安（1878—1947）认为有"汉人相承之说"和"宋人相承之说"：

（一）以"《关雎》，后妃之德也"，至"用之邦国焉"，名《关雎序》，谓之《大序》，以下则《小序》。《文选·诗序》、《十三经注疏·诗序》如是。此汉人相承之说也。

（二）分"诗者，志之所之也"，至"是谓四始，诗之至也"，谓之《大序》；其各序一诗之由者，谓之《小序》。《诗经传说》分《诗序》如是。此宋人相承之说也。①

今日所谓《诗》之"大序"，则通常是指《毛诗》第一篇《关雎》之前的一大段序文，自"《关雎》，后妃之德也"至"是《关雎》之义也"；而其余诸篇前之相对简短的序文，谓之"小序"。

"大序"全文计491字，自《关雎》题旨讲起，最后又落到《关雎》题旨。中间文字则集中论述诗之产生及特点，并提出了诗教理论中著名的"六义""四始""风雅正变"等重要命题，又提炼出古典诗教的精髓"经夫妇，成孝敬，厚人伦，美教化，移风俗"，是汉代诗教理论最集中的体现。一般认为，《诗大序》产生于汉代，学界并无多大分歧。原文如次：

《关雎》，后妃之德也，风之始也，所以风天下而正夫妇也。故用之乡人焉，用之邦国焉。风，风也，教也。风以动之，教以化之。

诗者，志之所之也，在心为志，发言为诗。情动于中而形于言，言之不足，故嗟叹之；嗟叹之不足，故永歌之；永歌之不足，不知手之舞之足之蹈之也。

情发于声，声成文谓之音。治世之音安以乐，其政和；乱世之音

---

① 胡朴安：《诗经学》，岳麓书社2010年版，第14页。

怨以怒，其政乖；亡国之音哀以思，其民困。故正得失，动天地，感鬼神，莫近于诗。先王以是经夫妇，成孝敬，厚人伦，美教化，移风俗。

故诗有六义焉：一曰风，二曰赋，三曰比，四曰兴，五曰雅，六曰颂。上以风化下，下以风刺上，主文而谲谏，言之者无罪，闻之者足以戒，故曰风。至于王道衰，礼义废，政教失，国异政，家殊俗，而"变风""变雅"作矣。

国史明乎得失之迹，伤人伦之废，哀刑政之苛，吟咏情性，以风其上，达于事变而怀其旧俗者也。故变风发乎情，止乎礼义。发乎情，民之性也；止乎礼义，先王之泽也。是以一国之事，系一人之本，谓之风；言天下之事，形四方之风，谓之雅。雅者，正也，言王政之所由废兴也。政有小大，故有小雅焉，有大雅焉。颂者，美盛德之形容，以其成功告于神明者也。是谓四始，诗之至也。

然则《关雎》《麟趾》之化，王者之风，故系之周公。南，言化自北而南也。《鹊巢》《驺虞》之德，诸侯之风也，先王之所以教，故系之召公。《周南》《召南》，正始之道，王化之基。是以《关雎》乐得淑女以配君子，忧在进贤，不淫其色。哀窈窕，思贤才，而无伤善之心焉，是《关雎》之义也。

这段长文，冠于三百篇之前，是一个纲领性的文字。其余诸篇前之"小序"，则仅题解具体某诗，文字也简短得多。统观"小序"文字，一可见其简短，还可见出某种类别性，比如《周南》诸篇，多解以"后妃之×"：

《葛覃》，后妃之本也。后妃在父母家，则志在于女功之事，躬俭节用，服澣濯之衣，尊敬师傅，则可以归安父母，化天下以妇道也。

《卷耳》，后妃之志也。又当辅佐君子，求贤审官，知臣下之勤劳，内有进贤之志，而无险诐私谒之心，朝夕思念，至于忧勤也。

《樛木》，后妃逮下也。言能逮下，而无嫉妒之心焉。

又有言"美××"者，比如《召南》诸篇：

《甘棠》，美召伯也。召伯之教明于南国。

《江有汜》，美媵也。勤而无怨，嫡能悔过也。文王之时，江沱之间有嫡不以其媵备数，媵遇劳而无怨，嫡亦自悔也。

《何彼襛矣》，美王姬也。虽则王姬，亦下嫁于诸侯，车服不系其夫，下王后一等，犹执妇道，以成肃雝之德也。

又有言"刺××"者，比如：

《邶风·匏有苦叶》，刺卫宣公也。公与夫人并为淫乱。
《小雅·正月》，大夫刺幽王也。
《大雅·板》，凡伯刺厉王也。

又有言"闵××"者，比如：

《卫风·硕人》，闵庄姜也。庄公惑于嬖妾，使骄上僭，庄姜贤而不答，终以无子，国人闵而忧之。
《王风·黍离》，闵宗周也。周大夫行役，至于宗周，过故宗庙宫室，尽为禾黍。闵周室之颠覆，彷徨不忍去，而作是诗也。
《小雅·苕之华》，大夫闵时也。幽王之时，西戎东夷交侵中国，师旅并起，因之以饥馑。君子闵周室之将亡，伤己逢之，故作是诗也。

关于《诗序》之作者，自古以来众说纷纭，以致成为《诗经》学史上之一大公案。胡朴安先生曾总结为八种说法，分别为：
1. 子夏所作；
2. 卫宏所作；
3. 子夏、毛公合作；
4. 子夏、毛公、卫宏合作；
5. 诗人自作；
6. 孔子所作；
7. 国史所作；
8. 毛公之门人所作。

并认为："八说之中，诗人自作、孔子所作、国史所作三说，为最新颖，然亦最无根据。"他又根据清人《四库总目》之说，认为："以是知

《毛诗》之序,渊源于子夏,叙录于毛公,增益于卫宏等。"①

张西堂先生（1901—1960）则认为：

> 至于《毛序》的作者是谁,说法尤为纷歧,一直到现在还没有定论。尊序的以为是孔子、子夏所作,诋序的以为"村野妄人所为"。综合前人的论述,大约有十六种说法。②

这十六种说法分别为：
1. 孔子所作；
2. 子夏所作；
3. 卫宏所作；
4. 子夏、毛公合作；
5. 子夏、毛公、卫宏合作；
6. 汉之学者所作；
7. 诗人之所自作；
8. 国史、孔子所作；
9. 孔子弟子、毛公、卫宏所作；
10. 孔子、毛公所作；
11. 村野妄人所作；
12. 山东学究所作；
13. 毛公门人记师说者；
14. 秦汉经师所作；
15. 经师所传、弟子所附者；
16. 刘歆、卫宏所作。

张西堂先生大抵属于"诋序"一派,他受康有为（1858—1927）《新学伪经考》的影响,认为《毛传》为东汉刘歆（约前53—23）伪作,《诗序》文字乃当时之"古学之徒"依据《毛传》所撰。他说：

> 康有为《后汉书儒林传纠缪》曰："《毛诗》伪作于歆,付嘱于徐敖、陈侠,传授于谢曼卿、卫宏；《序》作于宏,此传最为实录。然首句实为歆作,以其与《左传》相合也。"（《伪经考》卷九）他

---

① 胡朴安：《诗经学》,第16、17页。
② 张西堂：《关于毛诗序的一些问题》,《诗经六论》,商务印书馆1957年版,第120页。

第四讲 "礼化诗学":从"温柔敦厚而不愚"到"美教化,移风俗"

以为《序》乃卫宏所作不足信,却还近于事实。不过刘歆以一人之力,未必能伪造群书,我想作序的人应当是当时的一些古学之徒,依据伪《毛传》而制作《毛序》的。……康氏说《毛序》首句乃刘歆作,不如说是刘歆之党徒所作。总之,韩愈说"其汉之学者,欲显立其传,因借之子夏",这一说法最近事实。①

张西堂先生又认为《毛序》之内容鄙陋,以为其"谬妄"有十:
1. 杂取传记;
2. 叠见重复;
3. 随文生义;
4. 附经为说;
5. 曲解诗意;
6. 不合情理;
7. 妄生美刺;
8. 自相矛盾;
9. 附会书史;
10. 误解传记。②

他甚至赞同南宋郑樵(1104—1162)所谓《诗序》为"村野妄人所作"一说,认为:

> 郑樵说"《诗序》皆是村野妄人所作",这话好像太过,但是实在有些地方足以证明郑氏并非漫骂。……《毛序》中的错误本来不胜枚举,以上所说的不过是一些显著的地方。郑樵说"《诗序》村野妄人所作",并不是故意惊世骇俗,事实原是如此。所以朱子虽屡说"序出于汉儒","断然知《小序》之出于汉儒所作"(《语类》卷八十),但终于说"当时只是个山东学究等人做,不是个老师宿儒之言"。因此我们可以认为《毛序》不必出于刘歆之手,只是当时的古学之徒所作的。③

朱熹、郑樵皆为宋代"疑经""反序"之代表人物,并被二十世纪

---

① 张西堂:《关于毛诗序的一些问题》,第133页。
② 同上书,第133—138页。
③ 同上书,第133、138—139页。

"古史辨派"视为其疑古辨伪思潮之渊源所自,因此都是站在了"反序""废序"的立场上。

三 《毛诗序》之形成与功用

若论《毛诗序》之形成,首先要弄清《毛诗序》文字的层级结构。上文所举张西堂所引康有为之语中,所谓"首句实为歆作",便已点明《诗序》文字实际有"首序"及"续序"两个层级。

关于这点,古来即有学者指出,宋人程大昌(1123—1195)《诗论》云:

> 然诗之古序,非宏也。古序之与宏序,今混并无别,然有可考者。凡《诗》发序两语,如"《关雎》,后妃之德也",世人之谓"小序"者,古序也;两语以外,续而申之,世谓"大序"者,宏语也。①

清代四库馆臣为《诗序》二卷所撰提要亦云:

> 今参考诸说,定序首二句,为毛苌以前经师所传;以下续申之词,为毛苌以下弟子所附。②

这里所谓"发序两语""序首二句",皆为"首序"(又称"古序"),形成时间在前;首序后的"续申之词",则为"续序",形成时间在后,最后写定当在汉代。

台湾学者程元敏认为,汉代鲁、齐、韩三家诗不传《诗序》,只有《毛诗》传《序》,"《毛诗序》渊源于孔子论诗,得孟子师弟子研议《诗》旨启发,受荀卿《诗》说影响,放战国中期七十子后学者记《孔子诗论》体裁,及因周秦汉初政教需要,乃有斯作"③。马银琴则认为四家诗原本皆曾有《序》,只是解诗各有侧重,她认为"《毛序》说解诗歌的

---

① 转引自(清)朱彝尊《经义考》卷九十九《诗》,《四部备要》第12册,中华书局1989年版,第537页。
② (清)永瑢等:《四库全书总目》卷十五,中华书局1965年版,第119页。
③ 程元敏:《诗序新考》,台湾五南图书出版公司2005年版,第238页。

乐章义而三家诗说解诗本义","三家之说与《毛序》的分歧集中在续序上，它们与《毛诗》首序之间没有矛盾"①。

马银琴又将《毛诗序》的形成置于周代礼乐制度的背景之下，得出如下结论：

> 第一，通过对汉代四家诗说异同的比较，肯定了四家诗说的同源关系；它们共同的"源"，就是至晚在西周礼乐制度尚未崩坏的春秋末期以前即已产生的《毛诗》首序；《毛诗》续序以及三家诗说对诗义的不同解释，基本是以首序为依托所做的进一步的申述与发挥。
>
> 第二，通过对《毛诗》首序解诗模式与周代礼乐制度之间内在对应关系的分析，认为《毛诗》首序的产生与诗文本的编辑同时；它是周王室的乐官在记录仪式乐歌、讽谏之辞以及那些为"观风俗、正得失"的政治目的采集于王朝的各地风诗时，对诗歌功能、目的及性质的简要说明。
>
> 第三，通过与上博简《孔子诗论》的比较分析，以出土实物资料证明了通过理论分析得出的结论，即《毛诗》首序是周代乐教的成果，它产生在孔子之前，与诗文本的形成过程相始终。②

明了于此，我们便可以对《毛诗序》的结构层次与形成过程有一更清晰的了解：《诗序》分"首序"和"续序"，首序并非成于一时一人，而与诗文本的形成相始终，首序的产生，至晚在春秋末期以前。续序产生于汉代，是对首序意义的进一步申发。由此，我们又可以澄清历来关于《毛诗序》的一些认识误区。这主要集中在两个方面：一是《诗序》之辞与诗篇之义的关系问题，一是《诗序》的文字性质问题。

历来反《序》者，一个重要理由便是以为《诗序》之辞与诗篇之义不合，而所谓"诗篇之义"，一般即指诗篇文辞所呈现出来的"字面义"。正因为此，论者以为《毛诗序》对于诗义之解说乃属"附会穿凿"，比如郑振铎先生（1898—1958）曾云：

> 《毛诗序》最大的坏处，就在于他的附会诗意，穿凿不通。《毛诗》凡三百十一篇，篇各有序，除《六笙诗》亡其辞，我们不能决

---

① 马银琴：《两周诗史》，第59—60页。
② 同上书，第82—83页。

定《诗序》的是非外，其余三百五篇之序，几乎百分之九十以上是附会的，是与诗意相违背的。①

若以诗篇之"字面义"作为"诗本义"（"字面义"与"诗本义"有时并不一致②）去衡量《毛诗序》之文辞，确实有诸多不一致处，但不可因此而简单归之于《诗序》文辞的"附会诗意，穿凿不通"，而必须要首先弄清《毛诗序》文辞的功用到底是什么。《诗序》文辞是为了解说诗篇本意？还是有着其他用途？这依然要从《诗序》之产生及其与周代礼乐制度的关联处说起。

今人冯浩菲曾将《诗序》的功用概括为九种，分别为：

1. 括举大意。如《出车·序》："《出车》，劳还率也。"
2. 揭明大义。如《蓼萧·序》："《蓼萧》，泽及四海也。"
3. 意义兼明。如《既醉·序》："《既醉》，太平也。醉酒饱德，人有士君子之行焉。"
4. 揭明编诗者之意或说诗者之意。如《桃夭·序》："《桃夭》，后妃之所致也。不妒忌，则男女以正，婚姻以时，国无鳏民也。"
5. 说明背景。如《旱麓·序》："《旱麓》，受祖也。周之先祖，世修后稷、公刘之业。大王、王季申以百福干禄焉。"
6. 补序作者。如《巷伯·序》："《巷伯》，刺幽王也。寺人伤于谗，故作是诗也。"
7. 补为解题。如《常武·序》："《常武》，召穆公美宣王也。有常德以立武事，因以为戒然。"
8. 统序诗意。如《那·序》："《那》，祀成汤也。微子至于戴公，其间礼乐废坏。有正考甫者，得《商颂》十二篇于周之太师，以《那》为首。"
9. 揭明美刺。如《羔裘·序》："《羔裘》刺朝也。言古之君子，以风其朝焉。"③

马银琴则按照《毛诗》首序与诗歌内容之间的不同关系，将"首序"解诗之法区分为四种模式：

1. "言明诗歌的仪式之用"。这些诗本身也正是为了祭祀、燕乐等仪

---

① 郑振铎：《读毛诗序》，《古史辨》第三册，第388页。
② 参见车行健《诗本义析论》，台北里仁书局2002年版。
③ 冯浩菲：《历代诗经论说述评》，中华书局2003年版，第161—162页。

式目的创作出来的，比如《小雅·鹿鸣》之首序为："燕群臣嘉宾也。"《周颂·维天之命》之首序为："太平告文王也。"

2. "说解诗歌的乐章义"。所谓乐章义，是指与乐歌相配合的音乐所表达的伦理意义，往往以组歌的形式反映出，比如《周南》诸诗多系以"后妃"，《召南》诸诗多系以"夫人""大夫妻"。

3. "从诗人作诗本意出发来解诗"。比如《小雅·十月之交》之首序为："大夫刺幽王也。"《大雅·民劳》之首序为："召穆公刺厉王也。"此类诗多用于讽谏，如此序诗，当与周代献诗讽谏制度有关。

4. "'以一国之事系一人之本'，将诗歌的创作与时政联系起来"。这一类序多用"刺□也""哀□也""闵□也"等句式，序所言多与诗本义不合。而这一序诗模式，当与周代采诗制度相关。①

照此说法，《毛诗序》首序文辞的功用，本不是用以解说《诗经》文辞之"字面义"或"诗本义"，它"产生于诗歌被采辑、记录之时，它是周代乐官记录仪式乐歌、讽谏之辞以及那些为观风俗、正得失的政治目的采集于王朝的各地风诗时，对诗歌功能、目的及性质的简要说明"②。明乎此，则《诗序》文辞若与诗本义产生矛盾，就是再正常不过的事情了。马银琴又说：

> 在诗歌从属于礼乐、服务于仪式的时代，人们除了创作专门用于仪式、讽谏的诗歌之外，还采集当时歌谣加以整理，人为地赋予它某种仪式功能或讽谏意义，诗歌本身的意义如何，不是他们着意探求的目的。当时的人们仅从自己的需要出发去使用诗，而很少从诗人之义出发去理解诗。这一点从《仪礼》有关仪式用乐的记载以及《左传》大量的赋诗、引诗中可以看出。③

如此说来，郑振铎所谓"《毛诗序》最大的坏处，就在于他的附会诗意，穿凿不通"，便可算作是对《毛诗序》文辞的很大误解。这也正是吾之打油诗所谓"汉儒未可责附会，诗教椎轮始周公"的意义所指。

---

① 参见马银琴《两周诗史》，第62—63页。
② 同上书，第82—83页。
③ 同上书，第61页。

四 《毛诗大序》之诗教理论及其影响

如果说《礼记·经解》的诗教纲领"温柔敦厚而不愚",主要是从性情角度强调诗教可使民风人情"温柔敦厚"的话,那么到了汉代所成的《毛诗大序》,则适应汉代帝国体制以及经学的建立,对诗教理论作了进一步的完善和申发,更全面地落实于人伦及政治层面,标志着中国古典诗教理论的集大成。

从政治教化的角度讲,《诗大序》中最可注意者有二点:

一是从周代礼乐制度出发,强调"声音之道,与政通矣"的观念,认为"治世之音安以乐,其政和。乱世之音怨以怒,其政乖。亡国之音哀以思,其民困",把诗教乐教与政治统治结合起来。在此基础上,提出明确的诗教观念,即所谓"先王以是经夫妇,成孝敬,厚人伦,美教化,移风俗"。这一观念,从人伦日用直达治国安邦,比《礼记·经解》更为切实。孔颖达以为:"上言诗有功德,此言用诗之事。"又解此五事云:

> "经夫妇"者,经,常也。夫妇之道有常,男正位乎外,女正位乎内,德音莫违,是夫妇之常。室家离散,夫妻反目,是不常也。教民使常,此夫妇犹《商书》云"常厥德"也。
>
> "成孝敬"者,孝以事亲,可移于君;敬以事长,可移于贵。若得罪于君亲,失意于长贵,则是孝敬不成,故教民使成此孝敬也。
>
> "厚人伦"者,伦,理也。君臣、父子之义,朋友之交,男女之别,皆是人之常理。父子不亲,君臣不敬,朋友道绝,男女多违,是人理薄也,故教民使厚此人伦也。
>
> "美教化"者,美谓使人服之而无厌也。若设言而民未尽从,是教化未美,故教民使美此教化也。
>
> "移风俗"者,《地理志》云:"民有刚柔缓急,音声不同,系水土之风气,故谓之风。好恶、取舍、动静,随君上之情欲,故谓之俗。"则风为本,俗为末,皆谓民情好恶也。缓急系水土之气,急则失于躁,缓则失于慢。王者为政,当移之,使缓急调和,刚柔得中也。随君上之情,则君有善恶,民并从之。有风俗伤败者,王者为政,当易之使善。故《地理志》又云:"孔子曰:'移风易俗,莫善于乐。'言圣王在上,统理人伦,必移其本而易其末,然后王教成。"

是其事也。

　　此皆用诗为之，故云"先王以是"。以，用也。言先王用诗之道，为此五事也。①

"经夫妇，成孝敬，厚人伦，美教化，移风俗"，此十五字诗教纲领，既关乎诗乐，又关乎民情、风俗、政治、伦理，是先王（朱子以为指文王、武王、周公、成王）平治天下的理想目标，亦为后世诸代所奉行。

《诗大序》中另一值得注意者，乃在于《周南》《召南》作为"正风"，其政治教化作用集中体现为"正始之道，王化之基"。此语亦是基于文王之功业而言，孔颖达云：

　　《周南》、《召南》二十五篇之诗，皆是正其初始之大道，王业风化之基本也。高以下为基，远以近为始。文王正其家而后及其国，是正其始也。化南土以成王业，是王化之基也。②

"文王正其家而后及其国"，这是《诗大序》以"二南"为"正始之道，王化之基"的基本逻辑。此八字纲领，恰由"《关雎》《麟趾》之化""《鹊巢》《驺虞》之德"推导出。《关雎》《鹊巢》诸诗，又正是讲"后妃""夫人"之事其君子，与十五字纲领之以"经夫妇"发端，实质恰可相通。这一观念，体现出周人对于家庭单元、夫妇关系这一基本伦常的重视。而这可以在先秦其他文献中得到佐证。比如《周易·序卦传》云："有天地然后有万物，有万物然后有男女，有男女然后有夫妇，有夫妇然后有父子，有父子然后有君臣，有君臣然后有上下，有上下然后礼义有所错。"《中庸》亦云："君子之道，造端乎夫妇。及其至也，察乎天地。"

陈桐生先生认为，在说《诗》体系方面，《毛诗序》构建了始于《关雎》的教化体系。这一体系在中国古典诗教理论领域，占有重要的地位。他说：

　　《毛诗》根据礼学家由内到外、由己及人、由亲及疏、由近到远的治国思路，创造性地将《关雎》说成是歌颂"后妃之德"、"忧在

---

① 李学勤主编：《毛诗正义》卷第一，《十三经注疏》（标点本），第10—11页。
② 同上书，第20页。

进贤,不淫其色",这意味着天子在作为王化之基的后宫和作为人伦之始的夫妇关系方面获得教化成功。以《关雎》后妃之德为起点,统治者进一步将道德教化推广到乡人和邦国,推广到天下百姓,最终实现"经夫妇,成孝敬,厚人伦,美教化,移风俗"的宗旨。①

又说:

>《毛诗序》阐明了诗乐和民情风俗、政治、伦理之间的关系,说明诗教的目标是要构建一个政治清明、社会安定、风俗淳厚、民生安乐的和谐社会。……《毛诗序》用准确无误的语言告诉我们,观赏诗乐,绝不是一个单纯的艺术鉴赏行为,它肩负着讽谏政治、事奉天地鬼神和移风易俗等多重任务,承载着政治、宗教、伦理等重大历史使命。②

陈桐生认为,《毛诗序》是中国古典诗教理论的集大成者,意味着"礼化诗学"的完成,并对后世产生了深远的影响:

> 在诗教思想发展史上,《毛诗序》确实起到了集大成的作用,它广泛地吸取了《尚书》的"言志"说、《诗经》的美刺说、孔子的兴观群怨说、"《关雎》乐而不淫哀而不伤"说、孔门弟子的性情说、《礼记·经解》的《诗》教说、《周礼》的"六诗"说、《鲁诗》"四始"说、《史记》所记载的孔子删《诗》说、春秋公羊学的经权说等理论,将其融会贯通,并根据时代条件加以改造和发展。作者在始于《关雎》的说《诗》体系基础之上,构建了一套以抒写情志为诗歌本质特征、以创建风俗淳厚政治清明的王道社会为诗教最高目标、以"上以风化下,下以风刺上"为双向反馈教化方式、以"主文而谲谏"为讽谏手法、以风雅正变为解诗框架和创作要求、以"发乎情,止乎礼义"为抒写性情准则的完整诗教理论。运用赋比兴手法对政治时俗进行美刺讽谏,是诗教理论的精髓所在。……《毛诗序》的问世,宣告诗教理论的基本完成,它标志着诗学礼义化的完成。在此后各个时代,都有或多或少的诗人或理论家著文讨

---

① 陈桐生:《礼化诗学:诗教理论的生成轨迹》,第263页。
② 同上书,第265—266页。

论诗歌教化问题,他们的文章间或在个别细节问题上有所创新,但在大的理论关节上,都没有突破《毛诗序》的理论框架。①

综言之,从《礼记·经解》到《毛诗大序》,从"温柔敦厚而不愚"到"经夫妇,成孝敬,厚人伦,美教化,移风俗",《诗》之教化体现于中国古典社会之人伦、政治、风俗、民情各个层面,走了一条"礼化诗学"的道路。上下三千年,培育出中华民族温柔敦厚、和平坚毅之民族性,并在贞定社会秩序方面发挥了巨大的作用。"诗之国度",所言诚不虚也!

---

① 陈桐生:《礼化诗学:诗教理论的生成轨迹》,第271—272页。

第五讲 "三体三用"：从"六诗"到"六义"

"六诗"与"六义"，是《诗经》学的两个基本问题。这两个命题，又关涉《诗经》学的其他重要问题，比如《诗》之体制结构、《诗》之早期传述方式等。明了此一问题，又可以帮助解决《诗经》学史上的一些聚讼不已的公案，比如"赋、比、兴"三体存亡论、《诗经》中某些诗篇的"错简"说等。

一 "六诗""六义"异同论

"六诗"的提法来自《周礼·春官·大师》，云：

> 大师掌六律、六同，以合阴阳之声。……教六诗，曰风，曰赋，曰比，曰兴，曰雅，曰颂。以六德为之本，以六律为之音。

"六义"的提法来自《毛诗大序》，云：

> 故诗有六义焉：一曰风，二曰赋，三曰比，四曰兴，五曰雅，六曰颂。上以风化下，下以风刺上，主文而谲谏，言之者无罪，闻之者足以戒，故曰风。至于王道衰，礼义废，政教失，国异政，家殊俗，而"变风""变雅"作矣。
> ……是以一国之事，系一人之本，谓之风；言天下之事，形四方之风，谓之雅。雅者，正也，言王政之所由废兴也。政有小大，故有小雅焉，有大雅焉。颂者，美盛德之形容，以其成功告于神明者也。是谓四始，诗之至也。

不难看出，《诗序》"六义"之说乃从《周礼》"六诗"之说而来，从名称到顺序皆无二致。然而，六者各自所指，历代却有不同解说。今人冯浩菲曾将历代诸说区分为"六义与六诗相同论"和"六义两分论"①。

1. "六义"与"六诗"相同论

持此一说法者，有如下诸家。

唐人孔颖达解《毛诗序》云：

> 上言《诗》功既大，明非一义能周，故又言《诗》有六义。《大师》上文未有"诗"字，不得径云"六义"，故言"六诗"。各自为文，其实一也。②

又，宋人朱鉴《诗传遗说》云：

> 大师掌六诗，以教国子，曰风，曰赋，曰比，曰兴，曰雅，曰颂，而《诗大序》谓之六义。盖古今声诗条理，无出此者。③

又，宋人严粲《诗缉》云：

> 孔氏谓风、雅、颂皆以赋、比、兴为之，非也。《大序》之六义，即《周官》之六诗。④

如上三家，虽然时代不同，但皆以"六义"乃顺承"六诗"而来，并且认为二者所指相同，是一回事。冯浩菲认为：

> 《周礼》的"六诗"与《诗序》的"六义"，两者有继承关系，但不是仅仅以同义词错落替代，而是改造性继承，所以"六诗"与"六义"是两个有继承关系的不同的概念，而不是两个形异义同的相同的概念。"六诗"是指对当时所产生及存在的诗篇所作的分类，六类诗并列，等级相同，不存在体辞、经纬之类的关系。……至于《诗序》的"六义"，当是对"六诗"的改作，两者是不同的概念。⑤

---

① 冯浩菲：《历代诗经论说述评》，第42页。
② 李学勤主编：《毛诗正义》卷第一，《十三经注疏》（标点本），第11页。
③ （宋）朱鉴：《诗传遗说》卷三，文渊阁四库全书本。
④ （宋）严粲：《诗缉》卷一，文渊阁四库全书本。
⑤ 冯浩菲：《历代诗经论说述评》，第44—47页。

于是，有了《诗经》学史上对于"六义"说解的"三体三用""三用三情""三经三纬"诸说。

2. "六义"两分论

有学者注意到了《诗经》传世文本中唯有"风、雅、颂"三种体裁，而未见"六诗"中与之并列的"赋、比、兴"三类。为解释这一矛盾现象，研究者提出了"三体三用""三用三情""三经三纬"等各种说法①。

第一，持"三体三用说"者，有如下诸家：

唐人孔颖达《毛诗正义》云：

> 风、雅、颂者，诗篇之异体；赋、比、兴者，诗文之异辞耳。大小不同而得并为六义者，赋、比、兴是诗之所用，风、雅、颂是诗之成形。用彼三事成此三事，是故同称为"义"，非别有篇卷也。②

又，南宋郑樵《六经奥论》云：

> 风、雅、颂，诗之体也。赋、兴、比，诗之言也。③

所谓"三体三用"，即以"风、雅、颂"为三种诗歌体裁，而以"赋、比、兴"为三种写作手法。此说经孔颖达首倡，影响甚大，是直至今日最为普遍的说法。至于"赋、比、兴"作为三种写作手法，朱子的解说对后世影响最大。朱熹在《诗集传》中解说三者云：

> 赋者，敷陈其事而直言之者也。（《周南·葛覃》）
> 比者，以彼物比此物也。（《周南·螽斯》）
> 兴者，先言他物以引起所咏之辞也。（《周南·关雎》）

第二，持"三用三情说"者，有如下诸家：

唐人成伯玙《毛诗指说》云：

---

① 参见冯浩菲《历代诗经论说述评》，第 53 页。
② 李学勤主编：《毛诗正义》卷第一，《十三经注疏》（标点本），第 12—13 页。
③ （宋）郑樵：《六经奥论》卷三，文渊阁四库全书本。

风、赋、比、兴、雅、颂，谓之六义。赋、比、兴是诗人制作之情，风、雅、颂是诗人所歌之用。①

又，宋人辅广《诗童子问》云：

此一条盖三百篇之纲领、管辖者。风、雅、颂者，声乐部分之名，而三百篇之节奏实统于是而无所遗，故谓之纲领。赋、比、兴者，所以制作风、雅、颂之体，而三百篇之体制实出于是而不能外，故谓之管辖。②

"三用三情说"与"三体三用"说，虽然表述上有所差异，但都认为前三项内容与后三项内容不是并列关系，而是从属关系。辅广之说与成氏之说，亦属说法有别，实质无异。

第三，持"三经三纬说"者，有如下诸家：

宋人朱熹《朱子语类》云：

或问"诗六义"注"三经三纬"之说，曰："三经是赋、比、兴，是做诗底骨子，无诗不有，才无，则不成诗。盖不是赋，便是比；不是比，便是兴。如风、雅、颂，却是里面横串底，都有赋、比、兴，故谓之三纬。"③

又，宋人辅广《诗童子问》云：

三经谓风、雅、颂，盖其体之一定也。三纬谓赋、比、兴，盖其用之不一也。④

有学者以为，《朱子语类》中所载或有讹误，与朱子其他地方的论说不尽吻合。而辅广之《诗童子问》，则据自己平日问学于朱子所成，又有

---

① （唐）成伯玙：《毛诗指说》，文渊阁四库全书本。
② （宋）辅广：《诗童子问·卷首》，文渊阁四库全书本。
③ （宋）朱熹：《朱子语类》卷八十，朱杰人等主编《朱子全书》第十七册，上海古籍出版社、安徽教育出版社2002年版，第2470页。
④ （宋）辅广：《诗童子问·卷首》，文渊阁四库全书本。

元人刘瑾《诗传通释》文字作为旁证①，可知朱子之本意当以"风、雅、颂"为三经，以"赋、比、兴"为三纬。而这一说法，与对后世影响最大的孔颖达所谓"三体三用"说，其实又不谋而合。

冯浩菲认为，"三体三用""三用三情""三经三纬"诸种说法，"表述不尽相同，实质无异，都将风、雅、颂看作三个诗类名，将赋、比、兴看作三个写法名。这些说法本来都是为解释《诗经》只有风、雅、颂三类诗而《诗序》却称'六义'这一矛盾现象而提出的，但三家都企图以此既解'六义'，又解'六诗'。实际效果是，用以解'六义'，完全符合；用以解'六诗'，却抵牾不通。原因很简单，'六义'与'六诗'本是两个不同的概念，而三家却误以为是同义语了"②。既然两者含义不同，那么"六诗"与"六义"各自所指究竟为何，便是接下来需要解决的问题了。

二 何为"六诗"？何为"六义"？

学界讨论"六诗"与"六义"的含义，有着不同的角度。从分组标准看，有学者按照通行的"三体三用"之说，将"风雅颂"与"赋比兴"两分，对举展开分析；有学者则按照"六诗"原初的排列顺序，将六者分为"风赋""比兴""雅颂"三组进行讨论。从分析着眼点看，有学者注重从语法角度解释《诗大序》中对于"赋比兴"解说的失落，有学者则注重将"六诗""六义"的含义与周代礼乐制度甚至更早的巫术宗教祭祀仪式联系起来。

冯浩菲认为：

《诗》三百篇编成于春秋中期，只选收了盛行于周代的风、雅、颂三类诗，略去了其他类型的诗作。它与产生于西周前期的六诗分类系统已经多有不同。当时孔门师徒研习《诗》三百篇，已经注意到了这种区别，因此《大序》的作者论述诗理时没有机械地照引"六诗"这个词语，而是着意加以改造，易为"六义"。六义的意思是指

---

① （元）刘瑾：《诗传通释·卷首》云："三经是风、雅、颂，是做诗底骨子。赋、比、兴却是里面横串底，都有赋、比、兴，故谓三纬。"

② 冯浩菲：《历代诗经论说述评》，第57页。

有关《诗》三百篇的六个重要事项，而不是指六类诗。因为三百篇中只有风、雅、颂三类诗，而没有赋、比、兴之诗。在《大序》作者看来，《诗》中的风、雅、颂代表诗作的类名或体裁名，而赋、比、兴只是用于风雅颂中的三种写作方法。这里就存在着主从关系。正因为如此，所以《大序》在"六义"名目之后紧接着对风、雅、颂的名义分别作了阐释，却只字不再提赋、比、兴。解主见从，主明则从亦明，此乃训诂性文字之常法。①

冯先生以为从"六诗"到"六义"经历了一场"改作"，"六诗"指六种诗体，"六义"指六个事项，"六义"之中仅存三体（即风、雅、颂）。而《诗大序》中之所以没有对赋、比、兴进行解释，是因为赋、比、兴处在从属地位。按照训诂常法，解释了处于主要地位的风、雅、颂的含义，赋、比、兴之义自然显明。至于《大序》作者为何没有改变"风、赋、比、兴、雅、颂"的排列顺序，在冯先生看来，是因为：

> 首先，风、赋、比、兴、雅、颂的次序，是传统的排列法。改变含义和提法，变"六诗"为"六义"，而不改变旧次，在《大序》作者看来，于事无妨，而且可以让学人借此了解到前后两个提法的继承改造关系。
>
> 其次，《周礼》的"六诗"是对整个诗作所作的分类，而"六义"只是针对《诗》三百篇提出的新概念。学人根据《诗》三百篇的风、雅、颂分类结构来理解《大序》的六义，实际上三体三辞或三经三纬的界线很清楚，不会发生混淆，故不烦改变六个项目的次序。
>
> 还有，正像《大序》是针对全《诗》而言的却镶嵌在《关雎序》之内并不嫌失次累赘的一样，《大序》六义的赋比兴作为三辞或三纬保留在"风"后"雅"前的原位上亦不嫌失次和零乱。要知道，《诗序》是训诂性的文字，而不是一般性的论著。一般性的论著在行文上讲究段落结构的次序性和严整性，训诂性的文字却允许因利就便，灵活处理。②

---

① 冯浩菲：《历代诗经论说述评》，第57页。
② 同上书，第58页。

冯先生的这一解释，显然是受了传统"三体三用"说的影响，将"风、雅、颂"与"赋、比、兴"二分，并且将"六义"次序同于"六诗"解释为训诂性文字在表达上的习惯。

然而在这中间，终究还有许多疑问需要解答：比如虽然皆言"六诗"均为诗体，但"风、赋、比、兴、雅、颂"究竟该是怎样的体裁？比如"六诗"次序的排列为何是"风、赋、比、兴、雅、颂"而不是"风、雅、颂、赋、比、兴"？比如"赋比兴"三体，在今日《诗》文本中是否真地毫无痕迹？又比如从"六诗"到"六义"，《诗》文本究竟经历了怎样的演化？等等。

今人王昆吾曾撰《诗六义原始》一文，对上述问题有较深入研究。他的问题意识来源于："古老的风、赋、比、兴、雅、颂在不同时代乃是不同的概念：一是《诗》编成之前的'六诗'的概念，二是《诗》编成之后的'六义'的概念，三是《诗》成为经典之后的三体三用的概念。从'六诗'到'六义'，其间有一个内涵变化的过程。对风、赋、比、兴、雅、颂的理解之所以会成为历史悬案，乃因为几千年来人们都忽视了这一过程的存在。"① 王先生将"六诗"置于周代礼乐制度的文化背景之下，作了一番严密考索，他据《周礼》所载，认为：

> 大师所教的"六诗"，同大司乐所教的"乐语"，是既有联系又有区别的两套教学项目。乐语为"兴、道、讽、诵、言、语"，是对国子进行音乐与语言训练的项目；六诗为"风、赋、比、兴、雅、颂"，是对瞽矇进行语言与音乐训练的项目。……六诗之所以特别讲求音律，乃因为六诗之教的目的是造就能胜任祭礼乐事的技术人才，而非善于言语应对的行政人才。……比照大司乐施于国子之教的"乐语"（"兴、道、讽、诵、言、语"），我们可以求得"六诗"的原始涵义。六诗之分原是诗的传述方式之分，它指的是用六种方法演述诗歌。"风"和"赋"是两种诵诗方法式——"风"是本色之诵（方音诵），"赋"是雅言之诵；"比"和"兴"是两种歌诗方式——"比"是赓歌（同曲调相倡和之歌），"兴"是相和歌（不同曲调相倡和之歌）；"雅"和"颂"则是两种奏诗方式——"雅"为用弦乐奏诗，"颂"是用舞乐奏诗。风、赋、比、兴、雅、颂的次序，从表面上看，是艺术成分逐渐增加的次序；而究其实质，则是由易至难的

---

① 王昆吾：《诗六义原始》，第219页。

乐教次序。①

如此，则"六诗"之原义与周代祭礼乐事有直接的关联。作为当时传述诗的六种方式，"六诗"之原始含义可用如下表格反映：

风	诵诗	方音诵
赋		雅言诵
比	歌诗	赓歌
兴		和歌
雅	奏诗	弦歌
颂		舞歌

这一考察，便不是将"风、赋、比、兴、雅、颂"两组对举，而是从周代礼乐活动实际出发，分为"诵诗""歌诗""奏诗"三组，分别对应于"风赋""比兴""雅颂"。而"三体三用"二分之说的产生，则相对要晚许多。

至于"六义"之说解，在《诗大序》中其实并不完整，到了东汉郑玄，开始有一系统表述。郑氏《周礼注》云：

> 风，言贤圣治道之遗化也。
> 赋之言铺，直铺陈今之政教善恶。
> 比，见今之失，不敢斥言，取比类以言之。
> 兴，见今之美，嫌于媚谀，取善事以喻劝之。
> 雅，正也，言今之正者，以为后世法。
> 颂之言诵也，容也，诵今之德，广以美之。②

郑玄对于"六义"的解释，"一方面充实了关于'赋'、'比'、'兴'的解释，比《毛诗序》更加系统；另一方面突出了'美刺'、'风化'、'政教'等三个伦理主题，比《毛诗序》更加鲜明"③。应当说，郑玄的解释是经学时代对于"六义"最完整的解说，但与"六诗"本义已经相

---

① 王昆吾：《诗六义原始》，第221—222、296页。
② 李学勤主编：《周礼注疏》，《十三经注疏》（标点本），第610页。
③ 王昆吾：《诗六义原始》，第287页。

去甚远。

依照王昆吾的研究，从"六诗"到"六义"，经历了内容丰富的历史过程，大概可以分为三个阶段：第一个阶段是以"乐教"为中心的时期，诗主要用于仪式和劝谏，乐教是早期诗歌传授的主要方式。第二个阶段是以"乐语之教"为中心的时期，诗之应用有一个从用于仪式到用于专对的变化，也相应地产生了从"诗言志"到"赋诗观志"的变化，也因此导致了在赋诗过程中诗歌本义与引申义的疏离。第三个阶段是以"德教"为中心的时期，这一时期，诗教与乐教明显分离。王昆吾称：

> 在乐语之教阶段，诗毕竟是一种交际语言，稳定的、彼此认同的涵义毕竟是实现赋诗目的的基本条件；尽管赋诗断章的方式也造成了对诗本义的曲解，但在那里，诗本义未至于大幅度地失落。而到德教阶段，诗作为语言艺术的本质被改变了，成为宣传和教化的工具。《毛诗序》这种政治化或伦理化的诗学理论，正是因此而势所必然地产生出来的。从这一角度看，"六义"本质上是德教的产物，或者说，是德教进入儒家诗学阶段的产物。因为包含风、雅、颂分类法的诗的文本，通过孔子、孟子、荀子而确立的儒家诗学的传统，是其理论系统得以完成的两项基本条件。①

刘怀荣先生则认为，"赋、比、兴"植根于原始感性生活的沃土中，与原始的巫术宗教祭祀仪式和歌、乐、舞艺术综合体有密切关联。他认为："赋、比、兴的产生时代远远早于周代，其文化母体是原始时代的巫文化和图腾文化。"② 在他看来，"赋、比、兴、风、雅、颂"皆曾为诗体，而"赋、比、兴"产生在前，"风、雅、颂"产生在后，皆曾为与某些仪式配合的乐舞。当"风、雅、颂"后来居上时，"赋、比、兴"则逐渐演化为中国古代艺术思维的基本方式。他说：

> 赋、比、兴作为祭祀行为都与歌、乐、舞有关，它们既以歌、乐、舞为必要手段来构成祭祀仪式，又因歌、乐、舞的不同显示出各自的特点。三者最早在氏族会盟中形成一个连续的系列。因此，早期的赋、比、兴或与仪式密切相关，或是仪式名称，同时，又可兼指体

---

① 王昆吾：《诗六义原始》，第273页。
② 刘怀荣：《赋比兴与中国诗学研究》，人民出版社2007年版，第127页。

用不分，以用（功用）为主的歌、乐、舞艺术综合体。

　　国家制度产生之后，随着祭神、祭祖，特别是由氏族会盟演变而来的天子与诸侯会盟活动中的祭神、祭祖仪式的制度化，以及仪式向日常生活的不断渗透，原始的歌、乐、舞综合艺术形态也发生着变化，风、雅、颂当即在这一发展过程中逐渐取代赋、比、兴，成为与新的仪式相配合的新乐舞，而赋比兴则在下一步的发展中逐渐升华、凝结、抽象为中国古代艺术思维最基本的三种方式。①

在"赋、比、兴"与"风、雅、颂"二分的前提下，刘怀荣还意识到两组乐舞在功能上呈现出一定的基本相似的对应关系：

　　赋与风均与诸侯、四夷贡物、献乐舞等实际行为相关，并且是两组乐舞的开端，是达到人人和谐与人神和谐的基本手段；比与雅均是在贡赋的基础上达到人与人之间的亲比；而兴与颂，又是在前二者的前提下进一步求得神人以和的功效。②

然而，将"赋、风""比、雅""兴、颂"三组对举，其实无法合理解释"六诗"以及"六义"中"风、赋、比、兴、雅、颂"的排列次序问题。

三 "赋、比、兴"三体存亡论

《毛诗大序》在释"六义"时，唯释"风、雅、颂"而不释"赋、比、兴"，引发了关于"六诗"中"赋、比、兴"三体存亡问题的讨论，这是《诗经》学史上的又一桩公案。

一种意见认为，"赋、比、兴"三类诗，实合于传世本所见"风、雅、颂"三体之中。最有代表性者当属东汉郑玄，他与弟子张逸之间曾有一场问答：

　　张逸问："何诗近于比、赋、兴？"答曰："比、赋、兴，吴札观

---

① 刘怀荣：《赋比兴与中国诗学研究》，第5页。
② 同上书，第146页。

《诗》已不歌也。孔子录《诗》已合风、雅、颂中,难复摘别。篇中义多兴。"①

从郑玄的回答看,他认为孔子在删定《诗》文本时,乃将"赋、比、兴"合于"风、雅、颂"中;也正因为"赋、比、兴"合于其他三体中,才会有"篇中义多兴"的情况。今人胡朴安也认为:"赋、比、兴,即在风、雅、颂中,非离风、雅、颂,别有所谓赋、比、兴也。"②

这种意见当然是试图解决《诗序》中不释"赋、比、兴"的疑问,但似乎没有足够的说服力。一者,无法回答襄公二十九年吴公子季札至鲁观乐时,为何亦只奏"风、雅、颂"三类而未奏"赋、比、兴"——其时孔子年甫八岁,尚无能力删《诗》。二者,"赋、比、兴"作为诗体,其面目究竟为何,依然没有具体描述。

另一种意见认为,"赋、比、兴"三体之亡,乃由于孔子删《诗》时未取所致。也就是说,是孔子将"赋、比、兴"三体之诗摒弃在《诗》文本之外。如清人庄有可云:

> 《周官》太师掌教六诗:曰风,曰赋,曰比,曰兴,曰雅,曰颂。孔子删《诗》,取"风、雅、颂"而不收"赋、比、兴",盖亦《春秋》得半之意也。③

章太炎(1869—1936)《六诗说》亦云:

> 比、赋、兴被删,不疑也。……《比》、《赋》、《兴》虽依情志,而复广博多华,不宜声乐。由是十五流者,删取三种,而不遍及。孔子所定,盖整齐其篇第,不使凌乱,而求归于礼义,合之正声,以是为节。④

二说皆以为"赋、比、兴"三体已亡,且认为乃由孔子删《诗》不取所致。

---

① (魏)郑小同:《郑志》卷上,文渊阁四库全书本。
② 胡朴安:《诗经学》,第27页。
③ (清)庄有可:《毛诗说·序》,商务印书馆1934年版,第1页。
④ 章太炎:《检论》卷二《六诗说》,《章太炎全集》第三册,上海人民出版社1984年版,第391—393页。

冯浩菲赞同"赋、比、兴"三体已亡的说法，却认为与孔子无关。他认为周室东迁以来，周天子"为了维护天下共主的名分，也还保留着一些礼乐制度权威，选编周诗，颁行列国，可能就是其中的措施之一。由于形势发生了如此巨大的变化，负责选编周诗的官员或许参考了当初大师的六诗分类及有关文献，但没有受它的局限，另立标准，重新分类选编。由于风、雅、颂是当时最盛行、最有代表性的三类诗作，故按照新创的'十五国风'—'二雅'—'三颂'的纲目，精选三类诗中的有关诗篇以成书。其他各类诗作，包括赋、比、兴，姑且从略。这当是传世的《诗》三百篇的原型"①。不过这种说法臆测的成分较重，而且无法很好回应最后一次《诗》文本结集过程中《鲁颂》的加入、《豳风》次序的调整等诸多细节问题（参本书第二讲），故只能聊备一说。

刘怀荣则认为"赋、比、兴"三体并未消亡，而是以一种特殊方式存在于"风、雅、颂"三体中。他认为，"见于赋诗引诗中的赋与比的方法，应当就是赋诗、比诗各自具有的特点"。而"兴"与传统、习俗和神话有关，比较隐晦，不适宜于朝会应对场合，"但兴诗的保留比赋、比二诗要好得多，除了《诗经》中被明确标出的兴诗外，还见于《周易》卦爻辞中"。至于"赋、比、兴"与今本《诗经》体裁上的关联，刘怀荣说：

> 对《诗经》中的赋、比二诗，我们今天是难以一一摘出的，但按我们前面的论述，首先可以肯定，大师编诗时虽有词句的增删等改动，但对原诗内容、手法的改变不可能太大。从兴诗多在国风、小雅，而小雅被标为兴诗的诗篇又有近三分之一体近民歌，二者计算，有70%以上的兴诗被编入风诗中。由此类推，与兴诗一样遗失了家园的赋、比二诗也应主要被编在风诗中。凡直赋其事，而所赋之事为四方风物、风情、风俗者，当与本来意义上的赋诗有关；凡写男女婚姻而兼有两国交好之意者，或者那种以地方山川祭礼为背景的男女悦慕之作，均当与原始比诗有关。②

刘怀荣的结论很具体，为"赋、比、兴"三体在传世本《诗经》中找到了对应的位置。但对于"赋、比"二体的推断，自诗篇文辞字面意

---

① 冯浩菲：《历代诗经论说述评》，第52—53页。
② 刘怀荣：《赋比兴与中国诗学研究》，第171—172页。

义入手，而将其与原初主要用于仪式配乐的"六诗"对应起来，似乎稍嫌牵强。

四 《诗经》的"错简"与《关雎》的分章

与对"六诗"作为诗体的理解直接相关，历来有所谓《诗经》中某些篇章存在"错简"一说。按照孙作云先生（1912—1978）的定义："所谓'错简'，就是简次错乱；或一首诗内章次颠倒，或两首诗误合为一首诗，或《大、小雅》的篇次，根本错乱。"① 比如宋人王柏（1197—1274）即曾怀疑：

> 《行露》首章与二章意全不贯，句法体格亦异，每窃疑之。后见刘向传列女，谓"召南申人之女许嫁于酆，夫家礼不备而欲娶之，女子不可，讼之于理，遂作二章"，而无前一章也。乃知前章乱入无疑。②

南宋王质（1135—1189）亦以为《行露》一诗有错简，云：

> 首章或上下中间，或两句三句，必有所阙。不尔，亦必阙一句。盖文势未能入"雀"、"鼠"之辞。③

孙作云先生曾撰《诗经的错简》一文，专门考察《诗经》中两首诗误合为一首之例，其中亦包括《行露》一诗。关于这类错简形成的原因，孙先生主要从诗篇文辞内容上着眼，他认为：

> 为什么会把两首诗误合为一首诗呢？大概因为：这两首诗在内容上有某些共通之处，在篇次的顺序上，前后相承，后来因为种种原因，把前一首诗的后几章丢掉了，遂误合于后一首诗；习焉不察，遂误以为它们是一首诗。也有因为两首诗的起句相同，内容又有点儿相

---

① 孙作云：《诗经的错简》，《诗经与周代社会研究》，中华书局1966年版，第403页。
② （宋）王柏：《诗疑》卷一，清通志堂经解本。
③ （宋）王质：《诗总闻》卷一下，清武英殿聚珍版丛书本，第17页。

像,遂误合为一首诗。或者根本就是两首诗——原诗皆无缺佚,只因为两首诗的内容相同,篇次亦上下相接,粗心的古人,遂把它们误认为一首诗,在一个题目下,误传了两千年!①

在这篇文章中,孙先生主要列举了他认为存在"错简"的五首诗,一为《周南·卷耳》,二为《召南·行露》,三为《小雅·皇皇者华》,四为《小雅·都人士》,五为《大雅·卷阿》。加上在注释中所引日本学者青木正儿所认为亦存在错简的《关雎》,则《诗经》中误合二为一者,至少有这六篇。照孙先生的推断,这六首诗原本应该是独立的十二首诗。

孙作云还试图还原这原本独立的十二首诗的原初面目,比如他认为《卷耳》一诗可能是由如下两首诗误合为一。其一为:

采采卷耳,不盈顷筐。嗟我怀人,置彼周行。
(采采卷耳,不盈□□。嗟我怀人,置彼□□。)
(采采卷耳,不盈□□。嗟我怀人,置彼□□。)

其二为:

陟彼崔嵬,我马虺 。我姑酌彼金罍,维以不永怀。
陟彼高冈,我马玄黄。我姑酌彼兕觥,维以不永伤。
陟彼砠矣,我马瘏矣。我仆痡矣,云何吁矣!

《行露》一诗,亦为如下两首诗错简而成。其一为:

厌浥行露,岂不夙夜,谓行多露。
(□□□□,□□□□,□□□□。)

其二为:

谁谓雀无角?何以穿我屋。谁谓女无家?何以速我狱。虽速我狱,室家不足。
谁谓鼠无牙?何以穿我墉。谁谓女无家?何以速我讼。虽速我

---

① 孙作云:《诗经的错简》,第403页。

讼，亦不女从。

在谈到怀疑《卷耳》《行露》二诗存在错简的理由时，孙作云称："（《卷耳》）这四章诗，前一章为征妇（军人妻子）思征夫之词，后三章为征夫思家之作；只因为二者内容相似——同是怀人之作，所以后人误合为一首诗。"① 又称："（《行露》一诗）最主要的疑窦，是意思前后不相连贯，口气上下不相衔接，显然是两首诗误合为一首诗。"②

认定诗篇存在"错简"的另外一个理由，是某些诗篇不符合《诗经》叠咏体的基本体制，比如日本学者青木正儿认为"《关雎》诗，也是两首诗误合为一首诗。其理由是因为《诗经》的叠咏体，最多的是叠咏三次（即词意与语法全同，只在押韵处换换韵脚），其次是叠咏两次，其次是前两章叠咏、后一章独立，或前一章独立，后两章叠咏。其它形式的叠咏也有之，唯独没有像《关雎》这样的形式：第二章和第四、五章跳格叠咏"③，因此他认为，《关雎》一诗，当分为如下两首：

（甲）关关雎鸠，在河之洲。窈窕淑女，君子好逑。
（关关雎鸠，在河之□。窈窕淑女，□□□□。）
求之不得，寤寐思服。悠哉悠哉，辗转反侧。

（乙）参差荇菜，左右流之。窈窕淑女，寤寐求之。
参差荇菜，左右采之。窈窕淑女，琴瑟友之。
参差荇菜，左右芼之。窈窕淑女，钟鼓乐之。

不难看出，如上理由多从诗篇文辞或句式方面着眼，实际是以书面文学的习惯例解口头文学，而在很大程度上忽略了《诗》自产生到早期流传中过程中与周代礼乐活动的密切关联，因而难以服人。

王昆吾认为，作为早期传述诗的两种基本方式，"比"（重唱）与"兴"（和唱），是造成《诗经》中许多诗篇在形式上"回环复沓"的主要原因。而这种"回环复沓"的形式，又有三种基本方式④：

---

① 孙作云：《诗经的错简》，第405页。
② 同上书，第407页。
③ ［日］青木正儿：《诗经章法独是》，《支那文学艺术考》，转引自孙作云《诗经的错简》，第404页。
④ 参见王昆吾《诗六义原始》，第233—237页。

一为"复沓"。指的是以章节为单位的形式重复,在《诗经》中最常见,其特点是多与兴歌相结合,比如《周南·樛木》:

> 南有樛木,葛藟累之。(《毛传》:"兴也。")
> 乐只君子,福履绥之。
>
> 南有樛木,葛藟荒之。
> 乐只君子,福履将之。
>
> 南有樛木,葛藟萦之。
> 乐只君子,福履成之。

二为"单行章段"。即未加入复沓的独立章段,其独立性以复沓为基础,实际是一种特殊的复沓,占《诗经》中复沓作品的五分之一左右,约有四十余篇。其典型形式正如《行露》:

> 厌浥行露,岂不夙夜,谓行多露。(《毛传》:"兴也。")
> 谁谓雀无角?何以穿我屋。谁谓女无家?何以速我狱。虽速我狱,室家不足。
> 谁谓鼠无牙?何以穿我墉。谁谓女无家?何以速我讼。虽速我讼,亦不女从。

三为"诗章章余",亦指一种有别于通常复沓形式的附加,往往见于各章节尾部,表现为完全的重复,比如《周南·麟之趾》:

> 麟之趾,振振公子。(《毛传》:"兴也。")於嗟麟兮!
> 麟之趾,振振公姓。於嗟麟兮!
> 麟之趾,振振公族。於嗟麟兮!

按照这一解说,自王柏、王质到孙作云、青木正儿等所怀疑的《诗》有"错简",倒很值得怀疑。他们都罔顾了《诗》之早期生存状态与音乐密切关联的事实,《行露》《卷耳》诸诗,不过是"六诗"本义的一种遗存,其实未必存在"错简"。

与"错简"相关的另一桩《诗经》公案，是《关雎》一诗的分章问题。

《毛诗》于《关雎》一诗末尾云："《关雎》五章，章四句。故言三章，一章章四句，二章章八句。"唐人陆德明（约550—630）《经典释文》云："五章是郑所分，'故言'以下是毛公本意。后放此。"① 清人俞樾（1821—1907）又有"四章说"："以愚论之，当为四章，首章章四句，次章章八句，三章四章章四句。每句有'窈窕淑女'句，凡五言'窈窕淑女'，故知五章也。首句以'关关雎鸠'兴'窈窕淑女'，下三章皆以'参差荇菜'兴'窈窕淑女'。文义本甚明，因次章加'求之不得'四句，此古人章法之变，而后人遂迷其章句矣。"② 由此，则《关雎》分章，便有"三章""四章"和"五章"之分别。

"故言三章"的"三章"，所分如下：

关关雎鸠，在河之洲。窈窕淑女，君子好逑。

参差荇菜，左右流之。窈窕淑女，寤寐求之。
求之不得，寤寐思服。悠哉悠哉，辗转反侧。

参差荇菜，左右采之。窈窕淑女，琴瑟友之。
参差荇菜，左右芼之。窈窕淑女，钟鼓乐之。

而如前所述，今日又添新的"三章""五章"说：持"错简"说者，以为《关雎》之诗乃由二首诗杂糅而成，二诗原本各为三章，每章四句；今人又据新出土之上海博物馆战国楚竹书《孔子诗论》第十四简有"其四章则偷矣"之语，而判断《关雎》原为五章③，以印证传统"五章"说之确凿。

王昆吾先生认为，如上诸种说法或皆有不当：

大抵缘于对"兴"或复沓的误解。例如四章说乃以"关关雎鸠"、"参差荇菜"为"兴"，认为每一兴应为一章，"君子好逑"为

---

① 李学勤主编：《毛诗正义》卷第一，《十三经注疏》（标点本），第28页。
② （清）俞樾：《达斋诗说》，《春在堂全书》第三册，凤凰出版社2010年版，第21页。
③ 参见于茀《从〈诗论〉看〈关雎〉古义及分章》，《光明日报》2004年2月25日；又见金宝《〈诗论〉"四章"新考与〈关雎〉五章说》，《社会科学辑刊》2007年第3期。

冲突开始,"寤寐求之"为冲突至于高潮,"琴瑟友之"为冲突消解,"钟鼓乐之"为冲突得以解决。脱简说的理由则主要有三条:一是所谓《关雎》有"乱","参差荇菜"云云即其表现,不能单独成章;二是所谓《周南》章法有规律,皆是三章,仅《卷耳》因错简窜入而成四章、《关雎》因脱简而缺四句;三是脱简在《诗三百》中很常见,凡章句不整齐者,都是由错简、脱简、传抄失误造成的。其实,从单行章段的角度看,《毛传》的三章说是正确无误的。二章"参差荇菜,左右流之。窈窕淑女,寤寐求之"乃和三章"参差荇菜,左右采之。窈窕淑女,琴瑟友之"复沓。第一章单行四句即所谓"乱",是一种同起兴之调相应和的众声合唱。《论语·泰伯》说:"师挚之始,《关雎》之'乱',洋洋盈耳哉!"刘台拱《论语骈枝》说:"合乐谓之乱。"《史记·孔子世家》说:"故曰《关雎》之乱以为风始。"这说明"乱"的本义就是合唱,《国风》是以《关雎》的乱声为起始的,单行章段是乱声的表现。①

如此,则《关雎》一诗传统"三章"之分,不唯没有脱漏,而且这一形式恰好体现了《诗》在早期流传过程中"比""兴"的传述方式,这便为《关雎》分章一案找到了一个较为合理的解说。

综言之,从音乐角度研究早期《诗经》,无疑是一条本质的路径。将《诗经》学的诸多问题放置于周代礼乐制度的大背景下,才往往能够得到较为合理的解释。

---

① 王昆吾:《诗六义原始》,第235—236页。

下 篇

《诗经》要目选讲

第六讲 "后妃之德":《周南·关雎》讲读

《关雎》一诗,既为《国风》之首,又为《三百篇》之首,在《毛诗》文本系统中占有特殊的地位。《关雎》"居始"的地位,使其具备了独特的教化意义,在中国思想史上产生了深远的影响。

一 关于"二南"

《诗经》十五国风中,《周南》《召南》作为正风居于前,《关雎》为《周南》之首篇。那么,周、召二《南》到底依据什么划分?所指地域是怎样的范围?"南"字之义究竟为何?"南、风、雅、颂"的《诗经》体制究竟该怎样理解?"四始"与"四诗"有着怎样的联系和区别?这是我们首先需要明晓的。

(一)关于《周南》《召南》的划分,历来有不同的说法。按照冯浩菲先生的总结,主要有五种意见[①]:

1. "王者与诸侯之分"。这一说法始于《毛诗大序》,其中谈及"二南"的教化问题时称:"然则《关雎》、《麟趾》之化,王者之风,故系之周公。南,言化自北而南也。《鹊巢》、《驺虞》之德,诸侯之风也,先王之所以教,故系之召公。"唐人孔颖达曾解释所以分为"王者"与"诸侯"的原因,云:"王者必圣,周公圣人,故系之周公。……诸侯必贤,召公贤人,故系之召公。"[②]

2. "圣人与贤人之分"。东汉郑玄强调了文王、武王教化在周、召二地的推行,以得"圣人之化""贤人之化"来区分周、召二《南》。《毛诗谱》云:"周、召者,《禹贡》雍州岐山之阳地名,今属右扶风美

---

① 参见冯浩菲《历代诗经论说述评》,第230页。
② 李学勤主编:《毛诗正义》卷第一,《十三经注疏》(标点本),第20页。

阳县。……文王受命，作邑于丰，乃分岐邦周、召之地，为周公旦、召公奭之采地，施先公之教于己所职之国。武王伐纣定天下，巡守述职，陈诵诸国之诗，以观民风俗。六州者得二公之德教尤纯，故独录之，属之大师，分而国之。其得圣人之化者谓之《周南》，得贤人之化者谓之《召南》，言二公之德教自岐而行于南国也。"①

3. "治内与治外之分"。宋人苏辙（1039—1112）以为，周、召之分乃缘于二人职任的不同："文王之风谓之《周南》、《召南》，何也？文王之法周也，所以为其国者属之周公，所以交于诸侯者属之召公。《诗》曰：'昔先王受命，有如召公，日辟国百里。'言其治外也。故凡《诗》言周之内治，由内而及外者，谓之周公之诗；其言诸侯被周之泽而渐于善者，谓之召公之诗。其风皆出于文王，而有内外之异，内得之深，外得之浅，故《召南》之诗不如《周南》之深。"②

4. "按岐周地域分"。南宋范处义云："其诗得之周南之地，则系之周公；得之召南之地，则系之召公。盖旦、奭二公皆姬姓，文王分岐为二公采地，旦封周，谓之周公；奭封召，谓之召公。"③ 南宋郑樵则云："《汉志》扶风雍县东北有周城，西南有召城。二《南》之诗，得于周南，系之《周南》；得于召南，系之《召南》，本于所得之地而系之耳。盖歌则从二《南》之声。二《南》皆出于文王之化，言王者之化自北而南。"④

5. "分陕而治说"。这是较为通行的一种说法，认为二《南》之区分乃由于周公、召公分陕而治。而"陕"之地，乃指今河南陕县。以陕为界，陕之东由周公主之，称"周南"；陕之西由召公主之，称"召南"。二地所产生的诗篇，亦作相应划分。明人梁寅（1303—1389）云："其以周、召言之，何也？曰：文王分命周公、召公为二伯，自陕以东，周公主之；自陕以西，召公主之。故其诗，得之东南者属之周公，得之西南者属之召公也。"⑤ 清人王夫之（1619—1692）亦云："周公、召公分陕而治，各以其治登其国风。则周南者，周公所治之南国；召南者，召公所治之南国也。……陕东所统之南国为周南，则今南阳、襄、邓、承天、德安、光、黄、汝、颍是已。陕西所统之南国为召南，则今汉中、商、雒、兴

---

① 李学勤主编：《毛诗正义》卷第一，《十三经注疏》（标点本），第10—12页。
② （宋）苏辙：《诗集传》卷一，文渊阁四库全书本。
③ （宋）范处义：《诗补传》卷一，文渊阁四库全书本。
④ （宋）郑樵：《六经奥论》卷三《二南辨》，文渊阁四库全书本。
⑤ （明）梁寅：《诗演义》卷一，文渊阁四库全书本。

安、郧、夔、顺庆、保宁是已。"①

需要注意，周南、召南二地音乐之产生，与《周南》《召南》二部分诗之编集，以及与周公、召公分陕而治，并不是同一层面的问题，需要分别对待之。冯浩菲认为：

> 分岐阳的周、召二地为旦、奭采邑，让其推行先公德教，周以南、召以南的广大地区受其感化，风俗淳美，歌咏以兴。这是文王时发生的事情。巡狩陈诗，属之大师，分为《周南》、《召南》，用于乡党邦国。这是武王时的事情。后来又分陕而治，陕以东，周公主之；陕以西，召公主之。这是成王时的事情。尽管分陕以后也有周南、召南的名称，但与分陕以前的周南、召南在概念上、范围上不一样。②

照这一说法，则我们今天看到的进入《诗》文本的《周南》《召南》诸诗，产生于西周初期文王武王时代。

然而有学者虽然赞同周、召之地音乐产生与《周》《召》之诗非属同时，但并不认同《周》《召》之诗产生于西周。这与对"南"字的理解有关，也与周、召二地的音乐性质有关。

（二）关于《诗经》中的"南"字，历来亦有许多不同的说法。张西堂先生曾总结为六种解释③：

1. "南化说"。如《毛诗序》所云："南，言化自北而南也。"
2. "南乐说"。如《毛传》解《小雅·鼓钟》"以雅以南，以籥不僭"一句云："南夷之乐曰南。"
3. "南国说"。如《小雅·四月》有句云："滔滔江汉，南国之纪。"《毛传》解《周南·樛木》"南有樛木"亦云："南，南土也。"
4. "南面说"。如宋人刘克云："南之为言无他义也。《易》曰：'圣人南面而听天下，乡明而治。'义止于此。文王之化，自闺门以达之天下，道化之行，格于人心，及于动植，圣人之盛德也。"④
5. "诗体说"。如清人崔述（1739—1816）《读风偶识》云："且南者，诗之一体，《序》以为'化自北而南'亦非是。"梁启超《释〈四诗〉名义》说得更为明确："《诗·鼓钟》篇'以雅以南'，'南'与

---

① （清）王夫之：《诗经稗疏》卷一，文渊阁四库全书本。
② 冯浩菲：《历代诗经论说述评》，第242页。
③ 张西堂：《诗经六论》，第101页。
④ （宋）刘克：《诗说》总论，《宛委别藏》第五册，江苏古籍出版社1988年版，第6页。

'雅'对举,'雅'既为诗之一体,'南'自然也是诗之一体。"①

6."乐器说"。这一说法自上世纪三十年代郭沫若（1892—1978）提出而备受关注。郭沫若认为："南本钟铸之象形……更变而为铃。"② 即认为"南"是一种"钟铃"乐器。文字学家唐兰（1901—1979）认为属一种"瓦制"乐器，而今人陈致则认为属一种"竹制"乐器③。

多数学者赞同"南"为"乐器"一说，并认为周南、召南之乐即为由"南"这种乐器演奏而成的南方之乐。张西堂即云："现在我们可以恍然大悟，'南'是一种曲调，是由于歌唱之时，伴奏的是一种形状像'南'而现在读如'铃'的那样的乐器而得名。南是南方之乐，是一种唱的诗，其主要的得名的原因，只是由于南是一种乐器。"④

马银琴对"二南"这种南方之乐的产生及性质作了进一步考证，认为：

> 它们本是周初周、召二公岐南采地的乡乐，周公制礼作乐时取之以为王室房中之乐、燕居之乐，被称为"阴声"，具有"杂声合乐"的特点，与雅颂仪式之乐不同。东周以后，"二南"地位上升，成为王室正乐的组成部分，被用于正式的仪式场合，配乐之歌就是现存的"二南"诸诗；随着这种转变的发生，"二南"之乐的产地亦由岐南移到了东周畿内。"二南"本为产生于南方而盛行于东都洛邑的音乐，因此，流行于江汉汝坟之地的一些民间歌唱，如《汉广》、《汝坟》、《江有汜》、《摽有梅》等亦得编入二南，使已成为王室正乐的"二南"显示出一些乡乐的本色来。⑤

马银琴还对产生于西周的周、召之"乐"与产生东周的周、召之"诗"，作了明确区分：

> 周公、召公取以为《风》的《周南》、《召南》，指流行于周、

---

① 梁启超：《释〈四诗〉名义》，《饮冰室合集》第十册《饮冰室专集》第七十四，中华书局1989年版，第93页。
② 郭沫若：《释南》，《甲骨文字研究》（大东书局1931年版），见《甲骨文研究资料汇编》第6册，第169—170页。
③ 参见唐兰《殷虚文字记·释南》，中华书局1981年版；陈致《从礼仪化到世俗化：〈诗经〉的形成》第四章，上海古籍出版社2009年版。
④ 张西堂：《诗经六论》，第106页。
⑤ 马银琴：《两周诗史》，第25页。

召二公采地的乡乐，与《诗经》中作为东周王室乐歌的"二南"虽有联系，但在时代、地域、性质以及伦理地位等方面都存在着很大的不同。由于以往的诗经学研究者往往将它们混为一谈，这才使"二南"问题成为诗经学史上的一大公案，引发了无数争论。①

而这，也正是笔者所作打油诗所谓"丰镐洛邑费究竟"的意义所指。

（三）对于"南"字的理解，还与"四始""四诗"诸概念有密切关联。"四始"之说始于《毛诗大序》，乃指"风""小雅""大雅""颂"之四体。司马迁在《史记·孔子世家》中又提出了新"四始"说，即所谓"《关雎》之乱以为《风》始，《鹿鸣》为《小雅》始，《文王》为《大雅》始，《清庙》为《颂》始。"两种说法对于《诗》之体制的划分，皆指向"风""小雅""大雅""颂"。

"四诗"之说始于唐代，清人顾炎武有较简明的表述："《周南》、《召南》，《南》也，非《风》也。《豳》谓之《豳诗》，亦谓之《雅》，亦谓之《颂》，而非《风》也。《南》、《豳》、《雅》、《颂》为四诗，而列国之《风》附焉，此《诗》之本序也。"② "四诗"之说通常表述为"南""风""雅""颂"，当我们明晓了"南"之音乐属性，便不难理解它与"风""雅""颂"的可以并立，这也正是有人试图将"二南"从十五国风中分立出来的缘由。"四诗"与"四始"的区别在于：

> 四诗"南"、"风"、"雅"、"颂"的划分，分别对应于四种政治伦理地位各不相同的乐歌类型："南"为东周王室乐歌，"风"为诸侯国风诗，"雅"为西周纪祖颂功、朝会燕享之歌，"颂"则指象征着成功与王权的天子郊庙祭祀之歌。很明显，这种分类是以乐歌的政治伦理地位为标准形成的。"四始"之说，则反映了今本《诗经》的四分结构。比较这两种分类可以发现，"四诗"与"四始"的不同主要表现为两点：第一，在"四诗"中分立的"南"与"风"在"四始"中被归为一组；第二，在"四诗"中被合为一组的"小雅"与"大雅"在"四始"中分立。在上文的分析中我们已经指出，从音乐角度来看，"二南"与十三国风一样同属乡乐。也就是说，同为乡乐的音乐属性应是"二南"之诗与十三《国风》在今本《诗经》中被

---

① 马银琴：《两周诗史》，第 26 页。
② （清）黄汝成：《日知录集释》卷三《四诗》，浙江古籍出版社 2013 年版，第 134 页。

合为一组的根本原因,而伦理地位的不同则又成为二者被分立的决定性因素。换句话说,在"二南"的归属问题上,"四始"与"四诗"的不同表现为音乐标准与伦理标准之间的差异。①

讨论"南"字字义及"四诗"之说的意义在于:一方面,更可明了《诗》之形成与周代礼乐制度之间的密切关联;另一方面,可以较为合理地解释《周南》诗序"后妃□□"、《召南》诗序"夫人□□"之解说模式与诗之文辞之间不相吻合的根本缘由。

二 《关雎》通解

《关雎》全诗三章,第一章四句,第二、三章每章八句:

> 关关雎鸠,在河之洲。窈窕淑女,君子好逑。
>
> 参差荇菜,左右流之。窈窕淑女,寤寐求之。
> 求之不得,寤寐思服。悠哉悠哉,辗转反侧。
>
> 参差荇菜,左右采之。窈窕淑女,琴瑟友之。
> 参差荇菜,左右芼之。窈窕淑女,钟鼓乐之。

在这一部分中,我们主要从字词训诂角度通解全诗大义。又于每章末尾举列孔颖达《毛诗正义》、朱子《诗集传》及方玉润《诗经原始》对于每章章旨的说解(《诗经原始》侧重于鉴赏角度),这分别代表了汉学、宋学、清学对于《关雎》的不同理解(后文对每首诗的通解皆仿此例)。

先看第一章。

"**关关雎鸠,在河之洲**"。关关,拟声词,指雎鸠和鸣之声。雎鸠(jū jiū),指一种水鸟,《毛传》云:"雎鸠,王雎也,鸟挚而有别。"郑玄云:"挚之言至也,谓王雎之鸟,雌雄情意至然而有别。"朱子云:"(雎鸠)状类凫鹥,今江淮间有之。生有定偶而不相乱,偶常并游而不相狎,故《毛传》以为'挚而有别',《列女传》以为'人未尝见其乘居

---

① 马银琴:《两周诗史》,第32—33页。

而匹处'者，盖其性然也。"雎鸠性情坚贞，正与下文"窈窕淑女，君子好逑"之意相映。如此，便把诗中所选"名物"之特性与"诗义"之表达，紧密联系到一起了，这也正是前文打油诗所谓"一物一事总关情"之所指。

河，在上古汉语中通常专指黄河，黄河流经东都洛邑北郊，则进一步证明《关雎》文辞可能产生于东周，这恰好与南乐在东周时期地位的上升相关。开头两句，写得甚妙！清人牛运震云："只'关关'二字，分明写出两鸠来。先声后地，有情。若作'河洲雎鸠，其鸣关关'，意味便短。"① 这两句在诗中是起兴，按照朱熹的解释"兴者，先言他物以引起所咏之词也"，则诗人真正要表达的是接下来的"窈窕淑女，君子好逑"二句。

"窈窕淑女，君子好逑"。《毛传》云："窈窕（yǎo tiǎo），幽闲也。淑，善。逑，匹也。言后妃有关雎之德，是幽闲贞专之善女，宜为君子之好匹。"《郑笺》云："怨耦曰仇。言后妃之德和谐，则幽闲处深宫贞专之善女，能为君子和好众妾之怨者。言皆化后妃之德，不嫉妒，谓三夫人以下。"汉人扬雄（前53—18）《方言》曾对"窈窕"有所解释："秦晋之间，美貌谓之娥，美状为窕，美色为艳，美心为窈。"则"窈窕"乃兼指女子之身段、心地皆美好而言。《孔疏》则言："窈窕者，谓淑女所居之宫形状窈窕然，故《笺》言幽闲深宫是也。"逑，通"仇"，义指匹偶。《汉书》中记载匡衡上疏引《诗》，即作"君子好仇"。《兔罝》篇有"赳赳武夫，公侯好仇"的诗句，意指公侯的好助手，亦作"好仇"。"窈窕淑女，君子好逑"是全诗的核心，通篇之义即着力赞美淑女幽闲贞静，为君子之好配偶。

▲首章章旨：

孔颖达《毛诗正义》（以下简称《孔疏》）："毛以为，关关然声音和美者，是雎鸠也。此雎鸠之鸟，虽雌雄情至，犹能自别，退在河中之洲，不乘匹而相随也。以兴情至，性行和谐者，是后妃也。后妃虽说乐君子，犹能不淫其色，退在深宫之中，不亵渎而相慢也。后妃既有是德，又不妒忌，思得淑女以配君子，故窈窕然处幽闲贞专之善女，宜为君子之好匹也。以后妃不妒忌，可共以事夫，故言宜也。"此说，主要是针对《关雎》诗序之"续序"文字而立论。

《孔疏》又辨毛、郑之异曰："郑唯下二句为异，言幽闲之善女谓三

---

① （清）牛运震：《诗志》卷一，空山堂藏版。

夫人、九嫔，既化后妃，亦不妒忌，故为君子文王和好众妾之怨耦者，使皆说乐也。"

朱熹《诗集传》（以下简称《朱传》）："周之文王生有圣德，又得圣女姒氏以为之配。宫中之人于其始至，见其有幽闲贞静之德，故作是诗。"朱子乃以诗中"君子"指"文王"，"淑女"指"太姒"。

方玉润《诗经原始》（以下简称《原始》）："此诗佳处全在首四句，多少和平中正之音，细咏自见。取冠《三百》，真绝唱也。"

再看第二章。

"参差荇菜，左右流之"。参差（cēn cī），长短不齐貌。荇（xìng）菜，《毛传》云："接余也。"朱子云："根生水底，茎如钗股，上青下白，叶紫赤，圆径寸余，浮在水面。""荇菜"的另一种写法是"莕菜"，形似莼菜，水生，可食。左右，有三种讲法：一指人的左手右手，乃篆文之象形；一指方位的左边右边；一指河之左岸右岸。流，亦有三说：一说为"求也"（《毛传》），一说为顺水"流动"，一说为"摎"之假借字，摘取之义（《广雅》："摎，捋也。"）。朱子的解释是："顺水之流而取之也。"

"窈窕淑女，寤寐求之"。按《毛传》训释，"寤"为"觉"，"寐"为"寝"。《郑笺》云："言后妃觉寐则常求此贤女，欲与之共己职也。"淑女所指，毛、郑之说似不同。今人黄焯（1902—1984）云："毛氏固不以此篇为咏实事也。其云'言后妃有《关雎》之德，是幽闲贞专之善女'。……陈澧《东塾读书记》亦谓：'毛以后妃是淑女，是字甚明。郑以淑女谓三夫人以下者，由未憭篇义"忧在进贤"之语，而改用《鲁诗》说。……'大凡郑易毛之处，多本三家。"① 寤寐，朱子以为："或寤或寐，言无时也。"表示无时无刻不在求取。清人马瑞辰（1777—1853）《毛诗传笺通释》则以为"寤寐"表示"犹梦寐"之义。

"求之不得，寤寐思服"。思服，有三解：一以"思"为语助词，用于句中，以"服"为"思念"义（马瑞辰、程俊英）；一以"思服"二字为同义复词，"思""服"皆为思念之义；一以"服"解"事也"，郑玄以为："求贤女而不得，觉寐则思己职事当谁与共之乎？"

"悠哉悠哉，辗转反侧"。悠，思之也。"悠哉悠哉"，谓思念深长的样子。"辗转反侧"，形容心事重重，翻来覆去，不得安眠，朱子云："辗者转之半，转者辗之周，反者转之过，侧者转之留，皆卧不安席之意。"

---

① 黄焯：《毛诗郑笺平议》卷一，武汉大学出版社2008年版，第4—5页。

▲二章章旨：

《孔疏》："毛以为，后妃性既和谐，堪居后职，当共荇菜以事宗庙。后妃言此参差然不齐之荇菜，须嫔妾左右佐助而求之。由此之故，思求淑女。窈窕然幽闲贞专之善女，后妃寤寐之时常求之也。……后妃求此贤女之不得，则觉寐之中服膺念虑而思之。又言后妃诚思此淑女哉，诚思此淑女哉！其思之时，则辗转而复反侧，思念之极深也。"

又辨"窈窕淑女，寤寐求之"句毛、郑之异曰："郑以为，夫人、九嫔既不妒忌世妇、女御，又无怨争，上下说乐，同化后妃，故于后妃将共参差之荇菜以事宗庙之时，则嫔、御之等皆竞佐助后妃而求之，言皆乐后妃之事。既言乐助后妃，然后倒本其事，后妃今日所以得佐助者，由此幽闲之善女未得之时，后妃于觉寐之中常求之，欲与之共己职事，故得之也。"

又辨"求之不得，寤寐思服"句毛、郑之异曰："郑唯以'服'为事，求贤女而不得，觉寐则思己职事当谁与共。余同也。"

《朱传》："此章本其未得而言。彼参差之荇菜，则当左右无方以流之矣。此窈窕之淑女，则当寤寐不忘以求之矣。盖此人此德，世不常有。求之不得，则无以配君子而成其内治之美。故其忧思之深，不能自已，至于如此也。"

《原始》："（'求之不得'下）忽转繁弦促音，通篇精神扼要在此。不然，前后皆平沓矣。"

再看第三章。

"参差荇菜，左右采之。窈窕淑女，琴瑟友之"。"左右采之"，郑玄云："言后妃既得荇菜，必有助而采之者。"琴瑟，古乐器名，朱子云："琴，五弦或七弦；瑟，二十五弦。皆丝属，乐之小者也。"友之，名词用作动词，表示"亲爱、友爱"之意。郑玄云："同志为友。言贤女之助后妃共荇菜，其情意乃与琴瑟之志同，共荇菜之时，乐必作。"

"参差荇菜，左右芼之。窈窕淑女，钟鼓乐之"。《郑笺》云："言后妃既得荇菜，必有助而择之者。"芼（mào），《毛传》云："择也。"朱子云："采，取而择之也。芼，熟而荐之也。"今人程俊英释为"择取"，以"芼"为"覒"之假借字。于省吾（1896—1984）《诗义解结》依据同音假借的原理，释"芼"为"摸"。在"左右□之"的结构中，"流""采""芼"处在相同的位置，其义亦大致应当属于同一范畴。这一情形，在《诗经》重章复沓的结构中较为常见。由此，我们可以反推"左右流之"的"流",不当作水之"流动"讲,而应当与"采""芼"义近。

钟鼓,乐器名,朱子云:"钟,金属;鼓,革属。乐之大者也。"乐之,名词使动用法,意为"使之乐"。又,清人皮锡瑞(1850—1908)《诗经通论·论毛义不及三家略举典礼数端可证》一文认为:"钟鼓乐之"一句,《韩诗外传》卷五引作"鼓钟乐之","鼓钟"之"鼓"当为动词,训"击";而毛诗"钟鼓"之"鼓"为名词,与"钟"并列,指乐器之名。皮氏认为:"毛作'钟鼓',与古礼不合。"《毛传》云:"德盛者宜有钟鼓之乐。"《郑笺》云:"琴瑟在堂,钟鼓在庭,言共荇菜之时,上下之乐皆作,盛其礼也。"

▲三章章旨:

《孔疏》:"毛以为后妃本己求淑女之意,言既求得参差之荇菜,须左右佐助而采之,故所以求淑女也,故思念此处窈窕然幽闲之善女,若来,则琴瑟友而乐之。思设乐以待之,亲之至也。……此诗美后妃能化淑女,共乐其事,既得荇菜以祭宗庙,上下乐作,盛此淑女所共之礼也。乐虽主神,因共荇菜,归美淑女耳。"

《朱传》:"此章据今始得而言。彼参差之荇菜,既得之,则当采择而亨芼之矣。此窈窕之淑女,既得之,则当亲爱而娱乐之矣。盖此人此德,世不常有,幸而得之,则有以配君子而成内治,故其喜乐尊奉之意不能自已,又如此云。"

《原始》:"'友'字、'乐'字,一层深一层。快足满意而又不涉于侈靡,所谓乐而不淫也。"

三 《关雎》关键词解析

《关雎》一诗中还有几个关键词,需要单独拿出来作一解析,由此可见《诗经》之经学品质以及与历史、政治之关联。

1. "君子、淑女"

关于这一对关键词,需要讨论的问题有二:一是"君子、淑女"的身份,到底是平民还是贵族?二是诗中用以起兴的"雎鸠"与"君子、淑女"有什么关联?

自宋代以来,便多有学者主张《国风》乃出于民间,比如朱子在《诗集传序》中即称:"凡《诗》之所谓《风》者,多出于里巷歌谣之作,所谓男女相与咏歌,各言其情者也。"至于上世纪的"古史辨派",

亦承绪这一说法，以为风诗多为歌谣，而"歌谣"之意，便是"这都是平民的心底里的话"①。如此，则《关雎》中"君子""淑女"便当指平民一类人，比如今人袁梅即云："这是古代的一首恋歌，一个青年爱上了那位温柔美丽的姑娘。"②

比顾颉刚发表《从〈诗经〉中整理出歌谣的意见》一文稍晚，著名文学史家朱东润先生（1896—1988）于 1933 年间在武汉大学《文哲》季刊连续发表四篇《诗经》学论文，其中就包括《国风出于民间论质疑》。在这篇文章中，朱先生从六个方面论证"国风出于民间论"之不可信——"由其自称之地位境遇而可知者"，"由其自称之服御仆从而可知者"，"由其关系人之地位而可知者"，"由其关系人之服御而可知者"，"由其所歌咏之人之地位境遇而可知者"，"由其所歌咏之人之服御仆从而可知者"，他的结论是："要之，此《国风》百六十篇之诗，其中一半以上为统治阶级之诗，则可断言。然则，谓《国风》出于民间者，其言未可信也。"③ 对于《关雎》一诗，朱先生云："举《关雎》之君子、淑人，坐实为文王、太姒，其说自欧阳修《诗本义》创之，汉人无是说也。然观诗中淑人、君子之称，钟鼓、琴瑟之器，诗人所指，自为统治阶级。"④ 如此，则诗中"君子""淑女"非指普通庶人。

那么，《关雎》首章以"关关雎鸠，在河之洲"起兴，以引起"窈窕淑女，君子好逑"，除去雎鸠鸟情意专贞的特性之外，与"君子""淑女"之身份之间是否还有其他关联？关于这点，陈子展先生（1898—1990）曾提供了富有新意的解说，他认为：

> 倘若再从那时的社会阶级来分析，君子和小人原是两个敌对阶级——统治阶级与被统治阶级的专名，《孟子》一书里解释的已够明确。君子原指统治阶级或有位之称，引申为有德之称，再引申为"妇女谓夫为君子，上下之通名"，如《孔疏》所说。《关雎》中"君子"当是本义而不是引申义，尽管你不承认古人说这君子是指王者、文王，淑女是指后妃、太姒，但是你不能不承认这诗说的君子淑女是少爷小姐一流，属于社会上层的贵族；而不是一般匹夫匹妇，属于社会下层的庶民。……《左传》昭公十七年记载郯子朝鲁，他答

---

① 顾颉刚：《从〈诗经〉中整理出歌谣的意见》，《古史辨》第三册，第 590 页。
② 袁梅：《诗经译注》，齐鲁书社 1985 年版，第 77 页。
③ 朱东润：《诗三百篇探故》，云南人民出版社 2007 年版，第 32 页。
④ 同上书，第 23 页。

复昭子在宴会上提出的上古名官的问题,末了记及孔子学官于郯子。郯子说上古时代少皞氏以鸟名官,"睢鸠氏,司马也"。按司马主兵又主法制,兵刑大权都掌握了,可以推知官名睢鸠氏,它的古义实是权力的象征。我想还应该说,睢鸠氏乃是指上古原始社会里把睢鸠猛鸟作为图腾的一个氏族部落或其酋长。《关雎》诗人当是以很猛鸷的睢鸠来象征有权威的君子。那末,这位君子不是指贵族又是指什么?……

倘若再从字句训诂上来说:按《郑笺》,"窈窕淑女"是"幽闲处深宫贞专之善女",这决不是小家碧玉。"琴瑟在堂,钟鼓在庭",又岂是筚门圭窦、瓮牖绳枢的民间房屋所有陈设?①

今人陈戍国先生也说:"在当时的社会里,下层人物,特别是奴隶们,不配称'君子',只能称'庶人'或'小人'。先秦古籍中'君子'与'小人'完全属于不同的阶级。"②

关于《关雎》诗中"君子""淑女"身份的讨论,进一步印证了前文打油诗所谓"贵胄黎庶生讼议"一语。《诗》究竟是平民的还是贵族的,确实是《诗经》学史上的一个重要问题。

2. "荇菜"

关于这一关键词,需要讨论的问题有:荇菜之采,到底仅是一种劳作行为?仅是触物起兴之用?还是包含着祭祀、巫术等其他历史人文因素?

有学者认为诗中的女子采摘荇菜,乃是一种生产劳作,"由诗义看,那位姑娘既然忙忙碌碌地在河上采水生野菜,应是劳动女子,断然不是历代封建儒生故意捏造的什么'盖指文王之妃太姒为处子时而言也'一类的诡词"③。

有学者认为"参差荇菜,左右流之/采之/芼之",乃属起兴,"它通过睢鸠的和鸣求偶,采摘荇菜的行为兴起这个贵族男子对'窈窕淑女的思念与追求"④。

经学家的解释则不然,他们认为荇菜之采并非单纯劳作,而是具有很强的象征意义,采摘荇菜为的是完成宗庙祭祀。《毛传》云:"后妃有关雎之德,乃能共荇菜,备庶物,以事宗庙也。"《郑笺》云:"后妃将共荇

---

① 陈子展:《诗三百解题》卷一,复旦大学出版社2001年版,第5—6页。
② 陈戍国:《说〈关雎〉》,《诗经刍议》,岳麓书社1997年版,第103页。
③ 袁梅:《诗经译注》,第78页。
④ 杨合鸣、李中华:《诗经主题辨析》,广西教育出版社1989年版,第3页。

菜之菹，必有助而求之者。言三夫人、九嫔以下，皆乐后妃之事。"《毛诗正义》云："此经《序》无言祭事，知事宗庙者，以言'左右流之'，助后妃求荇菜。若非祭菜，后不亲采。《采蘩》言夫人奉祭，明此亦祭也。"

现代又有学者从"文化人类学"的角度，认为《诗经》时代的人们相信采摘洗濯植物的叶子，具有某种特殊的巫术作用。日本学者白川静（1910—2006）认为："歌咏蕴含语言的咒术效能，本身就有难以动摇的客观存在意义；言语变成歌咏时，但具有咒术效能，可以独自存在的。……原始歌谣本来就是咒歌。""摘草是祈求相逢的预祝，也是感应远方恋人心灵精魄的行为。"① 台湾学者杜正胜进一步申发这一观点："《诗经》的世界是万物有灵的巫术世界，古代社会，言语歌谣都具有巫术作用，这是来自原始时代的遗留，中国传统学者所谓《诗》篇起'兴'或'比'拟所借用的花卉、林木、鸟兽、昆虫，白川认为都带有咒语的性质，能感应人的心灵精魄。"②

今人叶舒宪也认为，仅将"采摘"行为解释为"劳作"或"比兴"，不足以解释《诗经》中为何有如此众多的诗篇涉及这一母题。他说：

> 初读《诗经》的人对于各国风诗中不厌其烦地讲述采摘植物这一现象都会感到困惑难解：明明是表达男女间相追逐爱悦主题的诗歌，为什么要一开始就转移到"采"的劳作上去呢？传统诗学对此虽然做了"比兴"手法这样的修辞学解释，却总还是觉得不甚明了，有如五里雾中。《诗经》首篇《关雎》便出现了采摘母题，首章道出君子求淑女的意向之后，接下来二章均以采摘荇菜开始。……在这短短的两章诗中，采荇菜的母题先后三次出现，作为修辞起兴似乎有些过分了。或许从原始民族采摘植物叶子进行巫术性洗濯的现象中可以找到这一母题的必要性和反复性的解释。特罗布里安德人在追求异性之前都要经过这种象征性的准备工作，使自己获得充分的吸引力和自信力。《关雎》作者也是在三次采荇菜的强化作用下才逐渐建立起"求淑女"的自信心的。……
>
> 荇菜，按照现代植物学分类，属于龙胆科多年生草本植物，又称莕菜（《唐本草》）或莕（《尔雅》）、屏风（《楚辞》）、金莲子（《本

---

① ［日］白川静：《诗经的世界》第一章，台北东大图书公司2009年版，第22、39页。
② ［日］白川静：《诗经的世界·译者导言》，第41页。

草纲目》），河北人俗称黄花儿菜，是池塘、溪流中习见的水生植物。自古以来除供食用外，又作药用，其药效为消渴、利小便。这种水生植物一方面符合植物性叶子洗濯的巫术需要，另一方面又因其"解渴"功用而与爱情咒术中常用的"疗肌"母题暗中对应。①

不过，文化人类学解释是站在"作诗"的角度，而经学解释则是站在"用诗"的角度，二者并不相同。而且，文化人类学解释关注具体诗篇的最初"发生"，着意探究诗篇产生时代的民情风俗；经学解释则关注诗篇与政治、历史的关联，重在推行政治教化。

3. "琴瑟、钟鼓"

关于这一对关键词，需要讨论的问题有：琴瑟钟鼓只是男女爱情美好之喻？还是婚礼迎娶时奏乐所用？抑或又与宗庙祭祀有关？另外，琴瑟钟鼓之类乐器，究竟是平民庶人亦可用？还是独属于贵族？

民国学者江荫香认为，"琴瑟友之""钟鼓乐之"两句，乃以乐器比喻夫妇感情的美好和谐："琴，五弦，或七弦；瑟，十五弦。皆丝属的小乐器，弹时可赓同调。友，是亲爱的意思。琴瑟友之，是说同心合意，夫妻一样的声调。"又："钟，金属；鼓，革属。是大的两种乐器，声音相连，比方夫妻同在一处，好不快乐。"②

有学者认为，"琴瑟""钟鼓"皆属于婚礼用乐。比如清人姚际恒（1647—1715）认为："此诗只是当时诗人美世子娶妃初昏之作，以见嘉耦之合初非偶然。"③ 今人高亨（1900—1986）认为："这首诗歌唱一个贵族爱上一个美丽的姑娘，最后和她结了婚。"④ 袁梅也说："敲钟击鼓，奏乐娶她，使她快乐。或指结婚时，鼓乐齐鸣，闹得很欢。"⑤ 陈戍国否定这种说法，他根据《礼记·郊特牲》"昏礼不用乐，幽阴之义也。乐，阳气也"以及孔颖达《礼记正义》"昏礼所以不用乐者，幽深也，欲使其妇深思阴静之义，以修妇道。乐，阳气也者。阳是动散，若其用乐，则令妇人志意动散，故不用乐也"等文献，用了十六条证据，证明"我国汉族中上层社会婚礼，隋以前皆不用乐，经有明文，史亦有记载。《新唐书·

---

① 叶舒宪：《诗经的文化阐释——中国诗歌的发生研究》第二章，湖北人民出版社1994年版，第79—81页。
② 江荫香：《诗经译注》，中国书店1982年版，第3页。
③ （清）姚际恒：《诗经通论》，台北广文书局1971年版，第15页。
④ 高亨：《诗经今注》，上海古籍出版社2009年版，第1页。
⑤ 袁梅：《诗经译注》，第79页。

礼乐志八》始载婚礼用乐事"①。如此，则表明《关雎》并非一首迎娶诗。那么，"琴瑟""钟鼓"在本诗中究竟用途如何？根据《荀子·乐论》"君子以钟鼓道志，以琴瑟乐心。动以干戚，饰以羽旄，从以箫管"等文献，陈先生推导出，汉代以前包括春秋时期，君子往往"以钟鼓道私意，以琴瑟打动心思"②。

至于"琴瑟""钟鼓"究竟属于平民之用还是贵族之用，学界也有不同说法。与对"君子、淑女"身份的理解相应，若将其理解为民间男女，则"琴瑟""钟鼓"亦为平民所用。然而，通过对中国古代礼制的考察，不难发现"琴瑟""钟鼓"对于所用人的身份等级有严格规定。比如《仪礼·乡饮酒礼》"宾出奏陔"句，郑玄注云："钟鼓者，天子、诸侯备用之。大夫、士，鼓而已。"《毛传》云："德盛者宜有钟鼓之乐。"《史记·乐书》载："夫古者，天子、诸侯听钟磬未尝离于庭，卿、大夫听琴瑟之音未尝离于前。"如此，则表明"琴瑟""钟鼓"决非普通人家所用。郑玄、孔颖达等人，还将其与宗庙祭祀活动联系起来，《郑笺》云："琴瑟在堂，钟鼓在庭，言共荇菜之时，上下之乐皆作，盛其礼也。"《毛诗正义》云："此诗美后妃能化淑女，共乐其事，既得荇菜以祭宗庙，上下乐作，盛此淑女所共之礼也。"今人马银琴则认为，由古代经史材料可以证明，"钟鼓之乐，尤其是钟乐为天子诸侯专用。……《关雎》之诗，亦应为周王室之歌"③。

四 《关雎》主题辨析

《关雎》一诗之主题，历代不同立场、不同学派有不同解说。兹依时代之先后，逐一辨析之。

1. 汉代今文鲁、齐、韩三家诗，大都将《关雎》视为"讽刺诗"，且皆以为《关雎》是周康王政衰之诗。

（1）汉代"鲁诗说"，可以司马迁、刘向（约前77—前6）、王充（27—约97）之说为代表。

史迁《史记·十二诸侯年表》云："周道缺，诗人本之衽席，《关雎》

---

① 陈成国：《说〈关雎〉》，《诗经刍议》，第107页。
② 同上书，第113页。
③ 马银琴：《两周诗史》，第260页。

作。"又《儒林列传·叙》云:"夫周室衰而《关雎》作,幽、厉微而礼乐坏,诸侯恣行,政由强国。"

刘向《列女传》卷三《魏曲沃负篇》云:"自古圣王必正妃匹,妃匹正则兴,不正则乱。夏之兴也以涂山,亡也以妹喜;殷之兴也以有娀,亡也以妲已;周之兴也以太姒,亡也以褒姒。周之康王夫人晏出朝,《关雎》起兴,思得淑女以配君子。夫雎鸠之鸟,犹未尝见乘居而匹处也。夫男女之盛,合之以礼,则父子生焉,君臣成焉,故为万物始。"

王充《论衡》卷十二《谢短篇》云:"诗家曰:'诗作何帝王时也?'彼将曰:'周衰而诗作,盖康王时也。康王德缺于房,大臣刺晏,故诗作。'"

史迁所谓"衽席",乃卧席也,引申指寝处之所,与王充所谓"德缺于房",意义正通。按鲁诗说,则《关雎》一诗之本事当为周康王夫人不守礼制,"晏出朝"(晏者,晚也),此为政衰之表见。故大臣见此而作《关雎》以讽,表达"思得淑女以配君子"之意。至于"刺晏"的"大臣",东汉张超以为是指曾经辅佐过康王的周代老臣毕公(文王第十五子),张氏《诮青衣赋》云:"周渐将衰,康王晏起。毕公喟然,深思古道。感彼《关雎》,德不双侣。愿得周公,配以窈窕。防微消渐,讽谕君父。孔氏大之,列冠篇首。"

(2)汉代"齐诗说",可以匡衡(字稚圭,西汉后期人,生卒年不详)及《春秋纬说题辞》之说为代表。且齐诗说之特点,便是多与纬说同。

《汉书·匡衡传》载:"元帝崩,成帝即位,衡上疏戒妃匹,劝经学威仪之则曰:'……臣又闻之师曰:匹配之际,生民之始,万福之原。婚姻之礼正,然后品物遂而天命全。孔子论《诗》以《关雎》为始,言太上者民之父母,后夫人之行不侔乎天地,则无以奉神灵之统而理万物之宜,故《诗》曰"窈窕淑女,君子好仇"。言能致其贞淑,不贰其操,情欲之感无介乎容仪,宴私之意不形乎动静,夫然后可以配至尊而为宗庙主。此纲纪之首,王教之端也。自上世已来,三代兴废,未有不由此者也。愿陛下详览得失盛衰之效以定大基,采有德,戒声色,近严敬,远技能。"这里,匡衡引《关雎》以上疏成帝"戒妃匹",亦将《关雎》视为刺诗。清人皮锡瑞《诗经通论·论关雎为刺康王诗鲁齐韩三家同》云:"衡所习《齐诗》,亦与鲁、韩义同。'致其贞淑,不贰其操'云云,即张超所云'德不双侣',刘向所云'未见乘居匹处',薛君所云'贞洁慎匹'也。'后夫人之行,不侔乎天地'云云,即刘向所云'夫人晏起',

杨赐所云'夫人不鸣璜'也。"

产生于东汉的纬书《春秋纬说题辞》亦属齐诗一派，称："人主不正，应门失守，故歌《关雎》以感人。"所谓"应门"，乃天子听政之处。"应门失守"，即谓天子不以政事为务，而易有宣淫之心，故歌《关雎》以刺之。

（3）汉代"韩诗说"，可以《韩诗》之《关雎序》及《薛君韩诗章句》之说为代表。

《韩诗》已佚，无由直接见其序文，宋人王应麟《诗考·补遗》曾引《韩诗序》曰："《关雎》，刺时也。"

东汉淮阳（今属河南）人薛汉，字公子，世习《韩诗》，曾撰《薛君韩诗章句》，云："诗人言雎鸠贞洁慎匹，以声相求，必于河之洲隐蔽无人之处。故人君退朝，入于私宫，后妃御见，去留有度，应门击柝，鼓人上堂，退反宴处，体安志明。今时大人内倾于色，贤人见其萌，故咏《关雎》，说淑女，正容仪，以刺时。"

皮锡瑞认为："《韩诗》之说同于《鲁》而更详。"则知《韩诗》亦以《关雎》为刺诗。

2. 汉代"毛诗说"，则以《关雎》为"颂美诗"，乃以《毛诗序》之说为代表。

毛诗《关雎序》曰："《关雎》，后妃之德也，风之始也，所以风天下而正夫妇也。故用之乡人焉，用之邦国焉。风，风也，教也。风以动之，教以化之。……是以《关雎》乐得淑女以配君子，忧在进贤，不淫其色。哀窈窕，思贤才，而无伤善之心焉。是《关雎》之义也。"

郑玄作《诗笺》，未曾对"后妃之德"做出明确解释。虽然在解释"淑女"一词上与《毛传》有较大差别，但从诗教义发挥的角度讲，郑说与《诗序》中"乐得淑女以配君子"一句，精神并无二致。

如前文所言，《毛诗序》作为中国《诗经》学史上承先启后的重要文本，对汉代以后二千余年的"经学时代"，产生了深远影响。"后妃之德"之"颂美诗"立场，是汉代以来对《关雎》一诗主题最基本的看法。

3. 唐人对《关雎》主题之解说，当以孔颖达之《毛诗正义》为代表。

《毛诗正义》卷一言："是以《关雎》之篇，说后妃心之所乐，乐得此贤善之女，以配己之君子；心之所忧，忧在进举贤女，不自淫恣其色；又哀伤处窈窕幽闲之女未得升进，思得贤才之人与之共事君子。劳神苦思，而无伤害善道之心。此是《关雎》诗篇之义也。"

孔氏又言："此诗之作，主美后妃进贤。"既言"美后妃"，则以《关雎》为"颂美诗"之立场更为显明。

4. 宋人对《关雎》主题之解说，以朱子《诗集传》对后世影响为最大。

《诗集传》云："孔子曰：'《关雎》乐而不淫，哀而不伤。'愚谓此言为此诗者，得其性情之正，声气之和也。盖德如雎鸠，挚而有别，则后妃性情之正，固可以见其一端矣。至于寤寐反侧，琴瑟钟鼓，极其哀乐而皆不过其则焉，则诗人性情之正，又可以见其全体也。独其声气之和，有不可得而闻者。虽若可恨，然学者姑即其辞而玩其理以养心焉，则亦可以得学《诗》之本矣。"朱子早年虽曾作《诗序辨说》反对《诗序》，但从《诗集传》对于《关雎》一诗的解说看，与《毛诗序》之意并无扞格之处。

宋人解《关雎》有一点需要注意，乃解"君子"为文王，解"淑女"为文王之妃太姒。较早提出此说者当属北宋欧阳修（1007—1072），他在《诗本义》之开篇即称："上言雎鸠在河洲之上，关关然雄雌和鸣，下言淑女以配君子，以述文王、太姒为好匹，如雎鸠雄雌之和谐尔。"这一说法与汉唐之说便有不同。朱子亦赞同此说，认为："女者，未嫁之称，盖指文王之妃太姒为处子时而言也。君子，则指文王也。"又以为："周之文王，生有圣德，又得圣女姒氏以为之配，宫中之人于其始至，见其有幽闲贞静之德，故作是诗。"

元仁宗皇庆（1312—1313）、延祐（1314—1320）年间恢复科举，规定的考试科目中，汉人、南人先考"经问"，从朱子之《四书章句集注》中设问；次考"经义"，各治一经，其中《诗经》即以朱子之《诗集传》为主[①]。而这一考试程式，亦为明清两代所沿袭。正缘于此，朱子对于《关雎》一诗的解说，得到了最大范围的普及。

5. 清代"独立思考派"对于《关雎》主题的解说。

今人夏传才（1924—2017）认为："整个清代的学术思潮，贯穿着汉学与宋学之争、古文学与今文学之争、考据与义理之争、旧学与新学之争以及各派的各自内部之争。……其中超出各派斗争的潮流，不带宗派门户偏见，能够独立思考，自由研究，探求《诗经》各篇本义，并且有显著成绩的学者，有姚际恒、崔述、方玉润。他们不跟着任何一派跑，所以他们也不为任何一派提倡，在他们生活的时代，他们是不受重视的。只是到

---

① 参见（明）宋濂等：《元史·选举志一·科目》，中华书局1976年版，第2019页。

近代，人们才发现他们的价值。"① 这里提到的姚、崔、方三家，在解说《关雎》时，都不同程度地体现出反序、反朱的倾向，确乎与通行主流之说不同。

姚际恒（1647—约1715）《诗经通论》云："自《小序》有'后妃之德'一语，《大序》因而附会为不妒之说，以致后儒两说角立，皆有难通；而《关雎》咏淑女、君子相配合之原旨竟不知何在矣！此诗只是当时诗人美世子娶妃初昏之作，以见嘉耦之合初非偶然，为周家发祥之兆，自此可以正邦国、风天下，不必实指出太姒、文王，非若《大明》、《思齐》等篇实有文王、太姒名也。世多遵《序》，即《序》中亦何尝有之乎！"②

崔述（1739—1816）《读风偶识》云："此篇毛、郑以为后妃之德，欲求淑女与共职事。然首章明言淑女为君子之好逑，若以妾媵当之，是称名不正，不可以为训。朱子以为欲求淑女以配君子而成内治，其说当矣。但以寤寐求之、琴瑟友之者为宫人，则语意尚未合。细玩此篇，乃君子自求良配，而他人代写其哀乐之情耳。"③

方玉润《诗经原始》则云："《小序》以为'后妃之德'，《集传》又谓'宫人之咏太姒、文王'，皆无确证。诗中亦无一语及宫闱，况文王、太姒耶？窃谓风者，皆采自民间者也，若君妃，则以颂体为宜。此诗盖周邑之咏初昏者，故以为房中乐，用之乡人，用之邦国，而无不宜焉。"④

通观如上三家，皆表现出对于《诗序》及《集传》的某种"反动"，这在经学时代是不易被接受的。正如夏传才所言，到了近代才发现了他们的价值，究其因乃在于近代以来对于《诗经》的认识恰恰是消解其"经学"，申张其"文学"，强调其"本义"。譬若崔述所言此诗乃"君子自求良配，而他人代写其哀乐之情耳"，则相当程度上与近代以来视《关雎》为"恋歌"如出一辙，其居于三百篇之首的政治教化意义便受到了削弱。当然，处于经学时代的"独立思考派"终究也不可能完全倒了经学，即如方玉润，虽于《小序》《集传》皆有批判，但他仍然认为《关雎》一诗中包含着强烈的教化意义，只是不一定非要说成了"文王、太姒"。他曾说：

---

① 夏传才：《诗经研究史概要·清代诗经概说》，中州书画社1982年版，第187—188页。
② （清）姚际恒：《诗经通论》卷一，台北广文书局1971年版，第14—15页。
③ （清）崔述：《读风偶识》卷之一，道光四年（1824）东阳署中刻本。
④ （清）方玉润：《诗经原始》卷之一，中华书局1986年版，第71页。

然非文王、太姒之德之盛，有以化民成俗，使之咸归于正，则民间歌谣亦何从得此中正和平之音也耶？圣人取之，以冠三百篇首，非独以其为夫妇之始，可以风天下而厚人伦也，盖将见周家发祥之兆，未尝不自宫闱始耳。故读是诗者，以为咏文王、太姒也可，即以为文王、太姒之德化及民，而因以成此翔洽之风也，亦无不可，又何必定考其为谁氏作欤？①

6. 现代学者对于《关雎》主题的解说。

现代学者基本在一种"文学"的立场上解说《诗经》，侧重强调《诗经》文辞之字面义，《关雎》也不例外。比如：

闻一多《风诗类钞》："《关雎》，女子采荇于河滨，君子见而悦之。"②

高亨（1900—1986）《诗经今注》："这首诗歌唱一个贵族爱上一个美丽的姑娘，最后和他结了婚。"③

程俊英、蒋见元《诗经注析》："这是一首贵族青年的恋歌。"④

余冠英（1906—1995）《诗经选》："这诗写男恋女之情。大意是：河边一个采荇菜的姑娘引起一个男子的思慕。那'左右采之'的窈窕形象使他寤寐不忘，而'琴瑟友之'、'钟鼓乐之'便成为他寤寐求其实现的愿望。"⑤

袁梅《诗经译注》："这是古代的一首恋歌。一个青年爱上了那位温柔美丽的姑娘。他时刻思慕她，渴望和她结为情侣。"⑥

杨合鸣、李中华《诗经主题辨析》："《关雎》是我国最古老的一首上层青年男女的恋歌。"⑦

褚斌杰《诗经选评》："我们从诗之首章'窈窕淑女，君子好逑'之客观叙述句（自咏不会有此种语气）和诗末章'钟鼓乐之'的咏婚礼句看，《关雎》应属古代举行婚礼时的喜歌，即贺婚歌。"⑧

---

① （清）方玉润：《诗经原始》卷之一，第71—72页。
② 闻一多：《风诗类钞乙》，《闻一多全集·诗经编下》，湖北人民出版社1993年版，第503页。
③ 高亨：《诗经今注》，第1页。
④ 程俊英、蒋见元：《诗经注析》，中华书局1991年版，第2页。
⑤ 余冠英：《诗经选》，人民文学出版社1956年版，第4页。
⑥ 袁梅：《诗经译注》，第77页。
⑦ 杨合鸣、李中华：《诗经主题辨析》，第4页。
⑧ 褚斌杰：《诗经选评》，三秦出版社2008年版，第2页。

又，台湾学者屈万里（1907—1979）《诗经诠释》："此祝贺新婚之诗。按王国维释乐次，谓：'金奏之乐，天子诸侯用钟鼓；大夫士，鼓而已。'此诗有'钟鼓乐之'之语，盖贺南国诸侯或其子之婚也。一章泛言淑女为君子之好逑，二章言思淑女之切，三章言得淑女之乐：旨义甚明。"①

台湾学者马持盈《诗经今注今译》："这是一首爱情结合之诗。"②

如上诸家，可以算作现代以来解说《关雎》主题之代表。无论解《关雎》为"恋歌"，还是解《关雎》为"贺婚歌"，均将"字面义"当成了"诗本义"，而且大大消解了"后妃之德"作为"编诗义"从而应用于古典社会政治教化的经学意义，我们因而无法更好地由《关雎》之现代说解理解中国之古典社会。

相对而言，在现代诸家中，陈子展先生的解说注意到《诗经》最初的流传方式以及与周代礼乐的密切关联，即便是站在现代立场上，依然富于启发。陈先生认为："《关雎》只是乐得淑女以配君子的诗，当是西周作品。无疑的原是关于歌咏社会上层男女恋爱的诗，因而统治阶级作为房中乐章。但不一定是歌咏'后妃之德'、'王者之化'，为'后妃所自作'，或'宫中之人'所作；也不一定是'刺时'，或毕公为刺康王好色晏朝而作。便是今之学者以为《关雎》只是描写一般人民的恋爱的作品，也不一定算得正确，因为至今还不见说出所以正确的理由。倘若说，这是民风，就是朱熹说的'民俗歌谣之诗'的一例。是的，这倒也像是求爱的山歌，也和调情的小夜曲相仿佛。那末，诗中所谓君子淑女，正和后世小说戏曲里所谓才子佳人、公子小姐一样，在两性关系上各自反映了当时占优越地位的阶级，并且各自反映了当时占统治阶级的思想，而作者可不一定就是君子淑女一流。"③

五 《关雎》居始的教化意义

《关雎》居《三百篇》之始，具有特别的意义。经学家解说《关雎》，亦着重从其"居始"之地位，阐发其教化意义。

---

① 屈万里：《诗经诠释》，台北联经出版公司1983年版，第4页。
② 马持盈：《诗经今注今译》，台湾商务印书馆2009年版，第3页。
③ 陈子展：《诗三百解题》，第7—8页。

汉人之"四始"说，体现了对《关雎》诸诗位于首篇的重视。比如史迁在《史记·孔子世家》中提出的"四始"说，代表了鲁诗一派的观点：

> 古者诗三千余篇，及至孔子，去其重，取可施于礼义，上采契、后稷，中述殷、周之盛，至幽、厉之缺，始于衽席，故曰《关雎》之乱以为《风》始，《鹿鸣》为《小雅》始，《文王》为《大雅》始，《清庙》为《颂》始。

"四始"概念的提出，反映了自春秋末年到战国秦汉之际流行的"慎始敬终"的风气。这一观念在其他典籍中也可以得到体现，比如《礼记·经解》引《易》曰："君子慎始。"《礼记·表记》引孔子语云："事君慎始而敬终。"《大学》亦云："物有本末，事有终始，知所先后，则近道矣。"

对于《关雎》"居始"体现出的教化意义，《三家诗》与《毛诗》之解说有同有异。先看《三家诗》：

"鲁诗说"，以史迁为代表。《史记·外戚世家》云："自古受命帝王及继体守文之君，非独内德茂也，盖亦有外戚之助焉。夏之兴也以涂山，而桀之放也以末喜；殷之兴也以有娀，纣之杀也嬖妲己；周之兴也以姜原及大任，而幽王之禽也淫于褒姒。故《易》基《乾》《坤》，《诗》始《关雎》，《书》美釐降，《春秋》讥不亲迎。夫妇之际，人道之大伦也。礼之用，唯婚姻为兢兢。夫乐调而四时和，阴阳之变，万物之统也。可不慎与？人能弘道，无如命何。甚哉，妃匹之爱，君不能得之于臣，父不能得之于子，况卑下乎！即欢合矣，或不能成子姓；能成子姓矣，或不能要终：岂非命也哉？孔子罕称命，盖难言之也。非通幽明，恶能识乎性命哉？"其中之核心观念，"《易》基《乾》《坤》，《诗》始《关雎》"，乃基于人们以为"夫妇之际，人道之大伦也"，此即为《关雎》居始之伦理教化意义。陈桐生先生认为：

> 《鲁诗》通过"四始"概念，来强调儒家关于重视帝王婚姻伦理、养贤、尚德、尊祖崇孝等思想观念，目的是要将《诗三百》纳入礼乐思想的轨道，使《诗经》成为王道政治的范本，所以《史记·孔子世家》在叙述"四始"之后说："礼乐自此可得而述，以备王道，成六艺。"这就是说，《鲁诗》"四始说"为解说《诗三百》

的礼乐思想理清了一个思路，从此人们可以从《诗》中体会王道思想了。①

"齐诗说"，以匡衡为代表，前文所引《汉书》本传之语，即表明匡衡亦重视夫妇婚姻之伦常意义，故有所谓"匹配之际，生民之始，万福之原。婚姻之礼正，然后品物遂而天命全。孔子论《诗》以《关雎》为始，言太上者民之父母，后夫人之行不侔乎天地，则无以奉神灵之统而理万物之宜，故《诗》曰'窈窕淑女，君子好仇'"之语。

"韩诗说"，以《韩诗外传》为代表，卷五云："子夏问曰'《关雎》何以为《国风》始也？'孔子曰：'《关雎》至矣乎！夫《关雎》之人，仰则天，俯则地，幽幽冥冥，德之所藏，纷纷沸沸，道之所行，如神龙变化，斐斐文章。大哉《关雎》之道也！万物之所系，群生之所悬命也。河洛出《书》《图》，麟凤翔乎郊。不由《关雎》之道，则《关雎》之事将奚由至矣哉？夫《六经》之策，皆归论汲汲，盖取之乎《关雎》。《关雎》之事大矣哉！冯冯翊翊，自东自西，自南自北，无思不服。子其勉强之，思服之。天地之间，生民之属，王道之原，不外此矣！'子夏喟然叹曰：'大哉《关雎》！乃天地之基也。'"这里，孔子所谓《关雎》之作为"生民之属，王道之原"，较之匡衡所谓"匹配之际，生民之始，万福之原"，既强调"夫妇之际"之重要，又强调与"王道施行"之关联。而"王道之原""天地之基"之说，与《毛诗大序》所谓以包含《关雎》在内的"二南"为"正始之道，王化之基"，精神又可谓一贯！

至于"毛诗说"，与"三家诗"最大的不同乃在于，将《关雎》视为一首"颂美诗"而非"讽刺诗"，因而将《关雎》之主题解为"后妃之德"而非"大臣刺晏"。不过在《关雎》"居始"之教化意义这一点上，四家又有共通之处，无非一基于"刺诗"立论，一基于"美诗"立论。当然，"毛诗说"在"鲁诗说"基础上又有推进，陈桐生认为：

> 《毛诗》适应历史的需要，在《鲁诗》"四始说"的基础上又向前跨进了一大步。《毛诗序》对《鲁诗》"四始说"的最大吸取，就在于它将《诗三百》看作是一个始于《关雎》的完整教化体系，它尤其强调《关雎》的特殊意义，将《关雎》看作是提挈一部《诗三

---

① 陈桐生：《礼化诗学》第一章，第46页。

百》的序诗，将《诗三百》解说成是始于《关雎》的教化体系。……

汉儒是按照礼学家教化思路来讲《周南》、《召南》，来阐释《关雎》作为教化之始的特殊意义。《毛诗》说《关雎》是歌颂"忧在进贤，不淫其色""哀窈窕，思贤才，而无伤善之心"的"后妃之德"，这正好与礼学家关于治天下先治后宫的教化思路一致。《关雎》不仅居于《国风》之首，而且位于《诗三百》之首，它是起点的起点，根基的根基，它是《诗三百》中最重要的奠基性的作品，它的教化主题也就是《诗三百》的主题，《关雎》所歌颂的后妃之德能够对天下夫妇起到教化和表率作用，体现了帝王治理天下先从后宫开始的思想，这样《毛诗》就有充分的理由认为，《诗三百》是一个始于《关雎》的教化体系。从编辑顺序上说，《关雎》是《诗经》的起点；从教化思路上说，《关雎》又写的是帝王实施教化的起点——后宫。这样来讲《关雎》，自然是辞顺理畅一通百通，达到了历史与逻辑的高度统一。①

《毛诗》所建立的以始于《关雎》的诗教体系，对后世产生了深远影响。"封建社会"经筵讲臣给皇帝进讲的经筵讲义，颇能代表经学时代《关雎》诗教义的发挥。譬如宋人张纲（1083—1166），在宋高宗赵构朝担任侍读，曾为之进讲《诗经》，首篇便讲《关雎》，并特意强调了《关雎》"居始"的教化意义。张纲云：

> 臣闻：《诗》三百五篇，而《关雎》为之首。其所言乃后妃求淑女以配君子之事，而说者止称其无妒忌之行，臣以谓此未足以尽《关雎》之义。盖天子听天下之外治，故有三公、九卿、二十七大夫、八十一元士；后妃听天下之内治，故有三夫人、九嫔、二十七世妇、八十一御妻。治外者莫急于人材，治内者求淑女以为助，固其理也。文王之所以兴，周诗称《棫朴》之官人，《书》美五臣之迪教，济济多士，并列于疏附、先后、奔走、御侮之职，固未始不以人材为先务。是以其化刑于寡妻，而后妃于是乎有《关雎》之德。观其求淑女也，寤寐反侧而不能自已，盖以谓不如是不足以配文王而成内外之治。夫惟文王得多士而立政于外，后妃得淑女而辅佐于内，

---

① 陈桐生：《礼化诗学》第一章，第46—47、49—50页。

则自闺门而达之朝廷，宜无一事之不理，所以协济大业而卜世卜年之永者，其本实基于此。序《诗》者既论《诗》之大概，而卒举后妃之德以明《关雎》之义，言后妃之于淑女，非特求之尽其劳，而以得之为可乐，故曰"乐得淑女，以配君子"。凡女子矜其容色者必有忌心，能以进贤为忧，则以不淫其色故也，故曰"忧在进贤，不淫其色"。且女子也，而或称其淑，或称其贤，或称其才，盖以其性之善则曰淑，以其行之美则曰贤，以其女功之事则曰才。性之善，行之美，能于女功之事，是三者宜为人之所忌也。而后妃乃能去其忌心，方且忧其求之未得而不得进御于其君。犹以为未也，而又哀其或在窈窕之中，思念而不忘，自非至诚接下而无伤善之心，何以及此？当是时，凡为淑女者，后妃皆得以用之，虽幽远之地无遗才矣。周有乱臣十人，而后妃与其一。观夫闺内之政如此，则其助周家之治，信有力焉。宜乎！《关雎》之诗列为《二南》之首也。①

清人傅恒（约 1720—1770）亦曾任乾隆之经筵讲臣，由他领衔主编的《御纂诗义折中》，也强调了《关雎》居始的教化意义：

《关雎》，文王之本也。天下之本在国，国之本在家，家之本在身。"格物、致知、正心、诚意"，皆所以修身也。"窈窕、好逑"，惟取其德，则贞淫辨而好恶之源清，格致之要道也。"寤寐思服"，不慕其色，则理欲严而幽独之几谨，诚正之实功也。"琴瑟友之"，衽席之上，德业相资，而天命常行，此修身以齐其家也。"钟鼓乐之"，化起宫闱，达于朝庙，有以奉神灵之统，而理万物之宜。此齐家以治其国，而天下可平也。事不越夫妇之际，而天德王道之始终备焉。故用之闺门，用之乡党，用之邦国，自天子至于庶人，不可一日而不为此也。②

经筵讲义中所体现出的《关雎》之教化意义，不唯对于皇帝之于后宫，甚而对于庶民之于夫妇，皆有重要的垂范作用。而古代之皇帝，凭

---

① （宋）张纲：《经筵诗讲义》卷一，周春健校注《宋人经筵诗讲义四种》，华夏出版社 2016 年版，第 14—17 页。

② 《御纂诗义折中》卷一，吉林出版集团公司 2005 年版，第 7—8 页。

靠其至高无上的权力，又可以将其接受到的这种教化观念最大程度地向全国推行，诗教之影响范围因此极广，及于"天子以至于庶人"；诗教之作用发挥亦多有正面，既关"修身"，又关"治国"。诗教之用，不容小觑矣！

第七讲 "后妃之本":《周南·葛覃》讲读

《葛覃》一诗次于《关雎》,全诗共计三章,每章六句,诗文如下:

葛之覃兮,施于中谷,维叶萋萋。黄鸟于飞,集于灌木,其鸣喈喈。

葛之覃兮,施于中谷,维叶莫莫。是刈是濩,为絺为绤,服之无斁。

言告师氏,言告言归。薄污我私,薄澣我衣。害澣害否,归宁父母。

于此诗,我们还是先作通解,再提取关键词,然后作主题辨析及艺术鉴赏。

一 《葛覃》通解

首 章

"葛之覃兮,施于中谷,维叶萋萋"。葛,草名,生于山野,其蔓柔韧,可以抽丝为布。覃,有二说:一据《尔雅》"覃,延也"、《方言》"延,长也"解为"长",属形容词;一据陆德明《经典释文》"覃,本亦作蕈"解为"覃乃蕈之省",以"蕈"借作"藤",为"藤"之一声之转,属名词,则"葛之覃兮"意为"葛之藤兮"。施(yì),《毛传》《朱传》皆释为"移也",意为藤蔓伸展蔓延。中谷,倒装结构,意为"谷中",《诗》中多有此法;清人马瑞辰则以为:"凡《诗》言'中'字在上者,皆语词。"维,发语词,无实义。萋萋,茂盛貌。《郑笺》云:"葛者,妇人之所有事也,此因葛之性以兴焉。兴者,葛延蔓于谷中,喻女在父母之家，形体浸浸日长大也。叶萋萋然，喻其容色美盛。"

"黄鸟于飞，集于灌木，其鸣喈喈"。黄鸟，《毛传》解为"抟黍"（即"黄莺"），一解为"黄鹂"，一解为"黄雀"。鸟名，毛色纯黄，鸣声宛转。马瑞辰《毛诗传笺通释》以为："诗盖以黄鸟之有好音，兴贤女之有德音。"集，鸟停于树上。喈喈（jiē jiē），《毛传》《朱传》皆释为"和声之远闻也"。《郑笺》云："（黄鸟）飞集藂木，兴女有嫁于君子之道。和声之远闻，兴女有才美之称达于远方。"

▲首章章旨：

《孔疏》："言葛之渐长，稍稍延蔓兮而移于谷中，非直枝干渐长，维叶则萋萋然茂盛，以兴后妃之生，浸浸日大，而长于父母之家，非直形体日大，其容色又美盛。当此葛延蔓之时，有黄鸟往飞集于丛木之上，其鸣之声音喈喈然远闻，以兴后妃形体既大，宜往归嫁于君子之家，其才美之称亦达于远方也。"

《朱传》："盖后妃既成絺綌而赋其事，追叙初夏之时，葛叶方盛，而有黄鸟鸣于其上也。"

《原始》："追叙葛之初生，三句为一截，唐人多有此体。"

二 章

"葛之覃兮，施于中谷，维叶莫莫"。莫莫，《毛传》解为"成就之貌"，《郑笺》云："成就者，其可采用之时。"表明枝叶之进一步成熟。《朱传》释为"茂密貌"。程俊英、蒋见元《诗经注析》言："《广雅》：'莫莫，茂也。'但此章'莫莫'与上章'萋萋'对用，义当有别；此章下云'是刈是濩'，故此处的'莫莫'当含有茂盛而成熟貌之义。"

"是刈是濩，为絺为綌，服之无斁"。刈（yì），斩也，收割。濩（huò），煮之也。絺（chī）为细葛布，綌（xì）为粗葛布。服，穿着，服用。一说，整治，指服事刈割、蒸煮、纺绩之劳作。斁（yì），厌弃。

▲二章章旨：

《孔疏》："言葛之渐延蔓兮，所移在于谷中，生长不已，其叶则莫莫然成就。葛既成就，已可采用，故后妃于是刈取之，于是濩煮之。煮治已讫，后妃乃缉绩之，为絺为綌。言后妃整治此葛以为絺綌之时，志无厌倦，是后妃之性贞专也。"

《朱传》："此言盛夏之时，葛既成矣，于是治以为布，而服之无厌。盖亲执其劳，而知其成之不易，所以心诚爱之，虽极垢弊，而不忍厌弃也。"

《原始》：“治葛既成，以至'服之无斁'，起下'污'、'澣'。”

三　章

"言告师氏，言告言归"。言，《毛传》解为："我也。"《郑笺》皆解为第一人称之"我"。《朱传》则解为"辞也"，即视为语助词。马瑞辰《毛诗传笺通释》以为《毛传》之"我也"非指第一人称之"我"，而指语助词，云："《尔雅》：'孔、魄、哉、延、虚、无、之、言，间也。''间'谓间厕言词之中，犹今人云语助也。《尔雅》此节皆语助。凡词之在句中者为间，词之在句首、在句末者亦为间。'言'有在句首者，'言告师氏'、'言刈其楚'之类是也。'言'有在句中者，'静言思之'之类是也。'言'有叠用者，'言告言归'之类是也。'言'有与'薄'并为助句者，'薄言采之'之类是也。《传》从《释诂》训'言'为'我'者，《诗》中如'我疆我理'、'我任我辇'、'我车我牛'之类，'我'皆语词，则以'言'为'我'，亦语词耳。《笺》遂释为人我之我，失之。"又，师氏，指旧时贵族家中负责保育教导的傅姆，《毛传》云："师，女师也。古者女师教以妇德、妇言、妇容、妇功。祖庙未毁，教于公宫三月。祖庙既毁，教于宗室。"归，女子出嫁。

"薄污我私，薄澣我衣"。薄，一说为语助词，含勉力之意，朱子则释为"犹少也"。污，《毛传》曰"烦也"，《郑笺》曰"烦挼之"，意谓用力揉搓着洗。私，谓平居时所穿的便服；衣，谓正式场合所穿的礼服。一说，"私"指内衣，"衣"指外衣。澣（huàn），即洗濯。

"害澣害否，归宁父母"。害（hé），通"曷"，何也。《毛传》云："私服宜澣，公服宜否。"《郑笺》云："我之衣服，今者何所当澣乎？何所当否乎？言常自洁清，以事君子。""归宁父母"，《毛传》云："宁，安也。父母在，则有时归宁耳。"朱子云："宁，安也，谓问安也。"今人程俊英谓："古代已婚女子回娘家省亲叫归宁。"

▲三章章旨：

《孔疏》："毛以为，上下二'我'，我其身；中'我'，我其师。后妃言：我身本见教告于师氏，我师氏告我以归嫁人之道，欲令我躬俭节用，不务鲜华，故今日薄欲烦挼我之私服，薄欲澣濯我之褒衣。然我之衣服有公有私，议量而言，我之衣服何者当见澣乎？私服宜澣之。何者当不澣乎？公服宜否。既以受师教诲，澣衣节俭，复以时归宁父母。"

又辨毛、郑之异曰："郑下三句为异，言师氏告我，欲令节俭，故已今薄欲烦挼其私服，薄欲澣濯其公衣。所以公服私服并澣之者，即云同是我之衣服，知何所当见澣乎？何所当见否乎？私服公衣皆悉澣之，由己常自洁清，以事君子故也。衣裳既澣，身复洁清，故当以时归宁父母耳。"

《朱传》："上章既成 绤之服矣，此章遂告其师氏，使告于君子以将归宁之意。且曰：盍治其私服之污，而澣其礼服之衣乎？何者当澣，而何者可以未澣乎？我将服之以归宁于父母矣。"

《原始》："归宁正面。三'言'字，两'薄'字，两'害'字，说得何等从容不迫，的是大家闺范贤媛口吻。"

二 《葛覃》关键词解析

《葛覃》一诗之关键词有三，一为"黄鸟"，二为"师氏"，三为"归宁"。兹分别辨析之。

1. "黄鸟"

黄鸟，又有"仓庚""鹒黄""商庚""楚雀"等别称，在《诗》中曾经多次出现。比如《邶风·凯风》之"睍睆黄鸟"、《秦风·黄鸟》之"交交黄鸟"、《小雅·绵蛮》之"绵蛮黄鸟"；《豳风·七月》之"有鸣仓庚"、《豳风·东山》之"仓庚于飞"、《小雅·出车》之"仓庚喈喈"等。然而，不同之名称并非可以在诗中完全替换，不同称谓的背后其实包含着不同的感情色彩。按照王靖献先生的说法，

"仓庚"看来是强化诸如婚礼仪式一类愉悦幸福时刻的"名词主题"……而"黄鸟"则用于引起悲叹之情的诗歌。①

问题在于，按照历代经学家的解释，《葛覃》一诗中"黄鸟"之使用，当指"兴女有嫁于君子之道"，则此诗与婚姻嫁女有关。婚姻嫁女的气氛似乎当是和乐欢快才对，这便与黄鸟常"用于引起悲叹之情"一说有些矛盾。其实不然，本诗中"黄鸟"之用亦有深意——嫁女实意味着骨肉分离。关于这点，在诸多先秦典籍中都有反映，如：

《礼记·曾子问》："孔子曰：'嫁女之家，三夜不息烛，思相离也。'"郑玄注曰："亲骨肉也。"

---

① 王靖献著，谢谦译：《钟与鼓：〈诗经〉的套语及其创作方式》，四川人民出版社1990年版，第140页。

《春秋·庄公二十七年》"冬，杞伯姬来"，《公羊传》何休注曰："诸侯夫人尊重，既嫁，非有大故，不得反。"《谷梁传》云："妇人既嫁，不逾竟。"

《战国策·触詟说赵太后》："媪之送燕后也，持其踵为之泣，念悲其远也，亦哀之矣。已行，非弗思也。祭祀必祝之，祝曰：'必勿使反。'"

如此说来，"在记述嫁女之事的《葛覃》诗中出现引起悲叹之情的'黄鸟'，用以暗示骨肉之亲的行将分离，便成为自然而可理解的事情"①。

2. "师氏"

关于"师氏"的身份，学者解说各不相同。《毛传》《郑笺》《朱传》皆释为"女师"，孔颖达《毛诗正义》以为："女师者，教女之师，以妇人为之。《昏礼》云：'姆纚笄绡衣在其右。'《注》云：'姆，妇人五十无子，出而不复嫁，能以妇道教人者，若今时乳母矣。'"

不少现代学者认为这里的"师氏"地位甚卑，比如余冠英释为"保姆"，杨合鸣、李中华认为："就相当于今天的佣妇，地位同奴婢相当。"闻一多认为：

> 古者出妇地位最为卑贱，姆以出妇充之，则师氏之名，虽若甚尊，其职则甚卑。今之佣妇或称阿妈，即阿姆，亦即师氏矣。《白虎通·嫁娶篇》曰："妇人所以有师何？学事人之道也。"考女在父母家，在路，在夫家，师氏胥与俱焉。《士昏礼》："姆纚笄宵衣，在其右。"又曰："婿御妇车，授绥，姆辞不受……姆加景，乃驱。"又妇至成礼曰："姆授巾。"是女在父母家，在路，师氏并与焉。《公羊传·襄三十年》："宋灾，伯姬存焉。有司复曰：'火至矣，请出。'伯姬曰：'不可。吾闻之也。妇人夜出，不见傅母不下堂。傅至矣，母未至也。'逮乎火而死。"《列女传·贤明篇·周宣姜后传》："姜后脱簪珥待罪于永巷，使其傅姆通言于王。"是妇人在夫家师氏亦随也。《诗》曰："言告师氏。"此在夫家时告之也。所告之事，即速为澣衣，以备归宁之用。妇人之衣而命师氏澣之，是师氏之职与今之佣夫略同。②

陈子展先生不赞同此说，依然强调由"师氏"身份所反映出的《葛

---

① 马银琴：《两周诗史》上编，第262页。
② 闻一多：《闻一多全集·诗经编下》，湖北人民出版社1993年版，第14页。

覃》一诗的"贵族"性质以及与古代礼制的密切关联。他说：

> 按《礼记》，师氏为三母之一。《内则》说："异为孺子，室于宫中。择于诸母与可者，必求其宽裕、慈惠、温良、恭敬、慎而寡言者，使为子师。其次为慈母，其次为保母。皆居子室，他人无事不往。"《孔疏》说："此文虽据诸侯，其实亦兼大夫、士，但士不具三母耳，大夫以上则具三母。"可知当时自大夫以上的统治阶级都可能于子室中有师氏。古文《毛序》说这诗说的是"后妃之本"，主张今文三家中《鲁》说者，说"是亦士大夫婚姻之诗"。究竟那一说对呢？他如方玉润《诗经原始》说："盖此亦采之民间，与《关雎》同为房中乐，前咏初昏，此赋归宁耳。"以为诗说"民间妇道"，不知道他怎么能够解通"言告师氏"一句。①

从《礼记》《毛传》等文献所提及的古代礼制规定看，诗中"师氏"之身份至少表明《葛覃》是一首歌咏王室公族嫁女之诗，而不是平民妇女之诗。

3. "归宁"

"归宁父母"一句，学者对"归"字有两种不同讲法，因而产生两种断句方式。一以"归宁"二字连读，释为"已婚女子回娘家省亲"，则以"归"字为"返归"之义；一以当在"归"字后绝句，读作"归，宁父母"，则释"归"为"女子出嫁"。按《毛传》，释前句"言告言归"为"妇人谓嫁曰归"，而释此句为："父母在，则有时归宁耳。"前后二"归"，并不同义。

陈子展先生怀疑："《毛传》于上'言归'之归，说'妇人谓嫁曰归'；于下'归宁'之归，又说'父母在，则有时归宁耳'，凡九字。还未出嫁就说归宁，实于事理不合。"②清人马瑞辰则根据《春秋》"杞伯姬来"，《公羊传》曰："直来曰来，大归曰来归。"何休《注》曰："诸侯夫人尊重，既嫁，非有大故，不得反。"《谷梁传》曰："妇人既嫁，不逾竟。"从而认为"古无父母在得归宁之礼"③。如此，则《毛传》之解亦误矣。而《毛传》之误，乃由沿袭《左传》之误而来。清人段玉裁

---

① 陈子展：《诗三百解题》，第9页。
② 同上。
③ （清）马瑞辰：《毛诗传笺通释》卷二，中华书局1989年版，第40页。

（1735—1815）和陈奂（1786—1863），都认为并非《毛传》出了错失，段玉裁认为《毛传》"父母在，则有时归宁耳"九字为后人所加，陈奂《诗毛氏传疏》则认为："此九字是《笺》语窜入《传》文耳。"按照段、陈二氏之说，则在《毛传》那里并未出现矛盾之处，仍是把两处"归"字均释为"女子出嫁"。

"归宁父母"一句，还涉及《诗经》异文问题。马瑞辰称："《序》文'归安父母'原指经'言告言归'而言，《传》义不应与《序》违异。以《说文》引《诗》'以晏父母'证之，经文原作'以宁父母'。后人因《序》文有'归安父母'之语，遂改经为'归宁父母'，又妄增《传》文，不知《序》云'归安父母'，特约举经文'言告言归，以宁父母'也。孔《疏》因以经言污私澣衣为在夫家之事，误矣。"① 这里提到的《说文》所引之诗"以晏父母"，当为鲁、齐、韩《三家诗》之异文，皮锡瑞亦因此以为《毛诗》不如《三家诗》②。

三 《葛覃》主题辨析

《葛覃》一诗之主题，《三家诗》与《毛诗》，现代立场与古典立场，解说均有不同。

1. 汉代"鲁诗说"

据清人王先谦（1842—1917）《诗三家义集疏》，汉代鲁诗说为："《葛覃》，恐其失时。"其文献依据为《古文苑》载蔡邕（133—192）《协和婚赋》，云："考遂初之原本，览阴阳之纲纪。乾坤和其刚柔，艮兑感其腪脢。《葛覃》恐其失时，《摽梅》求其庶士。唯休和之盛代，男女得乎年齿。婚姻协而莫违，播欣欣之繁祉。"又引清人徐璈（1779—1841）云："赋意盖以葛之长大而可为絺綌，如女之及时而当归于夫家。刈濩污澣，且以见妇功之教成也，故与《摽梅》并称。是亦士大夫婚姻之诗，与何休谓'归宁非诸侯夫人之礼'者义同，鲁家之训也。"王氏认为："徐说是也。蔡赋'恐失时'，用首章诗意。次章已嫁，三章归宁，正美其不失时。玩赋末四语，归美意可见。文王化行国中，婚不违期，非独士大夫为然，此就本诗说之。《乡饮酒》、《燕礼》郑注：'《葛覃》，言

---

① （清）马瑞辰：《毛诗传笺通释》卷二，第40页。
② 参见（清）皮锡瑞《经学通论·诗经通论》，中华书局1954年版，第21页。

后妃之职。'此推言房中乐歌义例,若用以说《诗》,则不可通。以'澣衣'、'归宁'皆非后妃事也。"① 王先谦认为《鲁诗》所谓"恐其失时"才是对《葛覃》一诗本义的解释,而《毛诗》"后妃之本"之说,非释其本义,而释其乐章义。

陈子展先生亦认识到诗之"本义"与"乐章义"的分别,他在《诗三百解题》中说:"据《鲁》说,《葛覃》是关于大夫家婚姻之诗。《诗序》说《关雎》后妃之德,《葛覃》后妃之本,只是作为乐章的意义。以下凡诗与后妃夫人无关、而《诗序》指为后妃夫人者,皆当作如是解。"②

2. 汉代"毛诗说"

《毛诗序》解此诗云:"《葛覃》,后妃之本也。后妃在父母家,则志在于女工之事,躬俭节用,服浣濯之衣;尊敬师傅,则可以归安父母,化天下以妇道也。"郑玄解之曰:"躬俭节用,由于师傅之教,而后言尊敬师傅者,欲见其性亦自然。可以归安父母,言嫁而得意,犹不忘孝。"可知,《毛诗》解诗,乃以"首序"为基本推衍之。并据《诗序》之意,确乎将"归宁父母"之"归"解为"女子出嫁",与《毛传》之解为"父母在,则有时归宁耳"并不相同。

3. 唐人说解,以《毛诗正义》为代表

孔颖达作《疏》云:"作《葛覃》诗者,言后妃之本性也,谓贞专节俭,自有性也。《叙》又申说之,后妃先在父母之家,则已专志于女功之事,复能身自俭约,谨节财用,服此澣濯之衣,而尊敬师傅。在家本有此性,出嫁修而不改,妇礼无愆,当于夫氏,则可以归问安否于父母,化天下以为妇之道也。"按孔氏之说,所谓《诗序》"后妃之本",乃指后妃之本性"贞专节俭"。后妃如此,乃能出嫁而"妇礼无愆",可以归安父母,从而以为妇之道教化天下。

4. 宋人说解,以《诗集传》为代表

朱子以该诗为"后妃所自作",进一步申发了《葛覃》一诗的教化意义,并基本赞同《诗序》之说,云:"此诗后妃所自作,故无赞美之辞。然于此可以见其已贵而能勤,已富而能俭,已长而敬不弛于师傅,已嫁而孝不衰于父母。是皆德之厚,而人所难也。《小序》以为'后妃之本',庶几近之。"可见,朱子亦是从后妃之本性上立论。

---

① (清)王先谦:《诗三家义集疏》,中华书局1987年版,第16—17页。
② 陈子展:《诗三百解题》,第11页。

5. 清代之"独立思考派",多有反朱子《集传》者

如:姚际恒《诗经通论》称:"《集传》云'此诗后妃所自作',殊武断。此亦诗人指后妃治葛之事而咏之,以见后妃富贵不忘勤俭也。上二章言其勤,末章言其俭。……其旨昭然可见。如此,则叙事次第亦与他篇同,固诗人之例也。若作后妃自咏,则必谓 绤既成而作,于是不得不以首章为追叙,既属迂折。且后处深宫,安得见葛之延于谷中以及此原野之间鸟鸣丛木景象乎?岂目想之而成乎?必说不去。"①

方玉润《诗经原始》云:"《小序》以为后妃之本,《集传》遂以为'后妃所自作',不知何所证据,以致驳之者云:'后处深宫,安得见葛之延于谷中以及此原野之间鸟鸣丛木景象乎?'愚谓后纵勤劳,岂必亲手'是刈是濩'?后即节俭,亦不至归宁尚服澣衣。纵或有之,亦属矫强,非情之正,岂得为一国母仪乎?盖此亦采之民间,与《关雎》同为房中乐,前咏初昏,此赋归宁耳。因归宁而澣衣,因澣衣而念 绤,因 绤而想葛之初生,至于刈濩,以见一物之成亦非易易,而服之者敢有厌心哉?纵至归宁以见父母,所服私衣,亦不过澣濯旧物而已。可见周家王业,勤俭为本,以故民间妇道亦观感成风。圣人取之,以次《关雎》,亦欲为万世妇德立之范耳。"②

姚、方二人皆反对朱子以《葛覃》一诗为"后妃所自作",以为若为"自作"则不合情理。此说亦从《葛覃》文辞字面之义立论,不若王先谦意识到诗义乃分"本义"与"乐章义"二层次高明。姚际恒虽然反对朱子"后妃自作",而依然认为此诗乃论"后妃"之事;方玉润则认为此诗乃出民间,只不过由此可见周家王业之以勤俭为本,亦可以立万世妇德之范,其社会教化意义殊途同归。

6. 现代诸家之说解,大都反对《诗序》之说

现代诸家较为彻底地断绝了《葛覃》与"后妃"之间的关联,而当作对女子某种实在生活的描写。比如:

邓荃《诗经国风译注》云:"(此诗)写的是女奴在领主家服役,割葛、煮葛、纺纱、织布等等。时间久长渴念父母,她浣洗衣服,准备回家探问父母。"③

高亨《诗经今注》云:"这首诗反映了贵族家中的女奴们给贵族割

---

① (清)姚际恒:《诗经通论》卷一,第18页。
② (清)方玉润:《诗经原始》卷之一,第76页。
③ 邓荃:《诗经国风译注》,宝文堂书店1986年版,第8页。

葛、煮葛、织布及告假洗衣回家等一段生活情况。"①

如此解说，则从诗文之字面意义出发，突出了女奴与奴隶主之间的阶级对立，体现出解说者身处的某种时代色彩。

又如，余冠英《诗经选》云："这诗写一个贵族女子准备归宁的事。由归宁引出'澣衣'，由'衣'而及'绤'，由'绤'而及'葛覃'。诗辞却以葛覃开头，直到最后才点明本旨。"②

程俊英、蒋见元《诗经注析》云："这是一首描写女子准备回家探望爹娘的诗。诗中采葛、制衣、洗澣、归宁等描写，反映了当时妇女生活的一个方面。"③

袁梅《诗经译注》云："这是一个妇女将要回娘家省亲时所唱的歌。"④

台湾学者王静芝《诗经通释》云："此妇女自咏嫁后生活之诗。"⑤

如此解说，则仅将本诗当作民间女子或贵族女子实际生活的一个方面，而消解了"师氏""归宁"诸关键词背后的某些礼制色彩，因而无法更好地体现《诗》在古典时代对于整个社会的教化意义。

四 《葛覃》篇次缘由及艺术赏析

在《毛诗》系统中，《葛覃》次于《关雎》，其中包含着某种必然的经学逻辑。崔述《读风偶识》以为：

> 《诗》之为体，多重末章，而前特为原起。此篇本为归宁而作，然不遽言归宁，先言葛叶之生，时鸟之变，感物思亲，此其时矣。然而绤未就，妇功未成，不敢归也。待葛既盛，制为衣服，妇功成矣，夫家之事毕矣，可以归矣。而仍不遽归也，乃藉师氏以请于夫，而云"害澣害否"，犹为不敢必之词焉。其敬事而不敢顾其私，尊夫而不敢擅自主，为何如哉？"归宁父母"，孝也，人子之至情也，犹不敢专如此，况其他乎？若夫朱子所言，固为美德，然富贵而勤俭，尚未足为大节，而归宁父母亦女子之常。惟是女子以夫为天义，不当

---

① 高亨：《诗经今注》，第4页。
② 余冠英：《诗经选》，第6页。
③ 程俊英、蒋见元：《诗经注析》，第6页。
④ 袁梅：《诗经译注》，第81页。
⑤ 王静芝：《诗经通释》，台湾辅仁大学中文系2008年版，第38页。

顾其私。而后世妇人以恩胜义者多，以义裁恩者少，至于等夷视夫，尤近时之敝俗。是以《关雎》既得淑女，即次之以此篇，此乃"妇德"之第一义也。①

崔述从"女子以夫为天义"的"妇德"角度，论《葛覃》一诗之教化意义，并解释了《葛覃》为何次于《关雎》之下的学术缘由。这一立论，虽然在现代人看来属于"夫为妻纲"的"封建糟粕"，却表明《诗经》诸篇之排列，并非毫无关联。而在古典时代，无论是帝王、学者还是普通民众，都处在对这些诗篇某种政治或伦理意义解说的教化之中。比如乾隆间所成《御纂诗义折中》即称：

《诗序》曰："《葛覃》，后妃之本也。"朱子曰："已贵而能勤，已富而能俭，已长而敬不弛于师傅，已嫁而孝不衰于父母。"是也。至于事皆禀命，无敢自专，闺门之内，师保通言，乃窈窕有别之实录，而官礼之明备，已肇其端矣。此文王、太姒所以造周也。②

这一解说，亦凸显了从《关雎》到《葛覃》的内在关联，强调了《诗经》发端二篇的特殊教化意义。

至于《葛覃》一诗在艺术上的特色，则在于本诗结构上的"用逆"之法。上文所引崔述"《诗》之为体，多重末章，而前特为原起"一语即已提及，程俊英亦称："《葛覃》本写归宁父母一事，因归宁而澣衣，因澣衣而 绤，因 绤而念刈濩之劳，因刈濩而追叙山谷蔓生的葛，及集于灌木的喈喈黄鸟所触起的归思。但首章却偏从中谷景物写起，由葛及衣，至末句才点出归宁本意，所以吴闿生《诗义会通》赞《葛覃》是'文家用逆之至奇者也'。"③ 吴闿生（1877—1949）又云："'黄鸟'三句，于事外起兴，与本旨无涉，而神理乃益妙远，故为文外曲致。凡此情境，皆后代文字所无有也。然诗虽止叙归宁一事，而德行懿美，恭勤节俭，皆于言外见之，规戒颂扬之意悉寓其中，实立言之至工者。"④

---

① 崔述：《读风偶识》卷之一，道光四年东阳署中刻本。
② 《御纂诗义折中》卷一，第8—9页。
③ 程俊英、蒋见元：《诗经注析》，第6页。
④ 吴闿生：《诗义会通》，中西书局2012年版，第3页。

第八讲 "后妃之志":《周南·卷耳》讲读

《卷耳》为《周南》之第三篇,全诗共计四章,每章四句,诗文如下:

> 采采卷耳,不盈顷筐。嗟我怀人,寘彼周行。
> 陟彼崔嵬,我马虺𬴊。我姑酌彼金罍,维以不永怀。
> 陟彼高冈,我马玄黄。我姑酌彼兕觥,维以不永伤。
> 陟彼砠矣,我马瘏矣,我仆痡矣,云何吁矣。

学此诗,首先要注意的是全诗的结构问题。孙作云先生曾经认为《卷耳》一诗第一章与后面三章不类,故而可能存在"错简"。关于这点,我们在第五讲"从六诗到六义"中已有说明,孙先生的这一看法可能是缘于对《诗经》"单行章段"结构的不察。

关于《卷耳》一诗的创作时间,马银琴根据该诗运用的句式,认定大概在西周末东周初:

> 此诗的写法,如采物以怀人,陟山而抒情,多见于宣王之世及以后诗歌,如《小雅·采薇》、《杕杜》、《我行其野》、《采芑》、《魏风·陟岵》等。又此诗句式,与西周末、东周初年诗歌相似,如《小雅·大东》云"行彼周行"、《鹿鸣》云"示我周行"、《何草不黄》云"行彼周道",此诗则云"寘彼周行";《小雅·北山》云"陟彼阿丘"、《魏风·陟岵》云"陟彼岵兮"、"陟彼冈兮"、《鄘风·载驰》云"陟彼阿丘",此诗则云"陟彼高冈"、"陟彼砠矣";《小雅·都人士》云"云何盱矣",此诗亦云"云何吁矣"(鲁诗"吁"作"盱")。据此可以推知,《卷耳》之作,应在西周末至东周

初年之间。①

一 《卷耳》通解

首　章

"采采卷耳，不盈顷筐。嗟我怀人，寘彼周行"。采采，《毛传》云："事采之也。"《朱传》云："非一采也。"意谓采了又采。清人马瑞辰《毛诗传笺通释》以为："不得以'采采'为采取也。《芣苢传》：'采采，非一辞也。'亦状其盛多之貌。"今人郭晋稀亦认为，"采采"当为形容词而不当为动词，义近于"粲粲"，茂盛貌②。卷耳，《毛传》云："苓耳也。"三国吴陆玑《毛诗草木鸟兽虫鱼疏》卷下云："卷耳，一名枲耳，一名胡枲，一名苓耳。叶青白色，似胡荽，白华，细茎，蔓生，可煮为茹，滑而少味。四月中生子，正如妇人耳中珰，今或谓之耳珰草。郑康成谓是白胡荽，幽州人呼为爵耳。"

盈，满也。顷筐，《毛传》云："畚属，易盈之器。"《朱传》以此二句为"赋也"，《毛传》则以为"忧者之兴也"，《郑笺》曰："器之易盈而不盈者，志在辅佐君子，忧思深也。"

嗟，叹词。怀，思念。人，《朱传》云："盖谓文王也。"寘，置也。周行（háng），《毛传》《郑笺》皆释为"周之列位"，即谓周代朝廷之官位，《朱传》则解为"大道"。

▲首章章旨：

《孔疏》："言有人事采此卷耳之菜，不能满此顷筐。顷筐，易盈之器，而不能满者，由此人志有所念，忧思不在于此故也。此采菜之人忧念之深矣，以兴后妃志在辅佐君子，欲其官贤赏劳，朝夕思念，至于忧勤。其忧思深远，亦如采菜之人也。"

《朱传》："后妃以君子不在而思念之，故赋此诗。托言方采卷耳，未满顷筐，而心适念其君子，故不能复采，而寘之大道之旁也。"

《原始》："因采卷耳而动怀人念，故未盈筐而'寘彼周行'，已有一往深情之概。"

---

① 马银琴：《两周诗史》，第263页。
② 郭晋稀：《诗经蠡测》，巴蜀书社2006年版，第17—20页。

二　章

　　"**陟彼崔嵬，我马虺隤。我姑酌彼金罍，维以不永怀**"。陟（zhì），登，升也。崔嵬（cuī wéi），高山，《毛传》、《朱传》皆云："土山之戴石者。"一说，"崔嵬"即"翠微"，形容山苍翠貌，亦指山。我，女子想象中的丈夫自称，《郑笺》云"我使臣也"。虺隤（huī tuí），《毛传》云："病也。"盖指马精疲力竭或疲病难行之状。

　　姑，姑且。酌，斟酒，饮酒。金罍（léi），古人青铜为金，此指青铜酒尊，上刻云雷花纹。《朱传》则以为："罍，酒器，刻为云雷之象，以黄金饰之。"古代不同身份，所用金罍装饰不同，《孔疏》引《韩诗》云："天子以玉饰，诸侯、大夫皆以黄金饰，士以梓。"永怀，思念深长。

　　▲二章章旨：

　　《孔疏》："后妃言我升彼崔嵬山颠之上者，我使臣也。我使臣以兵役之事行出，离其列位，在于山险，身已勤苦矣。其马又虺隤而病，我之君子当宜知其然。若其还也，我君子且酌彼金罍之酒，飨燕以劳之，我则维以此之故，不复长忧思矣。我所以忧思，恐君子不知之耳。君子知之，故不复忧也。"

　　《朱传》："此又托言欲登此崔嵬之山，以望所怀之人，而往从之，则马罢病而不能进。于是且酌金罍之酒，而欲其不至于长以为念也。"

三　章

　　"**陟彼高冈，我马玄黄。我姑酌彼兕觥，维以不永伤**"。冈，《毛传》云："山脊曰冈。"玄黄，《毛传》云："玄，马病则黄。"《朱传》云："玄马而黄，病极而变色也。"今人袁梅认为："玄黄，诸色纷错貌。乃女歌者拟想中，其夫之马过劳而视力模糊，眼花缭乱，眩昏。《诗集传》：'玄马而黄，病极而变色也。'非是。《尔雅·释诂》：'痡、瘏、虺隤、玄黄，病也。'注：'虺隤、玄黄，皆人病之通称，而说者便谓之马病，失其义矣。'我们认为：痡、瘏、虺隤、玄黄，泛指疲病之状，指人或马皆可。从本句'我马玄黄'来看，是指马病状。"[①] 兕觥（sì gōng），指用犀牛角制的大酒杯，又称角爵。一说，指形似犀牛角的其他材质酒杯。伤，思也。

---

① 袁梅：《诗经译注》，第84页。

▲三章章旨：

《孔疏》："诗本畜志发愤，情寄于辞，故有意不尽，重章以申殷勤。"

四 章

"陟彼砠矣，我马瘏矣，我仆痡矣，云何吁矣"。砠（jū），《毛传》云："石山戴土曰砠。"瘏（tú），《朱传》云："马病不能进也。"痡（pū），《朱传》云："人病不能行也。"仆，驾车者。云，语助词，无实义。何，何等，多么。一说，"云何"连读，义为如之何，奈何。吁，《朱传》云："吁，忧叹也。"清人姚际恒《诗经通论》认为，本章"四'矣'字，有急管繁弦之意"。

▲四章章旨：

《郑笺》："此章言臣既勤劳于外，仆马皆病，而今云何乎其亦忧矣，深闵之辞。"

《原始》："（二、三、四章）皆从对面著笔，历想其劳苦之状，强自宽而愈不能宽。末乃极意摹写，有急管繁弦之意。后世杜甫'今夜鄜州月'一首，脱胎于此。"

二 《卷耳》关键词解析——"周行"

《卷耳》一诗之关键词，可讨论者有"周行"一词。"嗟我怀人，寘彼周行"一句中，"周行"有多种不同解说。

1. "周行"解为"周之列位"，以"周"为"西周"之"周"。《毛传》解"寘彼周行"云："思君子官贤人，置周之列位。"《郑笺》云："周之列位，谓朝廷臣也。"《孔疏》云："我思君子官贤人，欲令君子置此贤人于彼周之列位，以为朝廷臣也。"由此知，所谓"周之列位"，意即周代之朝廷官位。

2. "周行"之"周"解为"周遍"之义，非"西周"之周，则"周行"犹言"众官"。据王先谦《诗三家义集疏》，《鲁诗》《韩诗》皆解"周"为"遍也"。马瑞辰《毛诗传笺通释》亦以《孔疏》之说为误，云："《毛传》云'置周之列位'，谓置周遍之列位。《笺》云'周之列位谓朝廷臣'者，谓统乎朝廷臣也。若谓在周朝之位，何烦笺识而曰'朝廷臣'乎？《正义》谓'周是后妃之朝，故知官人是朝廷臣也'，误矣。"

3. 解"周行"为"大道"，这是宋人的讲法，以朱子《诗集传》为代表。陕西蓝田吕大钧（1029—1080）曾释"周行"为"周之道路"，浙东吕祖谦（1137—1181）《吕氏家塾读诗记》因袭之。至于朱子，解此句云："周行，大道也。……后妃以君子不在而思念之，故赋此诗。托言方采卷耳，未满顷筐，而心适念其君子，故不能复采，而寘之大道之旁也。"

4. 今人郭晋稀则释"周行"为"中道"，解"周"为"中"，解"行"为"道"。他说："朱熹基本上说对了，后人大都采用他的注。但是'周'为什么是'大'？'周道'为什么是'大道之旁'？从训诂上讲是有漏洞的。马瑞辰不宗毛，不守家法，他并不采《集传》，可见《集传》的说服力是不强的。我认为'周'是'中'字的假借。周在古韵'幽'部，中在'夆'部（或称冬部），两部对转通用。……行，在《诗经》中大多数训道路的'道'，偶尔有所引申。……所以总结起来说，周行就是中道。中道就是道中，即道路之中。这也是《诗经》中的语例。比如：中逵即逵中，中露即露中。……所以'寘彼周行'，就是'置彼中道'、'弃之道中'的意思。"①

需要注意，《毛传》《郑笺》解"周行"为"周之列位"亦有所本，乃源于《左传》。《左传·襄公十五年》载：

> 楚公子午为令尹，公子罢戎为右尹，子冯为大司马，公子橐师为右司马，公子成为左司马，屈到为莫敖，公子追舒为箴尹，屈荡为连尹，养由基为宫厩尹，以靖国人。君子谓："楚于是乎能官人。官人，国之急也。能官人，则民无觊心。《诗》云：'嗟我怀人，置彼周行。'能官人也。王及公、侯、伯、子、男、甸、采、卫、大夫，各居其列，所谓周行也。"

《左传》所引之诗即《卷耳》，并对"周行"二字做出训释，而为《毛传》所本，由此可见《毛诗》与《左传》之相通。

三 《卷耳》主题辨析

关于《卷耳》一诗之主题解说，举其要者如下：

---

① 郭晋稀：《诗经蠡测》，第20—22页。

1. 汉代"三家诗说"

（1）"鲁诗说"，可以《淮南子·俶真训》之高诱注为代表。《淮南子》卷二原文作："今矰缴机而在上，罔罟张而在下，虽欲翱翔，其势焉得。故《诗》曰：'采采卷耳，不盈顷筐。嗟我怀人，寘彼周行。'以言慕远世也。"东汉高诱注云："《诗·周南·卷耳篇》也。言采采易得之菜，不满易盈之器，以言君子为国执心不精，不能以成其道，犹采易得之菜，不能盈易满之器也。'嗟我怀人，寘彼周行'，言我思古君子官贤人，置之列位也。诚古之贤人各得其行列，故曰慕远也。"

（2）"齐诗说"，可以汉人焦延寿《易林》及《仪礼·乡饮酒礼》郑注为代表。《易林·乾之革》云："玄黄虺𬯎，行者劳疲，役夫憔悴，逾时不归。"《仪礼》郑注云："《卷耳》，言后妃之志。"清人王先谦以为，《毛诗》解"周行"与《鲁诗》同，乃合《卷耳》之本义，而《齐诗》之说不合诗旨，云：

> 左氏引《诗》固多断章取义，此说"周行"与鲁合，是《诗》本义如此。参证《荀子·解蔽篇》，此诗为慕古怀贤，欲得遍置列位，思念深长。诸家无异说。《艺文类聚》三十引束皙云："咏《卷耳》则忠臣喜。"《唐书·刘𬀩传》同。盖人君志在得人，是以贤才毕集，乐为效用，而国势昌隆也。《乡饮酒礼》、《燕礼》郑注："《卷耳》，言后妃之志。"亦后来乐歌义例，无关诗恉。①

这里，王先谦意识到了诗义的多层次，有意区分了《卷耳》一诗之"诗本义"与"乐章义"。

2. 汉代"毛诗说"

《毛诗序》云："《卷耳》，后妃之志也。又当辅佐君子，求贤审官，知臣下之勤劳。内有进贤之志，而无险诐私谒之心。朝夕思念，至于忧勤也。"对于《诗序》之意，唐人孔颖达解释曰："作《卷耳》诗者，言后妃之志也。后妃非直忧在进贤，躬率妇道，又当辅佐君子，其志欲令君子求贤德之人，审置于官位，复知臣下出使之勤劳，欲令君子赏劳之。内有进贤人之志，唯有德是用，而无险诐不正、私请用其亲戚之心。又朝夕思此，欲此君子官贤人，乃至于忧思而成勤。此是后妃之志也。"

台湾学者王礼卿（1909—1997）曾对《卷耳》一诗之四家诗义进行

---

① （清）王先谦：《诗三家义集疏》卷一，第23页。

过对比，认为：

> 《毛序》以此为后妃辅佐君子，求贤审官，知臣下之勤劳，忧勤之志之诗。鲁说则以为慕远世精心于官贤之词。齐说郑《礼》注亦以为"后妃之志"，《易林》"忧不能伤"，即《序》"至于忧勤"之意；"行者劳疲"云云，即《序》"知臣下勤劳"之意。三义与毛并合，齐、毛恉同，韩义未闻。是诗恉有两说，毛、齐为本义，鲁为引申义也。①

按此解，则毛、齐、鲁三家在诗旨上亦可贯通。

3. 宋人"反序"与"尊序"诸说

宋代兴起"疑经辨伪"思潮，学者于《诗序》多有反动，可以欧阳修、刘敞、朱子为代表。清人《四库总目》于《卷耳》一诗云："自唐以来，说《诗》者莫敢议毛、郑。虽老师宿儒，亦谨守《小序》。至宋而新义日增，旧说几废，推原所始，实发于修。"欧阳修撰有《诗本义》，最早集中批评《诗序》，于《卷耳》一篇云：

> 《卷耳》之义，失之久矣。云卷耳易得，顷筐易盈，而不盈者，以其心之忧思在于求贤，而不在于采卷耳。此荀卿子之说也。妇人无外事，求贤审官，非后妃之职也。臣下出使，归而宴劳之，此庸君之所能也。国君不能官人于列位，使后妃越职而深忧。至劳心而废事，又不知臣下之勤劳，阙宴劳之常礼，重贻后妃之忧伤。如此，则文王之志荒矣。《序》言"知臣下之勤劳"，以诗三章考之，如毛、郑之说，则文意乖离而不相属。且首章方言后妃思欲君子求贤而置之列位，以其未能也，故忧思至深，而忘其手有所采。二章、三章乃言君能以罍、觥酌罚使臣，与之饮乐，则我不伤痛矣。前后之意顿殊如此，岂其本义哉？

可以看出，欧阳修批判《诗序》的重点在汉代所形成的"续序"，而不在"后妃之志"的"首序"之上。临江新喻人刘敞（1019—1068）亦持类似观点，以为"续序"之"后妃求贤审官"一说不合古来礼制，其《七经小传》卷上云：

---

① 王礼卿：《四家诗恉会归》卷一，华东师范大学出版社 2009 年版，第 155 页。

《卷耳序》称："后妃又当辅佐君子，求贤审官。内有进贤之志，至于忧勤。"吾于此义殊为不晓。后妃但主内事，所职阴教，善不出闺壶之中，业不过笾馈之事，何得知天下之贤而思进之乎？假令实可不害，武王岂责纣为"牝鸡无晨"？周公作《易》，何言"在中馈，无攸遂"乎？假令后妃思念进贤，为社稷计，亦何至朝夕忧勤乎？要之，后妃本不与外事，自无缘知贤者不肖主名。若谓后妃贤，当并治其国者，是开后世母后之乱，吕、武所以乱天下也。若尔，又何以号为正风、教化万世乎？且令自古妇人欲干预政事，故引此诗为证。初虽以进贤审官为号，已而晨鸣便无可奈何矣。验大姒、大任等，亦但治内事，无求贤审官之美，审知此《诗序》之误也。盖后妃于君子有夙夜警戒相成之道，此诗言后妃警戒人君，使求贤审官之意耳，不谓后妃已自求贤审官也。事体相类，辞意相混，故序诗者误之。曰"采采卷耳，不盈顷筐"，采卷耳者，欲求盈筐，今不得盈，心不在，故无获也。以言为国当求贤耳，而贤不至者，亦以心不专，故贤不来矣。如是，顷筐无所获则失其所愿，周行无所寘则失其所治。此为后妃警戒求贤审官也。其余又陈当知臣下之勤劳之事，亦谓从容警戒于君耳，非以后妃已所行也。

朱子曾撰《诗序辨说》，集中批驳《诗序》之不合理处。于《卷耳》，亦以《诗序》之"续序"文字为穿凿，不合诗文本义，卷上云：

此诗之《序》，首句得之，余皆傅会之凿说。后妃虽知臣下之勤劳而忧之，然曰"嗟我怀人"，则其言亲暱，非后妃之所得施于使臣者矣。且首章之"我"独为后妃，而后章之"我"皆为使臣，首尾衡决，不相承应，亦非文字之体也。

正因如此，朱子才在《诗集传》中把首章的"周行"解为"大道"，而不释为"周之列位"，并解全诗题旨云：

此亦后妃所自作，可以见其贞静专一之至矣。岂当文王朝会征伐之时，羑里拘幽之是而作欤？然不可考矣。

当然，宋代亦有"尊序"一派者，依然从《诗序》之义出发解说全诗题旨，并强调其政治层面的教化意义。比如张纲（1083—1166）《经筵诗讲义》卷二云：

> 臣窃观《葛覃》之序，言"后妃在父母家，则志在于女功之事"，此则后妃之本志也。及其作合于周，而供内助之职，则不特女功之事而已，又当辅佐君子，求贤审官，是以有《卷耳》之诗。盖人君之治，无大于求贤审官者。诚能求贤以官使之，审焉而勿忽，则众职并举，天下不足为矣。故后妃既求淑女以协成内治，而于辅佐君子，又必以求贤审官为先也。文王之时，群臣戮力以趋事，后妃知其勤劳，是以欲燕劳之。而进其贤者，则非有险诐私谒之心也。然求贤审官，文王之政，后妃唯当辅佐之，而不敢与其事焉。有其志而不敢与其事，是以朝夕思念，至于忧勤而不释。序诗者以为后妃之志又当如此，故以其诗次于《关雎》、《葛覃》之后也。①

如此解说，则不唯释"周行"为"周之列位"，而且揭示出了《诗》文本所以先列《关雎》、次列《葛覃》、再列《卷耳》这一次序背后的经学逻辑。

4. 清代"独立思考派"及经筵讲臣诸说

姚际恒《诗经通论》云："《小序》谓'后妃之志'，亦属鹘突。《大序》谓'后妃求贤审官'，本《小序》之言后妃，而又用《左传》之说附会之。……此诗固难详，然且当依《左传》，谓文王求贤官人，以其道远未至，闵其在途劳苦而作，似为直捷。但采耳执筐终近妇人事，或者首章为比体，言采卷耳恐其不盈，以况求贤置周行，亦惟恐朝之不盈也，亦可通。"②

方玉润《诗经原始》以为："此诗当是妇人念夫行役而悯其劳苦之作。圣人编之《葛覃》之后，一以见女工之勤，一以见妇情之笃。同为房中乐，可以被诸管弦而歌之家庭之际者也。如必以为托辞，则诗人借夫妇情以寓君臣朋友义也乃可，不必执定后妃以为言，则求贤官人之意，亦无不可通也。"③ 方氏亦注意到《诗》文本之原来排定次序，以《卷耳》居于《葛覃》之后，乃有其内在关联。

---

① 周春健：《宋人经筵诗讲义四种》，第24—25页。
② 姚际恒：《诗经通论》卷一，第20—21页。
③ 方玉润：《诗经原始》卷一，第78页。

乾隆年间所成之《御纂诗义折中》，则恪遵《诗序》传统，竭力弘扬"后妃之志"的政治教化意义："《诗序》曰：'《卷耳》，后妃之志也。'治世在于养民，养民在于审官。布群贤于庶位，则民可养矣；跻大贤于显秩，则官可审矣。此古今之通义，而当文王与纣之时尤甚。盖纣之毒痛四海，非用文王不能救也。观'父母孔迩'之诗，鲂鱼之赪尾，文王能抚循之；王室之如燬，文王能奠安之。然则虺、玄黄之时，宜寘文王于周行，信有征矣。其所盱望，不虚也。值人伦之变而永怀、永伤者，社稷生民之至计，此所以为后妃之志也。"①

5. 现代解诗诸说

吴闿生《诗义会通》竭力反对《诗序》之说，惟于朱子表示赞同，认为："《卷耳序》最为牵强傅会，《序》之不足信，于此最著也。《左传》以此诗为能官人，乃推衍而得之义。古人说经多如此，犹释元亨利贞为四德，释春王正月为天君父三统，皆文词易明，而旁通以为之说，不必与本义相附。作《序》者取以说诗，又须牵合于'后妃之志'，后妃不能官人也，故必云'辅佐君子，求贤审官'，然于'朝夕思念，至于忧勤'，终不能以强合也。复自解之曰：'有进贤之志，而无险诐私谒之心。'其支离窘曲，可具见矣。千载以来，为此等曲说所蔽，纷纷臆撰，益不可通。惟《朱传》一扫空之，最得其正。乃至今犹有确守旧传而曲为之说者，真可叹也。"②

更多学者则径抛却《诗序》，从字面解说《卷耳》之"本义"，比如：

余冠英云："这是女子怀念征夫的诗。她在采卷耳的时候想起了远行的丈夫，幻想他在上山了，过冈了，马病了，人疲了，又幻想他在饮酒自宽。第一章写思妇，二至四章写征夫。"③

高亨云："这首诗的主题不易理解，作者似乎是个在外服役的小官吏，叙写他坐着车子，走着艰阻的山路，怀念着家中的妻子。"④

程俊英、蒋见元云："这是一位妇女想念她远行丈夫的诗。……诗中写她丈夫上山有马、有仆，饮酒用金罍、兕觥，可见夫妇都是贵族。"⑤

袁梅云："一个女子思念远役不归的丈夫。在苦思难耐时，她假想丈

---

① 《御纂诗义折中》卷一，第9—10页。
② 吴闿生：《诗义会通》卷一，第4页。
③ 余冠英：《诗经选》，第7页。
④ 高亨：《诗经今注》，第5页。
⑤ 程俊英、蒋见元：《诗经注析》，第9页。

夫在返里途中骑马过冈等情景，聊以自慰，想象力相当丰富。这首歌表现了她对奴隶主所加的繁重徭役的怨恨。"①

陈子展先生依然注意到了《卷耳》一诗"诗本义"与"乐章义"的分别，他说："单就王先谦所称述的三家义来说，以为这诗文王作，也还是有问题。至说'《卷耳》，后妃之志'也是后来用为乐章的意义，原和诗旨无关。……《卷耳》当是岐周大夫于役中原，其妻思念之而作。当她采卷耳时，怀念她远行服役的丈夫，想像他在外的思家情况。戴震说：'《卷耳》，感念于君子行迈之忧劳而作也。'这话不算错。魏源说：'《卷耳》，诗人欲君子知臣下之勤劳，故陈使臣室家之词。'节取他在《集义》中有合于诗旨的这些话，也许可以不算错。"②

又，台湾学者余培林云："此行役者思家之诗。前人或以为后妃思贤，如《诗序》；或以为后妃思其君子，如朱熹《诗经集传》；或以为文王思贤，如姚际恒《诗经通论》；或以为征妇思夫，如崔述《读风偶识》，皆未得其旨。今人或知其旨矣，而又以为一章乃征人述家人思己之苦，亦嫌迂曲。观诗中有马有车有仆，其人必军中之首领，而非卒徒也。"③

四 《周南》诗次解

今本毛诗《周南》共计十一首诗，诸篇排列次序及《诗序》之"首序"文字如次：

1. 《关雎》，后妃之德也。
2. 《葛覃》，后妃之本也。
3. 《卷耳》，后妃之志也。
4. 《樛木》，后妃逮下也。
5. 《螽斯》，后妃子孙众多也。
6. 《桃夭》，后妃之所致也。
7. 《兔罝》，后妃之化也。
8. 《芣苢》，后妃之美也。
9. 《汉广》，德广所及也。

---

① 袁梅：《诗经译注》，第83页。
② 陈子展：《诗三百解题》，第14—15、19—20页。
③ 余培林：《诗经正诂》，台北三民书局2005年版，第10页。

10.《汝坟》,道化行也。
11.《麟之趾》,《关雎》之应也。

若从现代立场解说诸诗,大概不会留意到之所以如此排列的内在意义;若从乐章编诗的角度理解,则殊有深意。历代经学家亦多注意到这一点,并试图揭示《周南》诗次背后的经学逻辑。除去前文提到的宋人张纲、近人崔述在解说《卷耳》《葛覃》时对诗次缘由有所阐发外,另有唐人孔颖达及宋人王安石(1021—1086)对《周南》诗次之意义有集中解说,颇值得留意。

孔颖达在解说《兔罝》一篇时,曾经阐说《周南》诗次云:

> 作《兔罝》诗者,言后妃之化也。言由后妃《关雎》之化行,则天下之人莫不好德,是故贤人众多也。……《桃夭》言后妃之所致,此言后妃之化,《芣苢》言后妃之美。此三章所美如一而设文不同者,以《桃夭》承《螽斯》之后,《螽斯》以前皆后妃身事,《桃夭》则论天下婚姻得时,为自近及远之辞,故云所致也。此《兔罝》又承其后,已在致限,故变言之化,明后妃化之使然也。《芣苢》以后妃事终,故总言之美。其实三者义通,皆是化美所以致也。又上言不妒忌,此言《关雎》之化行,不同者,以《桃夭》说婚姻男女,故言不妒忌,此说贤人众多,以《关雎》求贤之事,故言《关雎》之化行。《芣苢》则妇人乐有子,故云和平。序者随义立文,其实总上五篇,致此三篇。①

王安石撰有《周南诗次解》一文,更对《周南》十一首诗之所以如此排列之缘由,做出详致解说,云:

> 王者之治,始之于家。家之序,本于夫妇正。夫妇正者,在求有德之淑女为后妃以配君子也,故始之以《关雎》。夫淑女所以有德者,其在家本于女工之事也,故次以《葛覃》。有女功之本,而后妃之职尽矣,则当辅佐君子,求贤审官;求贤审官者,非所能专有志而已,故次之以《卷耳》。有求贤审官之志以助治其外,则于其内治也,其能有嫉妒而不逮下乎?故次之《樛木》。无嫉妒而逮下,则子孙众多,故次之以《螽斯》。子孙众多由其不妒忌,则致国之妇人亦

---

① 李学勤主编:《毛诗正义》卷第一,《十三经注疏》(标点本),第48页。

化其上，则男女正、婚姻时、国无鳏民也，故次之以《桃夭》。国无鳏民，然后好德，贤人众多，故次之以《兔罝》。好德贤人众多，是以室家和平而妇人乐有子，则后妃之美具矣，故次之以《芣苢》。后妃至于国之妇人乐有子者，由文王之化行，使南国江汉之人无思犯礼，此德之广也，故次之以《汉广》。德之所及者广，则化行乎汝坟之国，能使妇人闵其君子而勉之以正，故次之以《汝坟》。妇人能勉君子以正，则天下无犯非礼，虽衰世公子，皆能信厚，此《关雎》之应也，故次之以《麟之趾》焉。①

孔、王等人对于《周南》诗次经学逻辑的揭示，至少可以表明：其一，《诗》文本的编排并非随意，诗篇文辞之义与编诗乐章之义之间，存在着不小的张力。其二，《诗》在经学意义上的理解与使用，有一个自足的义理解说系统，即所谓经学"家法"，我们不可简单弃之不顾，而应当首先理析清楚，这是从"古典学"意义上理解《诗经》的一项基础性工作。

---

① （宋）王安石：《王文公文集》第三十卷，上海人民出版社1974年版，第352页。

第九讲 "怨而不怒":《邶风·谷风》讲读

《诗经》当中有两首《谷风》,一首在《邶风》,一首在《小雅》。前者是一首著名的"弃妇诗",与《卫风·氓》合称《诗经》"弃妇诗"的"双璧"。从诗文的字面内容上讲,属于"婚恋诗"。

一 关于《邶》《鄘》《卫》

旧时,邶、鄘、卫三国风诗往往作为一组并称,比如《左传·襄公二十九年》载吴公子季札到鲁国观周乐,

> 为之歌《邶》、《鄘》、《卫》,曰:"美哉,渊乎!忧而不困者也。吾闻卫康叔、武公之德如是,是其《卫风》乎?"

如此并称有其缘由,这与邶、鄘、卫三地之历史由来密切相关。据《逸周书》《史记》、郑玄《诗谱》等文献可知,武王灭商后,将纣之子武庚封于殷商旧都朝歌(古称妹乡,亦称沫邑,纣时易名朝歌,今河南鹤壁淇县)。为防止武庚叛乱,又将原商代畿内分为三国,分别为邶、鄘、卫,并派武王之弟管叔、蔡叔、霍叔管理,史称"三监"。武王去世后,成王即位,周公摄政,引发管叔、蔡叔、霍叔的不满,武庚遂乘机联合管、蔡、霍,并串联徐、奄、薄姑等东方部落起兵反叛,史称"三监之乱"。周公出兵东征,平定叛乱,并将原来的朝歌、邶、鄘、卫四地,重新组合成一大的卫国,由其九弟康叔任国君。因此,邶、鄘、卫三地之诗,有时又通称"卫诗"。《邶风》《鄘风》《卫风》组诗,除去地域上的密切关联,也与三地风诗在音乐性质上相似直接相关。

按照今人程俊英的说法:"《卫风》的产生地,在今河北的磁县、东

明、濮阳，河南的安阳、淇县、滑县、汲县、开封、中牟等地。"① 而从产生时间上讲，"卫诗共三十九篇，其中《邶风》十九篇、《鄘风》十篇、《卫风》十篇。其中绝大部分作品产生在卫庄公（前757—前735）以后，能被考订作于平王之世及其以前的诗歌仅《邶风·柏舟》、《谷风》、《鄘风·柏舟》、《卫风·淇奥》四首"②。

卫诗具有鲜明的特点，程俊英认为：

> 卫国昏君特别多，人民负担重。北方受狄人的侵略，南方苦于齐、晋的争霸。卫都是一个商业发达的较大城市，为商贾必经之路。魏源说："商旅集则货财盛，货财盛则声色辏。"他概括了卫地当时的经济形势。这些都给《卫风》较大的影响。卫诗的特点：第一，产生了中国第一位女诗人许穆夫人，她的作品《载驰》（有人说《竹竿》、《泉水》也是她的作品），表现着强烈的爱国主义精神。第二，人民对政治不满，大胆揭露、反抗统治阶级的诗比较多，如《北风》、《相鼠》、《墙有茨》、《新台》、《鹑之奔奔》等，斗争性之强，在《诗经》中除《魏风》外，是少见的。第三，在恋爱婚姻方面的诗，如《柏舟》、《桑中》、《氓》、《谷风》等，表现了当时妇女的命运及她们大胆反抗封建礼教的精神。这和当时卫国的政治、经济、地理形势是分不开的。③

需要注意，程俊英是站在现代诗学的立场上看待"卫诗"的，但她所讲的卫国的政治、经济、地理形势，却也属实。

另需说明，按照《毛诗序》风雅正变的观点，自《邶风》以下十三国风，皆属"变风"。

二 《谷风》通解

《谷风》一诗较长，共计六章，每章八句，全诗如下：

---

① 程俊英、蒋见元：《诗经注析》，第59页。
② 马银琴：《两周诗史》，第275页。
③ 程俊英、蒋见元：《诗经注析》，第60页。

习习谷风，以阴以雨。黾勉同心，不宜有怒。
采葑采菲，无以下体。德音莫违，及尔同死。

行道迟迟，中心有违。不远伊迩，薄送我畿。
谁谓荼苦？其甘如荠。宴尔新昏，如兄如弟。

泾以渭浊，湜湜其沚。宴尔新昏，不我屑以。
毋逝我梁，毋发我笱。我躬不阅，遑恤我后。

就其深矣，方之舟之。就其浅矣，泳之游之。
何有何亡，黾勉求之。凡民有丧，匍匐救之。

不我能慉，反以我为雠。既阻我德，贾用不售。
昔育恐育鞫，及尔颠覆。既生既育，比予于毒。

我有旨蓄，亦以御冬。宴尔新昏，以我御穷。
有洸有溃，既诒我肄。不念昔者，伊余来塈。

首 章

"习习谷风，以阴以雨。黾勉同心，不宜有怒"。"习习谷风"，《毛传》云："习习，和舒貌。东风谓之谷风。阴阳和而谷风至，夫妇和则室家成，室家成而继嗣生。"毛氏"东风谓之谷风"一说源自《尔雅》，《孔疏》云："东风谓之谷风，《释天》文也。孙炎曰：'谷之言榖，榖，生也。谷风者，生长之风。'阴阳不和，即风雨无节，故阴阳和乃谷风至。此喻夫妇，故取于生物。"《朱传》同于《毛传》，言："习习，和舒也。东风谓之谷风。"清人马瑞辰《毛诗传笺通释》以为"习习"乃"辑辑"之假借，而据《尔雅·释诂》"辑，和也"，故"习习"亦为"和"也。

一说，"谷风"意谓"来自大谷之风，大风也，盛怒之风"，"习习"亦非"和舒貌"，而当指"暴风貌"。宋人严粲《诗缉》卷四云："宋玉《风赋》大风'盛怒于土囊之口'，注曰：'土囊，谷口也。'又习习然连续不断，所谓终风也。又阴又雨，无清明开霁之意，所谓曀曀其阴也。皆喻其夫之暴怒无休息也。"严粲还批评了《毛传》旧说之不当，云："旧说'谷风'为生长之风，以谷为穀，固已不安。又以'习习'为和调，喻夫妇和同，说此诗犹可通，至《小雅·谷风》，二章言'维风及颓'，颓，暴风也，非和调也；三章言草木萎死（按：《诗经》原文曰'无草不死，无木不萎'），非生长也，其说不通矣。《诗》多以风雨喻暴乱，'北风其凉'喻虐，'风雨凄凄'喻乱，'风雨漂摇'喻危，'大风有隧'喻贪。故《风》、《雅》二《谷风》，《邶》下文言'以阴以雨'喻暴怒，犹'终风且曀'喻州吁之暴也；《雅》下文言'维风及雨'喻恐惧，犹后人以'震风凌雨'喻不安也。"今人程俊英、蒋见元《诗经注析》、袁梅《诗经译注》等皆采严粲之说，以为"习习"犹"飒飒"，形容大风之声，"谷风"则为"山谷中的烈风"。

黾勉（mǐn miǎn），犹"勉勉"，《毛传》云："思与君子同心。"《郑笺》云："所以黾勉者，以为见遭怒者，非夫妇之宜。"有，通"又"，表示多次、屡次。一说，乃"有无"之有。

"采葑采菲，无以下体。德音莫违，及尔同死"。《毛传》云："葑，须也。菲，芴也。下体，根茎也。"《郑笺》云："此二菜者，蔓菁与葍之类也，皆上下可食。"葑又名芜菁，菲盖萝卜之类，二菜皆主要取其块茎，所谓"下体"也。关于"无以下体"，郑玄以根茎有美有恶，故或有不取，并以"礼"释"诗"，云："然而其根有美时，有恶时，采之者不可以根恶时并弃其叶，喻夫妇以礼义合，颜色相亲，亦不可以颜色衰，弃其相与之礼。"康成此说似有不自洽处：后言"不可以颜色衰，弃其相与之礼"，则以"颜色"与"礼义"对举；而前言"不可以根恶时并弃其叶，喻夫妇以礼义合，颜色相亲"，则以"叶"比"颜色"，以"根"比"礼义"。然而，以"以根恶时并弃其叶"，逻辑上当属因"礼义恶"而不取"颜色好"，前后语义便自相矛盾了。《孔疏》《朱传》，亦基本沿用《郑笺》之说而有所生发，皆以"根恶叶美"。

清人钱澄之（1612—1693）《田间诗学》卷一反其意而解之，以为葑、菲之菜"根美叶轻"，当主要取其块茎（下体），而不当取其叶子（上体），以喻妇人当主要看重其品德（下体，最重要而易忽略），而不当只看重其容颜（叶子，最直观而易衰败）。钱氏云："葑、菲，根美可食，叶不足观。言人之采之者，得无以下体之故乎？以喻妇人宜取其德，不取其貌。《左传》白季引此二语，谓取节焉可也。"今人程俊英、蒋见元《诗经注析》亦云："无以，不用。下体，指根部。葑菲的根和茎叶皆可食，但根是主要食用部分，茎叶过时即不可食。这里以根喻德美，以茎叶喻色衰。指责她丈夫采食葑菲却不用它的根，以比娶妻不取其德，但取其色，色衰即抛弃。"

"德音莫违，及尔同死"二句，有三种解释路径：

其一，侧重从"夫妇礼法"角度解说，如《郑笺》云："夫妇之言，无相违者，则可与女长相与处至死。颜色斯须之有。"《孔疏》云："夫妇之法，要道德之音无相违，即可与尔君子俱至于死，何必颜色斯须之有乎？"又，《礼记·坊记》引"采葑采菲，无以下体。德音莫违，及尔同死"句，亦作如此解，《孔疏》云："《诗》云'采葑采菲，无以下体'者，此《诗·邶风·谷风》之篇，妇人怨夫弃己，故以此言恨之。言采其葑菲之菜，无以下体根茎之恶并弃其叶，言取妻之时，无以花落色衰并弃其夫妇之礼。'德音莫违，及尔同死'者，如此则道德音声无相乖违，则可与汝同至于死。《诗》之文义，其理如此。"

其二，侧重从"妇人品行"角度解说，《朱传》云："如为夫妇者，不可以其颜色之衰，而弃其德音之善。但德音之不违，则可以与尔同死矣。"又明人梁寅（1303—1389）《诗演义》卷二云："但我之德音能蒙怜恤，不相背负，则可偕老而同死也。"如此，则"德音"当指妇人所具美好之品行。

其三，以"德音"为夫妇间"晤语之言"。清人陈启源（1834—1903）《毛诗稽古编》卷三云："'德音无良'、'德音莫违'，此二'德音'，谓夫妇间晤语之言也。"今人程俊英、蒋见元《诗经注析》据此解"德音"曰："本义是'声誉'，此处指丈夫曾经对她说过的'好话'，即下句'及尔同死'。"

▲首章章旨：

《孔疏》："习习然和舒之谷风，以阴以雨而润泽行，百物生矣，以兴夫妇和而室家成，即继嗣生矣。言己黾勉然勉力思与君子同心，以为夫妇之道，不宜有谴怒故也。言采葑菲之菜者，无以下体根茎之恶并弃其叶，以兴为室家之法，无以其妻颜色之衰并弃其德。何者？夫妇之法，要道德之音无相违，即可与尔君子俱至于死，何必颜色斯须之有乎？我之君子，何故以颜色衰而弃我乎？"

《朱传》："妇人为夫所弃，故作此诗，以叙其悲怨之情。言阴阳和而后雨泽降，如夫妇和而后家道成。故为夫妇者，当黾勉以同心，而不宜至于有怒。又言采葑菲者，不可以其根之恶而弃其茎之美，如为夫妇者，不可以其颜色之衰而弃其德音之善。但德音之不违，则可以与尔同死矣。"

《原始》："通章全用比体，先论夫妇常理作冒。"

二　章

　　"**行道迟迟，中心有违。不远伊迩，薄送我畿**"。本章点明"弃妇"的题旨，展示出妇人内心的纠结与哀怨。迟迟，舒行貌。中心，倒装结构，即"心中"。"违"字有四解：一训"离也"（《毛传》，《孔疏》解为"乖离"），二训"徘徊"（《郑笺》），三训"很也"（《韩诗》，很即恨），四训"相背也"（《朱传》）。"行道迟迟，中心有违"，《郑笺》云："行于道路之人，至将于别，尚舒行，其心徘徊然，喻君子于己不能如也。"又，迩，近也。薄，虚词，无实义。畿（jī），门内也。"不远伊迩，薄送我畿"，《郑笺》云："言君子与己诀别，不能远，维近耳，送我裁于门内，无恩之甚。"

　　"**谁谓荼苦？其甘如荠。宴尔新昏，如兄如弟**"。荼，苦菜也。荠，甘菜也。宴，安也，乐也。昏，"婚"之古字。"谁谓荼苦，其甘如荠"二句，既用比喻，又用反衬，反映出女人之无比悲苦，《郑笺》云："荼诚苦矣，而君子于己之苦毒又甚于荼，比方之，荼则甘如荠。""宴尔新昏，如兄如弟"二句，在本诗中出现三次，为诗人特意设置的场景，以新人之和乐亲密与旧人之无情被弃形成强烈对比，愈衬托出妇人之可怜。又，诗人以兄弟之亲密和乐比喻新婚夫妇之亲密和乐，反映出《诗经》时代之兄弟—夫妇伦常观，是一个值得探究的学术问题，详参下文"'宴尔新昏，如兄如弟'与儒家伦理"一节。

　　▲二章章旨：

　　《孔疏》："毛以为，妇人既已被弃，追怨见薄，言相与行于道路之人，至将离别，尚迟迟舒行，心中犹有乖离之志，不忍即别，况己与君子犹是夫妇。今弃己诀别之时，送我不远，维近耳，薄送我于门内而已，是恩意不如行路之人也。又说遇己之苦，言人谁谓荼苦乎，以君子遇我之苦毒比之，荼则其甘如荠。君子苦己犹得新昏，故又言安爱汝之新昏，其恩如兄弟也。以夫妇坐图可否，有兄弟之道，故以兄弟言之。"

　　又辨毛、郑之异曰："郑唯'有违'为异，以《传》训为'离'，无眷恋之状，于文不足，故以'违'为徘徊也。"

　　《朱传》："言我之被弃，行于道路，迟迟不进。盖其足欲前而心有所不忍，如相背然。而故夫之送我，乃不远而甚迩，亦至其门内而止耳。又言荼虽甚苦，反甘如荠，以比己之见弃，其苦有甚于荼。而其夫方且宴乐其新昏，如兄如弟，而不见恤。盖妇人从一而终，今虽见弃，犹有望夫之情，厚之至也。"

《原始》:"次言见弃,即从辞别起,省却无数笔墨。"

三 章

"泾以渭浊,湜湜其沚。宴尔新昏,不我屑以"。"泾""渭",二水名。《朱传》云:"泾水出今原州百泉县笄头山,至永兴军高陵入渭。渭水出渭州渭源县鸟鼠山,至同州冯翊入河。"以,一解为"因",一解为"与(加之)"。解为"因",则泾清渭浊;解为"与",则泾浊渭清。《毛传》云:"泾渭相入而清浊异。"湜湜(shí shí),《郑笺》作"持正貌",《朱传》作"清貌"。沚(zhǐ),《郑笺》云:"小渚曰沚。"《朱传》云:"水渚也。"王先谦《诗三家义集疏》卷三上云:"毛用'沚',借字;三家作'止',正字。"

"泾以渭浊,湜湜其止"句意,《郑笺》云:"泾水以有渭,故见渭浊。湜湜,持正貌。喻君子得新昏,故谓己恶也。己之持正守初如沚然,不动摇。此绝去所经见,因取以自喻焉。"所谓"去所经见",王先谦有说云:"盖水行愈远则清浊不分,故云'泾以渭浊',然水质本清,不为浊掩,故湜湜其沚也。卫地非二水所经,而诗人以之托兴,盖此女居泾渭之侧而嫁于卫,故据昔所经见言之也。"又云:"盖其夫诬以浊乱事而弃之,自明如此。"

马瑞辰以"湜"当解为"水清见底","沚"当解作"休止不荡",《毛诗传笺通释》卷四云:"《说文》:'湜,水清见底也。'引《诗》'湜湜其止'。《说文》又曰:'止,下基也。'湜湜即状水止之貌,故以为水清见底。《毛诗》旧本盖本作'止'。凡水流则易浊,止则常清。《淮南·俶真篇》:'人莫鉴于流沫而鉴于止水者,以其静也。'《说山篇》:'人莫鉴于沫雨而鉴于澄水者,以其休止不荡也。'又《说林篇》:'水静则平,平则清,清则见物之形,弗能匿也。'诗意盖谓水之流虽浊而止则清,以喻己之色虽衰而德则盛。'沚'当从《说文》作'止'为是。"

屑,《毛传》《郑笺》云:"洁也。"以,《郑笺》云:"用也。言君子不复洁用我当室家。"《朱传》则释为"与",云:"但以故无之安于新昏,故不以我为洁而与之耳。"马瑞辰以为"不屑"通"不肯","此诗'不我屑以',以犹与也,'不我屑以'谓不我肯与,犹云'莫我肯穀',此不屑通为不肯之义也"。今人程俊英、蒋见元《诗经注析》则以为"不我屑以"属介宾倒置,正常语序为"不以我为屑(洁)",姑为一说。

"毋逝我梁,毋发我笱。我躬不阅,遑恤我后"。逝,之也。梁,鱼梁,"堰石障水而空其中,以通鱼之往来者也"(《朱传》)。发(bō),摆弄。笱（gǒu），捕鱼器具，"以竹为器，而承梁之空以取鱼者也"（《朱传》）。躬，自身。阅，容纳。遑，暇也。恤，忧也。"我躬不阅，遑恤我后"，《郑笺》以为："我身尚不能自容，何暇忧我后所生子孙也？"《朱传》以为："我身且不见容，何暇恤我已去之后哉？"

▲三章章旨：

《孔疏》："妇人既言君子苦己，又本己见薄之由，言泾水以有渭水清，故见泾水浊，以兴旧室以有新昏美，故见旧室恶。本泾水虽浊，未有彰见，由泾渭水相入而清浊异，言己颜色虽衰，未至丑恶，由新旧并而善恶别。新昏既驳己为恶，君子益增恶于己。己虽为君子所恶，尚湜湜然持正守初，其状如沚然，不动摇，可用为室家矣。君子何为安乐汝之新昏，则不复洁饰用我，己不被洁用事，由新昏，故本而禁之。言人无之我鱼梁，无发我鱼笱，以之人梁、发人笱，当有盗鱼之罪，以兴禁新昏，汝无之我夫家，无取我妇事。以之我夫家、取我妇事，必有盗宠之过。然虽禁新昏，夫卒恶己，至于见出。心念所生，己去必困。又追伤遇己之薄，即自诀言：我身尚不能自容，何暇忧我后所生之子孙乎？母子至亲，当相忧念，言己无暇，所以自怨痛之极也。"

《朱传》："泾浊渭清，然泾未属渭之时，虽浊而未甚见。由二水既合，而清浊益分。然其别出之渚，流或稍缓，则犹有清处。妇人以自比其容貌之衰久矣，又以新昏形之，益见憔悴。然其心则固犹有可取者。但以故夫之安于新昏，故不以我为洁而与之耳。又言毋逝我之梁，毋发我之笱，以比欲戒新昏，毋居我之处，毋行我之事。而又自思：我身且不见容，何暇恤我已去之后哉？知不能禁，而绝意之辞也。"

《原始》："三乃推言见弃之故，在色衰不在德失。"

四 章

"就其深矣，方之舟之。就其浅矣，泳之游之"。方，筏子。舟，船也。二字乃名词用作动词，意为划筏乘舟。泳、游，《朱传》云："潜行曰泳，浮水曰游。"此以渡水喻治家，《郑笺》云："言深浅者，喻君子之家事无难易，吾皆为之。"

"何有何亡，黾勉求之。凡民有丧，匍匐救之"。亡，同"无"。《毛传》云："有谓富也，亡谓贫也。"《郑笺》云："君子何所有乎？何所无乎？吾其黾勉勤力为求之，有求多，亡求有。"民，人也。丧，凶祸之事。"匍匐救之"，《郑笺》云："匍匐，言尽力也。凡于民有凶祸之事，邻里尚尽力往救之，况我于君子家之事难易乎，固当黾勉。以疏喻亲也。"王先谦《诗三家义集疏》卷三上以为不当,驳之云:"'匍匐救之'者,言邻里有凶祸事,则助君子尽力救之,谓营护凶事、赠赗之属,不特勤其家事,亦且惠及乡人。《笺》谓'以疏喻亲',非也。"《朱传》所谓"又周睦其邻里乡党,莫不尽其道也",与《郑笺》之说亦有不同。

▲四章章旨:

《孔疏》:"毛以为,妇人既怨君子弃己,反追说己本勤劳之事。如人之渡水,若就其深矣,则方之舟之;若就其浅矣,则泳之游之,随水深浅,期于必渡。以兴己于君子之家事,若值其难也,则勤之劳之;若值其易也,即优之游之,随事难易,期于必成。匪直于君子之家事无难易,又于君子之家财业,何所富有乎?何所贫无乎?不问贫富,吾皆勉力求之。所以君子家事己皆勉力者,以其凡民于有丧祸之事,其邻里尚尽力以救之。邻里之疏犹能如是,况我于君子家事难易,何得避之?故己所以尽力也。而君子弃己,故怨之。"

又辨毛、郑之异曰:"郑唯'何有何亡'为小异。"

《朱传》:"妇人自陈其治家勤劳之事。言我随事尽其心力而为之,深则方舟,浅则泳游,不计其有与亡,而勉强以求之。又周睦其邻里乡党,莫不尽其道也。"

《原始》:"四自道勤劳,见无可弃之理。"

五 章

"不我能慉,反以我为雠。既阻我德,贾用不售"。"不我能慉",三家诗作"能不我慉",正常语序则为"能不慉我"。慉(xù),《毛传》云:"养也。"《郑笺》云:"慉,骄也。君子不能以恩骄乐我,反憎恶我。"阻,《毛传》云:"难也。"《朱传》云:"却也。"贾(gǔ)用,卖东西。不售,卖不出去。《郑笺》云:"既难却我,隐蔽我之善,我修妇道而事之,觊其察己,犹见疏外,如卖物之不售。"

"昔育恐育鞫,及尔颠覆。既生既育,比予于毒"。《毛传》云:"育,长。鞫(jū),穷也。"颠覆,尽力,共患难。《郑笺》云:"昔育,育稚也。及,与也。昔幼稚之时,恐至长老穷匮,故与女颠覆,尽力于众事,难易无所辟。"一说,"恐"与"鞫"相对,皆名词,恐慌困顿之义。《朱传》引北宋张载之语云:"育恐,谓生于恐惧之中。育鞫,谓生于困穷之际。"亦通。"既生既育,比予于毒",《郑笺》云:"生谓财业也,育谓长老也。于,於也。既有财业矣,又既长老矣,其视我如毒螫。言恶己甚也。"

▲ 五章章旨：

《孔疏》："毛以为，妇人云，君子假不能以善道养我，何故反以我为雠乎？既不被恩遇，又为善不报，故言既难却我，而隐蔽我之善德。谓先有善德，已被隐蔽矣。今我更修妇道以事之，觊其察己，而犹见疏外，似卖物之不售。又追说己本勤劳以责之，言我昔日幼稚之时，恐至长而困穷，故我与汝颠覆，尽力于家事，难易无所避。今日既生有财业矣，又既长老矣，汝何为视我如虫之毒螫乎？言恶已至甚。"

又辨毛、郑之异曰："郑唯'不我能慉'为异。"

《朱传》："承上章，言我于女家勤劳如此，而女既不我养，而反以我为仇雠。惟其心既拒却我之善，故虽勤劳如此，而不见取，如贾之不见售也。因念其昔时相与为生，惟恐其生理穷尽，而及尔皆至于颠覆。今既遂其生矣，乃反比我于毒而弃之乎？"

《原始》："五言夫但念劳于贫苦之时，而相弃于安乐之后。"

六　章

"我有旨蓄，亦以御冬。宴尔新昏，以我御穷"。旨，美也。蓄，《郑笺》《朱传》皆解为"聚"，《郑笺》云："蓄聚美菜者，以御冬月乏无时也。"马瑞辰以为："旨蓄即蓫菜也。《笺》以蓄聚释之，误矣。蓄为恶菜，而诗言旨者，自贫者视之为旨耳。"御，当也。《郑笺》云："君子亦但以我御穷苦之时，至于富贵，则弃我如旨蓄。"

"有洸有溃，既诒我肄。不念昔者，伊余来塈"。"有洸（guāng）有溃（kuì）"，即洸洸溃溃，"有"字为形容词词头，无实义。"有×"结构，常释为叠词"××"，《诗经》中多有其例，如"有　""有忡""有芃"等。《毛传》云："洸洸，武也。溃溃，怒也。"诒，遗也。肄（yì），劳也。《郑笺》云："君子洸洸然，溃溃然，无温润之色，而尽遗我以劳苦之事，欲困穷我。"

塈（jì），《毛传》云："息也。"《郑笺》云："君子忘旧，不念往昔年稚，我始来之时安息我。"清人王引之（1766—1834）《经义述闻》卷五以为毛、郑之解不当，云："如《传》、《笺》说，则'伊予来'三字与'塈'字义不相属。今案：伊，惟也。来，犹是也。皆语词也。'塈'读为愾，愾，怒也。此承上'有洸有溃'言之，言君子不念昔日之情，而惟我是怒也。"马瑞辰《毛诗传笺通释》则训"塈"为"爱"，云："'爱'，正字作'　'。《说文》：'　，惠也。　，古文。'是'　'即古文'爱'字。此诗'塈'疑即'　'之假借。'伊予来塈'犹言'维予是爱'也,仍承'昔者'言之。《传》训'塈'为'息',以'塈'为'呬'字假借,王尚书读塈为忾,训怒,似不若读 、训爱为允。"

▲六章章旨:

《孔疏》:"妇人怨其恶己,得新昏而见弃,故称人言我有美菜,蓄之亦以御冬月乏无之时,犹君子安乐汝之新昏,本亦但以我御穷苦之时而已。然穷苦取我,至于富贵而见弃,似冬月蓄菜,至于春夏则见遗也。君子既欲弃己,故有洸洸然威武之容,有溃溃然恚怒之色,于我又尽遗我以劳苦之事,不复念昔者我幼稚始来之时安息我也。由无恩如此,所以见出,故追而怨之。"

《朱传》:"又言我之所以蓄聚美菜者,盖欲以御冬月乏无之时。至于春夏,则不食之矣。今君子安于新昏而厌弃我,是但使我御其穷苦之时,至于安乐则弃之也。又言于我极其武怒,而尽遗我以勤劳之事,曾不念昔者我之来息时也。追言其始见君子之时,接礼之厚。怨之深也。"

《原始》:"末即琐事见夫之忍且薄,因追忆及初来相待之厚,掉转作收,章法完密。"

三 《谷风》主题辨析

《邶风·谷风》一诗之主旨,历代亦有不同解说。

1. 汉代"毛诗说"。《毛诗序》以为刺诗,乃刺卫人风俗之伤败,云:"《谷风》,刺夫妇失道也。卫人化其上,淫于新昏而弃其旧室,夫妇离绝,国俗伤败焉。"清人陈奂《诗毛氏传疏》卷三为《诗序》寻其本事,云:"《左传》称,卫宣公纳子伋之妻,是为宣姜,而夷姜缢。此淫新昏弃旧室也。国人化之,遂成为风俗。"作为"变风"之诗,如此,便具备了一定的教化意义,可以警示在上者检点行为,化民良俗。

2. 汉代"鲁诗说"。刘向《列女传》卷二《贤明传·晋赵衰妻》云:"晋赵衰妻者,晋文公之女也,号赵姬。初,文公为公子时,与赵衰奔狄。狄人入其二女叔隗、季隗于公子。公以叔隗妻赵衰,生盾。及返国,文公以其女赵姬妻赵衰,生原同、屏括、楼婴。赵姬请迎盾与其母而纳之,赵衰辞而不敢。姬曰:'不可,夫得宠而忘旧,舍义;好新而嫚故,无恩;与人勤于隘厄,富贵而不顾,无礼。君弃此三者,何以使人?虽妾亦无以侍执巾栉。《诗》不云乎:"采葑采菲,无以下体。德音莫违,及尔同死。"与人同寒苦,虽有小过,犹与之同死而不去,况于安新忘旧乎?'又曰:'"讌尔新婚,不我屑以",盖伤之也。君其逆之,无以新废旧。'"王先谦以为《鲁诗》之义与《毛诗》同,云:"赵姬引诗,以为夫妇失道之辞,其义最古。《鲁诗》家载之如此,是鲁与毛同。"①

3. 唐孔颖达《毛诗正义》疏解《诗序》,则以为本诗乃"刺夫",非"夫妇并刺",云:"作《谷风》诗者,刺夫妇失其相与之道,以至于离绝。言卫人由化效其上,故淫于新昏而弃其旧室,是夫妇离绝,致令国俗伤败焉。此指刺夫接其妇不以礼,是夫妇失道,非谓夫妇并刺也。其妇既与夫绝,乃陈夫之弃己,见遇非道,淫于新昏之事。六章皆是。"

4. 宋朱子《诗序辨说》并不赞同《诗序》之说,云:"亦未有以见'化其上'之意。"于《诗集传》中解说此诗云:"妇人为夫所弃,故作此诗,以叙其悲怨之情。"②这一解说,一定程度上体现出朱子对于《诗序》的反动,以及着重从"文学"角度审度《诗经》。

5. 清方玉润《诗经原始》创立新说,以为《谷风》一诗之主旨为"逐臣自伤也",乃丈夫之"托词",云:"《小序》曰:'刺夫妇失道也。'今味诗词,夫失道有之,妇则未见为失。《大序》以为'卫人化其上,淫于新昏而弃其旧室'。朱子《辨说》既云'未有以见化其上之意',后又言'宣姜有宠而夷姜缢,是以其民化之,而《谷风》之诗作'。前后两说,迥不相蒙,何也?然'凡民有丧,匍匐救之',非急公向义、胞与为怀之士未可与言,而岂一妇人所能言哉?又'昔育恐育鞠,及尔颠覆',亦非有扶危济倾、患难相恤之人未能自任,而岂一弃妇所能任哉?是语虽巾帼,而志则丈夫,故知其为托词耳。大凡忠臣义士不见谅于其君,或遭谗间远逐殊方,必有一番冤抑难于显诉,不得不托为夫妇词,以写其无罪见逐之状。则虽卑词巽语中,时露忠贞耿勃气。汉魏以降,此种尤多。然皆有诗无人,或言近旨远,借以讽世,莫非脱胎于此,未可遽认为真也。"③如此,则与皮锡瑞《诗经通论》所谓"风人多托意男女,不可以文害辞",精神可谓一致。近人江荫香《诗经译注》、吴闿生《诗义会通》皆赞同此说,吴氏曰:"窃疑此人臣不得志于君,而托为弃妇之词以自伤,未必果妇人之作也。"④

6. 现代学者解说《谷风》,多强调其字面义及文学义,于政治教化义多不顾及。试举几例:

---

① （清）王先谦:《诗三家义集疏》卷三上,第168页。
② （宋）朱熹:《诗集传》,第28页。
③ （清）方玉润:《诗经原始》,第136—137页。
④ 吴闿生:《诗义会通》,第31页。

（1）余冠英《诗经选》："这是弃妇的诗，诉述故夫的无情与自己的痴情。"①

（2）陈子展《诗三百解题》："《谷风》，是我国诗歌里最古的又是最好的弃妇词。这是一篇关于丈夫得新忘旧、妇人被虐待被遗弃而自己诉苦的民间故事诗，可以作为有韵的小说读。"②

（3）程俊英、蒋见元《诗经注析》："这是一首弃妇诉苦的诗。……此诗以一个弃妇自述的口吻，诉说了她的不幸遭遇。缠绵悱恻，怨而不怒，是前人对此诗的总评，也确实概括了它的艺术特色。"③

（4）袁梅《诗经译注》："这是弃妇诗。这个女子的丈夫喜新厌旧，又娶了妾，而把妻子遗弃了。妻子受不了丈夫的虐待，悲愤交集，便对丈夫进行了斥责，并诉说自己的苦衷，从中揭露了古代婚姻制度的不合理。诗意微婉感人，一唱三叹，怨怒与痴情交织，余哀未尽，慷慨长恨。"④

（5）台湾学者黄忠慎《诗经全注》："《邶风》的《谷风》是一篇脍炙人口的弃妇诗，诗人利用今昔对比的映衬手法，不断回忆过去，使今日的境遇显得更加悲凉。"⑤

四 "宴尔新昏,如兄如弟"与儒家伦理

本诗第二章之末二句，为"宴尔新昏，如兄如弟"，拿丈夫、新人之亲密和乐，与自己被无情逐出家门作一对比，更反衬出妇人心境之痛楚。

饶有兴味的是，诗人形容丈夫与新人新婚的亲昵恩爱，用了一个"宴尔新昏，如兄如弟"的比喻，即把新婚夫妇间的亲密比作兄弟之间的亲密，这在今天看上去颇有点不伦不类。理由是，假如这一比喻能够成立，实际暗含了这样的前提：第一，兄弟关系被认为非常亲密，且在社会达成一种共识，这是取之作喻的前提；第二，兄弟关系的亲密程度要在夫妇关系之上，否则便会导致"似欲密而反疏"⑥的结果，也就起不到修辞的效用了。然而在现代人的观念中，夫妇关系的亲密程度当然要高于兄

---

① 余冠英：《诗经选》，第28页。
② 陈子展：《诗三百解题》，第123页。
③ 程俊英、蒋见元：《诗经注析》，第90页。
④ 袁梅：《诗经译注》，第148页。
⑤ 黄忠慎：《诗经全注》，台北五南图书公司2008年版，第96页。
⑥ 钱锺书：《管锥编》第一册《毛诗正义》，中华书局1986年版，第83页。

弟，比如《中华人民共和国婚姻法》第二章第十条即规定："遗产按照下列顺序继承：第一顺序：配偶、子女、父母。第二顺序：兄弟姐妹、祖父母、外祖父母。"这虽属法律条文，却是按照与主体关系之亲疏近远来制定的。如此一来，便会引发我们关注这样一些问题：《诗经》时代的夫妇兄弟观念到底是什么样子？这一观念背后的理据是什么？以及这一观念的伦理意义何在？

（一）"兄弟"何指？

《谷风》中的"兄弟"一词，历代有不同解说，大端有二：

1. "共父之亲，同姓宗族"，这也是最通常意义上的"兄弟"所指

《毛传》《郑笺》《孔疏》《朱传》等解经之作，并未对《谷风》中的"兄弟"含义作明确解说。《孔疏》云："君子苦己犹得新昏，故又言安爱汝之新昏，其恩如兄弟也。以夫妇坐图可否，有兄弟之道，故以兄弟言之。"从"恩如兄弟""兄弟之道"的表述看，《孔疏》乃以"兄弟"指有血缘关系意义上的"共父之亲，同姓宗族"。这一解说，源自孔颖达对《小雅·常棣》中"兄弟"的解释。《常棣·诗序》云："《常棣》，燕兄弟也。闵管、蔡之失道，故作《常棣》焉。"《孔疏》称：

> 作《常棣》诗者，言燕兄弟也。谓王者以兄弟至亲，宜加恩惠，以时燕而乐之。周公述其事，而作此诗焉。兄弟者，共父之亲，推而广之，同姓宗族皆是也。故经云："兄弟既具，和乐且孺。"则远及九族宗亲，非独燕同怀兄弟也。

在这里，《孔疏》将《常棣》中的"兄弟"释为"共父之亲"以至"同姓宗族"。在孔氏看来，《谷风》中"兄弟"所指，与之十分接近。按照马银琴的考证，《小雅·常棣》作于西周中后期，《邶风·谷风》作于春秋前期[①]，《常棣》中的兄弟观念可以作为理解《谷风》兄弟观念的一个参照。换句话说，我们可以理解为：《常棣》中的兄弟观念在《谷风》时代依然被接受和产生影响。

2. "婚姻之称"

另外一种意见，是将"兄弟"解释为"婚姻之称"。清人黄中松《诗疑辨证》卷二解《郑风·扬之水》篇（诗中有"终鲜兄弟，维予与女"，

[①] 马银琴：《两周诗史》，第213、331页。

"终鲜兄弟,维予二人"句)云:

> 《集传》定为"淫者相谓",而于"兄弟"字难通。乃曰"兄弟,婚姻之称",又引《礼》(《曾子问》曰:不得嗣为兄弟)为证。考《诗》"宴尔新昏,如兄如弟",如之耳,非真兄弟也。而据《周礼》(大司徒以本俗六安万民,其三曰联兄弟)《郑注》(曰:兄弟谓婚姻嫁娶)、《尔雅》(曰:父之党为宗族,母与妻之党为兄弟;妇之党为婚兄弟,婿之党为姻兄弟)《郭注》(曰:古人皆谓昏姻为兄弟),则"兄弟"之义尚有可通。于"终鲜",义又难通。

据文义,黄中松乃以《周礼》郑注、《尔雅》郭注为依据,认为《谷风》"宴尔新昏,如兄如弟"之兄弟可以解为"婚姻之称",只是《扬之水》"终鲜兄弟"之兄弟不当作如是解。不过,将"兄弟"释为"婚姻之称"尽管有据,但放到"宴尔新昏,如兄如弟"的语境中则难以圆通。因为"兄弟"既与"新昏"同义,"如兄如弟"之"如"字便没有了着落,也就无法完成这一比喻。

故此,我们认为"宴尔新昏,如兄如弟"之兄弟,当释为"共父之亲,同姓宗族"。

(二)《诗经》时代的"兄弟、夫妇"次序

让我们回到前文所言"宴尔新昏,如兄如弟"这一比喻得以成立的两个前提:(1)社会公认兄弟关系亲密;(2)兄弟亲密胜于夫妇。这两者,都可以在《小雅·常棣》一诗中找到答案,这也体现了《诗经》时代的"兄弟夫妇观"。

《常棣》一诗凡八章,每章四句,诗云:

> 常棣之华,鄂不韡韡。凡今之人,莫如兄弟。
> 死丧之威,兄弟孔怀。原隰裒矣,兄弟求矣。
> 脊令在原,兄弟急难。每有良朋,况也永叹。
> 兄弟阋于墙,外御其务。每有良朋,烝也无戎。
> 丧乱既平,既安且宁。虽有兄弟,不如友生。
> 傧尔笾豆,饮酒之饫。兄弟既具,和乐且孺。
> 妻子好合,如鼓瑟琴。兄弟既翕,和乐且湛。
> 宜尔室家,乐尔妻帑。是究是图,亶其然乎!

首章以"常棣之华,鄂不韡韡"("常棣花开照眼明,花萼花蒂同根生"——程俊英译文)起兴,引出真正要表达的"所咏之词"——"凡今之人,莫如兄弟",这也是统摄全篇的一个基本观点。《郑笺》云:"人之恩亲,无如兄弟之最厚。"这里的"莫如""无如",表明兄弟、朋友、妻子等诸种伦理关系中,兄弟关系最为亲厚,乃居首位;而"凡今之人"的背后,还包含了这样一层意思:"莫如兄弟"的观念在时人中乃属共识,故孔颖达认为"《传》以'凡今'者多对'古'之称,故辨之",曰:"凡今时之人,恩亲无如兄弟之最厚也。"(《毛诗正义》卷九)接下来几章,便是在与"良朋""友生""妻子"的对比中,从不同角度阐发"莫如兄弟"的观念。

二章举人世间两大巨变"死丧之威"(死亡威胁)和"原隰裒矣"(陵谷变迁),以证巨变中唯有兄弟最为关怀,正如方玉润所言:"上言死丧,乃人事之变;下言原隰,乃山川之变。总以见势当变乱,始觉兄弟情亲,起下'急难'、'外侮'。"①

三章、四章乃言危难之时,"良朋"不若"兄弟"之亲密可靠。依《孔疏》之说,三章言:"于此急难之时,虽有善同门来,兹对之唯长叹而已,不能相救。言朋友之情甚,而不如兄弟,是宜相亲也。"四章言:"于此他人侵侮之时,虽有善同门来见之,虽久也,终无相助之事,唯兄弟相助耳。言兄弟之恩过于朋友也。"

五章的理解,诸家稍有出入。郑玄、孔颖达皆以安宁之时,"兄弟"确实不如"友生"亲密,《郑笺》云:"安宁之时,以礼义相琢磨,则友生急。"《孔疏》释曰:"室家安宁,身无急难,则当与朋友交,切磋琢磨学问,修饰以立身成名。兄弟之多则尚思,其聚集则熙熙然,不能相励以道。朋友之交则以义,其聚集切切节节然,相劝竞以道德,相勉励以立身,使其日有所得,故兄弟不如友生也。"清人姚际恒则以为"虽有兄弟,不如友生"的真正用意,其实仍在申明"莫如兄弟"之意:"盖此时兄弟已亡,所与周旋者唯友生而已,故为深痛,皆反复明其'莫如兄弟'之意。"②

接下来的六、七、八章,又言兄弟之当"和乐",只是这里的"兄弟"含义已由"共父之亲"推广至"同姓宗族"。《毛传》释六章"和乐

---

① (清)方玉润:《诗经原始》卷之九,第334页。
② (清)姚际恒:《诗经通论》卷九,第178页。

且孺"之"和"云："九族会曰和。"《郑笺》云："九族，从己上至高祖、下及玄孙之亲也。"《孔疏》云："上章已来，说兄弟宜相亲，故此章言王者亲宗族也。"而七章"妻子好合，如鼓琴瑟"，其意为："王与族人燕，则宗妇内宗之属亦从后于房中。"这里"妻子"的从属地位，虽不是从夫妇亲密程度的角度讲，却也包含了"夫妇"亲密不若"兄弟"的意思，方玉润即称："良朋妻孥，未尝无助于己，然终不若兄弟之情亲而相爱也。"①

倘要追究《诗经》时代"夫妇"不若"兄弟"亲密的根本原因，乃在于从伦常类型上讲，"兄弟"属"天伦"，"夫妇"属"人伦"，人伦不及天伦亲厚。方玉润云："盖良朋妻孥以人合，而兄弟则以天合。以天合者，虽离而实合；以人合者，虽亲而实疏。故曰：'凡今之人，莫如兄弟。'岂不益信然哉？"②钱锺书（1910—1998）亦从这一角度解说《谷风》与《常棣》中的兄弟夫妇关系：

> 盖初民重"血族"（kin）之遗意也。就血胤论之，兄弟，天伦也，夫妇则人伦耳，是以"友于骨肉"之亲当过于"刑于室家"之好。新婚而"如兄如弟"，是结发而如连枝，人合而如天亲也。观《小雅·常棣》，"兄弟"之先于"妻子"，较然可识。③

简言之，由《常棣》一诗可知，兄弟关系亲密且亲密程度深于夫妇，这在《诗经》时代是一种共识，这也是《邶风·谷风》"宴尔新昏，如兄如弟"这一比喻得以成立的先决条件。

（三）"如兄如弟"的伦理教化："亲亲"与"尊尊"

谈《诗》自然会谈到诗教，那么，由"宴尔新昏，如兄如弟"所透射出的兄弟夫妇观念，其伦理教化意义何在？还是让我们从《常棣》一诗说起。

《毛诗序》云："《常棣》，燕兄弟也。闵管、蔡之失道，故作《常棣》焉。"《郑笺》云："周公吊二叔之不臧，而使兄弟之恩疏。召公为作此诗，而歌之以亲之。"《孔疏》进一步疏释曰：

---

① （清）方玉润：《诗经原始》卷之九，第333页。
② 同上。
③ 钱锺书：《管锥编》第一册《毛诗正义》，第83—84页。

> 此《常棣》是取兄弟相亲之诗。……昔周公吊二叔之不咸，故封建亲戚以藩屏周。召穆公思周德之不类，故纠合宗族于成周，而作诗曰："常棣之华，鄂不韡韡。凡今之人，莫如兄弟。"周之有懿德如是，犹曰莫如兄弟，故封建之。其怀柔天下也，犹惧有外侮。捍御侮莫如亲亲，故以亲屏周。（《毛诗正义》卷九）

不难看出，郑玄、孔颖达皆从"亲亲"角度定位《常棣》兄弟关系的伦理意义。然而落到《邶风·谷风》诗中，"宴尔新昏，如兄如弟"的伦理教化意义，却出现了"亲亲"与"尊尊"两种解释路向。

先看"亲亲"的解释路向。最有代表性的当属朱熹之《诗集传》，朱子释"宴尔新昏，如兄如弟"云："而其夫方且宴乐其新婚，如兄如弟而不见恤。盖妇人从一而终，今虽见弃，犹有望夫之情，厚之至也。"（《诗集传》卷二）这一解释，可以理解为朱子乃以兄弟间的亲密来比新婚夫妻的亲密，背后包含着《常棣》一诗兄弟当"相亲"之意。清人朱鹤龄《诗经通义》卷三解《郑风·扬之水》一诗云："兄弟，婚姻之称，《礼》所谓'不得嗣为兄弟'是也。或又云兄弟如所谓'宴尔新昏，如兄如弟'者，盖亲之之辞。"更是明确地将"宴尔新昏，如兄如弟"句解为"亲亲"之意。

然而后世更多的解释路向则是偏于"尊尊"，即强调兄弟先于夫妇的尊卑等级观念，这就与《诗经》时代的本初观念有了一定的差距。《孔疏》云："君子苦己由得新昏，故又言安爱汝之新昏，其恩如兄弟也。以夫妇坐图可否，有兄弟之道，故以兄弟言之。"其中"又言安爱汝之新昏，其恩如兄弟也"仍从"亲亲"角度讲，可是解说新昏如何恩如兄弟时，却给出了"以夫妇坐图可否，有兄弟之道"的理由，这便透露出"尊尊"的味道来了。何谓"以夫妇坐图可否，有兄弟之道"？宋人卫湜《礼记集说》卷四十七云：

> 严陵方氏曰：夫唱而妇和，兄先而弟后，则夫妇固有兄弟之义，故此言"不得嗣为兄弟"也。《诗》不云乎？"宴尔新昏，如兄如弟。"以是而已。

夫唱妇和，兄先弟后，显然凸显了夫与妇间、兄与弟间不可更易的伦常次序。以二者有可比性，故取之作喻。

"尊尊"的另外一个更常见义，是指"兄弟"一伦先于"夫妇"一伦，而强调这样一种伦常秩序，乃基于这是中国传统皇权宗法社会奠立的基本格局，不容打破，"宴尔新昏，如兄如弟"的社会教化意义也便由此而显。清代江苏阳湖人陆继辂《合肥学舍札记》卷三"兄弟夫妇"条称：

> 诗人以"如兄如弟"状夫妇和乐，立言最为有序。孔子举杖磬折，问子贡曰："子之大亲毋乃不宁乎？"放杖而立曰："子之兄弟亦得无恙乎？"曳杖而行曰："妻子家中得毋病乎？"贾子述之，云："所以明尊卑、别疏戚也。"吾见今人书疏先问妻子、后及兄弟者多矣，岂明于尊卑而昧于疏戚乎？聪应识之。①

孔子与子贡的故事，出自汉代贾谊所撰《新书》。故事的真实性姑且不考，贾子记述这则对话的用意却在表明：通过孔子先问"大亲"、再问"兄弟"、次问"妻子"的先后次序，揭示"明尊卑、别疏戚"的伦常之理。而后世人书疏时多"先问妻子、后及兄弟"，则是"明于尊卑而昧于疏戚"的表现，需要加以修正。

而且，即便将这里的"兄弟"理解为"婚姻之称"，这种伦理教化意义依然不废。康熙年间成书的《御纂孝经衍义》卷十录宋儒张载之语云："《正蒙》曰：'生有先后，所以为天序（人之生也，先者为长，后者为幼，此所谓得于天者，自然之伦序），天之生物也有序（上天生物，皆有不可易之序），知序然后经以正（知长幼之序，则大经以正）。'"接下来有"臣按"云：

> 《尔雅·释亲》云："男子先生为兄，后生为弟。父之兄弟，先生为世父，后生为叔父。女子谓先生为姊，后生为妹。女子同出，谓先生为姒，后生为娣。"《史记》"兄弟之妻相谓为先后宛若"此序之先后，所以起兄弟之名义也。推而广之，天地之间无非先后之序。惟君父至尊，不得以先后言耳。官之有长属，齿之有老少，闻道之有早暮，皆兄弟也。《诗》言："兄弟无远。"子夏曰："四海之内皆兄弟也。"则朋友一兄弟也。《尔雅》曰："妇之党为婚兄弟，婿之党为姻兄弟。"《诗》云："宴尔新婚，如兄如弟。"《曾子问》："致命女氏曰，某之子有父母之丧，不得嗣为兄弟。"夫妇一兄弟也。经言父子之道，君臣之义，而事兄事长，亦言之屡矣。惟士有争友，一见于

---

① 转引自刘毓庆等《诗义稽考》第二册，学苑出版社2006年版，第486页。

书，而夫妇不之及也，岂非以朋友、夫妇之伦即兄弟而推者哉！是故张子曰："知序然后经正也。"

这段按语的中心意旨有二：其一，朋友之伦、夫妇之伦，皆居兄弟之伦之后，朋友、夫妇伦常之义，皆可由兄弟之伦推得；其二，探究兄弟之伦的教化意义在于——知序然后经以正，亦即"知长幼之序，则大经以正"。

当然，无论"亲亲"还是"尊尊"，"宴尔新昏，如兄如弟"所体现出的伦理教化意义，都在中国古典社会发挥着持久的作用。

（四）从"德性伦理"到"政治伦理"

行文至此，还有两个问题需要回答：第一，既然已经证明了周代以来"兄弟"亲密程度高于"夫妇"，那该如何解释先秦文献中诸多"夫妇居先"的表述？第二，"宴尔新昏，如兄如弟"的伦理教化意义——亲亲与尊尊，是平行并立关系，还是有一个从先到后的嬗变过程？

首先来看先秦文献中关于"夫妇居先"的表述。《周易·序卦传》云："有天地然后有万物，有万物然后有男女，有男女然后有夫妇，有夫妇然后有父子，有父子然后有君臣，有君臣然后有上下，有上下然后礼义有所错。"而《中庸》说得更为明确："君子之道，造端乎夫妇。及其至也，察乎天地。"很显然，无论是"男女正，天地之大义"，还是"有男女然后有夫妇，有夫妇然后有父子"，抑或"君子之道，造端乎夫妇"，无一不表明了"家庭为国家之本，夫妇为人伦之始"的观念。问题是，这与前文所言"凡今之人，莫如兄弟"的观念是否相悖？回答是否定的。究其因，乃在于前文所谓夫妇关系不若兄弟亲密，是在"人伦"与"天伦"的对比中立论；而此处所谓"夫妇居先"，则仅从"人伦"角度展开。从人伦关系的自然产生顺序立言，夫妇当然居于首位。东汉班固《白虎通义》卷上《号》所谓："古之时，未有三纲六纪，民人但知其母，不知其父。能覆前而不能覆后，卧之詓詓，起之吁吁，饥即求食，饱即弃余，茹毛饮血，而衣皮韦。于是伏羲仰观象于天，俯察法于地，因夫妇，正五行，始定人道。"说得正是这个道理。

其次，如前所述，周代以降，以"宴尔新昏，如兄如弟"推展伦理教化者，既有从"亲亲"着眼者，亦有从"尊尊"着眼者，二者有一交叉关系。但毫无疑问，侧重强调某种尊卑等级秩序的"尊尊"观念，相对要出现得晚一些，这与社会伦理的实际进化历程有关，也与战国末期以来法家思想对儒家伦理的冲击和修正有关。景海峰先生即认为：

> 迟至战国晚期，反对儒家"亲亲"原则的法家人物，就试图用社会等级观念的驾驭和政治权力的操控，来重新厘定人际交往的新规范，建立强制性的伦常秩序。从韩非子开始，其对人伦关系的理解则更为强调社会属性的一面……同时，人伦的血亲色彩也被淡化掉了，在一定程度上抛弃了孔孟传统的"亲亲"原则，而更为强调人伦关系所负载的社会性内容，将社会意义的人际关系置于自然意义的亲缘关系之上，完成了早期形成的血亲人伦意识的一次重大的调整，同时也预示着以"亲亲"原则为基础的德性伦理的淡化。①

也就是说，战国末期以来，很大程度上出现了由儒家"德性伦理"向法家"政治伦理"的转换，这一转换也直接影响着汉代"三纲六纪"系统的正式确立。而对于儒家伦理而言，"亲亲"淡化的同时，便是政治意味更浓的"尊尊"的凸显，这正是"宴尔新昏，如兄如弟"用以强调尊卑等级的思想渊源所在。

---

① 景海峰：《五伦观念的再认识》，《哲学研究》2008 年第 5 期。

第十讲 "稼穑艰难":《豳风·七月》讲读

中国自古为一农业社会,因而极其重视农业生产生活。《诗经》中有着相当数量的农事诗,《豳风·七月》是其中最具代表性的篇目。

鲁洪生先生将《诗经》中的农事诗分为"农业祭祀诗"和"农业生活诗"。"农业祭祀诗"是指《诗经》中描述春夏祈谷、秋冬报赛等祭祀活动的诗歌,反映了周人为祈求农业丰收而进行的宗教活动以及与之相关的风俗礼制。这类诗歌,代表性篇目有《小雅》中的《楚茨》《信南山》,以及《周颂》中的《臣工》《噫嘻》《丰年》《载芟》《良耜》等。"农业生活诗"则直接描写周人的农业生产生活情状,由之可见周代的农业生产经验及土地制度,亦可反映出农业社会中人们勤劳朴实的性格及淳厚平和的民风。这类诗歌,代表性篇目有《小雅》中的《甫田》《大田》,而以《豳风·七月》最为典型。鲁洪生称:"农事诗是周代农业社会大文化背景下的直接产物,以农为本的社会生活决定了'饥者歌其食,劳者歌其事'等农事题材诗作是《诗经》中最有历史文化价值的部分之一。它较之其他内容的作品,更能直接地反映周代的经济基础状况的物质生活实际,揭示中华民族精神气质和审美趋向产生的物质之源,其在文学研究方面的意义同样是极其重要的。"①

一 关于《豳风》

《豳风》处在十五国风诗之最末,共有诗七篇:一为《七月》,二为《鸱鸮》,三为《东山》,四为《破斧》,五为《伐柯》,六为《九罭》,七为《狼跋》。

关于《豳风》,需要明晓者有三:一是《豳风》的产生及传播,二是

---

① 鲁洪生:《诗经学概论》第九章,第237页。

《豳风》在《诗》文本中位次的调整,三是《豳风》诸诗的基本特点。

其一,关于《豳风》的产生及传播,朱子《诗集传》以为七篇中有周公自作者,有为周公而作者,云:

> 豳,国名,在《禹贡》雍州岐山之北,原隰之野。虞、夏之际,弃为后稷,而封于邰。及夏之衰,弃稷不务,弃子不窋失其官守,而自窜于戎狄之间。不窋生鞠陶,鞠陶生公刘,能复修后稷之业,民以富实。乃相土地之宜,而立国于豳之谷焉。十世而大王徙居岐山之阳,十二世而文王始受天命,十三世而武王遂为天子。武王崩,成王立,年幼不能莅阼,周公旦以冢宰摄政,乃述后稷、公刘之化,作诗一篇以戒成王,谓之《豳风》。而后人又取周公所作,及凡为周公而作之诗以附焉。豳在今邠州三水县,邰在今京兆府武功县。①

元人刘瑾通释朱子此文,认为:

> 名之为"豳",实周公诗耳。周公作诗,意在于豳,而周公其他诗无所可系,故因附之《豳》也。胡庭芳曰:"诗乃周家之诗,豳特厕之列国耳。盖《七月》惟言豳民之风俗,故得处变风之末。"彭氏曰:"《七月》、《公刘》皆言民事,其为诗一也。然《七月》之诗微,而及于昆虫草木、衣服饮食之末,较之《公刘》莫非兴王气象,其体固不同也。"愚按:《七月》而后,附以《鸱鸮》、《东山》者,亦周公所作也。附以《伐柯》、《破斧》、《九罭》、《狼跋》者,众人为周公而作之诗也。②

如此,则以为《七月》《鸱鸮》《东山》三首为周公所作,产生于西周;《伐柯》《破斧》《九罭》《狼跋》四首则在其后,然产生的具体时间未曾说明。

20世纪30年代和80年代,徐中舒先生(1898—1991)分别发表《豳风说》和《论〈豳风〉应为鲁诗》二文,认为《豳风》所录应为"鲁诗"。今人马银琴则认为,《七月》应是周人居豳时的农业歌谣,在经历了漫长的口耳相传的历史之后,于宣王时代被写定;《鸱鸮》是武庚叛

---

① (宋)朱熹:《诗集传》,第117页。
② (元)刘瑾:《诗传通释》,文渊阁四库全书本。

乱时周公所作；《东山》与《破斧》，是西周后期鲁人的作品；《伐柯》《九罭》《狼跋》三诗，则当产生于东周以后。至于《豳风》与周公的关联及其传播路径，马银琴认为：

> 豳风本为周人先祖居住过的豳地的土风，而《七月》是其中较原始的农业歌谣。文化随族群迁徙，豳乐随着周人的迁徙传至岐周之地，除古老的《七月》因周公的传述而得到保存之外，《鸱鸮》之歌亦经周公之手被创作出来。由于《豳风》与周公的特殊关系，随着周公的封鲁，《豳风》传至东方鲁国。这应是季札所言"其周公之东乎"的真实涵义。在岐丰周文化接受殷文化的冲击发生质的转变时，代表周先祖古老文明的豳风，在文化取向上比较保守的鲁国得到了保存。①

其二，关于《豳风》在《诗》文本中位次的调整。据《左传》记载，襄公二十九年吴公子季札到鲁国观周乐，曾完整欣赏到十五《国风》，但其时之顺序与今本《诗经》略异。为醒目，今将旧本十五《国风》次序与今本次序列表如下：

旧本	周南	召南	邶	鄘	卫	王	郑	齐	豳	秦	魏	唐	—	陈	桧	（曹）	—
今本	周南	召南	邶	鄘	卫	王	郑	齐	—	—	魏	唐	秦	陈	桧	曹	豳

不难看出，《豳风》原来处于《齐风》之后、《秦风》之前，后来经过调整，则处于十五《国风》之末、《小雅》之前。学界一般认为，这一调整与孔子删诗有直接的关系，而且其中包含着孔子的深义，不可等闲视之。

清人方玉润认为，《豳风》位次之调整盖属孔子所为，原因在于孔子对周公之推崇；又，《豳风》居变风之末，乃因《诗》之"既漓返淳"，云：

> 当季札请观周乐时，篇次本居《齐》后《秦》前，不知何时移殿诸国之末。意者夫子正乐，手所亲订欤？盖夫子一生，志欲行周公

---

① 马银琴：《两周诗史》，第291页。

之道而不能，故凡典籍之关于公者，恒三致意焉。且诗以《风》名，有正不能无变，既漓又当返淳。天下淳风，无过农民，此《七月》之诗所以必居变风之末者也。其余纷纷议论，或谓豳公为诸侯，故不得入《周》、《召》之正风；非美成王，亦不得入成王之正雅；又或谓君臣相诮，不得为正，故为变风，居变风之末，言变之可正也。皆无稽妄谈，悉不可从。①

今人马银琴亦从孔子推尊周公的角度立论，认为是孔子在删《诗》过程中将《豳风》调到了《风》末《雅》前的特殊位置：

> 对孔子来说，周公则是他最为仰慕的周代礼乐文化的缔造者。"甚矣！吾衰也。久矣！吾不复梦见周公。"孔子的慨叹集中而强烈地表现了他对周公的尊敬与景仰之情。既然如此，被当时人公认为美周公的《豳风》组诗，也必然受到孔子特殊的礼遇。马瑞辰《毛诗传笺通释·杂考各说·诗谱次序考》引《郑志》云："以周公专为一国，上冠先公之业，亦为优矣，所以在《风》下，次于《雅》前。"《豳风》由原来次于《齐风》之后而移至《小雅》之前，完全掩盖了《豳风》次于《齐风》之后时通过地域关系而表现出来的与鲁国的联系。更重要的是，这种调整突出并提升了周公在周代礼乐文化中的地位，这与孔子尊周公的思想完全一致。②

程俊英先生则从《豳风》特殊音乐性质的角度，解释了这一调整背后的学术缘由：

> 孔子正乐，调整了《诗》的篇章次序。将《豳风》压《国风》之卷，当出于孔子之手。为什么要作这样的调整？古乐已失，我们无从作进一步论证，但《周礼》某些记载倒提供了一些信息。《周礼·籥章》："掌土鼓豳籥。中春，昼击土鼓，吹《豳诗》以逆暑。……凡国祈年于田祖，吹《豳雅》，击土鼓以乐田畯。国祭蜡，则吹《豳颂》，击土鼓以息老物。"郑玄注："《豳诗》，《豳风·七月》也。《豳雅》亦《七月》也。《豳颂》亦《七月》也。"《七月》是风诗

---

① （清）方玉润：《诗经原始》卷之八，第304页。
② 马银琴：《两周诗史》，第423页。

而《周礼》却并称之为《雅》、《颂》，胡承珙《毛诗后笺》解释道："《籥章》言《豳诗》者，正谓《豳风》以其诗固风体也。其谓《豳雅》、《豳颂》者，则又以诗入乐，各歌其类，合乎《雅》、《颂》故也。"据此，可知《七月》虽属风诗，但它又可以在不同的场合配上《雅》、《颂》的乐调来歌唱。这种"全篇备《风》、《雅》、《颂》之义，籥章吹之以一时而共三用"的特殊作用，或许正是孔子将《豳风》置于《国风》之末的原因。让这样的诗歌在《风》与《雅》、《颂》之间起承上启下的桥梁作用，实在是很相宜的。①

程氏这一解说固然在一定程度上消减了孔子推尊周公的思想史意义，然而从《豳风》音乐性质的角度立论，却比较符合《诗》文本在周代礼乐制度下某些仪式场合应用的实际。

其三，至于《豳风》的诗歌特点，程俊英《诗经注析》称："周人是重视农业的民族，所以《豳诗》多带有务农的地方色彩。除《七月》外，《东山》等诗中也有明显的痕迹。《汉书·地理志》：'昔后稷封斄（同"邰"），公刘处豳，太王徙岐，文王作丰，武王治镐。其民有先王遗风，好稼穑，务本业，故《豳诗》言农桑衣食之本甚备。'这几句话，说出了《豳诗》的特点。"②

二 《七月》通解

《七月》是《豳风》的第一篇，在风诗中篇幅最长。全诗共计八章，每章十一句，诗文如下：

> 七月流火，九月授衣。一之日觱发，二之日栗烈。无衣无褐，何以卒岁？三之日于耜，四之日举趾。同我妇子，馌彼南亩，田畯至喜。
>
> 七月流火，九月授衣。春日载阳，有鸣仓庚。女执懿筐，遵彼微行，爰求柔桑。春日迟迟，采蘩祁祁。女心伤悲，殆及公子同归。
>
> 七月流火，八月萑苇。蚕月条桑，取彼斧斨。以伐远扬，猗彼女

---

① 程俊英、蒋见元：《诗经注析》，第405页。
② 同上书，第405—406页。

桑。七月鸣鵙，八月载绩。载玄载黄，我朱孔阳，为公子裳。

四月秀葽，五月鸣蜩。八月其获，十月陨萚。一之日于貉，取彼狐狸，为公子裘。二之日其同，载缵武功。言私其豵，献豜于公。

五月斯螽动股，六月莎鸡振羽。七月在野，八月在宇，九月在户，十月蟋蟀入我床下。穹窒熏鼠，塞向墐户。嗟我妇子，曰为改岁，入此室处。

六月食郁及薁，七月亨葵及菽。八月剥枣，十月获稻。为此春酒，以介眉寿。七月食瓜，八月断壶，九月叔苴。采荼薪樗，食我农夫。

九月筑场圃，十月纳禾稼。黍稷重穋，禾麻菽麦。嗟我农夫，我稼既同，上入执宫功。昼尔于茅，宵尔索绹。亟其乘屋，其始播百谷。

二之日凿冰冲冲，三之日纳于凌阴。四之日其蚤，献羔祭韭。九月肃霜，十月涤场。朋酒斯飨，曰杀羔羊。跻彼公堂，称彼兕觥，万寿无疆！

首　章

"七月流火，九月授衣"。《毛传》云："火，大火也。流，下也。九月霜始降，妇功成，可以授冬衣矣。"《郑笺》云："大火者，寒暑之候也。火星中而寒暑退，故将言寒，先著火所在。"这里的"七月"，朱子以为乃夏历七月，云："七月，斗建申之月，夏之七月也。后凡言'月'者放此。"这里的"建申之月"，关涉历法上的夏、商、周"岁首异建"问题，即所谓"三正"。也就是说，夏、商、周三代每一次更迭，新的王朝都会选取不同月份作为岁首：夏历以"建寅"之月为岁首，殷历以"建丑"之月（相当于夏历十二月）为岁首，周历以"建子"之月（相当于夏历十一月）为岁首。按夏历，建寅之月为正月，则建申之月恰为七月。马瑞辰则以为属周历七月，《毛诗传笺通释》云："《七月》为周公追述之诗，故即以周时星象言之。"今人郭沫若《青铜时代》亦以为七月指周正，相当于农历五月。授衣，分发冬衣。一说，要女工制作冬衣。这两句诗的意思是说，七月黄昏，火星开始偏西下沉，天气转冷了。到了九月，授衣而抵御严寒。

又，此诗多处涉及星象、历法，于后世不易理解，而于时人却属常识。清人顾炎武《日知录》卷三十曾云："三代以上，人人皆知天文。'七月流火'，农夫之辞也。'三星在天'，妇人之语也。'月离于毕'，戍卒之作也。'龙尾伏晨'，儿童之谣也。后世文人学士，有问之而茫然不知者矣。"

"**一之日觱发，二之日栗烈。无衣无褐，何以卒岁**"。"一之日""二之日""三之日""四之日"，历代解说各有不同。《毛传》以为分别对应"周正月""殷正月""夏正月""周四月"。《朱传》则以为分别对应周历之"十一月""十二月""正月""二月"。"×之日"之解，关涉《七月》一诗所用何种历法，详参下节"关键词解析"。觱发（bì bō），风寒也，或云为大风触物之声。栗烈，气寒也。一说为"溧冽"之假借，即今之"凛冽"。褐，毛布，粗布衣。卒岁，终岁也。

"**三之日于耜，四之日举趾。同我妇子，馌彼南亩，田畯至喜**"。于耜（sì），往修耒耜。耜，田器也。举趾，举足而耕。妇子，妻子儿女。馌（yè），以食品给人，犹饷、馈也。南亩，南面的田地，或南北为垄的田地。田畯，《毛传》云："田大夫也。"《郑笺》云："耕者之妇子，俱以馌来至于南亩之中，其见田大夫，又为设酒食焉，言勤其事又爱其吏也。"则毛、郑皆以为"田畯"乃指官员，指人。又有以"田畯"或"田祖"为神者，清陈启源《毛诗稽古编》卷八云："《诗》之田畯，田官也。《周礼》之田畯，田神也，即后稷也。"马银琴据以推论《七月》当为先周之诗："后稷被尊为田祖，应是在周人发展壮大的过程中出现的，田畯之神化亦当在其时，《七月》中'田畯'是人而非神，这是《七月》产生于先周时代的证明。"① 喜，"饎"之假借，酒食也，此处意为给田畯以酒食。一说，欢喜也。

▲首章章旨：

《孔疏》："毛以为，周公云：先公教民周备，民奉上命。于七月之中，有西流者，是火之星也，知是将寒之渐。至九月之中，云可以相授以冬衣矣。九月之中若不授冬衣，则一之日有觱发之寒风，二之日有栗烈之寒气。此二日者，大寒之时，人之贵者无衣，贱者无褐，何以终其岁乎？故至八月则当绩也。又豳人从君之教，三之日于是始修耒耜，四之日悉皆举足而耕。其时我耕者之妇子，奉馈食饷彼南亩之中耕作者。田畯来至，见其勤农事则欢喜也。豳公忧念民事，教之若此。周公言己忧民亦与之同，故陈之也。"

又辨毛、郑之异曰："郑唯'田畯至喜'，言'田畯来至，农夫为设酒食'为异，余同。"

---

① 马银琴：《两周诗史》，第289页。

《朱传》:"周公以成王未知稼穑之艰难,故陈后稷、公刘风化之所由,使瞽矇朝夕讽诵以教之。此章首言七月暑退将寒,故九月而授衣以御之。盖十一月以后风气日寒,不如是则无以卒岁也。正月则往修田器,二月则举趾而耕。少者既皆出而在田,故老者率妇子而饷之。治田早而用力齐,是以田畯至而喜之也。此章前段言衣之始,后段言食之始。二章至五章终前段之意,六章至八章终后段之意。"

《原始》:"首章衣食双起,为农民重务。"

二 章

"七月流火,九月授衣。春日载阳,有鸣仓庚。女执懿筐,遵彼微行,爰求柔桑"。春日,夏历二月。一说,指夏历三月。载,则也。阳,温和也。《郑笺》云:"温而仓庚又鸣,可蚕之候也。"仓庚,黄鹂也。懿,深美也。遵,沿,循。微行(háng),小径也。爰,于,往。求,指采桑。柔桑,指稚桑,嫩桑。《郑笺》云:"蚕始生,宜稚桑。"

"春日迟迟,采蘩祁祁。女心伤悲,殆及公子同归"。迟迟,舒缓也,形容春日舒长貌。蘩,朱子曰:"白蒿也,所以生蚕,今人犹用之。盖蚕生未齐,未可食桑,故以此啖之也。"祁祁,众多也。一说,徐徐貌。"女心伤悲",《毛传》云:"春女悲,秋士悲,感其物化也。"《郑笺》云:"春女感阳气而思男,秋士感阴气而思女,是其物化,所以悲也。""殆及公子同归",《毛传》解"归"为"返归",云:"殆,始。及,与也。豳公子躬率其民,同时出,同时归也。"《郑笺》解"归"为"女子出嫁",云:"悲则始有与公子同归之志,欲嫁焉。女感事苦而生此志,是谓《豳风》。"

▲二章章旨:

《孔疏》:"毛以为,七月之中有流下者,火星也。民知将寒之候,九月之中则可以授冬衣矣。又本其趋时养蚕,春日则以温矣。又有鸣者,是仓庚之鸟也。于此之时,女人执持深筐,循彼微细之径道,于是求柔稚之桑,以养新生之蚕。因言养蚕之时,女有伤悲之志,更本之言春日迟迟。然而舒缓采蘩以生蚕者,祁祁然而众多。于是之时,女子之心感蚕事之劳苦,又感时物之变化,皆伤悲思男,有欲嫁之志。时豳公之子躬率其民,共适田野,此女人等,始与此公子同时而来归于家。"

又辨毛、郑之异曰:"郑唯下句异,言始与豳公之子同有归嫁之志。余同。"

《朱传》:"再言"流火""授衣"者,将言女功之始,故又本于此。

遂言春日始和，有鸣仓庚之时，而蚕始生，则执深筐以求稚桑。然又有生而未齐者，则采蘩者众。而此治蚕之女，感时而伤悲。盖是时公子犹娶于国中，而贵家大族连姻公室者，亦无不力于蚕桑之务。故其许嫁之女，预以将及公子同归，而远其父母为悲也。其风俗之厚，而上下之情，交相忠爱如此。后章凡言公子者，放此。"

《原始》："以下四章，皆跟衣字。此章先言蚕事，为女功之始。间着怀婉之词，何等风韵！"

三 章

"**七月流火，八月萑苇。蚕月条桑，取彼斧斨，以伐远扬，猗彼女桑**"。萑苇（huán wěi），蒹葭也，芦苇一类，《毛传》云："豫畜萑苇，可以为曲也。""曲"为" "之假借，指养蚕的帘箔。《郑笺》云："将言女功自始至成，故亦又本于此。"蚕月，治蚕之月，指夏历三月。条桑，《韩诗》作"挑桑"，谓拣择桑叶，乃采摘之意。《郑笺》《朱传》皆云："条桑，枝落之采其叶也。"斧斨（qiāng），皆指斧，柄孔椭圆为斧，方形为斨。远扬，《朱传》云："远枝扬起者也。"猗，取叶存条曰猗，有牵拉、攀引之意。女桑，朱子云："小桑也。小桑不可条取，故取其叶而存其条，猗猗然尔。"

"**七月鸣鵙，八月载绩。载玄载黄，我朱孔阳，为公子裳**"。鵙，音jú，又音jué，伯劳鸟。《郑笺》云："伯劳鸣，将寒之候也，五月则鸣。豳地晚寒，鸟物之候从其气也。"载绩，开始纺麻，《毛传》云："丝事毕而麻事起矣。"载，语助词，无实义。玄，黑而有赤之色。朱，赤色。孔，甚也，大也。阳，鲜明。"为公子裳"，替公子制作衣裳。下衣曰裳。

▲三章章旨：

《孔疏》："言七月流下者，火星也，民知将寒之候。八月萑苇既成，豫畜之以拟蚕用。于养蚕之月，条其桑而采之，谓斩条于地，就地采之也。猗束彼女桑而采之，谓柔稚之桑不枝落者，以绳猗束而采之也。言民受先公之教，能勤蚕事也。蚕事既毕，又须绩麻。七月中有鸣者，是鵙之鸟也，是将寒之候。八月之中，民始绩麻。民又染缯，则染为玄，则染为黄。云我朱之色甚明好矣，以此朱为公子之裳也。绩麻为布，民自衣之。玄黄之色，施于祭服，朱则为公子裳。皆是衣服之事，杂互言之也。"

《朱传》："言七月暑退将寒，而是岁御冬之备，亦庶几其成矣。又当预拟来岁治蚕之用，故于八月萑苇既成之际而收蓄之，将以为曲薄。至来岁治蚕之月，则采桑以供蚕食，而大小毕取，见蚕盛而人力至也。蚕事既备,又于鸣鵙之后,麻熟而可绩之时,则绩其麻以为布。而凡此蚕绩之所成者皆染之,或玄或黄,而其朱者尤为鲜明,皆以供上,而为公子之裳。言劳于其事而不自爱,以奉其上。盖至诚惨怛之意,上以是施之,下以是报之也。以上二章,专言蚕绩之事,以终首章前段'无衣'之意。"

《原始》:"此言纺绩成裳,仍带定'公子'字,妙!"

四 章

"四月秀葽,五月鸣蜩。八月其获,十月陨萚"。秀,《毛传》《朱传》皆云:"不荣而实曰秀。"即所谓抽穗也。葽(yāo),草名,又名远志,可入药。蜩(tiáo),即蝉。其,将要。获,《朱传》云:"禾之早者可获也。"一云,谓获稻也。陨萚(tuò),《朱传》云:"陨,坠。萚,落也。谓草木陨落也。"《说文》曰:"草木凡皮叶落陊地为萚。"

"一之日于貉,取彼狐狸,为公子裘。二之日其同,载缵武功。言私其豵,献豜于公"。于貉(hé),《毛传》云:"谓取狐狸皮也。狐貉之厚以居,孟冬天子始裘。"其同,《郑笺》云:"其同者,君臣及民因习兵俱出田也。不用仲冬,亦豳地晚寒也。"马瑞辰云:"同之言会合也,谓冬田大合众也。"缵(zuǎn),继续。武功,谓田猎之武功。言,语首助词,无实义。豵(zōng)、豜(jiān),《毛传》曰:"豕一岁曰豵,三岁曰豜。大兽公之,小兽私之。"

▲四章章旨:

《孔疏》:"四月秀者,葽之草也。五月鸣者,蜩之虫也。八月其禾可获刈也,十月木叶皆陨落也。此四物渐而成终,落则将寒之候。时既渐寒,至大寒之月,当取皮为裘,以助女功。一之日往捕貉取皮,庶人自以为裘。又取狐与狸之皮,为公子之裘。丝麻不足以御寒,故为皮裘以助之。既言捕貉取狐,因说田猎之事。至二之日之时,君臣及其民俱出田猎,则继续武事,年常习之,使不忘战也。我在军之士私取小豵,献大豜于公。战斗不可以不习,四时而习之;兵事不可以空设,田猎搜狩以闲之。故因习兵而俱出田猎也,美先公礼教备矣。"

《朱传》:"言自四月纯阳,而历一阴四阴,以至纯阴之月,则大寒之候将至。虽蚕桑之功无所不备,犹恐其不足以御寒。故于貉而取狐狸之皮,以为公子之裘也。兽之小者,私之以为己有,而大者则献之于上,亦爱其上之无已也。此章专言狩猎,以终首章前段'无褐'之意。"

《原始》:"此兼言田事,集腋以成裘,而'献豜于公',忠爱之忱可见矣。"

五 章

"**五月斯螽动股,六月莎鸡振羽。七月在野,八月在宇,九月在户,十月蟋蟀入我床下**"。斯螽（zhōng）,蚣蝑也,蝗虫之属。莎（suō）鸡,又名纺织娘。《郑笺》《孔疏》以"斯螽、莎鸡、蟋蟀"为三物,朱子则以为三者实为"一物,随时变化而异其名"。动股,两股与翅摩擦而发出声音,朱子曰:"始跃而以股鸣也。"振羽,能飞而以翅鸣也。"七月在野"句,蒙下省略主语"蟋蟀"。宇,檐下也。户,门也。《郑笺》云:"自'七月在野'至'十月入我床下',皆谓蟋蟀也。言此三物之如此,著将寒有渐,非卒来也。"朱子曰:"暑则在野,寒则依人。"

"**穹窒熏鼠,塞向墐户。嗟我妇子,曰为改岁,入此室处**"。《毛传》云:"穹（qióng）,穷也。窒（zhì）,塞也。"马瑞辰以"穹"为"穷也"、"除治之尽也",则"穹窒"为"除治其室之满塞也"。朱子以"穹"为"空隙也",如此则"穹窒"意即"窒穹",堵塞空洞也。向,朝北之窗。墐（jìn）,涂也。《毛传》云:"庶人荜户。"《郑笺》云:"为此四者以备寒。"曰,《韩诗》作"聿",句首发语词。改岁,《郑笺》云:"'曰为改岁'者,岁终,而'一之日觱发'、'二之日栗烈',当避寒气,而入所穹窒墐户之室而居之。至此而女功止。"

▲五章章旨:

《孔疏》:"言五月之时,斯螽之虫摇动其股。六月之中,莎鸡之虫振讯其羽。蟋蟀之虫,六月居壁中,至七月则在野田之中,八月在堂宇之下,九月则在室户之内,至于十月,则蟋蟀之虫入于我之床下。此皆将寒之渐,故三虫应节而变。虫既近人,大寒将至,故穹塞其室之孔穴,熏鼠令出其窟。塞北出之向,墐涂荆竹所织之户,使令室无隙孔,寒气不入。豳人又告妻子,言已穹窒墐户之意:嗟乎!我之妇与子,我所以为此者,曰为改岁之后,觱发、栗烈大寒之时,当入此室而居处以避寒,故为此也。"

《朱传》:"言睹蟋蟀之依人,则知寒之将至矣。于是室中空隙者塞之,熏鼠使不得穴于其中。塞向以当北风,墐户以御寒气。而语其妇子曰:岁将改矣,天既寒而事亦已,可以入此室处矣。此见老者之爱也。此章亦以终首章前段御寒之意。"

《原始》:"此言卒岁,可以御寒完衣一面事。而自五月以至十月,一气脱下,朴直之至。然其体物微妙,又何精致乃尔!"

六 章

"六月食郁及薁，七月亨葵及菽。八月剥枣，十月获稻。为此春酒，以介眉寿"。郁，唐棣之属，又名郁李，果实酸甜可食。薁（yù），一名蘡薁，亦属郁类，而有小别。亨，同"烹"，煮也。葵，菜名，莼菜、芹菜之属。菽，豆也。剥（pū），"扑"之假借，击打，敲打。获稻，收割稻谷以酿酒。为，酿造。春酒，《毛传》云："冻醪也。"马瑞辰云："春酒即酎酒也。汉制以正月旦作酒，八月成，名酎酒。周制盖以冬酿，经春始成，因名春酒。"介（gài），助也。一说，祈求。眉寿，长寿。老人方有豪眉，因以眉寿指长寿。朱子云："介眉寿者，颂祷之辞也。"

"七月食瓜，八月断壶，九月叔苴。采荼薪樗，食我农夫"。断，采摘。壶，"瓠"之假借，葫芦。朱子云："食瓜断壶，亦去圃为场之渐也。"叔，拾取。苴（jū），青麻之籽。荼，苦菜。薪，动词，砍伐以作薪柴。樗（chū），臭椿树，恶木也。食（sì），动词，喂养。《郑笺》云："瓜瓠之畜，麻实之糁，干荼之菜，恶木之薪，亦所以助男养农夫之具。"

▲六章章旨：

《孔疏》："此郁、薁言食，则葵、菽及枣皆食之也。但郁、薁生可食，故以食言之。葵、菽当亨煮乃食，枣当剥击取之，各从所宜而言之，其实皆是食也。获稻作酒，云'以介眉寿'，主为助养老人，则农夫不得饮之。其郁、薁、葵、枣、瓜、瓠，农夫、老人皆得食之；其荼、樗云'食我农夫'，则老人不食之矣。"

《朱传》："自此至卒章，皆言农圃、饮食、祭祀、燕乐，以终首章后段之意。而此章果酒嘉蔬，以供老疾、奉宾祭；瓜瓠苴荼，以为常食。少长之义、丰俭之节然也。"

《原始》："以下专言食。"

七 章

"九月筑场圃，十月纳禾稼。黍稷重穋，禾麻菽麦"。场圃，《毛传》云："春夏为圃，秋冬为场。"《郑笺》云："场、圃同地耳。物生之时，耕治之以种菜茹，至物尽成熟，筑坚以为场。"纳，收藏，收纳。禾稼，泛指各种庄稼。朱子曰："禾者，谷连藁秸之总名。禾之秀实而在野曰稼。"黍，糜子，有黏性。稷，粟，亦谷物，不黏。一说，指高粱。重穋（tóng lù），朱子曰："先种后熟曰重，后种先熟曰穋。"又云："再言禾者，稻秫苽粱之属皆禾也。"

"嗟我农夫，我稼既同，上入执宫功。昼尔于茅，宵尔索绹。亟其乘屋，其始播百谷"。既同，《郑笺》云："言已聚也，可以上入都邑之宅，治宫中之事矣。于是时，男之野功毕。"上入，《毛传》云："入为上，出为下。"一说，"上"通"尚"，尚需。执，从事。宫功，一本作"宫公"。朱子曰："宫，邑居之宅也。古者民受五亩之宅，二亩半为庐在田，春夏居之；二亩半为宅在邑，秋冬居之。功，葺治之事也。或曰：公室官府之役也。古者'用民之力，岁不过三日'是也。"马瑞辰曰："宫公即宫事也。公事即何休《公羊注》所云'民皆入宅，男女同巷，相从夜绩'者，'于茅'、'索绹'即宫事之一也。宋儒以'宫公'为公室宫府之役，误矣。"

尔，《郑笺》云："女也。女当昼日往取茅归，夜作绞索，以待时用。"一说，语助词。于茅，往取茅草。索绹，绞制绳索。亟，急也。乘，《毛传》以为"升也"，《郑笺》则云："治也。十月定星将中，急当治野庐之屋。"马瑞辰以为"乘"为"覆盖"之义。《郑笺》又云："其始播百谷，谓祈来年百谷于公社。"

▲七章章旨：

《孔疏》："毛以为，此章说农夫作事之终。故言九月之时，筑场于圃之中以治谷也；十月之中，纳禾稼之所收获者，黍稷重穋、禾麻菽麦之等，纳之于囷仓之中。粟既纳仓，则农事毕了。民嗟乎我农夫之等，我之稼穑既已积聚矣，野中无事，可以上入都邑之宅，执治于宫中之事。宫中所治当是何事？即相谓云：昼日尔当往取茅草，夜中尔当作索绹，以待明年蚕用也。汝又当急其升上野庐之屋而修治之，以待耘耔之时所以止息。豳公又其始为民播种百谷之故，而祈祭社稷。田事不久，故豫修庐舍，美农人趋时也。"

又辨毛、郑之异曰："郑唯以乘为治，谓'急治野屋'为异。余同。"

《朱传》："言纳于场者无所不备，则我稼同矣，可以上入都邑，而执治宫室之事矣。故昼往取茅，夜而绞索，亟升其屋而治之。盖以来岁将复始播百谷，而不暇于此故也。不待督责而自相警戒，不敢休息如此。吕氏曰：'此章终始农事，以极忧勤艰难之意。'"

《原始》："此章稿事正面，后半兼及治屋。"

八 章

"二之日凿冰冲冲，三之日纳于凌阴。四之日其蚤，献羔祭韭"。冲冲，凿冰之声，犹"通通"。"纳于凌阴"，放入冰窖，以备夏日之用。朱子云："豳土寒多，正月风未解冻，故冰犹可藏也。"蚤，通"早"。早朝，古代一种祭礼仪式。一说，早晨或月初。

"献羔祭韭"，以羊羔、嫩韭献祭于寝庙神位之前。凿冰、献羔之举，东汉郑玄从周代礼制规定角度做出解说："古者，日在北陆而藏冰，西陆朝觌而出之。祭司寒而藏之，献羔而启之。其出之也，朝之禄位，宾、食、丧、祭，于是乎用之。《月令》：'仲春，天子乃献羔开冰，先荐寝庙。'《周礼》凌人之职，'夏，颁冰掌事。秋，刷'。上章备寒，故此章备暑，后稷先公礼教备也。"

《朱传》征引宋人苏辙（1039—1112）、胡安国（1074—1138）之说，则自"知天时、授民事"角度解说之。苏氏云："古者藏冰发冰，以节阳气之盛。夫阳气之在天地，譬犹火之著于物也，故常有以解之。十二月阳气蕴伏，锢而未发，其盛在下，则纳冰于地中。至于二月，四阳作，蛰虫起，阳始用事，则亦始启冰而庙荐之。至于四月，阳气毕达，阴气将绝，则冰于是大发。食肉之禄，老病丧浴，冰无不及。是以冬无愆阳，夏无伏阴，春无凄风，秋无苦雨，雷出不震，无灾霜雹，疠疾不降，民不夭札也。"胡氏曰："藏冰开冰，亦圣人辅相燮调之一事尔，不专恃此以为治也。"

"**九月肃霜，十月涤场。朋酒斯飨，曰杀羔羊。跻彼公堂，称彼兕觥，万寿无疆**"。《毛传》云："肃，缩也。霜降而收缩万物。"一说，形容秋日天气晴朗肃爽（王国维）。涤，扫也。朱子谓："涤场者，农事毕而扫场地也。"一说，涤场即涤荡，形容深秋树木萧瑟状（程俊英）。"朋酒斯飨，曰杀羔羊"，《毛传》云："两樽曰朋。飨者，乡人饮酒也。乡人以狗，大夫加以羔羊。"《郑笺》云："十月，民事男女俱毕，无饥寒之忧，国君闲于政事而飨群臣。"

跻（jī），升也，登也。公堂，《毛传》以为"学校也"，《孔疏》以为即指"大学"，云："《月令》注云：'天子诸侯与群臣饮酒于大学，以正齿位，谓之大饮。'则此公堂谓之太学也。知在太学亦正齿位者，以国君大饮与党正饮酒皆农隙而为，俱教孝弟之道。党正于序学，知国君于大学。党正饮酒为正齿位，知国君饮酒亦正齿位也。"朱子则以为指"君之堂也"，意指豳公之堂。《朱子语类》卷八十一载，有弟子问曰："跻彼公堂，称彼兕觥，民何以得升君之堂？"朱子答曰："周初国小，君民相亲，其礼乐法制未必尽备。而民事之艰难，君则尽得以知之。成王时礼乐备、法制立，然但知为君之尊，而未必知为国之初此等意思。故周公特作此诗，使之因是以知民事也。"

称，马瑞辰以为"俑"之假借，扬也，举也。兕觥，犀牛角制成的酒杯，或指状如犀牛角的青铜或木制酒器。马瑞辰言："'称彼兕觥'犹《礼》言'扬觯'也。""万寿无疆"，祝福吉语，详参下节"关键词解析"。

▲八章章旨：

《孔疏》："毛以为，豳公教民，二之日之时，使人凿冰冲冲然；三之日之时，纳于凌阴之中；四之日，其早朝献黑羔于神，祭用韭菜而开之，所以御暑。言先公之教，寒暑有备也。又九月之时，收缩万物者，是露为霜也。十月之中，扫其场上粟麦尽皆毕矣，于是设两樽之朋酒，斯为饮酒之飨礼，其牲用犬。若有大夫来至，则相命曰当杀羔羊。尊大夫，故特为杀羊也。乃升彼公堂序学之上，举彼兕觥之爵以誓告众人，使无违于礼。于是民庆豳公，使得万年之寿无有疆竟之时。美先公礼教周备，为民所庆贺也。"

又辨毛、郑之异曰："郑以为，朋酒斯飨，民事毕，国君闲暇，设朋辈之尊酒，斯飨劳群臣，作大饮之礼，曰杀羔羊，以为殽羞。群臣皆升彼公堂之上，有司乃举彼兕觥，以誓群臣，使无犯礼者。群臣于是庆君，使君万寿无疆。余同。"

《朱传》："张子曰：'此章见民忠爱其君之甚。既劝趋其藏冰之役，又相戒速毕场功，杀羊以献于公，举酒而祝其寿也。'"

《原始》："至此农功既毕，可以献羔荐朝，登堂称觥，田家之乐无逾此矣。"

三 《七月》关键词解析

《七月》之关键词，大端有三：一曰"×之日"，二曰"公子"，三曰"万寿无疆"。兹逐一解析之。

1. "×之日"

《七月》诗中有"一之日""二之日""三之日""四之日"之纪时方式，整部《诗经》唯在此诗中出现，且无"五之日""六之日"之类表述。历代学者解说有较大差异，迄今难有定论。

《毛传》以为"纪月"，云："一之日，十之余也。一之日，周正月也。……二之日，殷正月也。……三之日，夏正月也。……四之日，周四月也。"《朱传》则以为"以日言月"："一之日，谓斗建子，一阳之月。

二之日,谓斗建丑,二阳之月也。变月言日,言是月之日也。后凡言日者放此。盖周之先公已用此以纪候,故周有天下,遂以为一代之正朔也。"

有言夏、殷、周三种历法混用者,如《毛传》之说,以为"一之日、二之日、三之日、四之日"分属周历、殷历、夏历、周历。

有言兼用夏、周二种历法者,宋人熊朋来(1246—1323)云:"一之日、二之日、三之日、四之日,以周正言之;四月、五月、六月、七月、八月、九月、十月,以夏正言之。独缺三月,蚕月是也。《豳诗》备一年之月日矣。"① 宋人孙奕(?—约1190)从"日月分阴阳"角度解说兼用二正之因云:

> 周公作《七月》,备陈一岁之事,而正则迭用夏、周,何也?意其夏正建寅,顺四时之序,便于农事,乃以月言;周正建子,明一阳之生以改正朔,乃以日言。盖周公以日月分阴阳,谓阴生于午,是以五月、六月、七月、八月、九月、十月皆属阴,故以月言之;谓阳生于子,是以一之日、二之日、三之日、四之日皆属阳,故以日言之。若夫夏之三月不曰"五之日",而曰"春日载阳",言可蚕之候,所谓季春之月,躬桑以劝蚕事也。《月令》"夏之四月"不曰"六之日",而曰"四月秀葽",盖正阳之月,嫌于无阴,亦犹十月嫌于无阳,谓之"岁亦阳止"也。②

有言全用"周历"者,郭沫若认为:"这不是王室的诗,并也不是周人的诗。诗的时代当在春秋末年或以后。诗中的物候与时令是所谓'周正',比旧时的农历,所谓'夏正',要早两个月。"他又根据日本学者新城新藏(1873—1938)的《春秋长历的研究》,认为夏、商、周"三正论"系出于后人捏造,"知道了中国古代并无所谓三正交替的事实,而自春秋中叶至战国中叶所实施的历法即是所谓'周正',那么合于周正时令的《七月》一诗是作于春秋中叶以后,可以说是毫无问题的了"。基于此,他认为《七月》诗中的"一之日""二之日"等,"分明是前人读错了。我的读法是'日'字连下不连上。'一之'、'二之'、'三之',也就如现今的'一来'、'二来'、'三来'了。说穿了,很平常"③。不过这一

---

① (宋)熊朋来:《经说》卷二《豳诗》,文渊阁四库全书本。
② (宋)孙奕:《履斋示儿编》卷三《七月兼夏周正》,文渊阁四库全书本。
③ 郭沫若:《青铜时代·由周代农事诗论到周代社会》,《郭沫若全集·历史编》第一卷,人民出版社1982年版,第421—423页。

说法较为罕见，少有赞同者。

有言采用特殊之"豳历"者，高亨先生认为：

> 豳历是用十个数目记十二个月份，因而在记月上不得不采用两种形式：一种是"某之日"，如"一之日"、"二之日"等；一种是"某月"，如"四月"、"五月"等。这是很特殊的很古拙的一种记月方法。豳历的岁始是"一之日"，岁终是"十月"，一岁的始终与周历相当，可能是周历的前身。①

并以图示将夏、殷、周、豳四种历法对照：

月建	夏历	殷历	周历	豳历
寅	正月	二月	三月	三之日
卯	二月	三月	四月	四之日
辰	三月	四月	五月	蚕月
巳	四月	五月	六月	四月
午	五月	六月	七月	五月
未	六月	七月	八月	六月
申	七月	八月	九月	七月
酉	八月	九月	十月	八月
戌	九月	十月	十一月	九月
亥	十月	十一月	十二月	十月
子	十一月	十二月	正月	一之日
丑	十二月	正月	二月	二之日

今人张剑则认为，《七月》所采用的豳历，是一种"农事历法"（以"某月"记月）与"狩猎历法"（以"某之日"记月）相融合的产物。②

又有学者认为所采为"十月历"。今人陈久金、卢央、刘尧汉合著之

---

① 高亨：《诗经今注》，第204页。
② 张剑：《〈七月〉历法与北豳先周文化》，《固原师专学报》2001年第1期。

《彝族天文学史》，根据彝族古老的十月历，认为《七月》所用实为十月历法。又根据《毛传》所谓"一之日，十之余也"推断，"十之余也"所指，乃是一年过完十个太阳月之后所剩下的余日，相当于彝族的过年日。即一岁为三百六十五日，以每月三十六天计，十个月为三百六十天，其余的五至六日便为余日。这五至六天的余日，便是《七月》中所说的"×之日"。"×之日"都为年节，诗中记载这几天所干的事，可能只是一种宗教祭祀仪式，具体活动未必安排在这几天。此说较新颖，可备参考。黄怀信先生亦赞同"十月历"之说，他认为：

> 所谓"十月太阳历"，就是说这种历法一年只有十个月，每月36天；剩下的5、6天为"过年日"，不计在月内。因为这种历法只根据太阳的运转而制定，与月亮无关，属于纯阳历，所以叫做太阳历。而后世所谓的夏历、殷历、周历，都是同时根据太阳、月亮的运转而制定的，属于阴阳合历，所以有十二个月。《七月》诗正好只有十月以内，没有十一月、十二月；十月之后，也正有所谓"改岁"；又正好有所谓"一之日"、"二之日"、"三之日"、"四之日"，相当于"过年日"的前四天。可见确实用的是"十月太阳历"。

不过他说："'十月太阳历'自夏代就有。所以我们说，'十月太阳历'应该是真正的夏历。彝族先人一直使用，正好说明彝族祖先本是夏人的一支。"[①]

俞忠鑫先生则从文字学的角度，认为《七月》中"一之日、二之日、三之日、四之日"，是合文"十一月、十二月、十三月、十四月"的误释，而"十三月、十四月"是一年的闰月和再闰月[②]，亦备一说。

2. "公子"

"殆及公子同归"一句，《孔疏》之解乃主要针对《毛传》，以"归"为"返归"，以"公子"为"豳公之子"。朱子之说同《毛传》《孔疏》。《郑笺》之解与《毛传》实不同，以"归"为"女子出嫁"，则释"公子"为"豳公之女"。今人又有释"公子"为"贵族公子"者[③]，或不确。

---

① 黄怀信：《〈七月〉与"三正"》，《诗经研究丛刊》（第二十五辑），学苑出版社2013年版，第2、3页。
② 俞忠鑫：《"一之日"解》，《古汉语研究》2003年第4期。
③ 袁梅：《诗经译注》，第387页。

解"公子"为"女公子",当源于公羊家之说。《春秋公羊传·庄公元年》"于路寝则不可,小寝则嫌。群公子之舍,则以卑矣",东汉何休注云:"谓女公子也。"此解关乎诗教,清人徐文靖(1667—?)《管城硕记》云:

> 诸侯之女称公子,豳公之女得称公子也。当日豳公之化,婚姻得时,故公子至贵,于归不愆,而国中婚嫁各及其时。虽贫贱之女,采蘩众多,犹得及与公子之贵同归耳。故曰《豳风》。①

清人李慈铭亦赞同郑玄之解,谓:

> 《笺》以公子为豳公之女公子,谓春女感阳气而悲物化,有与公子同嫁之志,是也。古人为政,先以男女及时为急,故《桃夭》以宜家为美,《摽梅》以迫吉相期。《周南》之风尚承豳公之泽,其后《周礼》有中春会男女之文,周之先公先王,礼教所由兴也。春日采桑之女,感迟日之来,知嫁期之至。谓"女心伤悲"者,所谓"女子有怀,远父母兄弟"也。"殆及公子同归"者,见其时君民一体,国无失时,所谓好色与民同之,内无怨女,外无旷夫也。②

清人方玉润则以为解为"女公子"不当,云:

> 数说皆泥读"公子"字,而未尝体会"殆及"神吻也。以"公子"为"女公子",是"女"字为后人所添,非诗之所谓公子也。以此女为许嫁之女,则采蘩祁祁,女子众多,焉知其谁为许嫁而谁非许嫁人耶?且恐其将与女公子同赋于归,则所与者不过一二人,岂举国采桑诸女尽为媵妾哉?诸儒欲求其解不得,于是多方拟议,婉转以求合经文,皆以辞而害意也。曰"公子"者,诗人不过代拟一女心中之公子其人也。曰"殆及"者,或然而未必然之词也。女当春阳,闲情无限,又值采桑,倍惹春愁,无端而念及终身,无端而感动目前,不知后日将以公之公子为归耶,抑别有谓于归者在耶?此少女人人心中所有事,并不为亵,亦非为僭。王政不外人情,非如后儒之拘

---

① (清)徐文靖:《管城硕记》卷七,文渊阁四库全书本。
② (清)李慈铭:《越缦堂读书记》上册,上海书店出版社2015年版,第31页。

滞而不通也。且著此句于田野朴质之中，愈见丰神摇曳，可以化旧为新，而无尘腐气，亦文章中之设色生姿法耳，又何必沾沾辩其为男为女公子耶？①

方氏之解侧重诗之"文学义"，与经学家之"经学义"实有别矣！

3．"万寿无疆"

《毛传》曰："疆，竟也。"《郑笺》曰："饮酒既乐，欲大寿无竟。"《孔疏》解为"使得万年之寿"，与毛、郑有别。马瑞辰《毛诗传笺通释》云："《简兮》诗'方将万舞'，《韩诗》：'万，大舞也。'《广雅》：'万，大也。''万'古训'大'，故《笺》训'万寿'为'大寿'。《正义》云：'使得万年之寿'，失《笺》恉矣。"②

据《孔疏》《朱传》，皆以为"万寿无疆"乃农夫祝福豳公之语。又有以为农夫自祝之语者，元人刘瑾《诗传通释》讲论《南山有台》一诗时称："盖古人简质，如士冠礼祝辞亦云'眉寿万年'。又况古器物铭所谓'用蕲万寿'、'用蕲眉寿'、'万年无疆'之类，皆为自祝之辞，则此诗以万寿祝宾庸何伤乎？"今人黄焯《毛诗传笺平议》亦以为："或谓'万寿无疆'当为人臣祝君之辞，不知举觞称寿，乃古人饮酒之常礼。《士冠礼》祝辞有曰'眉寿万年'，亦不尽为祝君之语。况《月令注》又引作'受福无疆'，此或据三家《诗》本，并不作'万寿'，亦可见'斯飨'不必为国君之飨臣矣。"③

又，我们可以根据诗中所用"万寿无疆""以介眉寿"等语辞，判定《七月》一诗之年代以及前文提到的历法之争。马银琴曾有过论述，云：

> 《七月》虽为周人居豳时的农业歌谣，但它的语言却表现了一些西周后期诗歌的特点。……《七月》诗云："春日载阳，有鸣仓庚。……春日迟迟，采蘩祁祁。"《小雅·出车》有基本相同的内容："春日迟迟，卉木萋萋。仓庚喈喈，采蘩祁祁。""万寿无疆"集中出现于宣王时代的《小雅》作品中，如《天保》、《南山有台》、《信南山》、《甫田》、《大田》诸诗。"以介眉寿"为西周中期以后习用的嘏辞。"黍稷重穋，禾麻菽麦"，与《鲁颂·閟宫》"黍稷重穋，稙稚

---

① （清）方玉润：《诗经原始》卷之八，第321—322页。
② （清）马瑞辰：《毛诗传笺通释》卷十六，第470页。
③ 黄焯：《毛诗郑笺平议》卷四，第104页。

菽麦"相近。以上材料说明，尽管从内容来看，《七月》应是周人居豳时的农业歌谣，但由它的语言更接近于宣王时代诗歌的一些特点来判断，它应是经历了漫长的口耳相传的历史之后，在宣王时代才被写定的。象所有的口传文学一样，在漫长的口耳传承的过程中，《七月》也必然得到不断地修改和增删，因而留下不同时代的历史印迹。这是其诗内容在整体上显得零乱的主要原因，同时也提供了后世研究者关于《七月》中两种历法之争的契机。①

四 《七月》作者及主题辨析

《七月》一诗之作者，大端有三说：

有以为"周公"所作者，代表者如《毛诗序》及郑玄《诗谱》。《诗序》云："《七月》，陈王业也。周公遭变故，陈后稷先公风化之所由，致王业之艰难也。"《诗谱·豳谱》云："（周公）思公刘、太王居豳之职，忧念民事至苦之功，以比序己志。"崔述《丰镐考信录》以为此诗乃前豳旧诗，并非周公所作，云：

> 玩此诗醇古朴茂，与成、康时诗皆不类。窃尝譬之，读《大雅》如登廊庙之上，貂蝉满座，进退秩然，煌煌乎大观也。读《七月》如入桃源之中，衣冠朴古，天真烂熳，熙熙乎太古也。然则此诗当为大王以前豳之旧诗，盖周公述之以戒成王，而后世因误为周公所作耳。②

有以为"农民"所作者，南宋王质《诗总闻》卷八云："此野田农民酬酢往复之辞，故参杂无次序。"③ 又有学者以为《七月》作者是一位"农家子"："《七月》是描写农家生活的。我们知道周民族是务农的民族，豳又是他们的发祥地，故这些也带着农业的地方色彩。……我推测这位作者大约是西周中叶一个无名氏，他大约是一个受过文学训练的农家子。"④

有以为"豳人"自作者，明人季本（1485—1563）《诗说解颐正释》

---

① 马银琴：《两周诗史》，第289—290页。
② （清）崔述：《丰镐考信录》卷四，清嘉庆二十二年、道光二年四年陈履和递刻本。
③ （宋）王质：《诗总闻》卷八，清武英殿聚珍版丛书本，第137页。
④ 参见杨合鸣、李中华《诗经主题辨析》上编，第472页。

卷十四云："豳人以农桑为业，以忠爱为心，故作此诗以自序其勤力诚心之事也。旧说以为周公遭变而陈王业之艰难，盖陈其言以告成王云耳，非谓此诗为周公作也。若特作此诗，则告君之正言，宜为《大雅》，而安可列于《风》邪？惟其豳人所自作，故其序月皆以夏正。"

《七月》一诗之题旨，汉宋之间，古今之间，亦多所不同。

1. 汉代"毛诗说"。毛诗以为《七月》之本事乃在周公遭变，因而与《鸱鸮》诸诗及《尚书》之《金縢》《无逸》有密切关联。《毛诗序》云："《七月》，陈王业也。周公遭变故，陈后稷先公风化之所由，致王业之艰难也。"所遭变故，郑玄解释曰："周公遭变者，管、蔡流言，辟居东都。"

孔颖达《毛诗正义》解说毛、郑之说，以为与《无逸篇》作于同时，且背景正同："作《七月》诗者，陈先公之风化，是王家之基业也。毛以为，周公遭管、蔡流言之变，举兵而东伐之。忧此王业之将坏，故陈后稷及居豳地之先公，其风化之所由，缘致此王业之艰难之事。先公遭难，乃能勤行风化，己今遭难，亦欲勤修德教，所以陈此先公之事，将以比序己志。经八章，皆陈先公风化之事。此诗主意于豳之事，则所陈者，处豳地之先公公刘、太王之等耳，不陈后稷之教。今辄言后稷者，以先公修行后稷之教，故以后稷冠之。艰亦难也，但古人之语字重耳。《无逸》亦云不知稼穑之艰难，与此同也。郑以为，周公遭流言之变，避居东都，非征伐耳。其文义则同。"①

2. 汉代"三家诗说"。据王先谦《诗三家义集疏》，东汉王符《潜夫论·浮侈篇》所载，可视为鲁诗说之代表，云："是故明王之养民也，忧之劳之，教之诲之，慎微防萌，以断其邪，故易美节以制度，不伤财，不害民。《七月》诗大小教之，终而复始。由此观之，民固不可恣也。"②《汉书·地理志》所载，可视为齐诗说之代表，云："昔后稷封斄，公刘处豳，太王徙岐，文王作酆，武王治镐，其民有先王遗风，好稼穑，务本业，故《豳诗》言农桑衣食之本甚备。"③

台湾学者王礼卿以为三家诗说与毛诗说无异，云："《毛序》以此为周公遭变，故陈修后稷之教居豳之先公：风化所由，致王业之艰难，为周公所作之诗。此诗之本义也。鲁说谓明王养民教民之作，与先公风化所由

---

① 李学勤主编：《毛诗正义》卷第八，《十三经注疏》（标点本），第489页。
② （汉）王符著，（清）汪继培笺，彭铎校正：《潜夫论笺校正》卷三，中华书局1985年版，第122页。
③ （汉）班固：《汉书》卷二十八，中华书局1964年版，第1642页。

义合;齐说谓诗言农桑衣食之本,与先公处豳养民教民事符,并与《毛序》陈王业义同,亦明诗之本义也。鲁、齐、毛皆同,韩家当无异义。"①

3. 宋人之说与汉唐不同,汉唐侧重陈说周公"陈王业",以知稼穑艰难之教化;宋人则在一定程度上减弱了周公本事之意味,而侧重宣扬"上诚下忠"之观念。典型者如朱子在《诗集传》之《七月》篇末,即引用王安石《诗义钩沉》之说作为本诗题旨之解:"仰观星日霜露之变,俯察昆虫草木之化,以知天时,以授民事。女服事乎内,男服事乎外。上以诚爱下,下以忠利上。父父子子,夫夫妇妇,养老而慈幼,食力而助弱。其祭祀也时,其燕飨也节。此《七月》之义也。"②前引明人季本之说,则更强调"勤力诚心"之意,带有更明显的"理学"特色。

4. 清乾隆《御纂诗义折中》,较能代表会通汉宋之说解,《七月》在古典社会之教化意义,于此毕现:

> 《诗序》曰:"《七月》,陈王业也。"周自后稷以农事开基,公刘克笃前烈,王业之本,实始于此。周公以成王未知稼穑之艰难,故陈后稷、公刘风化之所由,使矇瞍朝夕讽诵以教之。其诗大义,以衣食为本,农桑为经,而婚姻、祭祀、田猎、官室之类,错纬于其际。至于衣则尊卑异制,食则老少异粮,孝亲敬长之道,无处不隐寓焉。孟子之言王道也,期于老者衣帛食肉,以为此即孝弟之实。庠序之教,不过取其义而申明之耳。是故养莫大于农桑,教不外于孝弟,先圣后贤,其揆一也。又于其中极道农夫、红女之勤劳,恶衣菲食而常有饥寒之患:乃已无衣,而玄黄为公子裳,狐狸为公子裘;已无食,而取大豜以献公,杀羔羊以祝寿。忠敬之心,无所不至。使诵此诗者,知物力之艰难,而深撙节之思;感民心之忠敬,而生爱养之意。则所以谋其衣食,教之孝弟,经营其婚姻、祭祀、田猎、官室之类者,自无不精且详。所谓本天德以行王道也,仁厚之气积为嘉祥。斯百姓跻于仁寿,君公至于万年,而王业成矣。孔子曰:"于《七月》,知周公所以造周也。"

5. 清代之"独立思考派",则一并反对《诗序》及《朱传》之说,以为《七月》之诗与周公无关,实质则慢慢消解其经学教化意义。姚际

---

① 王礼卿:《四家诗恉会归》卷十五,第996页。
② (宋)朱熹:《诗集传》卷八,第121—122页。

恒《诗经通论》云：

> 《小序》谓"陈王业"，《大序》谓"周公遭变，故陈后稷、先公风化之所由"，皆非也。《豳风》与周公何与！以下有周公诗及为公咏之诗，遂以为周公作，此揣摹附会之说也。周公去公刘之世已远，岂能代写其人民风俗至于如是之详且悉耶？篇中无言后稷事，《大序》及之，尤无谓。《集传》皆误承之。①

6. 现代诸家，多仅视《七月》为豳地农民之生活画卷，并多看重其"史料价值"，且带有鲜明的时代印迹。

高亨曰："这首诗是西周时代豳地农奴们的集体创作，叙写他们在一年中的劳动过程与生活情况。"②

程俊英曰："这是一首农事诗，描写农民一年四季的劳动过程和生活情况。"③

陈子展曰："《七月》，是西周时代总结周代从后稷、豳公（公刘）以来关于奴隶社会农事经验的不朽的伟大的诗篇。可以作为周代农业史来读，可以作为豳地自然历法和农桑生产活动月表来读，可以作为我国物候学史的最古资料之一（他如《大戴礼记·夏小正》、《礼记·月令》、《逸周书·时训解》、《淮南子·时则训》皆是）来读，也可以作为农业奴隶生活图来看。"④

台湾学者屈万里曰："此咏豳地风土之诗，疑随周公东征之豳人怀念乡土而作者。"⑤

袁梅的解说，则强调《七月》诗中奴隶阶级和奴隶主阶级的严重对立，显然受了当时"阶级论"的很大影响：

> 这是周代的奴隶们唱的农事诗。从内容、人称等看来，应是奴隶们集体口头创作。它具体描述了周代的农业奴隶们集体生产劳动情况和生活苦况。……本诗在一定程度上反映了当时黑暗腐朽的社会制度与阶级对立情况。同时也从中看出当时的农业生产工具已相当发达，

---

① （清）姚际恒：《诗经通论》卷八，第160页。
② 高亨：《诗经今注》，第199页。
③ 程俊英、蒋见元：《诗经注析》，第406页。
④ 陈子展：《诗三百解题》卷十五，第562页。
⑤ 屈万里：《诗经诠释》，第264页。

生产经验已相当成熟,劳动人民创造的物质财富已相当丰富。但是,奴隶们却不能享受自己创造的劳动果实。不但挣扎于饥寒交迫、颠沛流离之中,而且还得服无偿的苦役;奴隶们的妻女,还得堤防被贵族公子抢去;还得被迫向那不劳而食、敲骨吸髓的贵族老爷们"祝福"。从这首长诗中,可以体认到古代劳动人民伟大的创造力,也可以看到他们血泪斑斑的生活惨象。这首诗反映了"朱门酒肉臭,路有冻死骨"的残酷黑暗的社会现实,劳动人民与剥削阶级形成鲜明的对照,这是奴隶制社会生活的一个侧面。本诗虽没有直接喊出向剥削阶级坚决斗争的强烈呼声,但,字里行间却蕴蓄着劳动人民的阶级仇恨和对奴隶主阶级的愤怒控诉。①

不过从另外一个方面说,这也算现时代的"新诗教"。

又有学者从西周社会性质角度,将西周定性为"农村公社"而非"奴隶社会",并结合《豳诗》曾经作为仪式乐章的特性,而将《七月》一诗解释为一首"西周农家乐"。徐北文先生称:

> 近年来学者为了探讨周初社会性质,持西周为奴隶社会说者以为此诗是写的农业奴隶的生活,持其为封建社会说者则以为写的是领主与农奴,也有的以为此诗是周人进入奴隶社会初期尚保留的农村公社的反映,更多的人则以为不管是奴隶制抑是封建制,都是剥削制度下的农村,从而确定本诗是劳动农民的"诉苦诗"……详《七月》全诗之义,还是做为反映公社农民的生活较为合适。②

又说:

> 至于豳诗,是举行迎暑或迎寒时所演唱的,考《豳风》七篇中惟独《七月》一诗,正是以"七月流火,九月授衣"开始而表现寒来暑往、秋收冬藏的农业生活的,可见豳诗就是指的《七月》一篇。以为《七月》是周初豳地之诗,历代学者均无异辞。那末,作为举行礼仪乐章的《七月》,当然不会是暴露讽刺之作。按其全诗内容来

---

① 袁梅:《诗经译注》,第384—385页。
② 徐北文:《〈七月〉——西周农家乐》,《诗经鉴赏集》,人民文学出版社1986年版,第185—186页。

看，其主旨则是表现了随季节之变化而进行劳动生产的公社农民的团结与和谐的生活。①

需要注意，徐先生所谓"作为举行仪式乐章的《七月》"，是从"乐章义"角度来说的；"当然不会是暴露讽刺之作"，是从"诗本义"角度来说的，二者并非属于同一层面。

---

① 徐北文：《〈七月〉——西周农家乐》，第 188 页。

第十一讲 "室家离合":《豳风·东山》讲读

在《风》诗和《雅》诗当中,有一定数量的"战争徭役诗"。所谓"战争诗",主要是指《诗经》中记述周人抵御外族侵略或平定内部叛乱的诗歌;所谓"徭役诗",主要是指《诗经》中反映下层百姓或官吏为统治者服役奔忙的诗歌。周代之戍边征伐等亦属徭役,故二者通常合称为"战争徭役诗"。

鲁洪生先生认为:"战争徭役诗不仅再现了周代战争频繁、徭役不断的社会现实,同时也表现出周人保家卫国和思亲恋土的矛盾心态。战争也许会推动历史的进程,但带给当时人们更多的是摧残破坏,是对农业生产的破坏,是对村舍田园的毁灭,是对伦理亲情的摧残。摧残破坏带给人们无穷的痛苦哀怨。"① 不过,《诗经》中的战争徭役诗既有表现痛苦哀怨、矛盾苦闷情绪的,如《王风·君子于役》《唐风·鸨羽》《小雅·采薇》等;也有表现士卒勇往直前、赞颂将帅勇武内容的,比如《秦风·无衣》《小雅·六月》《小雅·出车》等,《豳风·东山》则是其中非常特别的一篇。

一 《东山》通解

《东山》一诗共计四章,每章十二句。全诗可分四个层次,第一章言士卒征役之苦,第二章言对家乡之思念,第三章言妻子之洒扫迎接,第四章追忆新婚之和乐。诗文如下:

> 我徂东山,慆慆不归。我来自东,零雨其濛。我东曰归,我心西悲。

---

① 鲁洪生:《诗经学概论》第九章,第253页。

制彼裳衣，勿士行枚。蜎蜎者蠋，烝在桑野。敦彼独宿，亦在车下。

我徂东山，慆慆不归。我来自东，零雨其濛。果臝之实，亦施于宇。
伊威在室，蠨蛸在户。町畽鹿场，熠燿宵行。不可畏也？伊可怀也。

我徂东山，慆慆不归。我来自东，零雨其濛。鹳鸣于垤，妇叹于室。
洒扫穹窒，我征聿至。有敦瓜苦，烝在栗薪。自我不见，于今三年。

我徂东山，慆慆不归。我来自东，零雨其濛。仓庚于飞，熠燿其羽。
之子于归，皇驳其马。亲结其缡，九十其仪。其新孔嘉，其旧如之何？

首 章

"我徂东山，慆慆不归。我来自东，零雨其濛"。徂（cú），往，到。东山，宋人严粲《诗缉》以为指周公东征时三监附近东方之山，云："三监在周之东，周公自西徂东以征之，军屯必依山为固，故以东山言之。"今人扬之水《诗经别裁》则以为泛指东方之山："东山，东方有山之地，意指东方。周时言'东'，乃指今山东泰山以南直至海滨的广大地域。"清人马瑞辰《毛诗传笺通释》列举五条证据，以为："《孟子》言'孔子登东山而小鲁'，而《诗》亦曰'我徂东山'。鲁既得奄，则东山属鲁；奄未为鲁，则东山属奄。阎氏（若璩）《四书释地》云：'或云费县西北蒙山正居鲁四境之东，一名东山。'是东山即蒙山。"慆慆，言久也。我来自东，言战争结束，士卒自东边战场返回家乡。濛，细雨貌。

此四句提挈全诗，且每章重章复沓，极富画面感，富于意境，仿若看到细雨飘零中，一位久役的士卒背着行囊走在回家的路上。《郑笺》云："此四句者，序归士之情也。我往之东山既久劳矣，归又道遇雨濛濛然，是尤苦也。"

**"我东曰归，我心西悲。制彼裳衣，勿士行枚。蜎蜎者蠋，烝在桑野。敦彼独宿，亦在车下"。"我东曰归，我心西悲"，所悲为何？毛、郑之解说相差甚大。《毛传》以为"悲"者属"周公"，云："公族有辟，公亲素服，不举乐，为之变，如其伦之丧。"《孔疏》解曰："《传》言此者，解周公西悲之意。以公族虽有死罪，犹是骨肉之亲，非徒己心自悲，先神亦将悲之。是将欲言归，则念西而悲也。"《郑笺》则以为"悲"者属"归士"，云："我在东山，常曰归也，我心则念西而悲。"孔颖达看出了《郑笺》与《毛传》的差异，曰："《笺》以此为劳归士之辞，不宜言己意，故易《传》以为此二句亦序归士之情。我军士在东山常曰归，言三年之内常思归也。军士家室在西，故知念西而悲。"又引魏晋之际经学家孙毓之说云："杀管叔在二年。临刑之时，素服不举。至于归时，逾年已久，无缘西行而后始悲。《笺》说为长。"

制，缝制。裳衣，《郑笺》以为："女制彼裳衣而来，谓兵服也。"马瑞辰则以为："'制彼裳衣'盖制其归途所服之衣，非谓兵服。"一说，"裳衣"即"常衣"，平居之服也。清人何焯（1661—1722）《义门读书记》卷下曰："军容不入国，故别制裳衣。"通常所说"解甲归田"，大概也是这个意思。士，事也，从事。行枚，"行（háng）"为行阵，指代作战；枚，《毛传》解为"微也"，细物也，指行军时人及马所衔之如箸短棍，以防止因说话或嘶鸣而暴露行踪。一说，"行"读héng，行枚即横枚，即指所衔短棍。"勿士行枚"，意谓战事结束，不再从军。

蜎蜎（yuān yuān），蠕动貌。蠋（zhú），朱子曰："桑虫，似蚕者也。"一说，豆藿中大青虫。烝，《郑笺》解为"寘也"；一说，久也；一说，发语词。敦（duī），朱子曰："独处不移貌。"一说，身体蜷缩貌。"敦彼独宿，亦在车下"，郑玄解曰："敦敦然独宿于车下，此诚有劳苦之心。"

▲首章章旨：

《孔疏》："毛以为，周公言我往之东山征伐四国，慆慆然久不得归。既得归矣，我来自东方之时，道上乃遇零落之雨，其濛濛然。汝在军之士，久不得归，归又遇雨落，劳苦之甚。周公既序归士之情，又复自言己意。我在东方言曰归之时，我心则念西而悲。何则？管、蔡有罪，不得不诛。诛杀兄弟，惭见父母之庙，故心念西而益悲伤。又言归士久劳在外，幸得完全。汝虽制彼兵服裳衣而来，得无事而归。久劳在军，无事于行陈衔枚，言敌皆前定，未尝衔枚与战也。又言虽无战陈，实甚劳苦。蜎蜎然者，桑中之蠋虫，常久在桑野之中，似有劳苦，以兴敦敦然彼独宿之军士，亦常在车下而宿，甚为劳苦。述其勤劳，闵念之。"

又辨毛、郑之异曰："郑唯'我东曰归'二句，言我军士在东，久不得归。常言曰归，而不得归，我心则念西而悲，言归士思家而悲。余同。"

《朱传》："成王既得《鸱鸮》之诗，又感雷风之变，始悟而迎周公。于是，周公东征已三年矣。既归，因作此诗，以劳归士。盖为之述其意而言曰：我之东征既久，而归途又有遇雨之劳。因追言其在东而言归之时，心已西向而悲。于是制其平居之服，而以为自今可以勿为行陈衔枚之事矣。及其在涂，则又睹物起兴而自叹曰：彼蜎蜎者蠋，其在彼桑野矣。此敦然而独宿者，则亦在此车下矣。"

二 章

"果臝之实，亦施于宇。伊威在室，蟏蛸在户。町畽鹿场，熠燿宵行。不可畏也？伊可怀也"。果臝（luǒ），又名栝楼、瓜蒌，蔓生葫芦科植物，根与果实可入药。施，音 yì，蔓延。宇，屋檐。伊威，陆玑《毛诗草木鸟兽虫鱼疏》云："一名委黍，一名鼠妇。在壁根下，瓮底土中生，似白鱼者是也。"朱子云："室不扫则有之。"蟏蛸（xiāo shāo），陆玑云："长踦，一名长脚，荆州河内人谓之喜母。此虫来著人衣，当有亲客至，有喜也。幽州人谓之亲客，亦如蜘蛛为网罗居之。"朱子云："小蜘蛛也。户无人出入，则结网当之。"户，门也。

町畽（tǐng tuǎn），《毛传》以为"鹿迹也"，朱子曰："舍旁隙地也。"熠燿（yì yào），闪耀貌，闪烁貌，《毛传》解为："燐也。燐，萤火也。"《孔疏》以为不然，云："燐者，鬼火之名，非萤火也。"清马瑞辰辨析云："《正义》谓萤火不得名燐，段玉裁又谓《毛传》萤火当谓鬼火之荧荧者，与《韩诗章句》解熠燿为鬼火或谓之燐同义，非通论也。今按：《说文》：'熠，盛光也。''燿，照也。''熠燿'为荧光，与'町畽'为鹿迹相对成文。萤火之名熠燿，盖后人因《诗》以熠燿状萤火，遂取以为名耳。"

宵行（xiāo háng），朱子云："虫名，如蚕，夜行，喉下有光如萤。"马瑞辰曰："《本草纲目》言：'萤火有一种长如蚕，尾后有光，无翼，乃竹根所化，亦名宵行。'其说是也。"《郑笺》云："此五物者，家无人则然，令人感思。"

伊，《郑笺》云："'伊'，当作'繄'。繄犹是也。怀，思也。室中久无人，故有此五物，是不足可畏，乃可为忧思。"一视"不可畏也"为反问句，解"伊"为虚词。

▲二章章旨：

《朱传》："章首四句言其往来之劳，在外之久，故每章重言，见其感念之深。遂言已东征而室庐荒废至于如此，亦可畏矣。然岂可畏而不归哉？亦可怀思而已。此则述其归未至而思家之情也。"

《原始》："历写未归景物，荒凉已甚。"

三 章

"鹳鸣于垤，妇叹于室。洒扫穹窒，我征聿至。有敦瓜苦，烝在栗薪。自我不见，于今三年。"《毛传》云："垤（dié），蚁冢也。将阴雨，则穴处先知之矣。鹳好水，长鸣而喜也。"《郑笺》云："鹳，水鸟也，将阴雨则鸣。行者于阴雨尤苦，妇念之，则叹于室也。"朱子曰："鹳，水鸟，似鹤者也。垤，蚁冢也。"穹窒，参《七月》篇之解。我征，我之征人。聿，虚词，无实义。《郑笺》云："我君子行役，述其日月，今且至矣，言妇望也。"

有敦，"有"字为形容词词头，"有敦"犹敦敦，《毛传》云："敦，犹專專也。"据文意，"專專"当通"團團"，乃摹"瓜"团聚之状。《郑笺》云："此又言妇人思其君子之居处专专，如瓜之系缀焉。"马瑞辰以为郑玄之解"则读如'专一'之'专'，与《传》异义"，并言："'有敦瓜苦'，敦当读如'敦彼独宿'之敦，以状瓜之孤悬也。"瓜苦，《郑笺》云："瓜之瓣有苦者，以喻其心苦也。"朱子则解为"苦瓜"。烝，《毛传》训"众"，与"團團"之解相应。郑玄则解为"尘"，《尔雅》有云："尘，久也。"《孔疏》即称："以军之苦在久不在众，故易《传》以'烝'为'尘'，训之为久。"

栗薪，《毛传》无解，《郑笺》解"栗"为"析"，云："栗，析也。言君子又久见使析薪，于事尤苦也。古者声栗、裂同也。"朱子解"栗"为周土所宜之木，马瑞辰《毛诗传笺通释》解"烝"为"乃"、解"栗"为"苦菜"，以为："烝在栗薪，犹言'乃在栗薪'也。《释文》：'栗，《韩诗》作" "，力菊反，聚薪也。'今按：栗、　，盖一声之转，《广韵》'　'、'蓼'同字，当读如'予又集于蓼'之蓼。蓼，辛苦之菜也。《毛传》盖以'栗'为'　'之假借，以苦瓜而乃在苦蓼之上，犹我之心苦而事又苦，故曰'言我心苦，事又苦也。'《笺》以瓜苦为喻心苦，析薪为喻事苦，失《传》恉矣。《韩诗章句》训'　薪'为'聚薪'，亦非诗义。"三年，殆为实指，非虚指也。

▲三章章旨：

《孔疏》："毛以为，上四句说归士之情，次四句说其妻思望之也。思而不至，闵其劳苦。言有专专然系缀于蔓者，瓜也，而其瓣甚苦。既系苦于蔓，似如劳苦，而其瓣又苦，以喻君子系属于军，是事苦也；又忧军事，是心又苦也。其苦如何？众军士皆在析薪之役，是其苦也。君子既有此苦，已久不得见之。自我不见君子以来，于今三年矣，所以思之甚也。"

又辨毛、郑之异曰："郑以'烝'为久，言君子久在析薪之役。余同。"

《朱传》："将阴雨，则穴处者先知，故蚁出垤。而鹳就食之，遂鸣于其上也。行者之妻亦思其夫之劳苦，而叹息于家。于是洒扫穹窒，以待其归而其夫之行忽已至矣。因见苦瓜系于栗薪之上，而曰自我之不见此，亦已三年矣。栗，周土所宜木，与苦瓜皆微物也。见之而喜，则其行久而感深可知矣。"

四　章

"**仓庚于飞，熠燿其羽。之子于归，皇驳其马。亲结其缡，九十其仪。其新孔嘉，其旧如之何**"。首二句，《郑笺》云："仓庚仲春而鸣，嫁取之候也。熠燿其羽，羽鲜明也。归士始行之时，新合昏礼，今还，故极序其情以乐之。"朱子曰："兴也。仓庚飞，昏姻时也。熠燿，鲜明也。"皇驳，《毛传》云："黄白曰皇，骊白曰驳。"之子，这位女子。归，女子出嫁。"之子"二句，《郑笺》云："之子于归，谓始嫁时也。皇驳其马，车服盛也。"

亲，指母亲。缡（lí），犹《召南·野有死麕》"舒而脱脱兮，无感我帨兮"之"帨"，在家设于门右，出门系于腰间。通常以为女子之"佩巾"，马瑞辰则以为女子之"蔽膝"，较佩巾为大，与佩巾有别。结帨，古代嫁女仪式之一。《毛传》云："缡，妇人之袆也。母戒女，施衿结帨，九十其仪，言多仪也。"《郑笺》云："女嫁，父母既戒之，庶母又申之。九十其仪，喻丁宁之多。"新，谓新婚。孔，大，甚。嘉，美善。

▲四章章旨：

《孔疏》："毛以为，归士始行之时，新合昏礼，序其男女及时，以戏乐之。言仓庚之鸟往飞之时，熠燿其羽，甚鲜明也。以兴归士之妻初昏之时，其衣服甚鲜明也。是子往归嫁之时，所乘者，皇其马，驳其马，言其车服盛也。其母亲自结其衣之缡，九种十种，其威仪多也。言其嫁既及时，而又威仪具足。本其新来时则甚善矣，但不知其久时复如之何。言本时甚好，不知在后当然以否，所以戏乐归士之情也。"

又辨毛、郑之异曰:"郑以'仓庚'为记时,言归士之妻,于'仓庚于飞,熠燿其羽'之时,而是子往归嫁。'其新孔嘉',谓本初日其新来之时则甚善,不见已三年,今其久矣,不知今日如之何?序其自东来归未到家之时,言以戏乐之。余同。"

《朱传》:"赋时物以起兴,而言东征之归士,未有室家者,及时而昏姻,既甚美矣;其旧有室家者,相见而喜,当如何邪?"

《原始》:"既归情事,室家团，幽艳乃尔。"

二 《东山》关键词解析

《东山》一诗之关键词有二:一为"瓜苦、栗薪",二为"其新孔嘉,其旧如之何"。兹分别解析之。

1. "瓜苦、栗薪"

"有敦瓜苦、烝在栗薪"二句,无论毛、郑、孔、朱,皆读"瓜苦"之"苦"为如字,以瓜或瓣之苦,喻士卒之艰辛。此于诗义,乃可通也。然又有倒装"瓜苦"为"苦瓜"者,以"苦瓜"为"瓠瓜",乃另为一解。元人胡炳文(1250—1333)《四书通》解《论语·阳货》"吾岂匏瓜也哉?焉能系而不食"一句,即认为:"有敦瓜苦,烝在栗薪,即是匏瓜系于栗薪之上,系而不食,譬如人之空老而不为世用者也。"[①] 匏瓜,朱子释为"瓠瓜"。今人袁梅亦解为"瓠瓜",且将此句解为旧时婚姻之礼,云:"瓜苦:苦瓜,即瓠瓜。古时婚礼,将切开的瓠瓜给新郎新娘各持一半,盛酒漱口,行合卺之礼。"[②]

栗薪,照《韩诗》之文,当为"　薪"。据《经典释文》,解"栗薪"为"聚薪",则"栗"为聚合之意。袁梅就此以为"栗薪"亦与婚礼相关:"因此,栗薪即束薪。古时婚礼,将一束柴薪放置洞房内,象征永结同心,共同生活。直到近代,有的农村,在行婚礼时,将一束筷子和一把木勺束起,放置洞房的梁上,似为栗薪遗风。"[③]

如此,则"有敦瓜苦、烝在栗薪"二句皆与婚礼相关,那么第三章结末四句,似乎寓意着这位士卒乃是经历了一场"新婚别"。这与杜甫

---

① (元)胡炳文:《四书通·论语通》卷九,文渊阁四库全书本。
② 袁梅:《诗经译注》,第396页。
③ 同上。

《新婚别》一诗"结发为妻子,席不暖君床。暮婚晨告别,无乃太匆忙"之义,便正相通,揭示了战争带给普通士卒的创痛。而且卒章"之子于归""亲结其缡"等句皆明言婚礼,如此解说便非附会。

2. "其新孔嘉,其旧如之何"

结末二句,《毛传》言:"言久长之道也。"《郑笺》解曰:"其新来时甚善,至今则久矣,不知其如何也。又极序其情乐而戏之。"如前所引,《孔疏》亦以"戏乐归士之情"解之,《朱传》亦言"其旧有家室者,相见而喜"。如此,则"戏乐"一说乃古代解《诗》者之主流。

清代独立思考派虽驳毛、郑,解此二句亦不越"戏乐"之说。姚际恒《诗经通论》云:

> 此章言其归之乐也。解者谓军中有新娶者,意味索然。郑氏曰:"其新来时甚善,至今则久矣,不知其何如也。又极序其情乐而戏之。"其意稍近。但其解"如之何"曰"不知其何如",竟不成语,令人发呕。彼不知"如之何"者,乃是胜于新之辞也。古今人情一也,作《诗》者亦犹人情耳。俗云"新娶不如远归",即此意。若《诗》不合人情,亦何贵有《诗》哉?"旧如之何",杜诗已为注脚矣,曰"夜阑更秉烛,相对如梦寐"。末章骀荡之极,直是出人意表,后人作从军诗必描画闺情,全祖之。不深察乎此,泛然依人,谓《三百篇》为诗之祖,奚当也![1]

崔述《读风偶识》亦云:

> 此当写夫妇重逢之乐矣,然此乐最难写,故借新婚以形容之。缡也而亲结之,仪也而九十之。凡其极力写新婚之美者,皆非为新婚言之也,正以极力形容旧人重逢之可乐耳。新者犹且如此,况于其旧者乎?一句点破,使前三章之意至此醒出,真善于行文者。大抵此篇多用旁敲侧击之词,最耐学者思索玩味,工于为文者也。孔子谓"不学诗,无以言",读此篇,益信《诗》之有资于言者大也。[2]

清人王先谦侧重从《毛诗序》之说解说之,以为三家与毛说实通:

---

[1] (清)姚际恒:《诗经通论》卷八,第168页。
[2] (清)崔述:《读风偶识》卷四,崔东壁遗书本。

前此新昏既甚嘉矣，其久长之道又如之何？欲其同保家室，以乐太平。《易·序卦传》："夫妇之道，不可以不久也，故受之以恒。"《序》云："四章乐男女之得及时也。"谓及男女壮盛，天下渐定之时。①

凡此种种，或皆立足于《毛诗序》"周公东征也"之说而解，以《东山》之诗乃体现"说以使民，民忘其死"之诗教。但若从诗之字面意义出发，立足于诗中主人公——"士卒"，结末两句或许有别的解释。钱锺书在解《周易·渐卦》时说：

> 《诗·东山》"其新孔嘉，其旧如之何"，窃以为当与《易》此节合观，旧解未的。二句写征人心口自语："当年新婚，爱好甚挚，久暌言旋，不识旧情未变否？"乃虑其妇阔别爱移，身疏而心亦遐，不复敦凤好，正所谓"近乡情更怯"耳。②

"近乡情更怯"，似更符合征人心理。那么此二句表现的决非征人之"乐"，反倒可能是征人对未来生活之"忧"。而这一"忧"，恰由这场战争带来。

三 《东山》主题辨析

对于《东山》主旨的解说，主要分歧在于——此诗究竟是周公所作？大夫所作？还是征人自语？

1. "大夫所作"。此说出汉代"毛诗说"，《毛诗序》云："《东山》，周公东征也。周公东征，三年而归，劳归士，大夫美之，故作是诗也。一章言其完也，二章言其思也，三章言其室家之望女也，四章乐男女之得及时也。君子之于人，序其情而闵其劳，所以说也。'说以使民，民忘其死'，其为《东山》乎！"照此说，则《东山》之诗乃大夫为赞美周公而作。唐代孔颖达申发此说，《东山》一篇之政治教化义亦体现无遗：

---

① （清）王先谦：《诗三家义集疏》卷十三，第538页。
② 钱锺书：《管锥编》第一册《周易正义》，第36页。

第十一讲　"室家离合"：《豳风·东山》讲读

作《东山》诗者，言周公东征也。周公摄政元年，东征三监淮夷之等，于三年而归，劳此征归之士，莫不喜悦，大夫美之，而作是《东山》之诗。经四章，虽皆是劳辞，而每章分别意异，又历序之。一章言其完也，谓归士不与敌战，身体完全。经云"勿士行枚"，言无战陈之事，是其完也。二章言其思也，谓归士在外，妻思之也。经说"果臝"等物，乃令人忧思，是其思也。三章言其室家之望汝也，谓归士未反，室家思望。经说"洒扫穹窒"，以待征人，是室家之望也。四章乐男女得以及时也，谓归士将行，新合昏礼。经言"仓庚于飞"，说其成昏之事，是得其及时也。周公之劳归士，所以殷勤如此者，君子之于人，谓役使人民，序其民之情意，而闵其劳苦之役，所以喜悦此民也。民有劳苦，唯恐君上不知。今序其情，闵其勤劳，则民皆喜悦，忘其劳苦，古人所谓"悦以使民，民忘其死"者，其唯此《东山》之诗乎！言唯此《东山》之诗，可以当忘其死之言也。[1]

汉代"三家诗说"，与"毛诗说"实相通。齐诗说，可以汉人焦延寿《易林》之说为代表，《焦氏易林》曰："《东山》拯乱，处妇思夫，劳我君子，役使休止。"[2] 今人王礼卿云："齐谓周公平东土之乱，处妇以夫久役未休，思望其夫，为诗中所叙之情，亦即所以闵劳之意。其说第详处妇之思，未归前情事，而恉亦同毛，皆诗之本义也。鲁、韩当无异义。"[3]

2. "周公所作"。此说当发源于郑玄，康成为《毛传》作笺时称："成王既得《金縢》之书，亲迎周公。周公归，摄政。三监及淮夷叛，周公乃东伐之，三年而后归耳。分别章意者，周公于是志伸，美而详之。"于此，则似将诗之撰者由"大夫"易为"周公"。朱子在《诗序辨说》中，曾明确表示："此周公劳归士之词，非大夫美之而作也。"[4] 又在《诗集传》中重申此说云：

成王既得《鸱鸮》之诗，又感雷风之变，始悟而迎周公。于是周公东征已三年矣。既归，因作此诗以劳归士。……至于室家望女、

---

[1] 李学勤主编：《毛诗正义》卷第八，《十三经注疏》（标点本），第518页。
[2] （汉）焦延寿：《焦氏易林》卷一《屯之升》，文渊阁四库全书本。
[3] 王礼卿：《四家诗恉会归》卷十一，第1021页。
[4] （宋）朱熹：《诗序辨说》，文渊阁四库全书本。

男女及时，亦皆其心之所愿而不敢言者，上之人乃先其未发而歌咏以劳苦之，则其欢欣感激之情为如何哉！盖古之劳诗皆如此。其上下之际，情志交孚，虽家人父子之相语，无以过之。此其所以维持巩固数十百年，而无一旦土崩之患也。①

从诗之教化义角度言，虽与"毛诗说"相通，但朱子并不以为《东山》诗文出自大夫，而当属周公。之所以非大夫所作，清人阎若璩曾作解说："诗为周公劳归士作，毛云大夫美之，殆非。以序代归士述室家想望之情，大夫不能如此立言也。"②

另有一说，以为《东山》乃周公作，非大夫所作，并且全诗"无所谓美也"。此说以清人方玉润为代表。清人姚际恒赞同"大夫美之"说，而以"或谓周公作，未然"③，方玉润驳之曰：

《小序》但谓"东征"，则与诗情不符。《大序》又谓士大夫美周公而作，尤谬。诗中所述，皆归士与其室家互相思念，及归而得遂其生还之词，无所谓美也。盖公与士卒同甘苦者有年，故一旦归来，作此以慰劳之。因代述其归思之切如此，不啻出自征人肺腑，使劳者闻之，莫不泣下，则平日之能得士心而致其死力者，盖可想见。……然非公曲体人情，勤恤民隐，何能言之亲切如此？而姚氏谓非公作，呜乎！非公之作而孰作之乎？假使此诗出于旁代之手，则不过一篇《从军行》、《汉铙歌》而已，乌足以见圣德之感人于无间哉？

方氏乃以为，周公体恤士卒，圣德感民，作诗者非周公莫属。

3. "征人所作"。宋人严粲《诗缉》曾言："此诗乃军士已归之后，周公不忘其往时之劳，历述其在途思家之情以慰劳之，以见上之知其忧劳也。人之思家于归，而在途思之最切。此设为军士自道之辞，反覆委折，曲尽人情之私。"④ 这里的"设为军士自道之辞"，尚不可理解为以《东山》为征人自作。及至清人崔述，则以为此诗乃"归士自叙"，云：

---

① （宋）朱熹：《诗集传》卷第八，第123—124页。
② 转引自（清）王先谦《诗三家义集疏》卷十三，第532页。
③ （清）姚际恒：《诗经通论》卷八，第167页。
④ （宋）严粲：《诗缉》卷十六，文渊阁四库全书本。

> 余按此篇，毫无称美周公一语，其非大夫所作显然。然亦非周公劳士之诗也，细玩其词，乃归士自叙其离合之情耳。①

清人魏源亦云："亦豳民从征者所作，故列于民风，非大夫所作。"②如此，则在很大程度上消解了"毛诗说"以来的政治教化意义。

现代诸家，基本上立足于诗之字面义，将《东山》理解为一首表现征士自叙之诗，唯表现"辛劳"与"思念"，不涉"序情闵劳""称美周公"之古典政治教化。代表者如下：

（1）高亨《诗经今注》："这是士兵出征三年后回家而作的诗，写他们在途中及到家后的景况和心情。"③

（2）余冠英《诗经选》："这是征人还乡途中念家的诗。"④

（3）陈子展《诗三百解题》："《东山》是周公东征三年而归，军士于途中有感之作。"⑤

（4）程俊英、蒋见元《诗经注析》："这是一位久从征役的士兵在归途中思家的诗。"⑥

（5）袁梅《诗经译注》："这首诗，写出了被奴隶主阶级强迫出征的人回乡途中的复杂心情。他边走边想，回忆过去新婚时的幸福，回忆久别的故乡和妻子。他预感到解甲归田与妻子团聚的愉悦，又想象到故乡田园荒芜、满目苍凉的惨象。既回首往昔的燕尔新婚，又不知妻子如今怎样。悲喜交集，忐忑不安。这都是剥削统治阶级迫使他参加非正义战争的结果。这首诗，表达了古代人民对奴隶主阶级发动非正义战争的抗议。"⑦这一解说，又可谓特定时代背景下的"新诗教"。

（6）台湾学者王静芝《诗经通释》："此东征之士，记归途及到家情状之诗。"⑧

---

① （清）崔述：《丰镐考信录》卷四，清嘉庆二十二年、道光二年四年陈履和递刻本。
② （清）魏源：《诗古微》下编之一，《魏源全集》第1册，岳麓书社2004年版，第647页。
③ 高亨：《诗经今注》，第208页。
④ 余冠英：《诗经选》，第101页。
⑤ 陈子展：《诗三百解题》，第582页。
⑥ 程俊英、蒋见元：《诗经注析》，第420页。
⑦ 袁梅：《诗经译注》，第395页。
⑧ 王静芝：《诗经通释》，第321页。

四 《东山》艺术鉴赏

《东山》一诗,历来为人叹赏,并多有鉴评者。
清人王士禛(1634—1711)《渔洋诗话》云:

> 《东山》之三章,"我来自东,零雨其濛","鹳鸣于垤,妇叹于室";四章之"其新孔嘉,其旧如之何",写闺阁之致、远归之情,遂为六朝唐人之祖。①

清末王照圆(1763—1851)《诗说》云:

> 《东山》诗何故四章俱云"零雨其濛"?盖行者思家,惟雨雪之深最难为怀。所以《东山》劳归士则言雨,《采薇》遣戍役则言雪,《出车》之劳还帅亦言雪。《七月》诗中有画,《东山》亦然。古人文字不可及处,在一真字。如《东山》诗,言情写景,亦止是真处不可及耳。②

程俊英、蒋见元《诗经注析》云:

> 这首诗叙室家离合之怀诚挚深切,最足感人。通篇表现的是归途中征夫的绵绵思绪,情感的跳跃和递进构成了联系整部作品的中心线索。……这首诗绘景如画,抒情如见,悲喜怅惧,浮想联翩,错综歌唱得天衣无缝,实在是三百篇中的佳构。后世许多名句,如"近乡情更怯,不敢问来人","遥怜小儿女,未解忆长安","夜阑更秉烛,相对如梦寐","晓镜但愁云鬓改,夜吟应觉月光寒",都可以从《东山》中找到影子。王渔洋推崇它"写闺阁之致,远归之情,遂为六朝、唐人之祖"(《渔洋诗话》),诚非虚语。③

---

① (清)王士禛:《渔洋诗话》卷上,文渊阁四库全书本。
② 转引自陈子展《诗三百解题》卷十五,第585页。
③ 程俊英、蒋见元:《诗经注析》,第420—421页。

今人扬之水以为:"'诗三百',最好是《东山》。诗不算长,也不算短,而句句都好。它如此真切细微地属于一个人,又如此博大宽厚地属于每一个。"① 亦可谓善于读《诗》者。

---

① 扬之水:《诗经别裁》,第158页。

第十二讲 "我有嘉宾":《小雅·鹿鸣》讲读

一 燕飨诗及其功用

《诗经》中有一定数量的燕飨诗,燕飨诗的产生与周代社会性质及周代礼乐文明有直接的关联。鲁洪生先生云:

> 周代是个以小农生产为生产方式的农业宗法社会。家族血缘关系是维系社会的重要纽带,家族血缘上无法更易的亲疏远近决定了人们社会地位的尊卑贵贱。血缘情感把周人的家庭、社会协调得自然和谐,使周人习惯于在充溢着和谐亲切的家庭气氛中交流感情,解决纠纷。适应着这种农业宗法等级制社会的政治需要,逐渐形成了一系列的礼制。……据《周礼》记载,当时把礼划分为吉礼、凶礼、军礼、宾礼、嘉礼五大类,统称为五礼。……嘉礼是用于融合人际关系、沟通感情、联络友谊的礼仪,它的内容比较复杂,包括婚礼、冠礼、飨燕、立储、宾射等等礼仪。燕飨诗则是直接反映嘉礼中飨礼、燕(宴)礼等礼仪活动的诗,故也称为礼仪诗或宴饮诗。①

从相关乐歌产生的时代先后来讲,有一个从"祭祀乐歌"到"燕享乐歌"演进过程。马银琴认为,《诗经》中以现实生活为题材的燕享乐歌,应当产生于西周中期以后:

> 自西周中期燕享礼仪成熟之后,燕享乐歌便作为一项重要内容进入了诗文本。尽管如此,西周中期以前的仪式乐歌,仍然表现了以祭祀乐歌为主体的创作特点。至西周中期以后,随着人神关系的逐渐改

---

① 鲁洪生:《诗经学概论》第九章,第238页。

变，现实生活中的人的行为与感受开始得到乐歌创作者广泛的关注，在祭祖祈神的乐歌之外，开始出现了许多以现实生活为题材的作品。其中又以燕享乐歌数量最多。《礼记·燕义》云："燕礼者，所以明君臣之义也。"随着燕礼所具有的社会意义的日渐加强，燕享乐歌也逐渐取代了祭祀乐歌曾经占据的位置，成为最受人们重视的乐歌种类。①

《诗经》中的燕飨诗多为雅诗和颂诗，按照宴饮场合宾主关系来分，有的属于君臣之间的燕飨诗，比如《小雅·鹿鸣》；有的属于兄弟之间的燕飨诗，比如《小雅·常棣》；有的属于友朋之间的燕飨诗，比如《小雅·伐木》。

按照鲁洪生先生的说法，根据诗歌所反映的不同礼仪内容，燕飨诗又可以分为飨礼诗、燕礼诗和乡饮酒礼诗等：

飨礼是周天子在太庙举行的一种象征性的宴会，飨礼诗如《小雅·鹿鸣》《小雅·彤弓》《小雅·桑扈》《小雅·鱼藻》《大雅·泂酌》。

燕礼之应用最广，多用于天子诸侯与群臣之间，燕飨诗反映燕礼活动的最多，比如《小雅·南有嘉鱼》《小雅·宾之初筵》《小雅·湛露》《小雅·鱼丽》《鲁颂·有駜》等。

乡饮酒礼则指诸侯之乡大夫的宴饮之礼，代表作品如《小雅·常棣》《小雅·伐木》《小雅·頍弁》《小雅·行苇》等。

学习燕飨诗时需要特别注意，"燕飨之礼只是手段，巩固政权才是根本目的。燕飨诗的写作目的也并非纯是表现欢聚宴饮的活动场面，而是用诗歌的形式告诫人们要遵循燕飨礼仪，重在突出燕飨能够联络情谊、巩固统治的政治功利作用"②。君臣之间如此，兄弟族人、友朋故旧之间亦复如此。

又，本讲稿《诗经》篇目的讲读，从本讲开始进入雅诗。《诗经》中雅分小、大，冯浩菲总结前人诸说，认为小雅、大雅之区分主要有六种标准：一按政事小大分，二按道德与政事分，三按用处分，四按音律分，五按体制分，六为综合区分③。其中朱子曾言：

---

① 马银琴：《两周诗史》，第213页。
② 鲁洪生：《诗经学概论》第九章，第241—242页。
③ 冯浩菲：《历代诗经论说述评》八《关于二雅》，第355页。

> 雅者，正也，正乐之歌也。其篇本有大小之殊，而先儒说又各有正变之别。以今考之，正《小雅》，燕飨之乐也；正《大雅》，朝会之乐受厘陈戒之辞也。故或欢欣和说，以尽群下之情；或恭敬齐庄，以发先王之德。①

这一说法，恰好点明了《诗经》燕飨诗辞与周代燕飨之乐的关联，以及燕飨诗和悦情谊、巩固统治的政治目的。

燕飨诗的讲读，我们以《小雅·鹿鸣》为例展开。

二 《鹿鸣》通解

《鹿鸣》是《小雅》的第一首，亦为"四始"之一。全诗凡三章，每章八句，表现的是天子燕群臣嘉宾的场面。诗文如下：

> 呦呦鹿鸣，食野之苹。我有嘉宾，鼓瑟吹笙。
> 吹笙鼓簧，承筐是将。人之好我，示我周行。
>
> 呦呦鹿鸣，食野之蒿。我有嘉宾，德音孔昭。
> 视民不恌，君子是则是效。我有旨酒，嘉宾式燕以敖。
>
> 呦呦鹿鸣，食野之芩。我有嘉宾，鼓瑟鼓琴。
> 鼓瑟鼓琴，和乐且湛。我有旨酒，以燕乐嘉宾之心。

首 章

"呦呦鹿鸣，食野之苹。我有嘉宾，鼓瑟吹笙"。呦呦，朱子云"声之和也"，乃指群鹿和鸣之声。鹿在古人观念中为仁兽，常有仙人乘鹿之说，如李白《梦游天姥吟留别》有句云："且放白鹿青崖间，须行即骑访名山。"苹，《毛传》曰"蓱也"，蓱古同"萍"，浮萍也。《郑笺》则释曰"藾萧"，晋人郭璞（276—324）《尔雅注》云："今藾蒿也，初生亦可食。"陆玑《毛诗草木鸟兽虫鱼疏》云："叶青白色，茎似箸而轻脆，始生香可生食，又可蒸食。"清马瑞辰云："蓱为水草，非鹿所食，此当

---

① （宋）朱熹：《诗集传》卷九，第129页。

第十二讲 "我有嘉宾":《小雅·鹿鸣》讲读

以《笺》为正。"本诗中"苹""蒿""芩"三者,盖为同类植物。《鹿鸣》首二句以鹿食苹起兴,乃以群鹿来集,为吉祥兴旺之预兆,以更好引起下文之君臣欢聚宴饮。《毛传》云:"鹿得蓱,呦呦然鸣而相呼,恳诚发乎中。以兴嘉乐宾客,当有恳诚相招呼以成礼也。"我,主人也。嘉宾,嘉善之宾客。鼓,动词,犹弹也。瑟、笙,燕礼所用之乐器。

"**吹笙鼓簧,承筐是将。人之好我,示我周行**"。簧,笙中舌片曰簧。承,犹奉也,捧上。筐,所以盛币帛者也。将,送也。朱子云:"奉筐以行币帛,饮则以酬宾送酒,食则以侑宾劝饱也。"人,嘉宾也。好,去声,爱也。示,告也。周行,一说至美之道,一说周之列位。详见下节"关键词解析"。

▲首章章旨:

《孔疏》:"毛以为,呦呦然为声者,乃是鹿鸣。所以为此声者,鸣而相呼,食野中之苹草。言鹿既得苹草,有恳笃诚实之心发于中,相呼而共食。以兴文王既有酒食,亦有恳笃诚实之心发于中,召其臣下而共行飨燕之礼以致之。王既有恳诚以召臣下,臣下被召,莫不皆来。我有嘉善之宾,则为之鼓其瑟而吹其笙。吹笙之时,鼓其笙中之簧以乐之,又奉筐篚盛币帛于是而行与之。由此燕食以飨之,瑟笙以乐之,币帛以将之,故嘉宾皆爱好我,以敬宾如是,乃输诚矣,示我以先王至美之道也。"

又辨毛、郑之异曰:"郑唯下二句为异,言己所以召臣燕食,瑟笙币帛爱厚之者,由己臣下之贤,所宜燕飨。所以然者,以本己用官之法,要须人之以德善我者,我则置之于我周之列位。非善不用,维贤是与,故臣下皆贤,己由是当飨食之。"

《朱传》:"此燕飨宾客之诗也。盖君臣之分,以严为主;朝廷之礼,以敬为主。然一于严敬,则情或不通,而无以尽其忠告之益。故先王因其饮食聚会,而制为燕飨之礼,以通上下之情。而其乐歌又以《鹿鸣》起兴,而言其礼意之厚如此。庶乎人之好我,而示我以大道也。《记》曰:'私惠不归德,君子不自留焉。'盖其所望于群臣嘉宾者,唯在于示我以大道,则必不以私惠为德而自留矣。呜呼,此其所以和乐而不淫也与!"

二 章

"**呦呦鹿鸣,食野之蒿。我有嘉宾,德音孔昭**"。蒿,《毛传》云:"菣也。"陆玑《草木疏》云:"青蒿也,香中炙啖,荆、豫之间,汝南、汝阴,皆云菣也。"德音,《郑笺》云:"先王道德之教也。"《孔疏》则指出，郑玄《乡饮酒礼》注云："嘉宾既来，示我以善道，又乐嘉宾有孔昭之明德可则傚也。"如此，则郑玄"以德音自宾之明德，非先王之德教"。孔，甚。昭，明也。

"**视民不恌，君子是则是效。我有旨酒，嘉宾式燕以敖**"。视，同"示"字。恌（tiāo），《毛传》云"愉也"，《孔疏》云"定本作'偷'"，意为偷薄。君子，此指有身份地位的贵族。"是则是效"，则、效，皆为效法之意，《毛传》云："言可法傚也。"《郑笺》云："饮酒之礼，于旅（按：客人之间相互敬酒称旅）也语。嘉宾之语先王德教甚明，可以示天下之民，使之不愉于礼义。是乃君子所法傚，言其贤也。"

旨酒，美酒。式，语助词，无实义。燕，安也。敖，《毛传》云"游也"，马瑞辰释为"乐"，云："《孟子》'般乐怠敖'，皆言乐也。《尔雅》舍人《注》云：'敖，意舒也。凡人乐则意舒。'是知敖有乐意。……'嘉宾式燕以敖'，犹《南有嘉鱼》诗'嘉宾式燕以乐'，《车舝》诗'式燕且喜'、'式燕且誉'也。"

▲二章章旨：

《孔疏》："言文王有酒殽，以召臣下。臣下既来，我有嘉宾，既共燕乐。至于旅酬之时，语先王道德之音甚明。以此嘉宾所语示民，民皆象之，不偷薄于礼义。又此宾之德音，不但可示民而已，是乃君子于是法则之，于是傚傚之。嘉宾之贤如是，故我有旨美之酒，与此嘉宾用之，燕饮以敖游也。"

《朱传》："言嘉宾之德音甚明，足以示民，使不偷薄。而君子所当则傚，则亦不待言语之间，而其所以示我者深矣。"

三　章

"**呦呦鹿鸣，食野之芩。我有嘉宾，鼓瑟鼓琴**"。芩（qín），一释为草，一释为蒿。马瑞辰云："食野之芩，《传》：'芩，草也。'《释文》引《说文》云：'芩，蒿也。'瑞辰按：今本《说文》亦作'芩，草也'，当从《释文》所引训'蒿'为是。首章'食野之苹'为藾萧，即藾蒿，三章'食野之芩'亦蒿属，正与二章'食野之蒿'相类。足证古人因物起兴，每多以类相从。"

"**鼓瑟鼓琴，和乐且湛。我有旨酒，以燕乐嘉宾之心**"。湛（dān），《毛传》云："乐之久。"一说，通"耽"。《毛传》又言："燕，安也。夫不能致其乐，则不能得其志；不能得其志，则嘉宾不能竭其力。"马瑞辰言："三章'以燕乐嘉宾之心'，燕乐犹上言'式燕以敖'耳。"

▲三章章旨：

《朱传》："言安乐其心，则非止养其体、娱其外而已。盖所以致其殷勤之厚，而欲其教示之无已也。"

马瑞辰《毛诗传笺通释》云："此诗三章，文法参差而义实相承。首章前六句言我之敬宾，后二句言宾之善我。二章前六句即承首章'人之好我'言，后二句乃言我之乐宾；三章前六句即接言宾之乐，后二句又申言我之乐宾，以明宾之乐实我有以致之也。《传》于三章云：'夫不能致其乐，则不能得其志；不能得其志，则嘉宾不能尽其力。'盖通释全诗之义。"

三 《鹿鸣》关键词解析

《鹿鸣》一诗之关键词，有"嘉宾"与"周行"二词，兹分别解析之①。

1. "嘉宾"

该诗三章中，皆有"我有嘉宾"一句。但"嘉宾"所指，还需要跟《毛诗序》文字结合起来考察。《诗序》云："《鹿鸣》，燕群臣嘉宾也。既饮食之，又实币帛筐篚，以将其厚意，然后忠臣嘉宾得尽其心矣。"《诗序》中的"群臣嘉宾"与诗文中的"我有嘉宾"到底是怎样的关系？历代有不同解说。

一种说法是"嘉宾"为"群臣即嘉宾"，以唐代孔颖达为代表。孔氏在疏释《诗序》文字时，将"群臣"与"嘉宾"视为一体，以为皆指群臣，并以"群臣"二字后当绝句，即当标点为"《鹿鸣》，燕群臣，嘉宾也"。《毛诗正义》云：

> 言群臣嘉宾者，群臣，君所飨燕，则谓之宾。《序》发首云"燕群臣"，则此诗为燕群臣而作。经无"群臣"之文，然则《序》之"群臣"则经之"嘉宾"，一矣。故群臣、嘉宾并言之，明群臣亦为嘉宾也。②

---

① 2017年3月，复旦大学哲学学院李若晖兄来中大讲学，题为《"忠臣尽心"还是"维贤是用"？——〈小雅·鹿鸣〉毛传、郑笺、孔疏平议》，于"嘉宾""周行"二词辨析甚详，颇有启发。本节之写作，亦受益于若晖兄讲座甚多，特此致谢！

② 李学勤主编：《毛诗正义》卷第九，《十三经注疏》（标点本），第555页。

孔氏又以《仪礼》所载为据，以《诗序》所言"嘉宾"，并不包含"四方之宾"：

> 《燕礼》云"大夫为宾"，则宾唯一人而已。而云群臣皆为嘉宾者，燕礼于客之内立一人为宾，使宰夫为主，与之对行礼耳。其实君设酒毅，群臣皆在，君为之主，群臣总为宾也。《燕礼》云："若与四方之宾燕，则迎之于大门内。"四方之宾，唯迎之为异，其燕皆与臣同。则此嘉宾之中，容四方之宾矣，故《乡饮酒》、《燕礼》注云："《鹿鸣》者，君与臣下及四方之宾燕，讲道修政之乐歌。"是也。知《序》之嘉宾，不唯指四方之宾者，以此诗为燕群臣而作。经、《序》同云"嘉宾"，不得不为群臣，则《序》之"嘉宾"亦为群臣明矣。且《序》云"尽心"，《传》曰"竭力"，是己之臣子可知。

如此，则嘉宾即为群臣，群臣即为嘉宾，二者所指皆为王之臣子。而之所以称己之臣子为"嘉宾"，盖是出于天子"待臣之厚"。明人何楷云：

> 《序》以群臣嘉宾对言，则似谓群臣为本国之臣，嘉宾为四方之宾。然诗不言群臣，惟言嘉宾，则总谓群臣为嘉宾，待臣之厚也。①

清人方玉润则以为"群臣""嘉宾"之称，乃缘于不同之标准。且如此称呼，体现了文武之教化：

> 《序》谓"燕群臣嘉宾"。夫嘉宾即群臣，以名分言曰臣，以礼意言曰宾。文、武之待群臣如待大宾，情意既洽而节文又敬，故能成一时盛治也。②

照此理解，虽然《毛诗序》中使用了"嘉宾"一词，但并非属于与"主"相对应、可以与"主"分庭抗礼的"宾"之本义，乃是一种出于修辞意义上的变通使用，主要用以体现王之敬臣之意。

另一种说法是"嘉宾"为"群臣与嘉宾"，以汉代郑玄为代表。照此

---

① （明）何楷：《诗经世本古义》卷六，文渊阁四库全书本。
② （清）方玉润：《诗经原始》卷九，第328页。

说，乃将"群臣"与"嘉宾"视为两种不同群体，臣为臣，宾为宾。比如郑玄为《仪礼·燕礼》、《乡饮酒礼》"工歌《鹿鸣》、《四牡》、《皇皇者华》"一句作注云：

> 三者皆《小雅》篇也。《鹿鸣》，君与臣下及四方之宾宴，讲道修政之乐歌也。①

这里的"臣下"与"四方之宾"，便是两类不同身份的群体。朱子解《诗》，正是在这一意义上定位"嘉宾"之身份，云：

> 宾，所燕之客，或本国之臣，或诸侯之使也。②

明人梁寅亦认为诗中"嘉宾"包含两种身份，但之所以皆称"嘉宾"，乃因皆出于"敬"：

> 嘉宾者，或本国之臣，或诸侯之使。本国之臣，必公卿之当敬者；诸侯之使，则敬其使所以敬其君，故皆谓之嘉宾焉。③

清人姚际恒据《小雅·彤弓》亦有"我有嘉宾"句，且以诗中"嘉宾"当指"群臣"，批朱子据《礼》解《诗》之误。云：

> 此燕群臣之诗。《小序》谓"燕群臣嘉宾"。按"嘉宾"，诗之言也，实则嘉宾即群臣耳。《彤弓篇》亦云"我有嘉宾"，可证。《序》必以"嘉宾"连言者，以《仪礼·燕礼》、《乡饮酒礼》皆歌此诗，意兼四方之宾及乡之宾言之。不知《燕礼》、《乡饮酒礼》作于《诗》后，正谓凡燕宾取此诗而歌之，非此诗之为燕宾而作也。《彤弓篇》之"嘉宾"，岂亦兼凡宾而言乎？《序》界于两歧，实赘，然犹可也。《集传》则专谓燕宾客而作，益非矣。总之，说《诗》不可据《礼》，《集传》每蹈此病。④

---

① 李学勤主编：《仪礼注疏》（上），《十三经注疏》（标点本），第272页。
② （宋）朱熹：《诗集传》卷九，第130页。
③ （明）梁寅：《诗演义》卷九，文渊阁四库全书本。
④ （清）姚际恒：《诗经通论》卷九，第173页。

姚氏从《鹿鸣》之诗与《鹿鸣》之用时间有先后角度分别其义，以为《鹿鸣》诗之本义当为"燕群臣"，则嘉宾当指群臣，不当指真正的"四方之宾"。

明人朱朝瑛则试图弥合毛、郑之间的这一矛盾，称：

> 以《四牡》例之，当为武王即位以后之诗。凡四方之宾，莫非其臣，故但曰"群臣嘉宾"。①

他认为之所以能够称"嘉宾"为"群臣"，乃是武王建立西周之后，天子为天下共主，"率土之滨，莫非王臣"之故。

2. "周行"

"周行"一词在《诗经》中屡有出现，如《卷耳》诗中即有"嗟我怀人，寘彼周行"句。如前所述，句中"周行"有四说：一曰"周之列位"，一曰"众官"，一曰"大道"，一曰"中道"。《鹿鸣》诗中"人之好我，示我周行"句，亦有不同解说，而以《毛传》《郑笺》为代表。

《毛传》解"周"为"至"，解"行"为"道"，孔颖达疏释为"至美之道"。朱子解为"大道也"，即从毛、孔之说。如此解说的教化意义正在于，"明上隆下报，君臣尽诚，所以为政之美也"②。

《郑笺》解"周行"为"周之列位"，与其解《卷耳》中"寘彼周行"之"周行"同，则"周"为"西周"之"周"。问题是，假若前面"示"字读其本字，则与"周之列位"之"周行"不相搭配，于是郑玄对"示"字作了训诂学上的更动，以为："'示'当作'寘'。寘，置也。"③ 如此解说，诗义便变了重用贤才，如郑玄所云："人有以德善我者，我则置之于周之列位。言己维贤是用。"④

唐人孔颖达注意到了毛、郑之间的这一矛盾，不过在他看来，郑玄之说亦可圆通：

> 郑唯下二句为异，言己所以召臣燕食，瑟笙币帛爱厚之者，由己臣下之贤，所宜燕飨。所以然者，以本己用官之法，要须人之以德善我者，我则置之于我周之列位。非善不用，维贤是与，故臣下皆贤，

---

① （明）朱朝瑛：《读诗略记》卷三，文渊阁四库全书本。
② 李学勤主编：《毛诗正义》卷第九，《十三经注疏》（标点本），第555页。
③ 同上书，第557页。
④ 同上。

己由是当飨食之。①

郑玄之说的最大问题在于，他在注《礼》时解说"周行"，与笺《诗》时的解说自相矛盾。《礼记·缁衣》引《鹿鸣》句云："子曰：私惠不归德，君子不自留焉。《诗》云：'人之好我，示我周行。'"郑玄注曰："行，道也。言示我以忠信之道。"② 则解"周行"为"忠信之道"，并读"示"为如字，与《诗笺》大相径庭，而与《毛传》实相一致。又，郑玄为《仪礼》之《燕礼》、《乡饮酒礼》"工歌《鹿鸣》、《四牡》、《皇皇者华》"句作注云：

> 嘉宾既来，示我以善道，又乐嘉宾有孔昭之明德可则傚也。③

这里言"示我以善道"，则解"周行"为"善道"，与《缁衣》之注相通，而皆与《诗笺》有别。孔颖达曾解释其原因曰："及示我善道，不与上《笺》同者，以注《礼》时未为《诗笺》，故同旧说，以'周行'为'至道'。"④ 清人陈澧（1810—1882）以为"《礼记》郑注说实长于《笺》说也"，近人金其源《读书管见》亦以郑说为不当：

> "示"当同下"视民不恌"之"视"，不当作"寘"，"周行"亦当从《传》训"至道"，不当训"列位"。如作"列位"，是与上"鼓瑟吹笙"三句同属君之厚意，则"承筐是将"之下，何不即曰"示我周行"，必曰"人之好我"而后"示我周行"乎？⑤

姚际恒则既反对毛说，又反对郑说，解"周行"为"大路"，认为"示我周行"之"周行"，"与《大东》'行彼周行'之'周行'同，犹云指我途路耳"⑥。聊备一说。

---

① 李学勤主编：《毛诗正义》卷第九，《十三经注疏》（标点本），第557页。
② 李学勤主编：《礼记正义》（下），《十三经注疏》（标点本），第1517页。
③ 李学勤主编：《仪礼注疏》（上），《十三经注疏》（标点本），第272—273页。
④ 李学勤主编：《毛诗正义》卷第九，《十三经注疏》（标点本），第560页。
⑤ 转引自刘毓庆等《诗义稽考》第五册，第1690—1691页。
⑥ （清）姚际恒：《诗经通论》卷九，第173页。

四 《鹿鸣》主题辨析及其教化意义

《鹿鸣》一诗之主旨，历代有不同解说。不同主旨所体现出的诗教意义，亦因此而有差别。

1. "毛诗说"，颂美诗

《毛诗序》解说《鹿鸣》，以为是一首"颂美诗"，对后世产生了最大影响。《诗序》曰："《鹿鸣》，燕群臣嘉宾也。既饮食之，又实币帛筐筐，以将其厚意，然后忠臣嘉宾得尽其心矣。"[1] 如唐人孔颖达《毛诗正义》所云，这一解说的政治教化意义在于：

> 作《鹿鸣》诗者，燕群臣嘉宾也。言人君之于群臣嘉宾，既设飨以饮之，陈馔以食之，又实币帛于筐筐而酬侑之，以行其厚意，然后忠臣嘉宾佩荷恩德，皆得尽其忠诚之心以事上焉。明上隆下报，君臣尽诚，所以为政之美也。[2]

朱子对于"嘉宾"的解说虽然与《毛传》不同，但在全诗主旨上，亦基本沿遵《毛诗序》"君臣上下和恰"之说，《诗集传》云：

> 《序》以此为"燕群臣嘉宾"之诗，而《燕礼》亦云"工歌《鹿鸣》、《四牡》、《皇皇者华》"，即谓此也。乡饮酒用乐亦然。而《学记》言"大学始教"，"宵雅肄三"，亦谓此三诗。然则又为上下通用之乐矣，岂本为燕群臣嘉宾而作，其后乃推而用之乡人也与？然于朝曰君臣焉，于燕曰宾主焉，先王以礼使臣之厚，于此见矣。[3]

不过紧接其后，朱子又引用宋人范祖禹（1041—1098）之说曰：

> 食之以礼，乐之以乐，将之以实，求之以诚，此所以得其心也。贤者岂以饮食币帛为悦哉？夫婚姻不备则贞女不行也，礼乐不备则贤

---

[1] 李学勤主编：《毛诗正义》卷第九，《十三经注疏》（标点本），第555页。
[2] 同上。
[3] （宋）朱熹：《诗集传》卷九，第130—131页。

者不处也。贤者不处，则岂得乐而尽其心乎？①

按照范氏之说，则主题似乎又变成了"求贤"，与郑玄之说相应，而与《诗序》有了差别。

现代诸家亦多赞同"毛诗说"，以为属天子、诸侯燕飨群臣宾客之诗。

2. "鲁诗说"，讽刺诗

汉代三家诗说之中，"鲁诗说"以司马迁为代表，以《鹿鸣》为"讽刺诗"。《史记·十二诸侯年表序》云："仁义陵迟，《鹿鸣》刺焉。"诗之本事，东汉蔡邕《琴操》所说甚详：

> 《鹿鸣操》者，周大臣之所作也。王道衰，君志倾，留心声色，内顾妃后，设旨酒嘉肴，不能厚养贤者，尽礼极欢，形见于色。大臣昭然独见，必知贤士幽隐，小人在位，周道陵迟，自以是始。故弹琴以风谏，歌以感之，庶几可复。歌"呦呦鹿鸣，食野之苹。我有嘉宾，鼓瑟吹笙。吹笙鼓簧，承筐是将。人之好我，示我周行"。此言禽兽得美甘之食，尚知相呼，伤时在位之人不能，乃援琴以刺之，故曰"鹿鸣"也。②

如此，则蔡氏以为《鹿鸣》之诗乃刺君上仁义陵迟，不重贤者，非颂美君臣相恰也。至于"齐诗说"，以前文所引郑玄注《乡饮酒礼》所言"君与臣下及四方之宾宴，讲道修政之乐歌"为代表。"韩诗说"，则以三国魏曹植（192—232）之说为代表，子建《求通亲亲表》云："远慕鹿鸣君臣之宴。"不难看出，齐诗、韩诗之说，与毛诗说皆可相通，而与鲁诗说不同。台湾学者王礼卿以为四家说诗有"本义"和"引申义"之别：

> 《毛序》以此为燕群臣嘉宾之诗，齐说谓君与臣下及四方之宾燕乐之歌，韩说为君臣宴诗。毛、齐、韩悄同，皆诗之本义也。鲁说谓周大臣刺君不能养贤，周道陵迟，歌以感讽之诗，为诗之引申义也。③

---

① （宋）朱熹：《诗集传》卷九，第131页。
② （宋）李昉等：《太平御览》卷五七八《乐部十六》，文渊阁四库全书本。
③ 王礼卿：《四家诗恉会归》卷十六（第三册），第1053页。

陈子展先生则对《鹿鸣》从"美诗"到"刺诗"之转变缘由做出解说：

> 《诗序》说的要使群臣尽心，《毛传》说的要使嘉宾竭力，想是作诗的本谊。就是说，《鹿鸣》一诗当作于盛周。大约到了衰周，守成之主不知创业的艰难，也不知宾礼群臣的重要，就有大臣或乐官用这诗来陈古以刺今罢，所以《鹿鸣》就被认为是刺诗了。①

这里又涉及《鹿鸣》一诗的创作年代问题，古来大端有二说：一说作于"盛周"（如陈奂《诗毛氏传疏》云："《鹿鸣》虽是文王燕群臣之乐，而《雅》、《颂》之作，皆在成王之世。"），一说作于"衰周"（如蔡邕《琴操》所言作于"王道衰"之时）。但断定诗歌创作年代主要不在看其是否"陈古刺今"，而在于是否关注到从祭天祭祖的"祭祀乐歌"到反映现实生活的"燕享乐歌"，存在时间上的先后。如马银琴所言：

> 在经历了"天降丧乱，灭我立王"的灾难之后，人们才会更加重视在太平安宁时才有的燕饮活动。……也只有在这种关注下，才会对燕饮时的和乐气氛产生不同寻常的感受。"嘉宾式燕以敖"、"和乐且湛"、"以燕乐嘉宾之心"，这些注重燕饮气氛及燕乐者感受的诗句，体现了人性的觉醒，与《常棣》"妻子好合，如鼓琴瑟。兄弟既翕，和乐且湛"表达了相同的思想内涵。孙希旦《礼记集解·燕义》云："上下亲而不怨者，和也。"这种因对人事、人性的关注而带来的对个体心理感受的重视，与西周中期穆王时代燕享乐歌在叙写燕乐过程之后重视向祖先神灵祈取福祐已有明显的不同，相反却表现出了与厉王时乐歌中的"怨天之辞"相似的思想史背景。厉王时的怨天之辞与《鹿鸣》、《常棣》诸诗对燕饮和乐的歌唱，是觉醒的人性在社会现实具体而微的变迁中不同形态的表现，它们代表了同一历史时期的不同阶段上，中国人的思维方式由怀疑神性到关注人性的巨大变革与进步。②

由此说来，《鹿鸣》之诗大概作于西周中期以后，而非西周早期。

---

① 陈子展：《诗三百解题》卷十六，第601页。
② 马银琴：《两周诗史》，第215—216页。

3. 作诗义、用诗义、读诗义

诗义有不同层次,不可混同。古人于《鹿鸣》之诗义,亦多所辨析。清人陈启源《毛诗稽古编》有云:

> 《鹿鸣序》云:"燕群臣嘉宾也。"此言作诗之本意也,与《四牡》之"劳使臣"、《皇华》之"遣使"一例也。若夫升歌、合乐之类,则就诗之用于乐而言,非作诗之本意也。朱子见《仪礼》、《学记》之文而改训之曰:"此燕飨通用之乐歌。"乃言乐,非言诗矣。①

陈氏在这里便区分了《鹿鸣》一诗的"作诗义"与"乐章义"。清人胡承珙紧接着又进一步区分出"作诗义"与"读诗义",云:

> 《集传》又云:"此诗本为燕群臣嘉宾而作,其后乃推而用之乡人。"语本圆通,陈氏抨弹毋乃太过。古人歌《鹿鸣》者,不独乡饮、燕礼。及始入学,即《大戴礼·投壶》所云"八篇可歌者,而《鹿鸣》在焉",是投壶亦用之矣。总之,古人作诗与用乐不同,而读诗亦与作诗有异。如《北史·裴骏传》:裴安祖讲《鹿鸣》而兄弟同食,岂得又以为兄弟之诗邪?②

此处裴安祖之典,乃指他在八九岁时,从师读《诗》,闻《鹿鸣》而生感慨,对诸兄言:"鹿得食相呼,而况人乎?"自此未曾独食,而与兄弟同食。然而这一意义并非《鹿鸣》作诗本义,亦非仪式乐章之义,而属读诗有所悟。如此,裴氏亦可谓善于兴发,善于读《诗》者也。

五 《鹿鸣》之历史影响

《鹿鸣》一诗对后世产生了深远影响,可以从如下三个方面考察。

1. 乐曲流传

《诗》本合乐,而且据《仪礼》等书,可知《鹿鸣》诸乐曾经应用

---

① (清)陈启源:《毛诗稽古编》卷九,文渊阁四库全书本。
② (清)胡承珙:《毛诗后笺》卷十六,清道光刻本。

于周代某些典礼仪式场合。清人臧琳（1650—1713）曾经细致考索自汉降《鹿鸣》诗乐之应用沿革：

> 荀勖云：魏氏行礼食举，再取周诗《鹿鸣》以为乐章。又，《鹿鸣》以宴嘉宾，无取于朝，考之旧闻，未知所应。勖乃除《鹿鸣》旧歌，更作《行礼诗》四篇。据此知《汉志》"雅歌诗"四篇，即杜夔所传《鹿鸣》、《驺虞》、《伐檀》（疑作《伐木》）、《文王》也，魏武时尚存。及太和中，左延年改夔旧乐，而《驺虞》、《伐檀》、《文王》遂亡，然犹存《鹿鸣》一篇。自魏大和中至晋泰始五年，皆用之。至荀勖，除《鹿鸣》旧歌，更作《行礼诗》，而《鹿鸣》亦亡矣。又，《宋书·乐志》曰"汉太乐《食举》十三曲，一曰《鹿鸣》"，其余俱非古歌。则汉虽存四篇，疑亦特用《鹿鸣》一篇耳。蔡邕《琴赋》亦曰"《鹿鸣》三章"，是两汉魏晋以来，惟《鹿鸣》最显。[1]

这段考证表明，汉魏以降，《诗》乐虽亡，但历代王朝依然用乐，《鹿鸣》仍是古乐一大名曲。

2. 求贤之诗

"周行"一词，毛亨释为"至道"，郑玄易为"周之列位"，从而将《鹿鸣》一诗解释成一首"求贤诗"。这一说法影响甚大，最有名者当属汉魏曹操作《短歌行》，即直接援引《鹿鸣》诗句，以抒发自己求贤思贤的殷切情怀。诗云：

> 对酒当歌，人生几何。譬如朝露，去日苦多。
> 慨当以慷，忧思难忘。何以解忧？惟有杜康。
> 青青子衿，悠悠我心。但为君故，沉吟至今。
> 呦呦鹿鸣，食野之苹。我有嘉宾，鼓瑟吹笙。
> 明明如月，何时可掇？忧从中来，不可断绝。
> 越陌度阡，枉用相存。契阔谈䜩，心念旧恩。
> 月明星稀，乌鹊南飞。绕树三匝，何枝可依？
> 山不厌高，海不厌深。周公吐哺，天下归心。

---

[1] （清）臧琳：《经义杂记》卷二十，清嘉庆四年拜经堂刻本。

如所周知，曹操在汉献帝建安十五年（210）、十九年（214）、二十二年（217），曾先后三次颁布《求贤令》，"唯才是举"，广纳贤良。除去感慨人生苦短，曹操在这首《短歌行》中也深切地表达出思贤若渴，共就大业的情怀。其中径采《鹿鸣》首章前四句"呦呦鹿鸣，食野之苹。我有嘉宾，鼓瑟吹笙"入诗，恰可表明《鹿鸣》"求贤"一义对后世的影响。

3. "鹿鸣歌""鹿鸣宴"

与将《鹿鸣》一诗视为"求贤诗"相关，《鹿鸣》与科举考试亦有密切关联。比如唐代士人科考始仕，常歌《鹿鸣》之诗，此为唐代之礼。清人黄中松《诗疑辨证》并以为"求贤"为诗之本义，而君臣宴饮反倒是诗之引申义。黄氏云：

> 曰始官，曰贡士，则似指始仕者言。韩子曰："杨侯始冠，举于乡，歌《鹿鸣》而来。"则唐时犹行此礼。而郑康成读"示我周行"之"示"为"寘"，谓当"寘于周之列位"，亦似指嘉宾为未在位矣。意此诗本为士之始进者而作，其后燕群臣嘉宾而通奏之欤？①

明清科举，于乡试揭榜之第二日，主考官与乡贡士一起宴饮，亦要歌《鹿鸣》之诗，谓之"鹿鸣宴"。今日台湾大学校内，亦有宾馆曰"鹿鸣雅舍"，皆取《鹿鸣》敬重贤才之意。

---

① （清）黄中松：《诗疑辨证》卷四，文渊阁四库全书本。

第十三讲 "忧国畏讥":《小雅·正月》讲读

一 政治讽刺诗及其产生

《诗经》中有一类诗,具有强烈的"现实主义"情怀,被称为"政治讽刺诗",或称"政治怨刺诗"。这类诗对后世产生了深远的影响,也是《诗经》在中国文学史上享有崇高地位的原因之一。

《诗经》中的政治讽刺诗,依照创作主体可以分为两类:一类是平民的讽刺诗,一类是士大夫的讽刺诗。

平民讽刺诗,反映的内容主要是,作为普通民众对黑暗政治的批判,对暴君丑行的揭露,以及对剥削压迫的反抗。代表性作品如《邶风·新台》(《诗序》云:"刺卫宣公也。纳伋之妻,作新台于河上而要之。国人恶之,而作是诗也。")、《秦风·黄鸟》(《诗序》云:"哀三良也。国人刺穆公以人从死,而作是诗也。")、《陈风·株林》(《诗序》云:"刺灵公也。淫乎夏姬,驱驰而往,朝夕不休息焉。")。又有著名的《魏风》之《伐檀》(《诗序》云:"刺贪也。在位贪鄙,无功而受禄,君子不得进仕尔。")与《硕鼠》(《诗序》云:"刺重敛也。国人刺其君重敛,蚕食于民,不修其政,贪而畏人,若大鼠也。")。当然,这些诗虽以普通民众之口发出,真实作者未必即属平民,也有可能是士大夫所作。

士大夫讽刺诗,则主要反映作为朝中官员对于现实政治、社会人生的忧患,充满对国家人民的责任感和使命感。代表性作品如《大雅》之《板》(《诗序》云:"凡伯刺厉王也。")与《荡》(《诗序》云:"召穆公伤周室大坏也。厉王无道,天下荡荡,无纲纪文章,故作是诗也。"),《小雅》之《正月》(《诗序》云:"大夫刺幽王也。")、《十月之交》(《诗序》云:"大夫刺幽王。")等。清人刘熙载(1813—1881)《艺概·诗概》曾言:"《大雅》之变,具忧世之怀;《小雅》之变,多忧生之意。"这里的"变",指的是"变雅"之义。不过这一说法也只是笼统而言，具体到某一作品，可能"忧世""忧生"兼及之。比如《小雅·正月》，便反映了诗人"忧国畏讥"的复杂情怀。

至于《诗经》中政治讽刺诗产生的时代，马银琴认为在两周之际，即周幽王时期以及幽王之子宜臼、余臣（宣王次子、幽王之兄、携王姬望）"二王并立"时期的二十余年，"是讽刺之诗走向繁盛的历史阶段"①。究其因，则是因为此一时期朝政败乱、政治动荡，政治讽刺诗尤其是士大夫讽刺诗的产生，便是情理中的事了。

二 《正月》通解

《正月》一诗的产生，应当就在两周之际。此一时期，既有天灾，又有人祸。所谓"天灾"，主要是指当时有日食、地震等灾异现象的出现。比如《十月之交》一诗，便记载了幽王二年（前780）"爗爗震电，不宁不令。百川沸腾，山冢崒崩"三川地震的场景，以及幽王六年（前776）"十月之交，朔月辛卯。日有食之，亦孔之丑"的景象，而时人常常将灾异自然现象与政治败乱联想起来。至于"人祸"，则指幽王统治时期昏聩不明，重用佞人，宠幸美女，最终导致西周灭亡。比如《史记·周本纪》载："幽王以虢石父为卿，用事，国人皆怨。"《十月之交》中的"皇父"、《节南山》中的"太师尹氏"，亦皆属奸佞之臣。而《正月》有句云"赫赫宗周，褒姒灭之"，则更将幽王嬖爱褒姒作为导致西周败亡的重要原因。

《正月》一诗，塑造了一个正直敢言而遭受打击的朝中官吏形象，全诗通过这位官吏之口，对周幽王时期的败乱政治进行无情讽刺。但主人公之怨刺，并非萦怀于一己私利，而是充分表露出其忧国忧民的高尚情怀。

《正月》一诗篇幅很长，共十三章，前八章每章八句，后五章每章六句。诗文如下：

> 正月繁霜，我心忧伤。民之讹言，亦孔之将。
> 念我独兮，忧心京京。哀我小心，癙忧以痒。
>
> 父母生我，胡俾我瘉？不自我先，不自我后。

---

① 马银琴：《两周诗史》，第248页。

好言自口，莠言自口。忧心愈愈，是以有侮。

忧心惸惸，念我无禄。民之无辜，并其臣仆。
哀我人斯，于何从禄？瞻乌爰止，于谁之屋？

瞻彼中林，侯薪侯蒸。民今方殆，视天梦梦。
既克有定，靡人弗胜。有皇上帝，伊谁云憎？

谓山盖卑，为冈为陵。民之讹言，宁莫之惩。
召彼故老，讯之占梦。具曰予圣，谁知乌之雌雄？

谓天盖高，不敢不局。谓地盖厚，不敢不蹐。
维号斯言，有伦有脊。哀今之人，胡为虺蜴！

瞻彼阪田，有菀其特。天之扤我，如不我克。
彼求我则，如不我得。执我仇仇，亦不我力。

心之忧矣，如或结之。今兹之正，胡然厉矣？
燎之方扬，宁或灭之。赫赫宗周，褒姒灭之！

终其永怀，又窘阴雨。其车既载，乃弃尔辅。
载输尔载，将伯助予。

无弃尔辅，员于尔辐。屡顾尔仆，不输尔载。
终逾绝险，曾是不意。

鱼在于沼，亦匪克乐。潜虽伏矣，亦孔之炤。
忧心惨惨，念国之为虐！

彼有旨酒，又有嘉殽。洽比其邻，婚姻孔云。
念我独兮，忧心慇慇。

佌佌彼有屋，蔌蔌方有谷。民今之无禄，天夭是椓。
哿矣富人，哀此惸独！

全诗可以分为三个层次：开篇二章，诗人感慨自己的身世，抒发自己对于世事之"忧"之"独"；中间九章，表现了主人公对于百姓困顿遭际的忧念，以及对于周家向何处去的忧患，同时又为当政者提出治国良策，可惜天子昏愦并不采纳；最后二章，则重又回到主人公个人之孤独忧伤，在"富人"与"惸独"的对比中结束全诗。今试通解之：

首　章

"正月繁霜，我心忧伤。民之讹言，亦孔之将。念我独兮，忧心京京。哀我小心，癙忧以痒"。"正月"之"正"，当读去声（政），秦时避始皇嬴政之讳而读平声（征）。正月，《毛传》以为"夏之四月"，《郑笺》云："夏之四月，建巳之月，纯阳用事，而霜多急恒寒若之异，伤害万物，故心为之忧伤。"《孔疏》云："以大夫所忧，则非常霜之月。若建寅正月（按，指夏历一月），则固有霜矣，不足忧也。"又据《春秋·昭公十七年》经文为"夏六月甲戌朔，日有食之"，而《左传》文字为"唯正月朔，慝未作，日有食之"，疏释郑说云："经书'六月'，《传》言'正月'，太史谓之'在此月'，是周之六月为正月也。周六月是夏之四月，故知正月夏之四月也。谓之正月者，以乾用事，正纯阳之月。《传》称'慝未作'，谓未有阴气，故此《笺》云'纯阳用事'也。"《朱传》之说亦同于《郑笺》："正月，夏之四月。谓之正月者，以纯阳用事，为正阳之月也。"今人程俊英、蒋见元云："此是汉代阴阳家言，不足为据。古书无以正月为四月者。《孔疏》引《左传·昭公十七年》文以证成《传》说，那是对原文的曲解。近人高亨《诗经今注》认为：'《经》文与《传》文"正"均当作"四"，形似而误。'按'四'古作'三'，因形似而误作'正'，这是很可能的。"姑作一说。程俊英《诗经注析》又以此处当属周历，云："正月，周之正月即夏历十一月，此时降霜，乃属正常。"

繁，多也。繁霜，浓密之霜。夏令之月多霜，乃属反常天气，以喻人事反常。孔，甚。将，大也。"民之讹言，亦孔之将"，《郑笺》云："讹，伪也。人以伪言相陷，人使王行酷暴之刑，致此灾异，故言亦甚大也。"念我独兮，《郑笺》云："言我独忧此政也。"京京，《毛传》云："忧不去也。"《朱传》则云："亦大也。"小心，戒慎恐惧貌。"癙（shǔ）忧以痒"，《毛传》以为："癙、痒，皆病也。"《朱传》则以为："癙忧，幽忧也。痒，病也。"

▲首章章旨：

《孔疏》："时大夫贤者，睹天灾以伤政教，故言正阳之月而有繁多之霜，是由王急酷之异，以致伤害万物，故我心为之忧伤也。有霜由于王急，王急由于讹言，则此民之讹言，为害亦甚大矣。害既如此，念我独忧此政兮。忧在于心，京京然不能去。哀怜我之小心所遇，痛忧此事，以至于身病也。忧之者，以王信讹言，百姓遭害，故所以忧也。"

《朱传》："此诗亦大夫所作。言霜降失节，不以其时，既使我心忧伤矣。而造为奸伪之言，以惑群听者，又方甚大。然众人莫以为忧，故我独忧之，以至于病也。"

《原始》："天人交变，乱形已著。"

二 章

"**父母生我，胡俾我瘉？不自我先，不自我后。好言自口，莠言自口。忧心愈愈，是以有侮**"。"父母生我"，《毛传》云："父母，谓文武也。我，我天下。"《郑笺》《朱传》则解为生我之父母，我谓诗人自指。俾，使。瘉（yù），病也。前四句，郑玄云："自，从也。天使父母生我，何故不长遂我，而使我遭此暴虐之政而病？此何不出我之前，居我之后？穷苦之情，苟欲免身。"

莠，丑也。好言、莠言，分别指善言、恶言也。《郑笺》云："此疾讹言之人。善言从女口出，恶言亦从女口出。女口一耳，善也恶也同出其中，谓其可贱。"愈愈，《毛传》云"忧惧也"，《朱传》则云"益甚之意"。后二句，《郑笺》云："我心忧政如是，是与讹言者殊涂，故用是见侵侮也。"

▲二章章旨：

《孔疏》："毛以为，文、武为民之父母，而令天生我天下之民，今何为不令天长育我，而使我遭此暴虐之政以致病也？又此病不从我之先，不从我之后，而今适当我身乎？诉之文、武也。此暴虐之政，由此讹言所致，故疾此讹言之人云：有美好之言从汝口出，有丑恶之言亦从汝口出，汝口一耳，而善恶同出其口，甚可憎贱也。大夫既见王政酷暴，忧心愈愈然，与此讹言者殊涂，为讹言者所疾，是以有此见侵侮于己也。"

又辨毛、郑之异曰："郑唯以为诉天、使父母生我、我谓大夫作诗者为异，余同。"

《朱传》："疾痛故呼父母，而伤己适丁是时也。讹言之人虚伪反覆，言之好丑皆不出于心，而但出于口。是以我之忧心益甚，而反见侵侮也。"

《原始》："我何不幸，乃适当此厄运！"

三　章

"忧心惸惸，念我无禄。民之无辜，并其臣仆。哀我人斯，于何从禄？瞻乌爰止，于谁之屋"。 惸惸（qióng qióng），忧意也。一说，孤独貌。无禄，《郑笺》云："无禄者，言不得天禄，自伤值今生也。"朱子曰："无禄，犹言不幸尔。"无辜，无罪。并，俱也。《毛传》云："古者有罪，不入于刑则役之圜土，以为臣仆。"《郑笺》云："人之尊卑有十等，仆第九，台第十。言王既刑杀无罪，并及其家之贱者，不止于所罪而已。"朱子曰："古者以罪人为臣仆，亡国所虏亦以为臣仆。箕子所谓'商其沦丧，我罔为臣仆'是也。"

斯，此也。一说，语气词。"哀我人斯，于何从禄"，《郑笺》云："哀乎！今我民人见遇如此，当于何从得天禄，免于是难。"瞻，视。乌：乌鸦。爰，助词，犹"之"。"瞻乌爰止，于谁之屋"，《毛传》云："富人之屋，乌所集也。"《郑笺》云："视乌集于富人之屋，以言今民亦当求明君而归之。"前人多将"乌"实指为鸟，今人钱锺书则解为"周室王业之象"，《管锥编》第一册《毛诗正义》第五十三条云："'瞻乌爰止，于谁之屋'；《传》：'富人之屋，乌所集也。'按张穆《斋文集》卷一《〈正月〉瞻乌义》略云：二语深切著明，乌者，周家受命之祥；《春秋繁露·同类相动》篇引《尚书传》言：'周将兴之时，有大赤乌衔谷之种而集王屋之上者，武王喜，诸大夫皆喜。凡此皆古文《泰誓》之言，周之臣民，相传以熟，幽王时天变叠见，讹言朋兴，诗人忧大命将坠，故为是语。'其说颇新。观下章曰：'召彼故老，讯之占梦。具曰予圣，谁知乌之雌雄？'足见乌所以示吉凶兆象，非徒然也。《史记·周本纪》、《太平御览》卷九二〇等引《书纬·中候》、《瑞应图》皆记赤乌止武王屋上事。《后汉书·郭太傅》：'太傅陈蕃、大将军窦武为阉人所害，林宗哭之于野，恸。既而叹曰："……瞻乌爰止，不知于谁之屋"耳！'章怀注：'言不知王业当何所归。'得张氏之解，乌即周室王业之征，其意益明切矣。"①

▲三章章旨：

《孔疏》："毛以为，诗人言我忧在于心惸惸然。我所以忧者，念我天

---

① 钱锺书：《管锥编》第一册《毛诗正义》，第139—140页。

下之人无天禄，谓不得明君，遭此虐政也。又言无禄之事。民之无罪辜者，亦并罪之，以其身为臣仆，言动挂网罗，民不聊生也。哀乎可哀怜者，今我民人见遇如此，于何所从而得天禄乎？是无禄也。此视乌于所止，当止于谁之屋乎？以兴视我民人所归，亦当归于谁之君乎？乌集于富人之屋以求食，喻民当归于明德之君以求天禄也。言民无所归，以见恶之甚也。"

又辨毛、郑之异曰："郑以为，作者言忧心悙悙然，念我身之无天禄，自伤值今生也。又言无禄之事。民之无辜罪者，身既得罪，并其家之臣仆亦罪之。哀乎！今我天下之民，见遇如此，于何从而得天禄乎？余同。"

《朱传》："言不幸而遭国之将亡，与此无罪之民，将俱被囚虏而同为臣仆。未知将复从何人而受禄，如视乌之飞，不知其将止于谁之屋也。"

《原始》："乱极则国必亡，将来未知何如，偶一念及，讵堪设想？"

四 章

"瞻彼中林，侯薪侯蒸。民今方殆，视天梦梦。既克有定，靡人弗胜。有皇上帝，伊谁云憎"。中林，林中也。侯，虚词，犹"维""是"。薪、蒸，粗柴、细柴，皆似大木而非大木者，故《毛传》云"言似而非"。《郑笺》释首二句云："林中大木之处而维有薪蒸尔，喻朝廷宜有贤者而但聚小人。"方，且也。殆，危也。天，《毛传》《郑笺》皆释为"王者"，《孔疏》解为"朝上"，则皆实指最高统治者。今人程俊英、蒋见元释为"指周幽王"。朱子则以此处之"天"与末句"上帝"同义，解"上帝"为"天之神也"，并引程子之语曰："以其形体谓之天，以其主宰谓之帝。"梦梦，昏暗不明貌。一说，"梦梦"为"芒芒"之通假。《毛传》云："王者为乱梦梦然。"《郑笺》云："民今且危亡，视王者所为，反梦梦然而乱，无统理安人之意。"

既，终。克，能。定，止乱。靡人弗胜，《毛传》释"胜"为"乘"。《郑笺》云："王既能有所定，尚复事之小者尔。无人而不胜，言凡人所定，皆胜王也。"一说，无人不被天所战胜。皇，《毛传》解为"君也"。一说，有皇，皇皇也，伟大貌。"伊谁云憎"，《郑笺》云："伊，读当为繄。繄犹是也。有君上帝者，以情告天也。使王暴虐如是，是憎恶谁乎？欲天指害其所憎而已。"一说，伊、云皆为助词；谁憎，倒文协韵，憎谁也。清人马瑞辰《毛诗传笺通释》解此章云："上言'视天梦梦'，梦梦者昏乱之貌，言天意不可知也。'既克有定'，'定'当读如'乱靡有定'

之'定',定犹止也。言天如有止乱之心,则此讹言之人小人无不能胜之者。乃天能胜人而不肯止乱,不知天意果谁憎乎?此诗人念天之降乱,反复推测而故作不解之词。"对天帝质疑,则反映出周人不同于夏、商时人之新型"天命观"。

▲四章章旨:

《孔疏》:"毛以为,视彼林中,谓其当有大木,而维有薪、维有蒸在林,则似大木而非大木也。以兴视彼朝上,谓其当有贤者,而唯有小人。此小人之在朝,则似贤人而非贤也。由朝聚小人而无善政,今方且危亡矣。民将危亡,王当安抚之。今视王之所为,反梦梦然而昏乱,无统理安民之意也。王非徒昏乱,又志在残虐。既谓能有所定者,无事于人,而不欲乘陵之,言所定者皆是陵人之事,为残虐也。王暴如此,以情诉天云:有君上帝,使王暴虐如此,维谁憎恶乎?欲天指害之。"

又辨毛、郑之异曰:"郑以上二句小别,具说在《笺》。又以'靡人不胜'谓人皆胜王,又以'伊'为'是'为异。余同。"

《朱传》:"言瞻彼中林,则维薪维蒸,分明可见也。民今方危殆,疾痛号诉于天,而视天反梦梦然,若无意于分别善恶者。然此特值其未定之时尔。及其既定,则未有不为天所胜者也。夫天岂有所憎而祸之乎?福善祸淫,亦自然之理而已。申包胥曰:'人众则胜天,天定亦能胜人。'疑出于此。"

《原始》:"天何为而此醉!"

五 章

"**谓山盖卑,为冈为陵。民之讹言,宁莫之惩。召彼故老,讯之占梦。具曰予圣,谁知乌之雌雄**"。盖,通"盍(hé)",何其。卑,低小。山脊曰冈,大阜曰陵。首二句,《毛传》云:"在位非君子,乃小人也。"《郑笺》云:"此喻为君子贤者之道,人尚谓之卑,况为凡庸小人之行。"一说,"诗意盖谓讹言以山为卑,而其实乃为高冈,为高陵,以证其言之不实,故继之以'民之讹言,宁莫之惩'"(马瑞辰)。宁,乃,却。惩,止也。次二句,《郑笺》云:"小人在位,曾无欲止众民之为伪言相陷害也。"马瑞辰则谓:"惩当读'无征不信'之'征',谓讹言如此显然,乃莫之征验,以刺君听不聪。"

召,召集。故老,元老,旧臣。讯,问也。占梦,卜度梦之吉凶。《郑笺》云:"君臣在朝,侮慢元老,召之不问政事,但问占梦,不尚道德而信征祥之甚。"朱子则以为,周时朝中有占梦官,则此二句乃用互文之修辞格，以故老、占梦为朝中二类官员。"具曰'予圣'"二句，《毛传》以为："君臣俱自谓圣也。"《郑笺》云："时君臣贤愚适同，如乌雌雄相似，谁能别异之乎？"圣，圣人。一说，高明也。

▲五章章旨：

《孔疏》："谓之为山者，人意盍犹以为卑，况为冈为陵乎？今所见非高山，乃冈陵也。以兴行君子之道者，人意尚谓之为浅，况为小人之行乎？今在位非君子，乃小人也。王既任小人，今民之讹伪之言相陷害者，在位之臣曾无欲以德止之者。既不能施德以止讹言，而爱好鄙碎，而共信征祥。召彼元老宿旧有德者，但问之占梦之事，言其不尚道德，侮慢长老也。又君臣并不自知，俱曰我身大圣，唯各自矜而贤愚无别，譬之于乌，谁能知其雌雄者？"

《朱传》："谓山盖卑，而其实则冈陵之崇也。今民之讹言如此矣，而王犹安然莫之止也。及其询之故老，讯之占梦，则又皆自以为圣人，亦谁能别其言之是非乎？子思言于卫侯曰：'君之国事将日非矣。'公曰：'何故？'对曰：'有由然焉。君出言自以为是，而卿大夫莫敢矫其非。卿大夫出言亦自以为是，而士庶人莫敢矫其非。君臣既自贤矣，而群下同声贤之。贤之则顺而有福，矫之则逆而有祸，如此则善安从生？《诗》曰："具曰予圣，谁知乌之雌雄？"抑亦似君之君臣乎？'"

《原始》："人乃不知其非，可怜亦复可恨。"

六 章

"**谓天盖高，不敢不局。谓地盖厚，不敢不蹐。维号斯言，有伦有脊。哀今之人，胡为虺蜴**"。局，一作"跼"，屈曲不伸。蹐（jí），累足也，即后脚尖紧跟前脚跟小步走路，极其小心戒惧貌。号，呼号，长言之也。伦、脊，道理。《郑笺》云："局蹐者，天高而有雷霆，地厚而有陷沦也。此民疾苦，王政上下皆可畏怖之言也。维民号呼而发此言，皆有道理所以至然者，非徒苟妄为诬辞。"

虺蜴（huǐ yì），《毛传》以为属一物，解为"蝾也"，《孔疏》释曰："《释鱼》云：'蝾螈，蜥蜴。蜥蜴，蝘蜓。蝘蜓，守宫也。'李巡曰：'蝾螈，一名蜥蜴。蜥蜴名蝘蜓，蝘蜓名守宫。'孙炎曰：'别四名也。'陆机《疏》云：'虺蜴，一名蝾螈，水蜴也。或谓之蛇医，如蜥蜴，青绿色，大如指，形状可恶。'如陆意，蜥蜴与蝾形状相类，水陆异名耳。"《郑笺》则揭示虺蜴之性，以与上下诗义相联，云："虺蜴之性，见人则走。哀哉，今之人何为如是！伤时政也。"朱子则以虺、蜴为二毒虫，云："虺、蜴，皆毒螫之虫也。"又，马瑞辰以郑氏之说为非，云："窃谓《斯干》诗'维虺维蛇'，与蛇并言者，蛇之属；此诗'胡为虺蜴'，与蜴并言者，蜴之属也。虺、蜴同类而异名，正对上'维号斯言'，以喻今人名号之不正耳。《笺》说非也。"

▲六章章旨：

《孔疏》："时人疾苦王政，歌咏其事。作者以其有理，故取而善之。时有人言，谓此上天盖实高矣，而有雷霆击人，不敢不曲其脊以敬之，以喻己恐触王之忌讳也。谓此下地盖实厚矣，而有陷溺杀人，不敢不累其足以畏之，以喻己恐陷在位之罗网也。言上下可畏，如天地然。此人心疾王政，不敢指斥，假天地以比之。作者善其言，故云维我号呼而发此言，实有道理。言王政实可畏，此辞非虚也。既上下可畏，民皆避之，故言哀哉今之人，何故而为虺蜴也？虺蜴之性，见人则走，民闻王政，莫不逃避，故言为虺蜴也。"

《朱传》："言遭世之乱，天虽高而不敢不局，地虽厚而不敢不蹐。其所号呼而为此言者，又皆有伦理而可考也。哀今之人，胡为肆毒以害人，而使之至此乎！"

《原始》："己虽独醒，无地能容。天高、地厚二语，根上天梦、山卑作一大段。"

七　章

"瞻彼阪田，有菀其特。天之扤我，如不我克。彼求我则，如不我得。执我仇仇，亦不我力"。阪（bǎn）田，崎岖贫瘠之田。有菀（yù），菀菀，茂盛貌。特，特生之苗也，盖诗人自指。首二句，《毛传》云："言朝廷曾无杰臣。"《郑笺》云："崎岖埆之处，而有菀然茂特之苗，喻贤者在间辟隐居之时。"扤（yuè），动摇，摧折。"如不我克"，即"如不克我"，唯恐不能将我制伏。《郑笺》云："我，我特苗也。天以风雨动摇我，如将不胜我，谓其迅疾也。"

则，语末助词。"如不我得"，即"如不得我"，唯恐不能得到我。《郑笺》云："彼，彼王也。王之始征求我，如恐不得我，言其礼命之繁多。"执，执持，驾驭。仇仇（qiú qiú），《毛传》云："犹謷謷也。"意谓傲慢贤者。一说，缓持貌。"亦不我力"，即"亦不力我"。亦，则。力，重用。朱子云："谓用力。"《郑笺》云："王既得我，执留我，其礼待我謷謷然，亦不问我在位之功力。言其有贪贤之名，无用贤之实。"

▲七章章旨：

《孔疏》："王政所以为民疾苦，由不能用贤。视彼阪田 埆之地，有菀然其茂特之苗。以兴视彼空谷侧陋之处，有杰然其秀异之贤。然天之以风雨动摇我特苗，如将不我特苗之能胜。言风雨之迅疾也。以喻彼王之以礼命以征召我贤者，如恐不我贤者之能得。言礼命之繁多也。及其得我，则空执留我，其礼待我謷謷然，亦不问我在位之功力。言小人贵名贱实，不能用贤，故政教所以乱也。"

《朱传》："瞻彼阪田，犹有菀然之特。而天之抈我，如恐其不我克，何哉？亦无所归咎之辞也。夫始而求之以为法则，惟恐不我得也。及其得之，则又执我坚固如仇雠然，然终亦莫能用也。求之甚艰而弃之甚易，其无常如此。"

《原始》："前言是非颠倒，此后言用贤不专。"

八　章

"**心之忧矣，如或结之。今兹之正，胡然厉矣？燎之方扬，宁或灭之。赫赫宗周，褒姒灭之**"。如或，如同有，好像有。结，打结，纠结。兹，此也。正，郑玄解为"长也"，官长也。朱子则解为通假，以"正"通"政"，政事也。胡然，为何如此。厉，暴恶也。《郑笺》云："心忧如有结之者，忧今此之君臣何一然为恶如是。"燎，放火烧草木谓之燎。扬，盛也。"宁或灭之"，难道会有人能扑灭它？《郑笺》云："燎之方盛之时，炎炽熛怒，宁有能灭息之者？言无有也，以无有喻有之者为甚也。"赫赫，显盛貌。宗周，指西周都城镐京（今西安市长安区西北）。褒姒（bāo sì），褒国之女，姒为其姓，为幽王之宠妃。《郑笺》云："有褒国之女，幽王惑焉，而以为后，诗人知其必灭周也。"如此，则郑氏以为《正月》之诗作于西周未亡之时。

▲八章章旨：

《孔疏》："诗人见朝无贤者，言我心之忧矣，如有结之者。言忧不离心，如物之缠结也。所以忧者，今此之君臣为人之长，何一然为恶如是矣！言君臣俱恶，无所差别也。君臣恶极，国将灭亡。言燎火方奋扬之时，炎炽熛怒，宁有能灭息之者？以喻宗周方隆盛之时，王业深固，宁有能灭亡之者？言此二者皆盛，不可灭亡也。然此燎虽炽盛而水能灭之，则水为甚矣。以兴周国虽盛，终将褒姒灭之，则褒姒恶甚矣。此二文互相发明，见难之而能，所以为甚也。故《传》曰灭之者以水，以反之。于时宗周未灭，诗人明得失之迹，见微知著，以褒姒淫妒，知其必灭周也。"

《朱传》:"言我心之忧如结者,为国政之暴恶故也。燎之方盛之时,则宁有能扑而灭之者乎?然赫赫然之宗周,而一褒姒足以灭之,盖伤之也。时宗周未灭,以褒姒淫妒谗谄而王惑之,知其必灭周也。或曰此东迁后诗也,时宗周已灭矣。其言褒姒灭之,有监戒之意,而无忧惧之情,似亦道已然之事,而非虑其将然之辞。今亦未能必其然否也。"

《原始》:"政复暴虐。咎归褒姒,言之可骇。"

九　章

"终其永怀,又窘阴雨。其车既载,乃弃尔辅。载输尔载,将伯助予"。终,既。永,长也。怀,愁怀。窘,《毛传》解为"困也",《郑笺》则解为"仍也",云:"终王之所行,其长可忧伤矣,又将仍忧于阴雨。阴雨,喻君有泥陷之难。"载,车所载也。辅,车厢两旁的挡板,防止货物脱落。《孔疏》云:"此以商事为喻,而云'既载',故知是大车也。又为车不言作辅,此云'乃弃尔辅',则'辅'是可解脱之物,盖如今人缚杖于辐以防辅车也。"《朱传》采此说。此二句,《毛传》云:"大车重载,又弃其辅。"《郑笺》云:"以车之载物,喻王之任国事也。弃辅,喻远贤也。""载输尔载",上"载"为虚词,犹"则""乃";下"载"为实词,指所载之物。输,堕落,坠落。将(qiāng),求也。伯,长者,此处谓贤者。末二句,《毛传》云:"将请伯长也。"《郑笺》云:"弃女车辅则堕女之载,乃请长者见助,以言国危而求贤者,已晚矣。"

▲九章章旨:

《孔疏》:"毛以为,此及下章,皆以商人之载大车展转为喻。言王之为恶,无心变改。若终王之所行,其长可哀伤矣。王行既可哀伤,又将至于倾危,犹商人涉路,既有疲劳,又将困于阴雨。商人之遇阴雨,则有泥陷之难,王行之至倾危,必有灭亡之忧,故以譬之。商人虑有阴雨,宜用辅以佐车。今其车既载重矣,乃弃尔之车辅,反令车载溺也。以喻王政虑有倾危,宜用贤以治国。今其既有大政矣,乃弃汝之贤人,反令国政乱也。车既弃辅,又遇阴雨,则隳败。汝之车载既隳败,然后请长者助我,则晚矣。以喻国既弃贤,又遇倾败,则灭亡汝之国。国家既灭矣,然后求贤人佐己,则亦晚矣。王何不及其未败,用贤自辅乎?"

又辨毛、郑之异曰:"郑唯以'窘'为仍忧于阴雨为异,余同。"

《朱传》:"苏氏曰:'王为淫虐,譬如行险而不知止。君子永思其终,知其必有大难,故曰"终其永怀,又窘阴雨"。王又不虞难之将至,而弃贤臣焉，故曰"乃弃尔辅"。君子求助于未危，故难不至。苟其载之既堕，而后号伯以助予，则无及矣。'"

十 章

"**无弃尔辅，员于尔辐。屡顾尔仆，不输尔载。终逾绝险，曾是不意**"。员（yún），增益，加固。辐，车轮辐条。屡，数次。顾，顾念，顾恤。仆，驾车者。逾，渡过，越过。绝险，最险之境。曾，乃，竟。不意，不加度量。《郑笺》云："女不弃车之辅，数顾女仆，终用是逾度陷绝之险，女曾不以是为意乎。以商事喻治国也。"

▲十章章旨：

《孔疏》："此连上章以商事为喻，但反之，教王求贤耳。言此商人载大车，当无弃尔之车辅，益于尔之轮辐，以喻王之治天下，当无弃尔之贤佐，益于尔之国事也。商人既不弃辅，又数顾念尔将车之仆，汝能若是，则辅益车辐，仆能勤御，则得不隳败尔之车载。以喻王既不弃贤，又善礼遇尔执政之相，王能如此用贤，益于国家，相能干职，则得不倾覆尔之王业。商人留辅顾仆之故，终用逾度陷绝之险，汝商人何得曾不以是辅仆为意乎？喻王用贤礼相之故，终用是得济免祸害之难，汝何得曾不以是贤相为意乎？教王之用贤敬臣也。"

又辨毛、郑之异曰："《笺》虽不言以仆喻相，但辅益辐似贤益国，则仆将车自然似相执政也。'终逾绝险'，报上'又窘阴雨'，以阴雨为终久及难之事，故郑以'窘'为'仍'。"

《朱传》："此承上章，言若能无弃尔辅，以益其辐，而又数数顾视其仆，则不堕尔所载，而逾于绝险，若初不以为意者。盖能谨其初，则厥终无难也。一说，王曾不以是为意乎？"

《原始》："（九、十）二章极言得人者昌，失人者亡。纯以譬喻出之，故易警策动人。"

十一章

"**鱼在于沼，亦匪克乐。潜虽伏矣，亦孔之炤。忧心惨惨，念国之为虐**"。沼，池也。匪，非也。克，能。"潜虽伏矣"，倒装，意谓"虽潜伏矣"。孔，甚。炤（zhāo），明也，显而易见。《郑笺》云："池，鱼之所乐而非能乐。其潜伏于渊，又不足以逃，甚炤炤易见。以喻时贤者在朝廷，道不行无所乐，退而穷处又无所止也。"惨惨（cǎo cǎo），"懆懆"之借字，犹戚戚也。"念国之为虐"，忧念国家政治黑暗暴虐。

▲十一章章旨：

《孔疏》："上章教王求贤，而王不能用，故此章言贤者不得其所。鱼在于沼池之中，为人所惊骇，不得逸游，亦非能有乐。退而潜处，虽伏于深渊之下，亦甚炤炤然易见，不足以避网罟之害，莫知所逃也。以兴贤者在于朝廷之上，为时所陷害，不得行道，意非能有乐。退而隐居，虽遁于山林之中，又其姓名闻彻，不足以避苛虐之政，莫知所于。己为之忧，而心中惨惨然，念国之为虐也。言王政暴虐，贤人困厄，已所以忧也。"

《朱传》："鱼在于沼，其为生已蹙矣。其潜虽深，然亦炤然而易见。言祸乱之及，无所逃也。"

《原始》："贤既不用，必难相容，故特忧之，为一大段。"

十二章

"**彼有旨酒，又有嘉殽。洽比其邻，婚姻孔云。念我独兮，忧心慇慇**"。"彼"之所指，郑玄以为："彼，尹氏大师也。"即指《正月》上篇《节南山》中所指之"尹氏"。旨酒、嘉殽（yáo），《毛传》云："言礼物备也。"洽、比，皆合也。邻，近也，谓关系亲近者。婚姻，泛指有姻亲关系者。孔，甚也。云，毛以为"旋也"，乃周旋之意，郑则解为"友也"。《毛传》云："是言王者不能亲亲以及远。"《郑笺》则云："言尹氏富，独与兄弟相亲友为朋党也。"末二句，《毛传》云："慇慇（yīn yīn）然痛也。"《郑笺》云："此贤者孤特自伤也。"

▲十二章章旨：

《孔疏》："毛以为，言幽王彼有旨酒矣，又有嘉善之殽矣，礼物甚备足矣。唯知以此礼物协和亲比其邻近之左右，与妻党之昏姻甚相与周旋而已，不能及远人也。王既不能及远人，国家将有危亡，故念我独忧王此政兮，忧心慇慇然痛也。"

郑玄之解与毛有别，一自天子言，一自权臣言。《孔疏》云："郑以为，时权臣奢富，亲戚相党，故言彼尹氏有旨酒，又有嘉殽，合比其邻近兄弟及昏姻，甚相与亲友为朋党也。彼小人如此，念我无禄而孤独兮，忧心慇慇然，孤特自伤耳。"

《朱传》："言小人得志，有旨酒嘉殽，以合比其邻里，怡怿其昏姻，而我独忧心，至于疾痛也。昔人有言，燕雀处堂，母子相安，自以为乐也。突决栋焚，而怡然不知祸之将及，其此之谓乎？"

《原始》："此下言小人朋党乱政。"

十三章

"佌佌彼有屋，蔌蔌方有谷。民今之无禄，天夭是椓。哿矣富人，哀此惸独"。佌佌（cǐ cǐ），小也。蔌蔌（sù sù），陋也。二词皆形容小人猥琐之貌。《郑笺》云："谷，禄也。此言小人富，而婓陋将贵也。""蔌蔌方有谷"，一本作"蔌蔌方谷"。"天夭是椓（zhuó）"，《毛传》以为"君夭之，在位椓之"。夭，灾祸，摧折。椓，打击，戕害。《郑笺》云："民于今而无禄者，天以荐瘥夭杀之，是王者之政又复椓破之，言遇害甚也。"马瑞辰《毛诗传笺通释》以为，"天夭"当为"夭夭"，美盛貌，云："诗盖以四句相对成文，言彼佌佌小人富而有屋者，虽蔌蔌卑陋，而方以谷禄授之；此民之贫而无禄者，虽夭夭盛美，而不免受潜于人也。'天'、'夭'字形相近，易讹。《毛诗》本讹作'天'，遂误以'君'释之耳。"哿（kě），《毛传》曰"可"，清王引之《经义述闻》释为"欢乐"，云："'哿'与'哀'对文，哀者忧悲，哿者欢乐也。言乐矣，彼有屋之富人；悲哉，此无禄之惸独也。"于末句，《郑笺》云："此言王政如是，富人犹可，惸独将困也。"

▲十三章章旨：

《孔疏》："毛以为，佌佌然之小人，彼已有室屋之富矣，其蔌蔌婓陋者方有爵禄之贵矣。王者厚敛重赋，宠贵小人，故使得如此也。哀此下民，今日之无天禄而王夭害之，在位又椓潜之，是其困之甚也。王政如此，虽天下普遭其害可矣，富人犹有财货以供之。哀哉此单独之民！穷而无告，为上夭椓，将致困病，故甚可哀也。"

又辨毛、郑之异曰："郑唯'天夭是椓'为异，余同。"

《朱传》："佌佌然之小人，既已有屋矣；蔌蔌婓陋者，又将有谷矣。而民今独无禄者，是天祸椓丧之耳，亦无所归怨之辞也。乱至于此，富人犹或可胜，惸独甚矣。此孟子所以言文王发政施仁，必先鳏寡孤独也。"

《原始》："民弱受害作收。"

三 《正月》创作年代及主题辨析

如前所述，《正月》等政治讽刺诗产生于两周之际，但究竟具体作于何时，历来莫衷一是。八章末二句"赫赫宗周，褒姒灭之"，可以帮助我们判断该诗之创作年代，大端有二说。

第十三讲 "忧国畏讥":《小雅·正月》讲读

一种说法以郑玄、朱子等为代表,以为《正月》一诗作于西周灭亡之前。如《郑笺》云:"有褒国之女,幽王惑焉,而以为后,诗人知其必灭周也。"① 又《朱传》云:"然赫赫然之宗周,而一褒姒足以灭之,盖伤之也。时宗周未灭,以褒姒淫妒谮诡而王惑之,知其必灭周也。"②

另一种说法则以为《正月》一诗作于西周既亡之后。朱子在《诗集传》中曾举列此说云:"或曰此东迁后诗也,时宗周已灭矣。其言褒姒灭之,有监戒之意,而无忧惧之情,似亦道已然之事,而非虑其将然之辞。今亦未能必其然否也。"朱子未指"或曰"出于何人,亦未能断其然否,清人陈启源则以此说为不然,驳之云:

> 《集传》载或说,疑《正月》诗是东迁后作,以"赫赫宗周,褒姒灭之"二语为据。《通义》辨之,谓西周亡后不即东迁,引《左传》"携王奸命"语及《汲冢纪年》虢公翰立王子余臣事证之,而以此诗为作于东西周之交。案犬戎入周在幽王十一年庚午,至明年辛未,平王始徙都洛邑。则谓西周初亡未即东迁,信有然矣。但以此诗之作在西周既亡而未东迁之时,恐未必然也。夫"赫赫宗周,褒姒灭之",何害为西周未亡时语邪?《国语》:幽王三年,三川震,伯阳父料周之亡不过十年。又郑桓公为周司徒,谋逃死之所。史伯引檿弧之谣、龙漦之谶,决周之必弊,其期不及三稔。然则周之必亡,而亡周之必为褒姒,当时有识之士固已明知之且明言之矣,安在褒姒灭周之语独不可著之于诗乎?况篇中所云,"具曰予圣"及"旨酒嘉肴"、"有屋有谷"等语,显是荒君敝政、奢纵淫佚、燕雀处堂之态。若犬戎一乱,玉石俱焚,此辈已血化青燐,身膏白刃,尚得以富贵骄人哉?③

清人姚际恒亦认为此诗属"刺时"而非"感旧",定非东迁以后诗,云:

> 《小序》谓"大夫刺幽王",是。诗中明有褒姒,而《集传》犹疑之,以为东迁以后诗,谓时宗周已灭矣。不知此诗刺时也,非感旧

---

① 李学勤主编:《毛诗正义》卷第十二,《十三经注疏》(标点本),第 714 页。
② (宋)朱熹:《诗集传》卷十一,第 172 页。
③ (清)陈启源:《毛诗稽古编》卷十三,文渊阁四库全书本。

也。若褒姒已往，镐京已亡，言之亦复何益？与前后文意皆不类矣。①

至于此诗主题，《毛诗序》云："《正月》，大夫刺幽王也。"汉代三家诗及后代诸家，基本赞同此说，并无多大分歧。台湾王礼卿亦以为："所刺义即诗之本义也，三家当无异义。"②

现代解诗立场，可以袁梅《诗经译注》为代表。袁氏亦认为"这也是周室大夫刺幽王的诗"，并认为全诗"其情迫切，其词哀痛，暴露了西周王朝的黑暗腐朽"，继而指出本诗之"局限性"云：

> 本诗从头至尾都贯穿着作者忧国忧时、愤世嫉邪的思想感情。他虽然也在某种程度上同情人民，但是，他并没有加入人民的队伍。他还是站在奴隶主阶级立场上的一个大夫。他的深忧孤愤，与劳动人民的思想感情是不同的。③

这一说法带有较为浓重的时代印迹，也算是再一次体现了现代立场上的"新诗教"。

四 "赫赫宗周，褒姒灭之"与司马迁"令人不解的谜"

2009年6月，台湾历史学家杜正胜先生为他翻译的日本学者白川静《诗经的世界》的增订版，写了一篇《译者导言——诗史的开始与回归》。这篇导言，"特别讨论诗史的问题"④，是难得一见的关于"诗史"论说的重量级文字。副标题所谓"诗史的开始与回归"，在杜先生看来，"这是历史重建的新学风，还原《诗》篇到作诗时代的历史情境，从诗歌透视历史。换句话说，将两千年脱离历史的《诗》篇回归历史的原貌"。⑤史学出身的杜正胜先生，更为关注的是周代历史重建的问题，视《诗》为构建周史的重要"史料"。

---

① （清）姚际恒：《诗经通论》卷十，第206页。
② 王礼卿：《四家诗恉会归》卷十九（第三册），第1253页。
③ 袁梅：《诗经译注》，第522、529页。
④ 杜正胜：《诗经的世界·增订版说明》，台湾东大图书公司2009年版。
⑤ 杜正胜：《诗经的世界·译者导言》，第11页。

第十三讲 "忧国畏讥":《小雅·正月》讲读

杜先生认为,《诗经》不是不可以讲本事,《诗经》也可以走一条"历史化"之路,但前提是将《诗经》"史料化",只能视其为"社会史、政治史、文化史"的材料,而不能像经学家那样视其为一部"神圣经典"。走近代历史化的新路,首先要清除长期以来根深柢固的"假历史"。杜先生乃是受了胡适《谈谈诗经》一文的很大影响,很显然,这是一种现代史学的立场。

正是在《诗经》"史料化"的前提下,杜正胜指出,可以"讲本事"的诗篇,仅是那些"明白指涉当代人物"的"少数篇章",譬如"小雅《正月》的褒姒,《出车》的南仲,《六月》的吉甫"等。得出这一结论,很大程度上依然是出于对《毛诗序》功能的误解,因为若将《毛诗序》理解为是对"诗本义"的阐说,自然会在多数情况下彼此不合,故而无法完成一种真实历史的建构。

如何"讲本事"?站在现代史学的立场,自然要以"科学、客观"为标准来衡量。比如《小雅·正月》一诗,讽刺了西周末年衰败腐化的政治情势,不过"虽然小雅《正月》有'赫赫宗周,褒姒灭之'的指责,但《诗经》所述王朝的衰亡,集体因素比个人因素复杂得多:大抵是内政不修,外战不止,统治阶级分裂,民生凋弊,至于日蚀、地震,当代及稍后的诗人并不特别强调"①。于是,杜先生细致剖析《十月之交》《小旻》《节南山》《北山》诸诗,揭示出西周亡国前夕朝政的实际状况。在他看来,如此处置,才建构起了西周覆亡的"真历史"。

然而,西汉史家司马迁却没有这样做。史迁在撰作《史记·周本纪》时,恰是主要依据《正月》中的"赫赫宗周,褒姒灭之"一句勾勒出西周灭亡的基本线索,这使得杜正胜先生深感不解。在他看来,司马迁依据《诗经》中《生民》《公刘》《緜》《皇矣》《大明》等史诗所构建的西周"建国史"尚为可信,

> 不过,《史记》所记西周王朝的灭亡,司马迁运用史料的方法和态度上,却与建国史完全两样。西周覆亡这件历史大事,大史家司马迁的撰述与其说是历史,不如说是小说。他把国家的灭亡简单归之于一个妇人褒姒,一方面因为她的出生是几百年前的妖孽造成的——周王宫廷小女奴沾上夏王朝时代留下的龙精而受孕;另一方面是周幽王举烽火召来诸侯以博褒姒一笑,诸侯发现被骗,等到犬戎真的入寇,

---

① 杜正胜:《诗经的世界·译者导言》,第19—20页。

不来勤王，周王朝遂亡。这篇故事前段采自《国语·郑语》，史伯给桓公讲的古代神话，后段根据《吕氏春秋·疑似》篇的传说。

我们不是以后世铜器铭文研究成果或考古新资料来责备贤者，即使是以司马迁所熟悉的传统文献，尤其是《诗经》，都可以建构一个合情合理的王朝衰亡史，他却没这样作。这是司马迁史学令人不解的谜。①

那么，究竟该怎样解答司马迁史学这个"令人不解的谜"？究竟该怎样理解杜正胜先生的这个疑惑呢？

首先，杜先生所言史迁所构建之"西周覆亡史"与实情恐有差距。因为史迁在《周本纪》中，其实并没有完全"把国家的灭亡简单归之于一个妇人褒姒"。《周本纪》即载：

> 幽王以虢石父为卿，用事，国人皆怨。石父为人佞巧善谀好利，王用之。又废申后，去太子也。申侯怒，与缯、西夷犬戎攻幽王。幽王举烽火征兵，兵莫至。遂杀幽王骊山下，虏褒姒，尽取周赂而去。于是诸侯乃即申侯而共立故幽王太子宜臼，是为平王，以奉周祀。②

可见，史迁笔下的西周败政，起码有两方面的表现：一是重用奸佞，二是宠幸褒姒，而这实际上恰是西周覆亡两个至关重要的因素。另外，杜先生所谓"至于日蚀、地震，当代及稍后的诗人并不特别强调"亦有待商榷，《周本纪》便记载了"幽王二年，西周三川皆震"，"是岁也，三川竭，岐山崩"③的灾异现象，并借伯阳甫之口做出与政事密切关联的解释。

其次，关于史迁在构建西周覆亡史时"却没这样作"，恐怕还需历史地看。一方面，因为史迁熟悉《诗经》，所以他就应当博采《正月》《十月之交》《小旻》诸篇"建构一个合情合理的王朝衰亡史"，这恐怕只是一种理想化的设想，逻辑与历史未必相符；另一方面，关于褒姒事迹，因为史迁取材《国语》《吕氏春秋》，其中有诸多神话传说之语，便称《史记》之文"与其说是历史，不如说是小说"，亦略显现代。因为在史迁时

---

① 杜正胜：《诗经的世界·译者导言》，第19页。
② （汉）司马迁：《史记·周本纪》，中华书局1959年版，第149页。
③ 同上书，第145、146页。

代，并无后世意义上的"史学"观念；更何况在天人问题上，"司马迁并没有摆脱天命神学的历史观"①，出现如此面目的记述，实属正常。

如此说来，《史记》如此构建西周覆亡史，其实本不神秘。然而，史迁在作史过程中的确通过这种"小说"笔法凸显了褒姒个人的破坏作用，这背后是否隐藏着某种深意？让我们来看《史记》中的两处记载。《周本纪》载：

> 三年，幽王嬖爱褒姒。褒姒生子伯服，幽王欲废太子。太子母申侯女，而为后。后幽王得褒姒，爱之，欲废申后，并去太子宜臼，以褒姒为后，以伯服为太子。周太史伯阳读史记曰："周亡矣。"②

又，《秦本纪》载：

> 孝王欲以为大骆適嗣。申侯之女为大骆妻，生子成为適。申侯乃言孝王曰："昔我先郦山之女为戎胥轩妻，生中潏，以亲故归周，保西垂，西垂以其故和睦。今我复与大骆妻，生適子成。申骆重婚，西戎皆服，所以为王。王其图之。"于是孝王曰："昔伯翳为舜主畜，畜多息，故有土，赐姓嬴。今其后世亦为朕息马，朕其分土为附庸。"邑之秦，使复续嬴氏祀，号曰秦嬴。亦不废申侯之女子为骆適者，以和西戎。③

由《周本纪》的这段记载不难看出，史迁乃以幽王欲废申后、去太子宜臼，立褒姒子伯服为太子，作为西周败亡的一个重要因由。而之所以这一废一立如此利害攸关，根本原因在于《秦本纪》所载透射出的这样一个重要讯息：

> 周孝王时代，在以姬姜联盟为基础的西周政权中，居住于骊山的姜姓申侯对维护周王室西部边陲安宁所发挥的举足轻重的作用。……幽王之废申后、立褒姒，不仅仅是对一个女子的冷落和对另一个女子的宠爱。废宜臼而立伯服为太子，也不仅是一般意义上的嫡庶太子之

---

① 金春峰：《汉代思想史》第七章，中国社会科学出版社 2006 年版，第 229 页。
② （汉）司马迁：《史记·周本纪》，第 147 页。
③ （汉）司马迁：《史记·秦本纪》，第 177 页。

争。更重要的是，这件事意味着以幽王为代表的姬姓政权力量对以申侯为代表的姜姓诸侯政治势力的打击。[①]

正因为婚姻与政治有如此密切的关联，难怪这会触怒申侯，从而联合犬戎杀死幽王，最终灭周。由此，褒姒缘何不加以浓笔重彩！

至于史迁在褒姒身上所采用的"小说"笔法，除去前文提到的"天命神学历史观"的局限外，其实还可以有一个审度视角。那就是，史迁本不是现代意义上的仅仅注重"秉笔直书"的"史家"，他同时也是一个"究天人之际，通古今之变，成一家之言"的"经师"。史迁的这种"小说笔法"，不妨可以理解为一种"春秋笔法"，他似乎在着意提醒读者：在西周覆亡过程中，需要特别注意这个带有浓厚神话色彩的褒姒，需要特别关注西周时代婚姻关系所包含的强烈政治意味。

不过，在现代史家的视阈里，史迁的这种经学思考，难免会让人觉得费些思量。

[①] 马银琴：《两周诗史》，第245—246页。

第十四讲 "尊祖配天":《大雅·生民》讲读

一 "周民族史诗"概说

通常认为,《大雅》中的《生民》《公刘》《绵》《皇矣》《大明》五首诗,可以算作《诗经》中的"周民族史诗"。这五首诗分别歌颂了周部族不同时期先祖的开拓精神与丰功伟绩,从始祖后稷到公刘、太王、王季,直到开创西周的文王、武王。将五首诗按如此顺序串联起来观之,则可以得到一部简明的"周代开国史",它们艺术地记录了周民族自母系氏族社会后期直至灭商建国的整个历史过程。

五首诗的基本内容,《生民》是歌颂周代始祖后稷的长篇叙事诗,记述了后稷具有神话色彩的诞生以及发明农业、定居邰地、开创祭祀的历史,其时大概处于母系氏族社会向父系氏族社会过渡时期。《公刘》记述了夏末商初,酋长公刘带领族人自邰迁豳的过程,歌颂其初步定居、整训军旅、发展农业的业绩。《绵》记述了古公亶父为避戎狄之祸,率领周人迁至岐山之南的周原,整顿制度,营建宫舍;其后又经历其子王季、其孙文王的惨淡经营,逐渐奠定了奴隶制国家的基础,周部族自原始社会进入奴隶制。《皇矣》乃主要歌颂文王之祖太王、其伯太伯、其父王季之美德,重点叙述文王伐密、代崇之武功。《大明》则主要歌颂文王、武王扬威克商、奄有天下的伟大功绩,于牧野之战有精彩描绘,并对王季之妃太任、文王之妃太姒之母德多所赞誉。

当然,"史诗"一词的使用,仅是借用其名而已。因为"史诗"一词本源于希腊文 odes,乃指类似于《荷马史诗》一样结构宏大、充满神话色彩,在人类童年时期产生的歌颂民族英雄的长篇叙事诗。按此标准,《生民》《公刘》诸诗皆不当称"史诗"。但用以借指,亦未尝不可。程俊英、蒋见元即称:

我们称《生民》等为史诗，只是某种角度的借用而已，这五篇诗毕竟有别于古希腊荷马时代的《伊利亚特》、《奥德赛》等长篇巨制的英雄史诗。在汉民族文学史上，我们还没有发现完全意义上的英雄史诗。这同我国古代的政治制度、诗歌的社会功效、民族的审美心理和语言习惯都有密切的关系。历史与社会的条件不同，所产生的文化艺术自然也不同，我们大可不必惶惶然，以为这点阙如会有损文化遗产的光辉。同样，《生民》等诗也决不因此而减退了它们的艺术魅力。①

至于周民族史诗和《荷马史诗》在作者、内容、应用和文学特性方面的差别，鲁洪生先生云：

周民族史诗出于周王朝巫、史、乐官之手，是用于祭祀朝会的配乐演唱的乐歌；荷马史诗出于民间行吟诗人，是用于娱乐消遣的说唱朗读的韵文。周民族史诗一经创作出来就成定本，成为王朝御用的庄严神圣的祭祖乐歌，不得轻易改动；而荷马史诗在民间靠口耳相传，在漫长的流传过程中行吟诗人可以随意增删润饰。这些差异影响了史诗的结构规模和艺术风格，使得"荷马史诗文学性多而史诗性少，西周史诗史实性多而文学性少"。不同的文化背景又使得"从荷马史诗中可以看到以战争去征服，因而崇尚英雄主义；从西周史诗中可以看到以农业求自足，故而推尊勤劳精神"，"荷马史诗表现了人与自然的对立，向命运的抗争；西周史诗表现人与自然的相安，对命运的满足"。②

另外，从类型上讲，周民族史诗同时也属于"祭祀诗"，详参下一讲相关内容。

二 《生民》通解

《生民》一诗凡八章，其中四章每章十句，另四章每章八句。诗文

---

① 程俊英、蒋见元：《诗经注析》下册，第799页。
② 鲁洪生：《诗经学概论》，第225页。

如下：

厥初生民，时维姜嫄。生民如何？克禋克祀，以弗无子。
履帝武敏歆，攸介攸止。载震载夙，载生载育，时维后稷。

诞弥厥月，先生如达。不坼不副，无菑无害，以赫厥灵。
上帝不宁，不康禋祀，居然生子。

诞寘之隘巷，牛羊腓字之。诞寘之平林，会伐平林。
诞寘之寒冰，鸟覆翼之。鸟乃去矣，后稷呱矣。

实覃实 ，厥声载路。诞实匍匐，克岐克嶷，以就口食。
蓺之荏菽，荏菽旆旆，禾役穟穟，麻麦幪幪，瓜瓞唪唪。

诞后稷之穑，有相之道。茀厥丰草，种之黄茂。实方实苞，
实种实褎，实发实秀，实坚实好，实颖实栗，即有邰家室。

诞降嘉种，维秬维秠，维穈维芑。恒之秬秠，是获是亩。
恒之穈芑，是任是负，以归肇祀。

诞我祀如何？或舂或揄，或簸或蹂。释之叟叟，烝之浮浮。
载谋载惟，取萧祭脂，取羝以軷，载燔载烈，以兴嗣岁。

卬盛于豆，于豆于登，其香始升。上帝居歆，胡臭亶时。
后稷肇祀，庶无罪悔，以迄于今。

首　章

"**厥初生民，时维姜嫄。生民如何？克禋克祀，以弗无子**"。厥初，其初。民，人也，指周人。生民，谓诞生周人始祖后稷。时，是也。维，助词。姜嫄（yuán），《毛传》云："姜，姓也。后稷之母配高辛氏帝焉。"高辛氏，乃指"三皇五帝"中第三位帝王帝喾（kù），为华夏人文祖先。《郑笺》云："言周之始祖，其生之者，是姜嫄也。姜姓者，炎帝之后。有女名嫄，当尧之时，为高辛氏之世妃（后世子孙之妃）。本后稷之初生，故谓之生民。"朱子以为姜嫄为"有邰氏女"，邰（tái）为古国

名，今陕西武功西南，后稷至公刘定居于此。《大戴礼记·帝系篇》载："帝喾卜其四妃之子，而皆有天下。上妃有邰氏之女也，曰姜嫄氏，产后稷。次妃有娀氏之女也，曰简狄氏，产契。次妃陈锋氏之女也，曰庆都氏，产帝尧。次妃娵訾氏之女也，曰常仪氏，产帝挚。"

克，能也。禋（yīn），敬也，朱子云："精意以享谓之禋。"祀，祀郊禖也。郊禖为古帝王求子所祭之神，其祠在郊，故称。"以弗无子"，弗，通"祓"，去除。《毛传》云："弗，去也。去无子，求有子，古者必立郊禖焉。玄鸟至之日，以大牢祠于郊禖，天子亲往，后妃率九嫔御。乃礼天子所御，带以弓韣，授以弓矢，于郊禖之前。"《郑笺》之说无异："姜嫄之生后稷如何乎？乃禋祀上帝于郊禖，以祓除其无子之疾，而得其福也。能者，言齐肃当神明意也。二王之后，得用天子之礼。"

"履帝武敏歆，攸介攸止。载震载夙，载生载育，时维后稷"。履，践也，踩也。帝，《毛传》以为"高辛氏之帝也"，为人；《郑笺》以为"上帝也"，则为神，朱子赞同郑说。武，迹，脚印。敏，拇指。歆，《毛传》云"飨"，《孔疏》释曰："鬼神食气谓之歆，故以歆为飨，谓祭而神飨之。"《郑笺》以"歆"为"歆歆然"，乃指身体受孕之感受。朱子则解为"动也，犹惊异也"。清马瑞辰《毛诗传笺通释》又据《史记·周本纪》"姜嫄出野，见巨人迹，心忻然悦，欲践之"认为，史迁"止言姜嫄履大人迹，不言践迹之拇指。……又按：'歆'之言'忻'，即《史记》所云'心忻然，欲践之'也。诗先言'履帝武敏'，后言'歆'者，倒文耳"。

"攸介攸止"句，攸，助词，无实义。介，《毛传》解曰"大也"，《朱传》同，《郑笺》则解为"左右也"。攸止，《毛传》云："福禄所止也。"《郑笺》云："其左右所止住，如有人道感己者也。"马瑞辰辨析曰："介之言界，谓别居也。止，即处也。……《乡射礼记》注：'居两旁谓之个。'个即介也。王后妃嫔之别居侧室，亦为东西厢，故《笺》以介为左右所止居。《传》以介为大，失之。"

载，助词。震，通"娠"，女妊身动也。夙，《毛传》释为"早"，《郑笺》释为"夙之言肃也"，即肃敬、严肃之义，朱子亦持此说。马瑞辰认为毛、郑之说并不矛盾，云："《说文》以夙为早敬，《毛传》训夙为早，亦指敬言。《正义》谓'获福之早'，失《传》恉矣。""载生载育，时维后稷"，《郑笺》云："后则生子而养长之，名曰弃。舜臣尧而举之，是为后稷。"

▲首章章旨：

《孔疏》："毛以为，本其初生此民者，谁生之乎？是维姜嫄，言有女姓姜名嫄生此民也。既言姜嫄生民，又问民生之状。言姜嫄之生此民，如之何以得生之乎？乃由姜嫄能禋敬能恭祀于郊禖之神，以除去无子之疾，故生之也。禋祀郊禖之时，其夫高辛氏帝率与俱行，姜嫄随帝之后，践履帝迹，行事敬而敏疾，故为神歆飨。神既飨其祭，则爱而祐之，于是为天神所美，大为福禄所依止，即得怀妊，则震动而有身。祭则蒙祐获福之凤早，终人道以生之。既生之，则长养之。及成人，有德，为舜所举用，播种百谷，以利益下民，维为后稷矣。本其初生，故谓之生民。民则人所不识，后稷是显见之号，故言'是维后稷'以结之。"

又辨毛、郑之异曰："郑唯'履帝'以下三句为异，其首尾则同。言当祀郊禖之时，有上帝大神之迹。姜嫄因祭见之，遂履此帝迹拇指之处，而足不能满。时即心体歆歆，如有物在身之左右，所止住于身中，如有人道精气之感己者也。于是则震动而有身，则肃戒不复御。余同。"

《朱传》："姜嫄出祀郊禖，见大人迹而履其拇，遂歆歆然如有人道之感。于是即其所大所止之处，而震动有娠，乃周人所由以生之始也。周公制礼，尊后稷以配天，故作此诗，以推本其始生之祥，明其受命于天，固有以异于常人也。然巨迹之说，先儒或颇疑之，而张子曰：'天地之始，固未尝先有人也，则人固有化而生者矣，盖天地之气生之也。'苏氏亦曰：'凡物之异于常物者，其取天地之气常多，故其生也或异。麒麟之生，异于犬羊；蛟龙之生，异于鱼鳖。物固有然者矣。神人之生，而有以异于人，何足怪哉！'斯言得之矣。"

《原始》："受孕之奇。"

二　章

"诞弥厥月，先生如达。不坼不副，无菑无害，以赫厥灵。上帝不宁，不康禋祀，居然生子"。诞，《毛传》解为"大"，言可美大之意。朱子解为"发语辞"，马瑞辰言："《诗》中凡言'诞'者，皆语词。"弥，朱子谓："终也，终十月之期也。"先生，首生也，谓头胎。达，《毛传》云："生也，姜嫄之子先生者也。"《郑笺》以"达"为"羊子也"，以"先生如达"为后稷生产之易，云："大矣后稷之在其母，终人道十月而生。生如达之生，言易也。"清人陶元淳（1648—1698）有云："凡婴儿在母腹中，皆有皮以裹之，俗所谓胞衣也。生时其衣先破，儿体手中少舒，故生之难。惟羊子之生，胞仍完具，堕地而后母为破之，故其生易。

后稷生时盖藏于胞中，形体未露，有如羊子之生者，故言'如达'。"一说，"达"谓"滑利，顺畅"。

坼（chè）、副（pì），皆裂开之义，"不坼不副"，指产门未裂。菑（zāi），同"灾"。此二句，《毛传》云："言易也。凡人在母，母则病。生则坼副菑害其母，横逆人道。"赫，显也。灵，灵异。《毛传》以"不"为虚词，不宁，宁也；不康，康也。一说，"不"通"丕"，大也。康、宁，皆安也。居然，安然，平安，朱子则云"犹徒然也"。后四句，《郑笺》云："姜嫄以赫然显著之征，其有神灵审矣。此乃天帝之气也，心犹不安之。又不安徒以禋祀而无人道，居默然自生子，惧时人不信也。"

▲二章章旨：

《孔疏》："毛以为，上言得福有子，此言其生之易。言可美大矣，姜嫄之孕后稷，终其孕之月而生之。妇人之生首子，其产多难。此后稷虽是最先生者，其生之易，如达之生然。羊子以生之易，故比之也。其生之时，不坼割、不副裂其母，故其母无灾殃、无患害。以此，故可美大也。天既祐令有身，又使之生易，是天意以此显明其有神灵也。上天之意，岂不降福而安之乎？言上天诚降福而安之，使母之无病苦，子得易生，是天安之也。姜嫄之身，岂不见安于禋祀乎？言姜嫄实见安于禋祀，祈则有子，生之又易，是为禋祀所安也。由为禋祀所安，故得居处怡然，无病而生子也。"

又辨毛、郑之异曰："郑唯下四句为异，言姜嫄履迹有身，其生又易，以此赫然显著之征，其有神灵审也。此乃上帝精气，姜嫄心不自安，以天人道隔，而人生天胤，故心不自安也。非徒生天之胤，心不自安，又不安其徒禋祀神明，无人道交接，居处默然而生此子。以无夫而生，又惧时人不信，当弃而异之，使人知其异，故下所以弃之也。"

《朱传》："凡人之生，必坼副灾害其母，而首生之子尤难。今姜嫄首生后稷，如羊子之易，无坼副灾害之苦，是显其灵异也。上帝岂不宁乎？岂不康我之禋祀乎？而使我无人道，而徒然生是子也。"

《原始》："诞生之易。"

三　章

"**诞寘之隘巷，牛羊腓字之。诞寘之平林，会伐平林。诞寘之寒冰，鸟覆翼之。鸟乃去矣，后稷呱矣**"。诞，《毛传》解为"大"。寘，置也。隘，狭也。腓（féi），《毛传》以为"辟"，避之也；《朱传》解为"芘"，庇护也。字，爱也。首二句，《毛传》云："天生后稷，异之于人，欲以显其灵也。帝不顺天，是不明也，故承天意而异之于天下。"《郑笺》云："天异之，故姜嫄置后稷于牛羊之径，亦所以异之。"平林，平地林木。会，适值。此二句，《毛传》云："牛羊而辟人者，理也。置之平林，又为人所收取之。"覆，盖。翼，藉，犹托之也。此二句，《毛传》云："大鸟来，一翼覆之，一翼藉之，人而收取之，又其理也，故置之于寒冰。"末二句，《毛传》云："于是知有天异，往取之矣。后稷呱呱然而泣。"

▲三章章旨：

《孔疏》："上言后稷之生，此言弃稷之事。言可美大矣，弃此后稷，置之于狭隘巷中，牛羊共避而怜爱之。婴儿未有所知，当为牛羊所践，今乃避而爱之，故可美大矣。以牛羊避人，理之常也，又置之平林，可美大矣。又弃此后稷，置之平地林木之中。会值有人往伐平林，伐木之人见而收取之。婴儿之在林野，当为鸟兽所害，乃值人收取，是可美大矣。又以人之取人乃是常理，复置之寒冰，可美大矣。复弃后稷朝旦于寒冰之上，有鸟以翼覆、以翼藉之。鸟非人类而覆藉人，是可美大矣。既知有神人往收取，鸟乃飞去矣，后稷遂呱呱然而泣矣。此其有神灵之验也。"

《朱传》："无人道而生子，或者以为不祥，故弃之。而有此异也，于是始收而养之。"

《原始》："保护之异。"

四 章

"**实覃实**　**，厥声载路。诞实匍匐，克岐克嶷，以就口食**"。"实覃(tán)实　(xū)，厥声载路"二句，《朱传》置于上章之末，则三章为十句，四章为八句。实，助词，犹"是"，《郑笺》云："实之言适也。"《毛传》以"覃"为"长"，以"　"为"大"，"实覃实　"，乃状后稷声音之长且大。《郑笺》则以为："覃谓始能坐也，　谓张口鸣呼也，是时声音则已大矣。"路，《毛传》释为"大"。朱子则云："载，满也。满路，言其声之大也。"

匍匐，手足并行也。克，能。《毛传》云："岐，知意也。嶷，识也。"皆谓后稷聪慧有识。一说，"岐"通"跂"，"嶷"(yì)通"屹"，乃谓后稷站稳端正，翘足跂立。就，向，求。口食，自己能食。《郑笺》曰："能匍匐，则岐岐然意有所知也。其貌嶷嶷然，有所识别也。以此至于能就众人口食，谓六七岁时。"

"**蓺之荏菽，荏菽旆旆，禾役穟穟，麻麦幪幪，瓜瓞唪唪**"。蓺，通"艺"，种植。荏菽，大豆也。旆旆(pèi pèi)，枝叶茂盛上扬貌。禾役，禾苗之行列；穟穟（suì suì），苗美好貌。一说，"役"通"颖"，即禾穗；穟穟，则为禾穗沉甸下垂貌。幪幪（měng měng），茂密也。瓞，小瓜。唪唪（běng běng），多实也。《郑笺》云："就口食之时，则有种植之志，言天性也。"

▲四章章旨：

《孔疏》："毛以为，上既言收取后稷，此说其长养之事。言后稷实以渐大，言差大于呱呱之时也。于是之时，言口出音声则已大矣，不复如呱呱时而已。又叹之，言后稷可美大矣。实始匍匐之时，已能意有所知岐岐然，又能貌有所识嶷嶷然，以渐有智慧，能就人之口取食而啖之。才始能食，即有种殖之志。所种藝之者，是荏菽也，此荏菽乃旆旆然长大。种禾则使有行列，其苗则穟穟然美好。所种之麻麦，则幪幪然茂盛。所种之瓜瓞，其实则唪唪然众多。是其本有天性，种则美好，于后果为稷官，而天下蒙赖。"

《朱传》："言后稷能食时，已有种殖之志，盖其天性然也。《史记》曰：弃为儿时，其游戏好种殖麻麦，麻麦美。及为成人，遂好耕农，尧举以为农师。"

《原始》："嗜好天生。"

五　章

"诞后稷之穑，有相之道。茀厥丰草，种之黄茂"。穑，稼穑，耕种收获庄稼。相，助也。《郑笺》以为："大矣，后稷之掌稼穑，有见助之道，谓若神助之力也。"《朱传》则以为"言尽人力之助也"。马瑞辰以"相"为"视"，并据《史记·周本纪》"稷及为成人，遂好耕农，相地之宜，宜五谷者稼穑焉"以及《吴越春秋》"稷相五土之宜，青赤黄黑，陵水高下，粱稷黍禾，蓻麦豆稻，各得其理"，认为"此诗'有相之道'，当谓有相视之道耳"。茀，除治。丰草，茂盛之草。黄，《毛传》曰"嘉谷也"，盖指五谷。茂，美也。

"实方实苞，实种实褎，实发实秀，实坚实好，实颖实栗，即有邰家室"。实，犹"是"也。方，《毛传》释曰"极亩也"，谓方正而极于垄亩。苞，《毛传》释曰"本也"，谓根本而尽皆均调。《郑笺》则释"方"曰"齐等也"，释"苞"为"茂也"。马瑞辰以为："方为谷始吐芽，苞则渐含包矣。"又，《毛传》曰："种，杂种也。褎（yòu），长也。"《郑笺》曰："种，生不杂也。褎，枝叶长也。"一说，种，短而少；褎，长而多。发，尽发也。秀，禾苗抽穗。坚，其实坚也。好，其形味好也。

颖，果实繁硕而下垂貌。栗，颗粒饱满而不秕。即，来到，走到。有邰，《毛传》曰："邰，姜嫄之国也。尧见天因邰而生后稷，故国后稷于邰，命使事天，以显神顺天命耳。"家室，谓居处。《郑笺》云："后稷教民除治茂草，使种黍稷。黍稷生则茂好，熟则大成。以此成功，尧改封于邰，就其成国之家室无变更也。"

▲五章章旨：

《孔疏》："毛以为，既言后稷为儿时好种田，此后言其为稷官时事也。可美大矣，后稷之教民稼穑，若有神明相助之道。言种之必好，似有神助故可大也。又说其若有神助之状，言后稷之教民种殖，乃除治而去其茂盛之草。既去其草，于此地种之以黄色而茂盛者，谓黍稷之谷也。于是此谷既生，实方正而极于垄亩无空缺之地，实根本而尽皆均调无稀概之处，谓春生之时也。其苗实雍种而肥大，实褎褎然而生长，谓夏末时也。稍至秋分，禾又出穗，实尽发于管，实生粒皆秀更复少时，其粒实皆坚成，实又齐好，实穗重而垂颖，实成就而栗栗然，以此故收入弘多。尧善其功，而赐之土宇，封之于邰，就有邰国之家室焉。"

又辨析毛、郑之异曰："郑以'方'谓苗生齐等，'苞'谓苗之茂盛，'种'谓田种不杂，成功而改封于邰，非始有国土。唯此为异，其文势则同。"

《朱传》："言后稷之穑如此，故尧以其有功于民，封于邰，使即其母家而居之，以主姜嫄之祀。故周人亦世祀姜嫄焉。"

《原始》："克勤人事，教种膺封。"

六 章

"诞降嘉种，维秬维秠，维糜维芑。恒之秬秠，是获是亩。恒之糜芑，是任是负，以归肇祀"。降，赐予。朱子以为"降是种于民也"，《毛传》云："天降嘉种。"《郑笺》云："天应尧之显后稷，故为之下嘉种。"秬（jù），黑黍。秠（pī），黑黍之一壳二米者也。糜（mén），粟名，苗为赤色。芑（qǐ），粟名，苗为白色。恒，遍也，言遍种之。获，收获。亩，堆于田亩；一说，以田亩计算产量。任，肩任也。负，背负也。

"以归肇祀"，《毛传》以为"始归郊祀也"。此乃指古时秋冬收获之后，"大报天"之祭祀。以报今秋之成熟，并祈来年之丰岁。朱子云："既成则获而栖之于亩，任负而归，以供祭祀也。"又称："秬、秠言获、亩，糜、芑言任、负，互文耳。肇，始也。稷始受国为祭主，故曰肇祀。"《郑笺》则以"肇"非"始"，而为"郊之神位也"，云："后稷以天为己下此四谷之故，则遍种之，成熟则获而亩计之，抱负以归，于郊祀天。得祀天者，二王之后也。"

▲六章章旨：

《孔疏》："毛以为，上既言后稷功成受国，尧又命使事天。此言其祭天之事。可美大矣，此后稷善能于稼穑，上天乃下善谷之种与之，使得种，以此祭祀。天与之谷，是可大也。其言善种者，维是黑黍之秬，维是黑黍二米之秠，维是赤苗之穈，维是白苗之芑。后稷既得此善种，乃遍种之以秬以秠，至熟则于是获刈之，于是亩计之。遍种之以穈以芑，至熟则于是任抱之，于是负檐之。以此秬秠穈芑之谷而归，始郊祀于上天也。"

又辨析毛、郑之异曰："郑以后稷先事天以归，郊兆之处而祀天为异。余同。"

《原始》："播种肇祀。"

七 章

"诞我祀如何？或舂或揄，或簸或蹂。释之叟叟，烝之浮浮"。我祀，承上章而言后稷之祀也。一说，"我"指周人。舂（chōng），用杵在臼中捣米去糠。揄（yóu），"舀"之假借，谓从臼中将捣好的米舀出。簸，扬去糠皮。蹂，揉搓米粒以去皮。释，淅米，淘米。叟叟，拟声词，以水淘米声。烝，蒸也。浮浮，蒸气上腾貌。

"载谋载惟，取萧祭脂，取羝以軷，载燔载烈，以兴嗣岁"。载，则。谋，谋划。惟，考虑。《毛传》曰："尝之日，莅卜来岁之芟。狝之日，莅卜来岁之戒。社之日，莅卜来岁之稼。所以兴来而继往也。"萧，香蒿，今名艾。脂，牛肠脂油。古者宗庙之祭，将萧置于下，上加牛肠脂焚烧之，香气远闻。羝（dī），公羊。軷（bō），剥下羊皮。一说读作 bá，道祭也，指祭祀后以车轮辗过牲体，以示行道无险。载，助词，无实义。燔（fán），焚也，谓于火上烧烤之。烈，串起来放在火上烤。嗣岁，来岁。"以兴嗣岁"，以祈求来年丰收兴旺。

▲七章章旨：

《孔疏》："毛以为，上言得谷祭天，此言将祭之事。可美大矣，我后稷之祀天，其礼如何？先以所得秬、秠、穈、芑之粟，或使人在碓而舂之，或使人就臼而抒之，或使人簸扬其穅，或使人蹂践其黍。言其各有司存，并皆敏疾也。既蹂舂得米，乃浸之于盆，淅而释之，其声溲溲然，言趋疾。又炊之于甑，爨而烝之，其气浮浮然，言升盛也。既烝熟，乃以为酒食。又于先谷熟之时，则已谋度，所谓谷熟而谋，则已思惟其所祭之礼，谓陈祭而卜。以秋物之成，赖郊祀之福，故谷熟则谋更郊，所以豫备酒食也。至祭之日，乃取萧之香蒿与祭牲之脂膏，而爇烧之于行神之位，使其馨香远闻。又取羝羊之体，以为祀軷之祭。其祭軷也，取所祭之肉则傅火而燔之，则加火而烈之，以为尸之羞。既祭神道，乃自此而往于郊，以祭天也。所以用先岁之物齐敬祀軷而祀天者，欲以兴起来岁，使之继嗣往岁，而恒得丰年故也。"

又辨析毛、郑之异曰："郑以舂、揄、簸、蹂为事之次。蹂之言润，既簸去穅，或复以水润湿之，将更舂以趋于凿。'载谋载惟'，谓将祭，诹谋其日，思念其礼，非谷熟已谋，以此为异。又以兴嗣岁为兴起新岁。余同。"

《原始》："报赛祈年。"

八　章

"**卬盛于豆，于豆于登，其香始升。上帝居歆，胡臭亶时。后稷肇祀，庶无罪悔，以迄于今**"。卬，我也。豆、登，盛汤或盛肉的器皿，木曰豆，以荐（进献）菹醢；瓦曰登，以荐大羹。一说，"卬"为"仰"之古字，今人于省吾《泽螺居诗经新证》云："仰盛于豆者，举盛于豆也。"居，安也。朱子以为"鬼神食气曰歆"，即上帝安享这祭品。胡，何也；一说，大，浓烈。臭（xiù），气味，此指祭品香气。亶（dǎn），诚然，信然。时，言得其时也；一说，善，美好。前五句，《郑笺》云："我后稷盛菹醢之属当于豆者，于登者，其馨香始上行。上帝则安而歆飨之，何芳臭之诚得其时乎？美之也。"

庶，庶几，差不多；一说，幸而，谓幸而没有得罪于天。迄，至也。郑玄以"庶"为"众"，解末二句云："后稷肇祀上帝于郊，而天下众民咸得其所，无有罪过也。子孙蒙其福，以至于今，故推以配天焉。"

▲八章章旨：

《孔疏》："毛以为，上言将往祭天，此言正祭之事。我后稷菹醢大羹之属，盛之于豆，又盛之于登，以此而往荐祭。此豆登所盛之物，其馨香之气始上行，上帝则安居而歆飨之。既为上帝所歆，故反言以美之，何有芳臭之诚得其时若此者乎？言无有若此之最善也。帝既飨其祭祀，降其福禄，又述而美之。言后稷受尧之命，始为郊祀，其福乃流于天下之众民，令皆得其所，无有罪过而令人悔恨者。子孙蒙其余福，以至于今而赖之。今文王得由之而起。今既致太平，故推之以配天焉。"

又辨毛、郑之异曰："郑唯以'肇祀'为'郊兆之祀'为异，余同。"

《朱传》:"此章言其尊祖配天之祭。其香始升,而上帝已安而飨之,言应之疾也。此何但芳臭之荐,信得其时哉!盖自后稷之肇祀,则庶无罪悔而至于今矣。曾氏曰:'自后稷肇祀以来,前后相承,兢兢业业,惟恐一有罪悔,获戾于天。阅数百年而此心不易,故曰"庶无罪悔,以迄于今",言周人世世用心如此也。'"

《原始》:"尊祖无怠。"

三 《生民》关键词解析——"履帝武敏歆"

如前所言,本诗首章之"履帝武敏歆"句,历代诸家于"帝"之解释各不相同。试析之:

其一,鲁、齐、韩三家诗及公羊家说,皆以为"圣人无父感天而生"。譬如刘向《列女传》云:"弃母姜嫄者,邰侯之母也。当尧之时,行见巨人迹,好而履之,归而有娠,浸以益大,心怪恶之。卜筮禋祀,以求无子。终生子,以为不祥而弃之隘巷,牛羊避而不践;乃送之平林之中,后伐平林者,咸荐之覆之;乃取置寒冰之上,飞鸟伛翼之。姜嫄以为异,乃收以归,因命曰弃。……《诗》云:'赫赫姜嫄,其德不回,上帝是依。'又曰:'思文后稷,克配彼天,立我蒸民。'此之谓也。"① 此为鲁诗说。许慎《五经异义》亦曰:"《诗》齐鲁韩、《春秋》公羊说,圣人皆无父感天而生。"②

《列女传》又以为商人先祖契之母简狄,亦吞玄鸟所衔之卵而生,与姜嫄之生后稷皆无父感天。汉人董仲舒曾以"商质周文"之文质观解释之:"天将授汤,主天法质而王,祖锡姓为子氏,谓契母吞玄鸟卵生契。……天将授文王,主地法文而王,祖锡姓姬氏,谓后稷母姜原履天之迹而生后稷。"③

其二,《毛传》及《左传》之说,乃以为"圣人有父不感天"。《毛传》解"履帝武敏歆"之"帝"为"高辛氏之帝也",则以后稷之父为现实中人,非感天而生。《五经异义》又引左氏之说曰:"圣人皆有父。"则与三家诗及公羊家说不同。

---

① (汉)刘向:《列女传》卷一《弃母姜嫄》,文渊阁四库全书本。
② (汉)郑玄:《驳五经异义》引,文渊阁四库全书本。
③ (汉)董仲舒:《春秋繁露》卷七《三代改制质文》,清光绪丁酉刻本,第27页。

第十四讲 "尊祖配天":《大雅·生民》讲读

其三,东汉郑玄之说与上二说皆不同,主"圣人有父感天"之说。譬如对于《毛传》之解"帝"为"高辛氏之帝",郑玄则易为"上帝"。康成"上帝"所指,孔颖达以为乃"苍帝""黑帝",云:

> 郑以此及《玄鸟》,是说稷以迹生、契以卵生之经文也。《河图》曰:"姜嫄履大人迹生后稷。"《中侯·稷起》云:"苍耀稷生感迹昌。"《契握》云:"玄鸟翔水遗卵流,娀简吞之,生契封商。"《苗兴》云:"契之卵生,稷之迹乳。"《史记·周本纪》云:"姜嫄出野,见巨人迹,心忻然悦,欲践之。践之而身动如孕者,及期,而生弃。"《殷本纪》云:"简狄行浴,见玄鸟堕其卵。简狄取吞之,因孕生契。"是稷以迹生、契以卵生之说也。又《宫》云:"赫赫姜嫄,其德不回,上帝是依。"言上帝依姜嫄以生后稷,故以帝为上帝。且郑以姜嫄非高辛之妃,自然不得以帝为高辛帝矣。此上帝即苍帝灵威仰也。《长发》笺云:"帝,黑帝。"此不言苍帝者,彼以下有玄王,故言黑帝。此下有上帝,故言上帝。各随经势而为文也。①

郑玄之所以有如此解说,乃与其多信谶纬有密切关系。于圣人"无父感天""有父不感天"诸说,康成亦据谶纬驳之曰:

> 诸言感生则无父,有父则不感生,此皆偏见之说也。《商颂》曰"天命玄鸟,降而生商",谓娀简狄吞鳦子生契,是圣人感生见于经之明文。刘媪是汉太上皇之妻,感赤龙而生高祖,是非有父感神而生者也?且夫蒲卢之气,妪煦桑虫,成为己子,况乎天气,因人之精,就而神之,反不使子贤圣乎?是则然矣,又何多怪!②

清人皮锡瑞认为:"郑君兼取二义,为调停之说。"在他看来,《生民》之解,应当从三家之说,而不当从《毛传》③。今人黄焯则以为,郑说不若毛说平实,云:

> 后稷之生,毛、郑异说,古今诸儒多是毛而非郑,以理言之,毛

---

① 李学勤主编:《毛诗正义》卷第十七,《十三经注疏》(标点本),第1060页。
② (东汉)郑玄:《驳五经异义》,文渊阁四库全书本。
③ (清)皮锡瑞:《经学通论·诗经通论》,第39—41页。

义实当。……惟毛公独标神识于秦、汉之前，于此诗既以帝为高辛，于《玄鸟》则谓"玄鸟至日生契"，辞皆平实，绝不为虚荒之论。视郑君生居汉季，犹笃信谶纬者，其为识之高下，几无等级以寄言矣。①

今人闻一多则从文化人类学出发，视"履帝武敏歆"为时人之一种祭祀仪式，将姜嫄之受孕视为"野合"：

> 上云禋祀，下云履迹，是履迹乃祭祀仪式之一部分，疑即一种象征的舞蹈。所谓"帝"实即代表上帝之神尸。神尸舞于前，姜嫄尾随其后，践神尸之迹而舞，其事可乐，故曰"履帝武敏歆"，犹言与尸伴舞而心甚悦喜也。"攸介攸止"，"介"，林义光读为"愒"，息也，至确。盖舞毕而相携止息于幽闲之处，因而有孕也。②

郭沫若则认为，契、后稷等原始祖先出生的神话传说，反映了其时正处在母系氏族社会："黄帝以来的五帝和三王的祖先的诞生传说都是'感天而生，知有母而不知有父'，那正表明是一野合的杂交时代或者血族群婚的母系社会。"③

这些说法，得到许多现代学者的认同。然而需要注意，将"履帝武敏"视为原始人类一种祭祀仪式，固然可能是一种客观"原意"，但经学家"无父感天""有父感天"诸说，却体现了汉人某种"天命王权"观念。这一观念，对于确立和巩固政权的合法性，是有其经学意义的，这同时也是中国古典政治生活的一段真实历史。

四 《生民》主题辨析

《生民》一诗的主旨，《毛诗序》以为乃属"尊祖配天"，云："《生民》，尊祖也。后稷生于姜嫄，文、武之功起于后稷，故推以配天焉。"汉代三家诗，对此亦无异义。

---

① 黄焯：《毛诗郑笺平议》卷八，第243—245页。
② 闻一多：《姜嫄履大人迹考》，《神话与诗》，天津古籍出版社2008年版，第109页。
③ 郭沫若：《中国古代社会研究·导论》，商务印书馆2001年版，第15页。

对于《诗序》文字,唐人孔颖达有着详细解说,于《诗序》之意多所发明:

> 作《生民》诗者,言尊祖也。《序》又言尊祖之意。以后稷生于姜嫄而来,其文王受命,武王除乱,以定天下之功,其兆本起由于后稷。及周公、成王致太平、制礼,以王功起于后稷,故推举之以配天,谓配夏正郊天焉。祭天而以祖配祭者,天无形象,推人道以事之,当得人为之主。《礼记》称"万物本于天,人本于祖",俱为其本,可以相配,是故王者皆以祖配天,是同祖于天,故为尊也。祖之定名,父之父耳。但祖者始也,己所从始也,自父之父以上皆得称焉。此后稷之于成王,乃十七世祖也。不言姜嫄生后稷者,经称"厥初生民,时维姜嫄",是据后稷本之姜嫄,故《序》亦顺经而为文也。言文、武之功起于后稷者,《周语》云:"后稷勤周,十五世而兴。"是后稷勤行功业,为周室开基也。《中候·稷起》注云:"尧受《河图》、《洛书》,后稷有名录,苗裔当王。"是后稷子孙当王,名见《图》、《书》也。文既因之,武亦因之,故并言"文、武之功起于后稷"也。经八章,上三章言后稷生之所由显异之事,是后稷生于姜嫄也。下五章言后稷长而有功,见其得以配天之意。其言"推以配天",结上"尊祖"之言,于经无所当也。①

朱子《诗集传》于《诗序》之说多所采纳,亦以《生民》之诗,乃"周公制礼,尊后稷以配天,故作此诗,以推本其始生之祥,明其受命于天,固有以异于常人也"②。不过他又怀疑:"此诗未详所用,岂郊祀之后,亦有受厘颁胙之礼也欤?"③ 所谓"受厘",乃指祭祀天地之礼终结后,将剩余的祭肉送回皇帝,以示受福;所谓"颁胙",则指皇帝将祭肉又颁赐群臣。清人方玉润以为朱子之说"得其半而未明",他认为此诗并非"配天"之乐:

> 后稷配天,已有《思文》一颂,此特推原其故耳,非用以为配天之乐。众说不明,故异论滋生。何玄子(按,明人何楷)谓此诗

---

① 李学勤主编:《毛诗正义》卷第十七,《十三经注疏》(标点本),第1055页。
② (宋)朱熹:《诗集传》,第254页。
③ 同上书,第256页。

"郊祀后稷以祈谷",朱晦翁又谓"受厘颁胙之礼",何不即诗辞而一细绎之耶?①

清乾隆间《御纂诗义折中》融合汉宋,代表了古典社会后期对于《生民》一诗主旨及教化意义的理解:

> 《生民》,祀后稷也。周礼,启蛰之月,上辛之日,祈谷于上帝,以后稷配,是也。述后稷之农事而推本于所生者,见天为教民稼穑而特生后稷,天眷之故,以之配之也。长至之配也用《思文》,元日之配也用《生民》。《思文》简而《生民》繁者,因祈谷之故。是以详叙其相稷之始末,以昭后稷之功。抑以示祀后稷者,必如后稷之有功于民,乃足以当天心也,则庶无罪悔矣。是故"有相之道",后稷所以生唐虞之民也;"以兴嗣岁",文、武所以生成周之民也。而是诗之传,使后之长民者皆敬天勤农,以庶无罪悔,则圣人所以生万世之民也。②

现代诸家,亦认为《生民》乃属周民族史诗之首,诗之主旨乃追述始祖后稷之伟业,但今人多从"史实"角度着眼。如高亨《诗经今注》云:

> 这是一首追叙周人始祖后稷的传说的史诗,主要写姜嫄生育后稷的神话故事和后稷在农业生产上的贡献等。后稷的事迹虽然具有神话传说的性质,然而也含蕴着一定的史实,在我们民族的历史上具有鼓励农业生产的积极意义,因而此诗值得我们重视。③

台湾学者余培林解说此诗云:

> 《诗序》曰:"《生民》,尊祖也。后稷生于姜嫄,文、武之功起于后稷,故推以配天焉。"其说颇合诗文,然犹未能尽之。《集传》曰:"此诗推本其始生之祥,明其受命于天,固有以异于常人也。"

---

① (清)方玉润:《诗经原始》下册,第505页。
② 《御纂诗义折中》卷十七,第7—8页。
③ 高亨:《诗经今注》,第400页。

若补入此数语,则完备无缺矣。或疑此诗多神话,如前三章所述即是。不知后稷教民稼穑,改善农事,固大有功于生民,即此,亦足以称伟人矣。夫伟人多神话,古今中外皆然;若平凡人,虽欲以神话加之,亦不可得也。固知神话之有无,实无伤于后稷之杰出也。吾人取其可信,存其可疑,赏其奇文可也。①

如此,则《生民》一诗在现代,依然可以发挥其作为"周民族史诗"的教化作用。

---

① 余培林:《诗经正诂》,第548页。

第十五讲 "慎终追远":《大雅·文王》《周颂·清庙》讲读

一 《诗经》中的"祭祀诗"

祭祀是上古时代政治生活中极其重要的一项内容,甚至某种意义上说,是当时最重要的政治生活。《左传·成公十三年》载:"国之大事,在祀与戎。"《礼记·祭统》亦云:"凡治人之道,莫急于礼;礼有五经(按:指吉礼、凶礼、宾礼、军礼、嘉礼五礼),莫重于祭。夫祭者,非物自外至者也,自中出生于心也;心怵而奉之以礼,是故唯贤者能尽祭之义。"这两处文献,都点明了祭祀的极端重要性。祭祀之所以能够成为"国之大事",之所以称"礼有五经,莫重于祭",一方面是因为,祭祀是上古社会礼法活动中重要内容,这与当时人们的思想信仰有密切关系;另一方面还在于,祭祀本身是帝王掌握的一项沟通天人的至高无上的权力。吉林大学林沄先生在 2016 年 12 月于台湾"中央研究院"所作报告《商王的权力》中曾经指出:

> 除了军事权外,商王的祭祀权也是他维系王权的重要手段。商王拥有解释卜筮之权,是神权——或者说天在地上的代行者。祖先与天的权力在某些时候是一致的,因为祖先的权力也由天赐予,而祖先跟天的关系比起现任的商王跟天之间要更加靠近,因此祭祀祖先也是建立权威的一个重要环节。

到了周代,祭祀依然极其重要,不过祭祀类型逐渐发生变化,从过去的以祭天为主,发展到大量祭祀周代之先祖(商代虽然也曾祭祀伊尹等先祖,但相对数量较少)。褚斌杰(1933—2006)先生称:"周人把祭天和敬祖置于同等地位,把祖先的亡灵视为本民族的保护神,反映了宗法制社会将宗教伦理化的特点,反映了周人对原始宗教以至殷人宗教观念的修正。"①

《诗经》中收录了相当数量的祭祀诗,成为《诗经》题材的一个重要类型。《诗经》中的祭祀诗,有狭义和广义之分。狭义的祭祀诗主要包括"三颂"40篇,这些诗都是用于宗庙祭祀的乐歌。按照《毛诗序》的说法,颂诗"美盛德之形容,以其成功告于神明者也",是最典型的祭祀诗。从广义上说,祭祀诗则还包括《大雅》的全部和《小雅》的部分篇章以及《风》诗的个别诗篇。比如《大雅》中的五首"周民族史诗"皆祭祀周代先祖,因此也属于祭祀诗。再如《小雅》中的《楚茨》《信南山》诸诗,都是周王祭祀祖先的乐歌。又如《豳风·七月》,便曾用于"逆暑""祈年于田祖"和"蜡祭"等场合,以祈求农业丰收,因此也是祭祀诗。

《诗经》中的祭祀诗以祭祖诗为多,这些诗歌的教化作用体现于:敬祖敬宗、团结宗族、施之于宗庙的先祖祭祀,以继承血缘宗统、祈求先祖保佑子孙繁盛为直接目的,是维护凝聚血缘宗族和宗法制度的有力手段。鲁洪生先生也说:"当时的祭祀多是劳动生产活动的重要组成部分,其目的在于祈求获得更多的收获,以弥补劳动手段不足;同时在歌颂祖先功德的过程中,会增强周人的民族自豪感,增强周民族的凝聚力;在轰轰烈烈的祭祀活动中,人们也会提高劳动热情,增强征服自然的信心与能力。《诗经》时代的祭祀诗更多地表现出人类征服自然的美好愿望,不能简单地与后世人为的宗教迷信活动相提并论,而应将之放在特定的历史背景中作为一种历史文化现象重新审视。"②

祭祀诗的讲读,将以《大雅》首篇《文王》、《周颂》首篇《清庙》二诗为代表。

二 《大雅·文王》通解

《文王》是《大雅》的首篇,为《诗经》"四始"之一,乃属周人对于其先祖文王姬昌的祭祀诗。据马银琴考证,《文王》一诗的创作年代,

---

① 褚斌杰:《诗经选评·前言》,三秦出版社2008年版,第5页。
② 鲁洪生:《诗经学概论》第九章,第221页。

"应在周公致政成王前后,或即《清庙序》所云洛邑建成、大祀文王之时"①。全诗七章,每章八句,诗文如下:

> 文王在上,於昭于天。周虽旧邦,其命维新。
> 有周不显,帝命不时。文王陟降,在帝左右。
>
> 亹亹文王,令闻不已。陈锡哉周,侯文王孙子。
> 文王孙子,本支百世。凡周之士,不显亦世。
>
> 世之不显,厥犹翼翼。思皇多士,生此王国。
> 王国克生,维周之桢。济济多士,文王以宁。
>
> 穆穆文王,於缉熙敬止。假哉天命,有商孙子。
> 商之孙子,其丽不亿。上帝既命,侯于周服。
>
> 侯服于周,天命靡常。殷士肤敏,祼将于京。
> 厥作祼将,常服黼冔。王之荩臣,无念尔祖。
>
> 无念尔祖,聿修厥德。永言配命,自求多福。
> 殷之未丧师,克配上帝。宜鉴于殷,骏命不易!
>
> 命之不易,无遏尔躬。宣昭义问,有虞殷自天。
> 上天之载,无声无臭。仪刑文王,万邦作孚!

研读《文王》一诗,需要注意体会全诗对于文王的称颂,以及祭祀诗在语词及风格上的特点,另外还要注意本诗所运用的一种特殊修辞手法——蝉联格(又名"顶真")。程俊英、蒋见元《诗经注析》称:

> 《大雅》皆庙堂祭祀乐章,因此总的格调是庄严肃穆有余,灵秀清丽不足。就这首诗而言,孙鑛《批评诗经》有一段话很能说明问题。他说:"全只述事谈理,更不用景物点注,绝去风云月露之态。然词旨高妙,机轴浑化,中间转折变换略无痕迹,读之觉神采飞动,

---

① 马银琴:《两周诗史》,第109页。

骨劲色苍，真是无上神品。"孙氏是从正面赞颂其述事谈理的"高妙"，但我们如果从反面着眼，便会觉得缺乏形象的说教是无论如何引不起读者多少美感的。这首诗的长处只在于"机轴浑化"，即布局颇严整。在歌颂文王的同时，以殷商的臣服为衬托，文势有曲折波澜壮阔首尾以天命相呼应，将"万邦作孚"的气氛渲染得十分庄重。此外，在修辞上创造蝉联格，章与章、句与句之间，文字相互衔接，前后照应，产生了语意联贯和音调和谐的效果。①

当然，程、蒋对孙鑛的批评是从诗篇语词角度入手，若从祭祀诗的音乐属性来讲，"庄严肃穆"则是必要的，祭祀的场合，本不允许"灵秀清丽"。下面试通解之。

首　章

"**文王在上，於昭于天。周虽旧邦，其命维新**"。文王，姓姬名昌，殷纣时为西伯（西方诸侯之长），建国岐山之下。因推行"敬天""修德""保民"等仁政，而受到天下诸侯的拥戴。孔子曾称颂其德云："三分天下有其二，以服事殷。周之德，其可谓至德也已矣。"（《论语·泰伯》）文王殁后，其子武王即位，率领诸侯败纣王于牧野，从而取得政权，建立西周。在上，《毛传》以为"在民上也"，《朱传》则以为"其神在上"。於（wū），叹词，祭祀诗中常用之。昭，显明。首二句，《郑笺》云："文王初为西伯，有功于民，其德著见于天，故天命之以为王，使君天下也。"

"周虽旧邦"，《郑笺》云："大王聿来胥宇而国于周，王迹起矣，而未有天命。"郑氏乃以为周部族从文王之祖父古公亶父由豳地（今陕西旬邑县境）迁岐（今陕西岐山县境）而建国，至今已久，故称"旧邦"；朱子则从始祖后稷算起，至今已逾千年。"其命维新"，乃谓天命转移至周，由文王、武王建立政权，则属"新命"。康成云："言新者，美之也。"

"**有周不显，帝命不时。文王陟降，在帝左右**"。有周，周朝也。不显、不时，《毛传》以"不"为语助词，无实义，云："不显，显也。显，光也。不时，时也。时，是也。"《郑笺》则以"不"为否定词，而将"不显""不时"释为反问，以增强肯定语气，云："周之德不光明乎？光明矣。天命之不是乎？又是矣。"朱子同于其说。清人马瑞辰《毛诗传笺

---

① 程俊英、蒋见元：《诗经注析》下册，第745—746页。

通释》则以为："《笺》读同'不然'之'不'，因增'乎'字以足其义，失之。不、丕古通用，丕亦语词，'不显'犹'丕显'也。"一说，丕者大也，不显即大显。马氏又云："时当读为承，时、承一声之转。"且以为此诗之"有周不显，帝命不时"，犹《周颂·清庙》之"不显不承"，"承"当训为"美大"。

陟（zhì），升也。帝，天帝。"文王陟降，在帝左右"，《毛传》云："言文王升接天，下接人也。"意思是说文王能够交接天人，天则恭敬承事以接之，人则恩礼抚养以接之。《郑笺》云："在，察也。文王能观知天意，顺其所为，从而行之。"乃言文王交接天人，察天之动作而效法之，以文王观知天意解"在帝"，以顺其所为、从而行之解"左右"。朱子所解与毛、郑有别，以"旁侧"解"左右"，以此句之意为"盖以文王之神在天，一升一降，无时不在上帝之左右"。马瑞辰赞同朱子之说，以为"文王既没，其神在帝左右矣。古者言天及祖宗之默佑，皆曰陟降"。

▲首章章旨：

《孔疏》："言文王初为西伯，在于民上也。於呼，可叹美哉！其时已施行美道，有功于民，其德昭明，著见于天。言治民光大，天所嘉美以此，故为天所命。周自太王已来居此地，周虽是旧邦，其得天命，维为新国矣。以明德而受天命，变诸侯而作天子，是其改新也。天既命文王，我有周之德，岂不光明乎？由有美德，能受天命，则有周之德为光明矣。天之命我文王，岂为不是乎？皇天无亲，惟德是与。当时天下莫若文王，则天之所命为是矣。又美文王云：文王升则以道接事于天，下则以德接治于人，常观察天帝之意，随其左右之宜，顺其所为，从而行之。"

《朱传》："此章言文王既没，而其神在上，昭明于天。是以周邦虽自后稷始封千有余年，而其受天命，则自今始也。夫文王在上而昭于天，则其德显矣。周虽旧邦而命则新，则其命时矣。故又曰：有周岂不显乎？帝命岂不时乎？盖以文王之神在天，一升一降，无时不在上帝之左右。是以子孙蒙其福泽，而君有天下也。"

《原始》："首章总冒，不过言文王之德与天合一，而造语特奇，此诗文之分也。"

二 章

"亹亹文王，令闻不已。陈锡哉周，侯文王孙子。文王孙子，本支百世。凡周之士，不显亦世"。此章第五句顺承第四句，文字皆为"文王孙子"，便形成章内"蝉联"。亹亹（wěi wěi），勤勉也。令闻，美好的名声。已，止也。陈，"申"之假借，重复，一再。锡，通"赐"，赐予。哉，语助词，无实义。侯，《毛传》释为"维也"，虚词，无实义。《郑笺》训"侯"为"君也"。孙子，子孙也。本，本宗，宗子。支，支子，庶子。《郑笺》云："勉勉乎不倦，文王之勤，用明德也。其善声闻，日见称歌，无止时也。乃由能敷恩惠之施以受命，造始周国，故天下君之。其子孙，适为天子，庶为诸侯，皆百世。"

"凡周之士，不显亦世"，《毛传》云："不世显德乎！士者世禄也。"《郑笺》云："凡周之士，谓其臣有光明之德者，亦得世世在位，重其功也。"马瑞辰以为："不、亦二字皆语词，'不显亦世'谓其显及世，与《思齐》诗'不显亦临'、'无射亦保'等句法相类。"一说，"亦世"通"奕世"，意为长世、累世。

▲二章章旨：

《孔疏》："毛以为，亹亹乎，勉力勤用、明德不倦之文王，以勤行之故，有善声誉为人所闻，日见称歌，不复已止。文王能布陈大利，以赐子孙，于是又载行周道，致有天下。以此德泽，流于后世。维文王孙之与子，皆受而行之。维文王孙之与子，不问本宗支子，皆得百世相继。言由文王功德深厚，故福庆延长也。文王之德，不但德及子孙而已，凡于周为臣之士，岂不有显德乎？言其皆有显德，而亦得继世食禄。言文王德又及朝臣，所以常见称诵，不复已止也。"

又辨毛、郑之异云："郑唯以'哉'为始、'侯'为君为异。言文王能敷陈恩惠之施，令德著于天，遂受天命而造始周国。由此故，为天下之人君。其文王孙之与子，其本适为天子，支庶为诸侯，皆得百世。余同。"

《朱传》："文王非有所勉也，纯亦不已，而人见其若有所勉耳。其德不已，故今既没，而其令闻犹不已也。令闻不已，是以上帝敷锡于周，维文王孙子，则使之本宗百世为天子，支庶百世为诸侯。而又及其臣子，使凡周之士，亦世世修德，与周匹休焉。"

《原始》："福及孙子，福及多士。"

三 章

"**世之不显，厥犹翼翼。思皇多士，生此王国。王国克生，维周之桢。济济多士，文王以宁**"。本章首句"世之不显"与上章结末"不显亦世"相近，此亦为"蝉联格"。厥，其也。犹，通"猷"，谋略。翼翼，恭谨勤勉。思皇，皇皇，美好貌。思，语助词，无实义，《郑笺》训为

"愿也"。王国，文王之国。克，能够。桢，桢干，栋梁。《郑笺》云："周之臣既世世光明，其为君之谋事忠敬翼翼然，又愿天多生贤人于此邦。此邦能生之，则是我周之干事之臣。"济济，众多而美好貌，《郑笺》云："多威仪也。""文王以宁"，文王因此（凭靠桢干之材）而得安宁。

▲三章章旨：

《孔疏》："毛以为，因上'不显亦世'文反而详之，言此世禄之臣，岂不光明其德乎？言其世世有光明之德故也。以有光明之德，其为君之谋事，则能翼翼然忠诚而恭敬也。所以得有此臣者，天以周德至盛，欲使群贤佐之，故皇天命多众之士，生之于我周王之国。我周王之国能生此贤人，收而用之，则维是我周家干事之臣。臣能干事，则国以乂安，故叹美之。此济济然多威仪之众士，文王以安宁，言文王得赖此臣之力。"

又辨毛、郑之异云："思，语辞，不为义。郑以思为愿，言此世显之臣，非直谋事恭敬，又推诚恕物，所及弘广，乃思愿皇天，令其多众之士，生此我王之国，得与我周家为干事之臣。此世显之人，谋则忠敬，心则诚信，故叹美之，云：'济济多士，文王以宁。''济济多士'还谓世显之人，与'思皇多士'不同也。"

《朱传》："此承上章而言。其传世岂不显乎？而其谋猷皆能勉敬如此也。美哉！此众多之贤士，而生于此文王之国也。文王之国，能生此众多之士，则足以为国之干，而文王亦赖以为安矣。盖言文王得人之盛，而宜其传世之显也。"

《原始》："理语无尘障，三代圣贤之所以异于宋儒处。"

四 章

"**穆穆文王，於缉熙敬止。假哉天命，有商孙子。商之孙子，其丽不亿。上帝既命，侯于周服**"。穆穆，《毛传》以为"美也"，《朱传》以为"深远之意"。於，叹词。缉熙，光明也，含"不已"之意。敬，恭敬。止，语气词。假，坚固。一说，大也。有，臣有。孙子，子孙，指殷商遗民。《郑笺》云："穆穆乎文王，有天子之容。於美乎！又能敬其光明之德。坚固哉！天为此命之，使臣有殷之子孙。"

丽，数目。不亿，《郑笺》解为"不徒亿"，朱子从之，解为"不止于亿也"。马瑞辰以为："'不'为语词，不亿即亿，犹云子孙千亿也。"亿，量词，周制十万为亿。"侯于周服"，倒装结构，正常语序为"侯服于周"。《毛传》云："盛德不可为众也。"《郑笺》云："商之孙子，其数不徒亿，多言之也。至天已命文王之后，乃为君于周之九服之中，言众之不如德也。"

▲四章章旨：

《孔疏》："毛以为，穆穆然而美者，文王也。既有天子之容矣，於呼美哉！又能于有光明之德者而敬之。其敬光明之德者甚坚固哉！言尊贤爱士，心能坚固，故天命之，使臣有商之孙子而代殷也。商之孙子，其数至多，不徒止于一亿而已，言其数过亿也。虽有过亿之数，以纣为恶之故，至于上帝既命文王之后，维归于周而臣服之。明文王德盛之至也。"

又辨毛、郑之异云："郑唯以'侯'为君，言商之孙子为君于周之九服之中为异。余同。"

《朱传》："言穆穆然文王之德，不已其敬如此，是以大命集焉。以有商孙子观之，则可见矣。盖商之孙子，其数不止于亿，然以上帝之命集于文王也，而今皆维服于周矣。"

《原始》："商之孙子亦臣服于周。"

五　章

"侯服于周，天命靡常。殷士肤敏，祼将于京"。由"天命靡常"句，可见周人天命观之变化。殷商时期，人们常笃信天命之不可转移，自然与人事，皆由天命决定。《毛传》云："则见天命之无常也。"《郑笺》云："无常者，善则就之，恶则去之。"殷士，《毛传》以为"殷侯也"，朱子曰："诸侯之大夫入天子之国，曰某士。则殷士者，商孙子之臣属也。"今人程俊英、蒋见元《诗经注析》则以为："据《汉书·刘向传》和《白虎通义·三正篇》，这位殷士是指纣王的庶兄微子。"

肤敏，《毛传》《朱传》皆云："肤，美。敏，疾也。"《郑笺》云："殷之臣壮美而敏，来助周祭。"又赵岐《孟子章句》云："肤，大。敏，达也。"今人于省吾《泽螺居诗经新证》卷中不赞同如此解释，云："按如《传》说，则周人称赞殷士为肤美而敏疾，如赵说则称赞之为肤大而敏达，可谓极颂扬之能事。但这样的赞美，既未施之于周人，而加之于降虏的殷士，未必适合。实则，肤敏乃黾勉的转语，肤与黾、敏与勉，并系双声。……此诗是说殷士助祭于周，但兴亡之感，不能无动于衷，只有俯首就范，黾勉从事而已，故下文以'王之荩（进）臣，无念尔祖'为劝戒。不难理解，当时殷士服殷之冠服以助祭于周京，与周人相形之下，荣辱判然，与其誉之为肤美敏疾之不合乎情理，不如说他们黾勉从事之有符于实际。"

祼（guàn），指灌鬯（chàng）之礼，属一种祭礼，乃指王以圭瓒

（以圭为柄的玉制勺形酌酒器）酌郁鬯之酒（以郁金草酿黑黍而成之酒）献尸祭神。将，行也，酌而送奠之。一说，"祼将"即"将祼"之倒文。京，周之京师，指西都镐京。

"厥作祼将，常服黼冔。王之荩臣，无念尔祖"。厥，其也。《郑笺》云："其助祭自服殷之服，明文王以德不以强。"常，通"尚"，还需。服，穿戴。常服，即尚服。一说，常服为韦弁服，古代礼服之一。黼冔（fǔ xǔ），黼为黼裳，为殷商时礼服，上绣黑白相间花纹。冔，一读 kǔ，为殷商时冠冕。"常服黼冔"一句，《郑笺》解曰："其助祭，自服殷之服，明文王以德不以强。"朱子则曰："盖先代之后，统承先王，修其礼物，作宾于王家。时王不敢变焉，而亦所以为戒也。"

王，《郑笺》《朱传》皆以为指成王。一说，指周王。《毛传》以"荩"为"进也"，以"无"为语助词，"无念"为"念也"。《郑笺》释"荩"为"进用"，言："今王之进用臣，当念女祖为之法。"朱子则释"荩"为"忠"之意，又以"无念"为"岂不念"之意，云："荩，进也。言其忠爱之笃，进进无已也。无念，犹言岂得无念也。尔祖，文王也。"清人马瑞辰以为"无"不当为语词，而当与"勿"字同义，又"念"当训为"忘"，无念，勿忘也。今人于省吾《泽螺居诗经新证》以为："此诗系殷士助祭于周京，既已成为进御于周王的臣属，故周人劝其弃旧图新，以不要怀念商人的先祖为言。"然此说与毛、郑、孔诸说颇有不同。

▲五章章旨：

《孔疏》："毛以为，商之子孙既众多，今维乃服臣于周。以商之族类皆变为周臣，如是则见天命之无常。去恶就善，是无常也。命既无常，故殷之诸臣多士皆有壮美之德，见时之疾，于周祭宗庙则助其灌鬯之礼，而行之于京师。言其知命服周之无贰心也。因其服周之事，而言文王之宽。此殷士其为祼献行礼之时，常服其殷所服黼衣而冔冠也。文王若以强服之，则当改其衣冠，令之从己。今乃服殷冠，明其自来归从，文王以德服之，不以强也。以既陈文王之盛德，因举以戒成王，王之进用臣法，可无念汝祖文王乎？言当念汝祖文王之法，修德服众，为天下所归，是进用臣之道。"

又辨毛、郑之异云："郑惟上一句言为君列在九服于周家，是天命无常。余同。"

《朱传》："言商之孙子而侯服于周，以天命之不可常也。故殷之士助祭于周京，而服商之服也。于是呼王之荩臣而告之曰：得无念尔祖文王之德乎？盖以戒王，而不敢斥言，犹所谓'敢告仆夫'云尔。刘向曰：'孔子论《诗》，至于"殷士肤敏，祼将于京"，喟然叹曰："大哉天命！善不可不传于后嗣，是以富贵无常。"'盖伤微子之事周，而痛殷之亡也。"

《原始》："殷之多士亦助祭于周。四章平列对举，一法一戒。"

六 章

"无念尔祖，聿修厥德。永言配命，自求多福"。"无念尔祖"，与上章结句全同，亦为蝉联。聿，述也，遵行。一说，发语词。修厥德，修其德行。永，长。《郑笺》云："长，犹常也。"言，《毛传》以为"我也"，《郑笺》以为"言说"之言。一说为句中语助词，犹《邶风·柏舟》之"静言思之"。配，合也。命，天命，朱子解说"天理也"。配命，谓德行合于天理。自求多福，自己求取盛多之福。后二句，《毛传》以为："我长配天命而行，尔庶国亦当自求多福。"《郑笺》之说与毛不同，云："王既述修祖德，常言当配天命而行，则福禄自来。"

"殷之未丧师，克配上帝。宜鉴于殷，骏命不易"。师，众也。丧师，谓失掉民心。克，能也。上帝，朱子解为"天之主宰也"。《毛传》以"上帝"为"帝乙已上也"，帝乙为商纣王之父，为商朝第三十任君主。《郑笺》云："殷自纣父之前，未丧天下之时，皆能配天而行，故不亡也。"鉴，鉴诫，借鉴。骏，大也。易，《郑笺》以为"改易"，朱子以"不易"为"言其难也"。《郑笺》云："宜以殷王贤愚为镜，天之大命不可改易。"

▲六章章旨：

《孔疏》："毛以为，作者戒成王，既无不念汝祖文王进臣之法，当述而修行其德。王当云：长我当为之者，我所配天命而行也。又当告庶国云：尔庶国亦当自求多福。言勤修德教，福自归之。又陈所以我当长配天命而行之者，殷自纣父以前未丧失众心之时，其德皆能配上天之命而行。由纣不能配天命，令臣民叛而归我，我宜鉴镜于殷，观其王之贤愚，以为己戒。何则？天之大命，不可改易。"

又辨毛、郑之异云："郑惟'永言配命'二句为异，以为王常言当配天命而行，则自求而归之者，多众之福也。"

《朱传》："言欲念尔祖，在于自修其德，而又常自省察，使其所行无不合于天理，则盛大之福自我致之，有不外求而得矣。又言殷未失天下之时，其德足以配乎上帝矣。今其子孙乃如此，宜以为鉴而自省焉，则知天命之难保矣。《大学传》曰：'得众则得国，失众则失国。'此之谓也。"

《原始》:"再追念殷德未失,亦可配天,以衬起下章,文势乃曲而不直。"

七 章

"命之不易,无遏尔躬。宣昭义问,有虞殷自天"。遏,止。尔:汝。躬,自身。《郑笺》谓:"天之大命已不可改易矣,当使子孙长行之,无终女身则止。"宣,《郑笺》以为"遍"。昭,明。义,善也。问,通"闻"。《郑笺》谓:"遍明以礼义问老成人。"清人马瑞辰以为不然,云:"'宣昭'犹言'明昭','义问'犹言'令闻',盖'问'字通作'闻'。《说文》:'闻,知声也。'引申之义为声问,朱子《集传》谓'而明其善誉于天下',是也。《笺》谓'以礼义问老成',失之。"

有,又也。虞,度也。殷,殷商。《郑笺》谓:"又度殷所以顺天之事而施行之。"马瑞辰则以"殷"为"中道"之意,云:"《尔雅·释言》:'殷,中也。'《左传》言:'民受天地之中以生。''有虞殷自天'言既遍昭善问,又度中道于天也。下文'上天之载'二句,又承上文而进言天道无馨臭之可闻,以见天道难知,惟当仪型文王耳。《笺》读'殷'为'夏殷'之殷,谓'度殷所以顺天之事',失之。"今人于省吾《泽螺居诗经新证》则以为:"'殷'者'依'之借字,'依'与'衣'古通用。……这是说,天命之不易,无害尔身,应宣昭义问(训令闻),而揆度之以依于天,言事事以天为准。"

"上天之载,无声无臭。仪刑文王,万邦作孚"。载,事。仪,象。刑,法。孚,信也。此四句,《郑笺》云:"天之道难知也,耳不闻声音,鼻不闻香臭。仪法文王之事,则天下咸信而顺之。"一说,"刑"与"型"相通,仪型即为模范之义,引申为效法。

▲七章章旨:

《孔疏》:"毛以为,戒成王,言天之大命既不可改易,故常须戒惧。此事当垂之后世,无令止于汝王之身而已,欲令后世长行之。长行之者,常布明其善,声闻于天下。又度殷之所以顺天,言殷王行不顺天,为天所去,当度此事,终当顺天也。既言行当顺天,因说天难仿效。上天所为之事,无声音,无臭味,人耳不闻其音声,鼻不闻其香臭,其事冥寞,欲效无由。王欲顺之,但近法文王之道,则与天下万国作信。言王用文王之道,则皆信而顺之矣。"

又辨毛、郑之异云:"郑唯'宣昭义问'为异。以为汝当遍明以礼义,问老而有成德之人。余同。"

《朱传》:"言天命之不易保,故告之使无若纣之自绝于天。而布明其善誉于天下,又度殷之所以废兴者,而折之于天。然上天之事,无声无臭,不可得而度也。惟取法于文王,则万邦作而信之矣。子思子曰:'"维天之命,於穆不已",盖曰天之所以为天也。"於乎不显,文王之德之纯",盖曰文王之所以为文也,纯亦不已。'夫知天之所以为天,又知文王之所以为文,则夫与天同德者,可得而言矣。是诗首言'文王在上,於昭于天','文王陟降,在帝左右',而终之以此,其旨深矣。"

《原始》:"天无声臭可求,唯法文王即所以法天。应首章与天合德作收,法极严整。"

三 《大雅·文王》的作者与主旨

(一) 关于作者

对于《文王》一诗,《毛诗序》所言极为简略,云:"《文王》,文王受命作周也。"台湾学者余培林据以推论:"诗屡言文王,当为文王卒后之作,非文王所能自作也。《序》说失之。"① 然据《诗序》,并无法推导出该诗为"文王"自作,孔颖达《毛诗正义》即云:"作《文王》诗者,言文王能受天之命,而造立周邦,故作此《文王》之诗,以歌述其事也。"② 这里的"作《文王》诗者",便不可能指文王本人。

朱子《诗集传》认为《文王》一诗的作者当为"周公",云:"周公追述文王之德,明周家所以受命而代商者,皆由于此,以戒成王。"③ 并在篇末引用东莱吕祖谦之说云:"东莱吕氏曰:'《吕氏春秋》引此诗,以为周公所作。味其词意,信非周公不能作也。'"④ 不过,吕氏、朱子之说皆有所本。

《吕览》与《汉书》,都曾谈及《文王》一诗之本事。《吕氏春秋·古乐篇》云:"周文王处岐,诸侯去殷三淫而翼文王。散宜生曰:'殷可伐也。'文王弗许。周公旦乃作诗曰:'文王在上,於昭于天。周虽旧邦,

---

① 余培林:《诗经正诂》,第512页。
② 李学勤主编:《毛诗正义》卷第十六,《十三经注疏》(标点本),第951页。
③ (宋)朱熹:《诗集传》卷十六,第233页。
④ 同上书,第236页。

其命维新。'以绳文王之德。"①《汉书·翼奉传》亦云:"周公犹作《诗》《书》深戒成王,以恐失天下。《书》则曰:'王毋若殷王纣。'其《诗》则曰:'殷之未丧师,克配上帝。宜监于殷,骏命不易。'"② 二说皆以《文王》之诗为周公所作,但前者以为所作在文王在世之时,后者则以为所作在文王、武王皆去世,成王即位、周公居摄之后。

(二) 关于主旨

《毛诗序》称《文王》一诗之主旨为"文王受命作周也",《郑笺》以"受命"为"受天命",曰:"受天命而王天下,制立周邦。"至于《孔疏》,先释郑玄之说云:"言受命作周,是创初改制,非天命则不能然,故云'受命,受天命也'。'周虽旧邦,其命维新',是立周邦也。"又辨毛、郑之异曰:"文王受命,毛无明说。《鸱》之传,谓管、蔡为二子,则毛意周公无除丧摄政、避居东都、罪其属党之事,其受命之年,必不得与郑同也。"③ 如此,历代学者对于《文王》一诗主旨的解说,就有了今文家说与古文家说两条路径。

1. 今文家说

今文家说,乃是将文王与天或上帝绾结起来,以为此诗是彰显文王受天命而称王改元。清人王先谦述汉代三家诗说云:

> 《史记·周本纪》:"诗人道西伯,盖受命之年称王。"司马迁用《鲁诗》,知"受命称王",鲁说如此。赵岐《孟子章句》五:"《诗》言周虽后稷以来旧为诸侯,其受天命,维文王新复修治礼义以致之耳。"岐亦治《鲁诗》者。《繁露·郊祭篇》:"文王受天命而王天下,先郊乃敢行事,而兴师伐崇。"(引见《棫朴诗》)是齐说如此。韩说当同。孔子言"三分有二以服事殷",后人因圣言,率以受命称王为不然。或又以"受命"为受纣命,不知诗人明言受天命,未尝言受纣命。商之末造,纣恶日甚,民心归周,其势已成,虽文王圣德谦冲,无所于让。未受命之前,已建周南之国;既受命之后,又建召南之国。召公位为诸侯,此事实之可考见者。殷邦可灭,不一加兵,故孔子以为服事耳。④

---

① (战国)吕不韦:《吕氏春秋集释》,中华书局2010年版,第127页。
② (汉)班固:《汉书》卷十,中华书局1964年版,第3176—3177页。
③ 李学勤主编:《毛诗正义》卷第十六,《十三经注疏》(标点本),第951页。
④ (清)王先谦:《诗三家义集疏》卷二十一,第823页。

照此说，则鲁、齐、韩三家诗说皆持文王"受天命"之说，这大概是汉代政治思想"君权神授"观念的一种体现。关于"受命"之说的由来，今人陈子展称：

> 我以为受命称王、君权神授带有原始宗教性的政治思想，远在社会分裂有了敌对阶级，有了作为阶级权力组织的国家，有了争夺最高权位包括宗教权力的酋长、元首之类的人物的时候就产生了，并不是从周代开始的。当许多部落联合而成为国家的组织时，其中必有一个部落上升到战胜者和统治者的地位。这种情形在神灵世界里相应的变化上就得到神幻的反映。战胜者部落的神灵就代替了被征服部落的神灵。战胜者认为接受了天或上帝的命令，天或上帝被认为已站到战胜者的一边。这就是受命说的由来，也就是最初所谓革命的意义。①

如此，《文王》一诗便更具备了儒家"政治哲学"的色彩，可以为西周代殷而兴提供合理的政治依据。而从"慎终追远"的祭祀诗的基本目的看，本诗自"文王在上，於昭于天"的赞誉开始，而以"仪刑文王，万邦作孚"作结，其意便是希望文王子孙以殷为鉴，敬畏天命，以文王德行为楷则，如此才能永保天命，运祚绵延。这充分体现了《文王》作为祭祀诗明确的政治目的，同时也是《文王》一诗列为《大雅》之首、作为"四始"之一的重要缘由。

2. 古文家说

王先谦所批评的"或又以受命为受纣命"一说，便为古文家说。古文家说并不承认文王所受为"天命"，而以为是人世间的天子之命；文王并非受天命而改制称王，而是受商纣之命而为西伯——文王依然是诸侯身份。

持古文家说者，以清人陈奂为代表，《诗毛氏传疏》卷二十三云：

> 受命者，受命为西伯也。《书大传》云："天之命文王，非啍啍然有声音也。文王在位而天下大服，施政而物皆听，令则行，禁则止，动摇而不逆天之道，故曰天乃大命文王。文王受命，一年断虞芮之讼，二年伐邘，三年伐密须，四年伐犬夷，五年伐耆，六年伐崇，

---

① 陈子展：《诗三百解题》卷二十三，第913—914页。

七年而崩。"然则古说受命，皆谓受西伯七年之命，而作周之兴于焉始也。遂以为天之命文王，若受命之年称王，其说诬也。诗作于成王周公时，故以《文王》名篇。①

然而此说与毛诗说其实并非一致，陈奂虽名为给《毛传》作疏，但亦有误解处，陈子展先生认为："即以这诗《毛传》来说，文王受命本来是受天命，虽然《孔疏》说'毛无明说'说此三字，但是'文王陟降，在帝左右'二句，《传》：'言文王上接天，下接人也。'这不是毛以文王克配上帝为神吗？……'天命靡常'，《传》：'则见天命之无常也。''永言配命，自求多福'，《传》：'我长配天命而行，尔庶国亦当自求多福。'毛不是承认有天神存在和有天命之事吗？'殷之未丧师，克配上帝'，《传》：'帝乙已上也。'这不是说殷王帝乙以上皆克配上帝之命而行吗？综合上引《毛传》来说，这诗确是述文王受天命造周邦，不是恰说通了吗？"②

清代"独立思考派"对于今文家说和古文家说均有批判，在他们看来，《诗序》"文王受命作周"一说本不成立。姚际恒《诗经通论》云：

《小序》谓"文王受命作周"，非也。文王未尝为王，无受命之说。伪《武成》曰："文王诞膺天命，惟九年，大统未集。"正与此同，皆诬文王也。《吕览》引此诗，以为周公作，近之。《集传》因以为"戒成王"，则亦可以想见尔。③

方玉润《诗经原始》亦云：

《小序》谓"文王受命作周"，似是而非也。文王未改元，何以云受命？欧阳氏、苏氏、游氏诸家辩之详已。然愚独怪汉以后儒者，何不信经传而信符谶？不信孔子而信杂家？孔子不云乎："三分天下有其二，以服事殷。周之德，其可谓至德也已矣。"使受命改元，何以尚云"服事"哉？天下岂有二天子，而可云"服事"者？故知文王并未改元也。"三分有二"，亦就人心之向背言之耳。……此诗盖

---

① （清）陈奂：《诗毛氏传疏》卷二十三，中国书店1984年版。
② 陈子展：《诗三百解题》卷二十三，第914—915页。
③ （清）姚际恒：《诗经通论》卷十三，第262页。

推本文王之德足以配天，故可以肇造周室于奕禩。商之孙子，臣服于周，与殷之多士，亦来助祭，皆武王有天下后事，非谓文王时即如是也。《吕览》引此诗以为周公作，盖亦近之。唯《集传》云"以戒成王"，则不必泥。①

姚、方二氏，皆以"文王受命作周"一说，乃出汉代谶纬之学，不足凭信。且二者皆以此诗盖为周公所作，并以朱子"戒成王"之说为可信。这便带来了《文王》主旨另一个层面的问题——该诗究竟是"祭祀文王之歌"，还是"劝戒成王之诗"？今人孙作云以为二者有别：

《文王》篇说："文王在上，於昭于天。"又说："文王陟降，在帝左右。"一开头就显示其为祭祀歌的性质。……在这里可以看出，《文王》是祭祀文王之歌，而不是什么"周公追述文王之德，以戒成王"。②

孙作云先生又以为《大雅》中的《生民》《公刘》《緜》《文王》《皇矣》《灵台》《思齐》《大明》《下武》《文王有声》这十首诗，"是祀祖歌，而不是什么劝善规过歌，以及近人所说的'史诗'"。他认为"史诗"与"祭祀诗"有很大区别："史诗是民间歌谣，与朝廷的祀祖歌不同，不能称这些诗为史诗。"③又认为这十首诗从体制上讲同于"颂"，诗之内容都是赞美祖先的功德，因此"这十首赞美祖先的歌是祀祖歌，与《周颂》中的祀祖歌同，绝对不是什么劝善规过歌。把它看成周公、召公戒成王之歌，是绝对错误的"。④

另外，孙先生所批判的"周公追述文王之德，以戒成王"之说，出自朱子《诗集传》。然而在唐代孔颖达那里，其实是将"追述文王"与"劝戒成王"统合在一起的。他认为，诗之前五章为"追述文王"，后二章则为"劝戒成王"，《毛诗正义》云："经五章以上，皆是受命作周之事也。六章以下，为因戒成王，言以殷亡为鉴，用文王为法。言文王之能代殷，其法可则于后，亦是受命之事，故《序》言'受命作周'以总

---

① （清）方玉润：《诗经原始》卷十三，第474—475页。
② 孙作云：《诗经与周代社会研究·论二雅》，第349页。
③ 同上书，第350页。
④ 同上书，第353页。

之。"① 如此理解，方更能体现出"四始"诸诗之重要经学意义。

四 《周颂·清庙》讲读

从诗篇体制上说，所有颂诗都是祭祀诗，《清庙》亦不例外。《清庙》作为《周颂》的首篇，也是"三颂"之首，又是"四始"之一，在《诗经》中具有重要的地位。

关于颂诗在语辞及音乐上的特点，程俊英、蒋见元先生有云："颂多祭祖祭神的乐章舞歌，故常带雍容肃穆的气氛，舞步舒迟的姿势，歌声悠扬的长腔，巫祝表演的神态。古乐失传，从《清庙》一诗的字里行间看来，正表现了《周颂》的艺术特色。"② 这一概括，较为准确。

1.《清庙》之背景及年代

《清庙》一诗的创作背景及年代，《毛诗序》有云："《清庙》，祀文王也。周公既成洛邑，朝诸侯，率以祀文王焉。"郑玄乃以此诗作于周公居摄五年之时（前1111），《郑笺》云："清庙者，祭有清明之德者之宫也，谓祭文王也。天德清明，文王象焉，故祭之而歌此诗也。庙之言貌也，死者精神不可得而见，但以生时之居，立宫室象貌为之耳。成洛邑，居摄五年时。"

朱子以为诗非作于周公居摄五年，而当在居摄七年（前1109），《诗集传》云："《书》称：'王在新邑，烝，祭岁，文王骍牛一，武王骍牛一。'实周公摄政之七年，而此其升歌之辞也。"③

今人马银琴认为，该诗的创作年代当与《文王》相同。

2.《清庙》通解

《清庙》一诗不分章，共有八句，诗文如下：

> 於穆清庙，肃雝显相。济济多士，秉文之德，对越在天。骏奔走在庙，不显不承，无射于人斯。

首二句："於穆清庙，肃雝显相。"於，同于《文王》"於昭于天"

---

① 李学勤主编：《毛诗正义》卷第十六，《十三经注疏》（标点本），第951页。
② 程俊英、蒋见元：《诗经注析》，第933页。
③ （宋）朱熹：《诗集传》卷十九，第298页。

之"於"，乃祭祀诗中常用之美叹之辞。穆，深幽壮美貌。清，清静也。东汉贾逵（174—228）《左传注》："肃然清静，谓之清庙。"东汉蔡邕《明堂月令论》："取其宗祀之清貌，则曰清庙。"清马瑞辰以为："古释清庙皆谓以清静得名，犹明堂义取向明，宫义取神。"又以毛、郑之说为不然，云："此诗《序笺》谓清庙为祭有清明德者之宫，《正义》因谓清是功德之名，非清静之义，其说非也。"肃，敬。雍，和。显，光明。相，助也，谓助祭之公卿诸侯。

此二句，《郑笺》以为："於乎美哉！周公之祭清庙也。其礼仪敬且和，又诸侯有光明著见之德者来助祭。"

中间三句："济济多士，秉文之德，对越在天。"济济，整齐有威仪貌。多士，参与祭祀执事之人。秉，秉持，执行。"秉文之德"，《毛传》以为"执文德之人也"。一说，文指文王。对，配；一说，报答。越，于；一说，宣扬。

此三句，《郑笺》云："济济之众士，皆执行文王之德。文王精神已在天矣，犹配顺其素如生存。"

末三句："骏奔走在庙，不显不承，无射于人斯。"骏，《毛传》解为"长也"，《郑笺》解为"大也"。《朱传》解为"大而疾也"。不，同"有周不显"之"不"，有三说：一通"丕"，大也；一为语助词，无实义；一为否定词，用作反问。显，光明，显耀。承，承顺；一说，尊奉；一说，美也。射，读为yì，通"斁"，厌弃。斯，语辞，无实义。

末三句，《毛传》云："显于天矣，见承于人矣，不见厌于人矣。"《郑笺》云："诸侯与众士，于周公祭文王，俱奔走而来，在庙中助祭，是不光明文王之德与？言其光明之也。是不承顺文王志意与？言其承顺之也。此文王之德，人无厌之。"

全诗之义，《孔疏》释云："毛以为，於乎美哉，周公之祭清庙也。其祭之礼仪，既内敬于心，且外和于色。又诸侯有明著之德来助祭也。其祭之时，又有济济然美容仪之众士亦来助祭。于此众士等，皆能执持文王之德，无所失坠。文王精神已在于天，此众士之行，皆能配于在天。言其行同文王，与之相合也。此明著诸侯与威仪众士长奔走而来，在文王之庙，后世常然，供承不绝，则文王之德岂不显于天？岂不承于人？所以得然者，以文王之德为人所乐，无见厌倦于人斯。由人乐之不厌，故皆奔走承之。"

《孔疏》又辨毛、郑之异云："郑唯以'骏奔走'三句为异。言诸侯之与多士大奔走而来，在文王之庙，岂不光明文王之德与？言其光明之。岂不承顺文王之意与？言其承顺之。余同。"

《朱传》云："此周公既成洛邑而朝诸侯，因率之以祀文王之乐歌。言於穆哉，此清静之庙。其助祭之公侯，皆敬且和。而其执事之人，又无不执行文王之德。既对越其在天之神，而又骏奔走其在庙之主。如此则是文王之德岂不显乎？岂不承乎？信乎其无有厌斁于人也。"

3. 《清庙》之主旨及用途

《清庙》位于《周颂》之首，可见其地位之重要。《清庙》在周代祭祀场合多有应用，《汉书·王褒传》云："周公咏文王之德而作《清庙》，建为《颂》首。"《毛诗正义》亦云："《礼记》每云升歌《清庙》，然则祭宗庙之盛，歌文王之德，莫重于《清庙》，故为《周颂》之首。"

历来对于《清庙》一诗"祭祀诗"的性质并无异说，但对于用该诗祭祀何人，却有不同说法。

清姚际恒《诗经通论》云："《小序》谓'祀文王'，是。《大序》谓'周公既作洛邑，朝诸侯，率以祀文王焉'，谬也。按《洛诰》曰：'则禋于文王、武王'，又曰：'文王骍牛一，武王骍牛一'，是洛邑既成，兼祀文、武，此诗专祀文王，岂可通乎？至谓'朝诸侯，率以祀文王'，此本《明堂位》之邪说，谓周公践天子位、朝诸侯也，尤为诬妄。《集传》偏从《序》，何耶？"①

方玉润《诗经原始》云："《序》谓：'周公既成洛邑，朝诸侯，率以祀文王焉。'《集传》从之，姚氏以为谬。……而刘氏瑾曰：'《书》言"烝祭文武"，而此乐歌止颂文王之德者，父子并祭，统于尊也。'则又曲为之说，于理殊未当也。然此自祀文王之乐歌，不必执泥洛成告庙之言。且诗中亦无此意，安见其必为洛邑祭乎？"②

姚氏以为，《诗序》之"首序"以《清庙》为"祀文王"，乃得本诗题旨；而"续序"以为"兼祀文、武"，则不合史实。方氏亦主《清庙》乃祀文王之乐歌。《序》说之所以会有前后不一之处，乃出于"续《序》附会《洛诰》而妄益之者也"③。

---

① （清）姚际恒：《诗经通论》卷十六，第323页。
② （清）方玉润：《诗经原始》卷十六，第576页。
③ 吴闿生：《诗义会通》卷四，第272页。

今人陈子展认为,《清庙》一诗的用途经历了从"祀文王"到"兼祀文武"再到"鲁祀周公"的变化:

> 最初《清庙》是作为祀文王的乐章,不久就作为兼祀文王武王的乐章。《尚书·洛诰》说:"王在新邑,烝祭岁,父王骍牛一,武王骍牛一。"《书大传·洛诰篇》说:"周人追祖文王而宗武王。"据此,《清庙》乐章开始用于祫祀文王武王,当是成王七年周正十二月的事。又据蔡邕《明堂论》说:"成王命鲁公世世禘祀周公于太庙,以天子之礼升歌《清庙》,异鲁于天下。"这就以为《清庙》之乐不独用在兼祀武王,而且特许用于鲁祭周公了。①

需要注意,陈先生这里讲的是诗篇在后世用途发生的变化,与其主旨是两个层面的问题。

---

① 陈子展:《诗三百解题》卷二十六,第1108页。

主要参考文献

一　基本典籍

1. （汉）司马迁：《史记》，中华书局1959年版。
2. （汉）董仲舒：《春秋繁露》，清光绪丁酉刻本。
3. （汉）刘向：《列女传》，文渊阁四库全书本。
4. （汉）班固：《汉书》，中华书局1962年版。
5. （汉）郑玄：《驳五经异义》，文渊阁四库全书本。
6. （晋）杜预：《春秋左传集解》，上海人民出版社1977年版。
7. （唐）成伯玙：《毛诗指说》，文渊阁四库全书本。
8. （宋）王安石：《王文公文集》，上海人民出版社1974年版。
9. （宋）苏辙：《诗集传》，文渊阁四库全书本。
10. （宋）郑樵：《六经奥论》，文渊阁四库全书本。
11. （宋）范处义：《诗补传》，文渊阁四库全书本。
12. （宋）王柏：《诗疑》，清通志堂经解本。
13. （宋）王质：《诗总闻》，清武英殿聚珍版丛书本。
14. （宋）严粲：《诗缉》，文渊阁四库全书本。
15. （宋）朱熹：《朱子语类》，上海古籍出版社、安徽教育出版社2002年版。
16. （宋）朱熹：《诗集传》，中华书局2011年版。
17. （宋）孙奕：《履斋示儿编》，文渊阁四库全书本。
18. （宋）朱鉴：《诗传遗说》，文渊阁四库全书本。
19. （宋）刘克：《诗说》，《宛委别藏》第五册，江苏古籍出版社1988年版。
20. （宋）辅广：《诗童子问》，文渊阁四库全书本。
21. （宋）熊朋来：《经说》，文渊阁四库全书本。
22. （元）刘瑾：《诗传通释》，文渊阁四库全书本。

23. （明）梁寅：《诗演义》，文渊阁四库全书本。
24. （明）何楷：《诗经世本古义》，文渊阁四库全书本。
25. （明）朱朝瑛：《读诗略记》，文渊阁四库全书本。
26. （清）王夫之：《诗经稗疏》，文渊阁四库全书本。
27. （清）陈启源：《毛诗稽古编》，文渊阁四库全书本。
28. （清）王士禛：《渔洋诗话》，文渊阁四库全书本。
29. （清）姚际恒：《诗经通论》，台北广文书局1971年版。
30. （清）臧琳：《经义杂记》，清嘉庆四年拜经堂刻本。
31. （清）徐文靖：《管城硕记》，文渊阁四库全书本。
32. （清）劳孝舆：《春秋诗话》，《丛书集成初编》第1743册，中华书局1985年版。
33. （清）黄中松：《诗疑辨证》，文渊阁四库全书本。
34. （清）傅恒等：《御纂诗义折中》，吉林出版集团公司2005年版。
35. （清）崔述：《读风偶识》，道光四年东阳署中刻本。
36. （清）崔述：《丰镐考信录》，清嘉庆二十二年、道光二年四年陈履和递修本。
37. （清）永瑢等：《四库全书总目》，中华书局1965年版。
38. （清）焦循：《毛诗补疏》，上海书局清光绪十四年本。
39. （清）胡承珙：《毛诗后笺》，清道光刻本。
40. （清）马瑞辰：《毛诗传笺通释》，中华书局1989年版。
41. （清）陈奂：《诗毛氏传疏》，中国书店1984年版。
42. （清）魏源：《诗古微》，《魏源全集》第一册，岳麓书社2004年版。
43. （清）黄汝成：《日知录集释》，浙江古籍出版社2013年版。
44. （清）庄有可：《毛诗说》，商务印书馆1934年版。
45. （清）方玉润：《诗经原始》，中华书局1986年版。
46. （清）俞樾：《达斋诗说》，《春在堂全书》第三册，凤凰出版社2010年版。
47. （清）李慈铭：《越缦堂读书记》，上海书店出版社2015年版。
48. （清）王先谦：《诗三家义集疏》，中华书局1987年版。
49. （清）皮锡瑞：《经学通论》，中华书局1954年版。
50. 李学勤主编：《十三经注疏》（标点本），北京大学出版社1999年版。

二 现代论著

51. 章太炎：《检论》，《章太炎全集》第三册，上海人民出版社1984年版。

52. 江荫香：《诗经译注》，中国书店 1982 年版。
53. 吴闿生：《诗义会通》，中西书局 2012 年版。
54. 胡朴安：《诗经学》，岳麓书社 2010 年版。
55. 顾实：《汉书艺文志讲疏》，上海古籍出版社 1987 年版。
56. 鲁迅：《鲁迅全集》第六卷《门外文谈》，人民文学出版社 1981 年版。
57. 郭沫若：《甲骨文字研究》，大东书局 1931 年版。
58. 郭沫若：《青铜时代》，《郭沫若全集·历史编》，人民出版社 1982 年版。
59. 顾颉刚：《古史辨》第三册，上海古籍出版社 1982 年版。
60. 钱穆：《国史大纲》（修订本）上册，商务印书馆 1996 年版。
61. 傅斯年：《诗经讲义稿》，中国人民大学出版社 2004 年版。
62. 朱东润：《诗三百篇探故》，云南人民出版社 2007 年版。
63. 朱自清：《朱自清说诗》，上海古籍出版社 1998 年版。
64. 陈子展：《诗三百解题》，复旦大学出版社 2001 年版。
65. 闻一多：《闻一多全集·诗经编上》，湖北人民出版社 2004 年版。
66. 闻一多：《神话与诗》，天津古籍出版社 2008 年版。
67. 游国恩等主编：《中国文学史》第一册，人民文学出版社 1963 年版。
68. 高亨：《诗经今注》，上海古籍出版社 2009 年版。
69. 张西堂：《诗经六论》，商务印书馆 1957 年版。
70. 唐兰：《殷虚文字记》，中华书局 1981 年版。
71. 黄焯：《毛诗郑笺平议》，武汉大学出版社 2008 年版。
72. 程俊英、蒋见元：《诗经注析》，中华书局 1991 年版。
73. 余冠英：《诗经选》，人民文学出版社 1956 年版。
74. 邓荃：《诗经国风译注》，宝文堂书店 1986 年版。
75. 马持盈：《诗经今注今译》，台湾商务印书馆 2009 年版。
76. 屈万里：《诗经诠释》，台北联经出版公司 1983 年版。
77. 王礼卿：《四家诗恉会归》，华东师范大学出版社 2009 年版。
78. 杨伯峻：《论语译注》，中华书局 1980 年版。
79. 杨伯峻：《春秋左传注》（修订本），中华书局 1990 年版。
80. 钱锺书：《管锥编》第一册，中华书局 1986 年版。
81. ［日］白川静：《诗经的世界》，台北东大图书公司 2009 年版。
82. 张舜徽：《汉书艺文志通释》，华中师范大学出版社 2004 年版。
83. 孙作云：《诗经与周代社会研究》，中华书局 1966 年版。
84. 王静芝：《诗经通释》，台湾辅仁大学中文系 2008 年版。

85. 郭晋稀：《诗经蠡测》，巴蜀书社 2006 年版。
86. 夏传才：《诗经研究史概要》，中州书画社 1982 年版。
87. 袁梅：《诗经译注》，齐鲁书社 1985 年版。
88. 余培林：《诗经正诂》，台北三民书局 2005 年版。
89. 褚斌杰：《诗经选评》，三秦出版社 2008 年版。
90. 董治安：《先秦文献与先秦文学》，齐鲁书社 1994 年版。
91. 金春峰：《汉代思想史》，中国社会科学出版社 2006 年版。
92. 杨合鸣、李中华：《诗经主题辨析》，广西教育出版社 1989 年版。
93. 王靖献著，谢谦译：《钟与鼓：〈诗经〉的套语及其创作方式》，四川人民出版社 1990 年版。
94. 冯浩菲：《历代诗经论说述评》，中华书局 2003 年版。
95. 程元敏：《诗序新考》，台湾五南图书出版公司 2005 年版。
96. 陈戍国：《诗经刍议》，岳麓书社 1997 年版。
97. 文幸福：《孔子诗学研究》，台湾学生书局 2007 年版。
98. 张素卿：《左传称诗研究》，台湾大学出版委员会 1991 年版。
99. 林耀潾：《先秦儒家诗教研究》，台湾天工书局 1990 年版。
100. 王昆吾：《中国早期艺术与宗教》，东方出版中心 1998 年版。
101. 刘毓庆等：《诗义稽考》，学苑出版社 2006 年版。
102. 刘毓庆、郭万金：《从文学到经学——先秦两汉诗经学史论》，华东师范大学出版社 2009 年版。
103. 叶舒宪：《诗经的文化阐释——中国诗歌的发生研究》，湖北人民出版社 1994 年版。
104. 扬之水：《诗经别裁》，中华书局 2007 年版。
105. 黄忠慎：《诗经全注》，台北五南图书公司 2008 年版。
106. 鲁洪生：《诗经学概论》，辽海出版社 1998 年版。
107. 陈桐生：《礼化诗学：诗教理论的生成轨迹》，学苑出版社 2009 年版。
108. 杨朝明：《周公事迹研究》，中州古籍出版社 2002 年版。
109. 陈致：《从礼仪化到世俗化：〈诗经〉的形成》，上海古籍出版社 2009 年版。
110. 刘怀荣：《赋比兴与中国诗学研究》，人民出版社 2007 年版。
111. 车行健：《诗本义析论》，台北里仁书局 2002 年版。
112. 马银琴：《两周诗史》，社会科学文献出版社 2006 年版。
113. 马银琴：《周秦时代诗的传播史》，社会科学文献出版 2011 年版。
114. 毛振华：《左传赋诗研究》，上海古籍出版社 2011 年版。

115. 周春健：《经史散论》，台北万卷楼图书公司 2012 年版。
116. 周春健：《宋人经筵诗讲义四种校注》，华夏出版社 2016 年版。

三　学术论文

117. 徐北文：《〈七月〉——西周农家乐》，《诗经鉴赏集》，人民文学出版社 1986 年版。
118. 张剑：《〈七月〉历法与北豳先周文化》，《固原师专学报》2001 年第 1 期。
119. 俞忠鑫：《"一之日"解》，《古汉语研究》2003 年第 4 期。
120. 于茀：《从〈诗论〉看〈关雎〉古义及分章》，《光明日报》2004 年 2 月 25 日。
121. 金宝：《〈诗论〉"四章"新考与〈关雎〉五章说》，《社会科学辑刊》2007 年第 3 期。
122. 景海峰：《五伦观念的再认识》，《哲学研究》2008 年第 5 期。
123. 黄怀信：《〈七月〉与"三正"》，《诗经研究丛刊》（第二十五辑），学苑出版社 2013 年版。